破碎的星球 III

The Broken Earth

巨石苍穹

[美] N. K. 杰米辛 ——— 著
N. K. Jemisin

雒城 ——— 译

天地出版社　TIANDI PRESS

图书在版编目（CIP）数据

巨石苍穹/（美）N.K.杰米辛著；雏城译.—成都：
天地出版社，2018.3
ISBN 978-7-5455-3454-2

Ⅰ.①破… Ⅱ.①N…②雏… Ⅲ.①长篇小说—美国—现代 Ⅳ.①I712.45

中国版本图书馆CIP数据核字（2017）第313019号

Copyright © 2017 by n.k.jemisin
Published in arrangement with The Fielding Agency, LLC. through The Grayhawk Agency.

著作权登记号 图字：21-2017-540

巨石苍穹

出 品 人	杨　政
著　　者	[美] N.K.杰米辛
译　　者	雏　城
责任编辑	杨永龙　聂俊珍
封面设计	思想工社
电脑制作	尚上文化
责任印制	葛红梅
出版发行	天地出版社 （成都市槐树街2号　邮政编码：610014）
网　　址	http://www.tiandiph.com http://www.天地出版社.com
电子邮箱	tiandicbs@vip.163.com
经　　销	新华文轩出版传媒股份有限公司
印　　刷	三河市华业印务有限公司
版　　次	2018年3月第1版
印　　次	2018年3月第1次印刷
成品尺寸	145mm×210mm　1/32
印　　张	11.75
字　　数	293千字
定　　价	36.00元
书　　号	ISBN 978-7-5455-3454-2

版权所有◆违者必究

咨询电话：（028）87734639（总编室）
购书热线：（010）67693207（市场部）

本版图书凡印刷、装订错误，可及时向我社发行部调换致那些活下来的人：

深呼吸。撑过去了。又一次。干得好。

你真棒。就算你没那么棒，毕竟也还活着。活着就是胜利。

目录
CONTENTS

序　幕　我，从前的我　/ 001

第一章　你，在半梦半醒之间　/ 007

第二章　奈松，想要挣脱束缚　/ 025

✳ 锡尔-阿纳吉斯特：五　/ 036

第三章　你，失去平衡　/ 043

第四章　奈松，旷野浪游　/ 062

✳ 锡尔-阿纳吉斯特：四　/ 082

第五章　故人长相忆　/ 095

第六章　奈松，自己选择命运　/ 111

✳ 锡尔-阿纳吉斯特：三　/ 122

第七章　你，早做打算　/ 130

第八章　奈松，在地下　/ 150

✳ 锡尔-阿纳吉斯特：二　/ 174

第九章　沙漠简记，和当时的你　/ 188

第十章　奈松，穿火而行　/ 202

✺ 锡尔-阿纳吉斯特：一　/ 218

第十一章　你，临近终点　/ 231

第十二章　奈松不孤单　/ 250

✺ 锡尔-阿纳吉斯特：零　/ 271

第十三章　奈松和伊松，在世界的阴暗面　/ 302

第十四章　我，在时间尽头　/ 326

结　　局　我和你　/ 341

附录一　/ 351

附录二　/ 356

致　谢　/ 365

序　幕
我，从前的我

  时间不多了，我的爱人。让我们用这个世界的开始作为结束，怎样？好，就这么办。

  但这还是有点儿奇怪。我的记忆，就像琥珀中变成化石的昆虫。它们很少能保持完整，这些凝固的、久已逝去的小生命，经常会只有一条腿，几片鳞翅，或者胸腔下半的一点儿残片——若要得知全貌，只能从这些断片中推导，一切才会构建出模糊的整体，其间分布着曲折肮脏的裂痕。当我集中视线，注目于记忆空间，我会看到一些面容和事件，对我来说，它们本来应该是有意义的，事实也的确如此，但……又似是而非。亲身见证那些事物的人是我，又不是我。

  在那些记忆里，我是另外一个人，正如安宁洲也是另外一个世界。彼一时，此一时。一个你，和另一个你。

  彼时。这片大地，在当时，其实是三块大陆——尽管它们的位置，跟后来称作安宁洲的地方几乎完全重合。频繁出现的第五季，最终将在极地造出更多冰原，让海面下沉，造就你们时代的"北极"和"南极"，更广阔，更寒冷。但在当时——

  ——应该是现在，当我回忆起当时的情景，往昔就变成了脑子里的现在，所以我才说，那感觉很怪异——

  现在，安宁洲未出现之前，遥远的北方和南方，都曾是优质农田。你们当作西海岸的地方，主要是湿地和雨林；它们将在随后的一个千年失去生机。北中纬地区的有些地方尚不存在，将在数千年的火山喷发中渐渐形成。你老家，叫作佩雷拉村的地方？不存在的。整体来说，其实也没那么大变化，但以地质尺度而言，现在并不是什么久远的时代。请记住，当我们说"世界末日来临"时，通常都是个谎言。这行星根本就安然无恙。

我们该如何称呼这个失落的世界呢？这个现在，如果它不叫安宁洲的话。

首先，让我跟你讲一座城市。

按照你们的标准，这城市的建造方式完全不对。它延伸的方式，是任何现代社群都无法承受的，因为那将需要太长的城墙。而且城市最外围的建筑还会沿着河流等其他生命线扩张，衍生出更多城市，很像是霉菌沿着寄生体表面营养丰富的线条滋生。你会觉得城市之间距离太近。区域重叠太多；彼此之间的联络过于密集，这些扩张的城市和它们蛇行延展的子嗣，如果被分隔独立出来，每一个都无法单独存活。

有时候，它们会有特别的本地名称，这些子城市，尤其是当它们足够大，足够老，又衍生出更多子城，但这都无关紧要。你对它们之间联系的印象是对的：它们有完全相同的基础设施，同样的文明体系，毫无二致的饥渴和恐惧。每座城，都跟其他城市没什么两样。所有这些城市，实际上，都是一座城。这个世界，在这个版本的现在，也跟核心城拥有同样的名称：锡尔－阿纳吉斯特。

你真正理解那样一个国家能有多大力量吗，安宁洲之子？旧桑泽帝国曾经吞并过数百个"文明"，才最终拼凑成形，从那时一直延续到现代，但跟那个帝国相比，不值一提。桑泽只是一帮乌合之众，许多疑神疑鬼的城邦和更小的社群，同意在特定情况下分享某些资

序幕 我，从前的我

源，以求生存。啊，那些第五季，会让整个世界沦落到如此可怜的噩梦里。

在这里，现在，梦想绝无边界。锡尔－阿纳吉斯特的人们早就主宰了物质及其组成的力量；他们甚至塑造了生命本身的形态，来满足自己的奇思妙想；他们对天空奥秘的了解极其透彻，以至于失去兴趣，将注意力转回脚下的大地。而锡尔－阿纳吉斯特人享受着生活。哦，那是多么美妙的生活啊，街市繁忙，商业兴盛，建筑美妙到让你很难看出它们是建筑物。这些建筑的表面是有图案的纤维素，掩藏在树叶、苔藓、青草和成簇的果实和块茎下面，几乎很难看清。有些房顶有旗帜飘扬，它们实际上却是巨大的伞菌怒放的花朵。街上成群结队的那些东西，你可能看不出是交通工具，不过它们的确是用来旅行和运输的。有些用长腿爬行，像巨大的节肢动物。有些呢，看上去只是开放式平台，滑行于共振势垫上方——啊，但你不会懂得这种说法。我应该说，那东西就是飘行在地面以上几英寸。没有动物拖拽它们，也不用蒸汽或者化学燃料驱动。如果有东西——比如宠物或者小孩，碰巧从下面经过，这东西就会暂时消失，然后在另一端重新出现，其速度和知觉都不会发生任何中断。没有人会把这个看作死亡。

这里有一件你能认出的东西，耸立在城市中心。它是数英里之内最高、最亮的事物，每条轨道和路途，都以这样那样的方式与之相连。它是你的老朋友，紫石英色的方尖碑。它并不是浮在空中，现在还没有。它坐落于地面，在它的接口上，但并不十分安静。时不时它就会搏动一下，经历过埃利亚城事件的你，会对那件事有印象。但这里的搏动，要比那边发生过的更健康；紫石英碑并不是遭到破坏，面临死亡的榴石碑。但如果这份相似让你战栗的话，这也是正常反应。

三块大陆的各个地方，只要有足够的锡尔－阿纳吉斯特城市节点，就会有一座方尖碑位于城市中心。它们点缀于整个星球表面，像二百五十六只蜘蛛，坐在二百五十六张蛛网的中央，喂养每一座城市，也被它们反哺。

生命之网，如果你想要这样看待的话。你要知道，在锡尔－阿纳吉斯特，生命是神圣的。

现在想象一下，紫石英碑的基座周围，有一片六边形建筑。不管你怎样想象，都很难接近它的实际面貌，但你只要设想漂亮房子就好。细看这边这座房子，沿着方尖碑西南方向的边缘——建筑在一座小丘的斜坡上。晶石玻璃上没有护栏，但请想象，在透明材质表面，另有一层模糊的深色网状物。这是刺丝胞防护层，一种流行的护窗方法，可以阻止不受欢迎的接触——尽管这东西只贴在窗子朝外的一面，防止外人进入。它们会刺伤来人，但不会致命。（在锡尔－阿纳吉斯特，生命是神圣的。）房间门口没有卫兵，反正卫兵也没什么用。支点学院并不是第一个学会人间那条永恒真理的机构：如果能说服人们配合对他们的禁锢，你就无须任何卫兵。

这是一间牢房，在一座美丽的监狱里。

它看起来不像牢房，我知道。房间里有一件华丽的、刻工精美的家具，你可能称之为一张长沙发，尽管它没有靠背，本身也是几个部分拼装而成。其他家具样式普通，你可能会认出来；任何人类社会都需要桌椅。窗外可以看到一片花园，在另外一座建筑的房顶上。每天这个时间，花园会被巨大晶体折射过来的阳光斜照，花园里花儿的培育和种植，都考虑到了这个因素。紫光浸染在小径和花圃上，花儿在它的影响下，也像在放射微光。有些细小的白色鲜花兼灯盏明灭不定，让整个花圃像夜空一样闪烁光芒。

这里有个男孩，透过窗户，凝视外面闪亮明灭的花儿。

实际上，他已经算是个青年。相貌成熟，年龄模糊的那种感觉。他的身体的设计特色，更强调紧凑而不是健壮。他脸面较宽，面颊较大，嘴巴较小。他身上所有器官颜色都偏白：无色的皮肤，无色的毛发，冰白的眼眸，身披一套白色衣装。房间里的一切也都是白色：家具、地毯、地毯下面的地板，全都是。墙面是漂白过的合成纤维，上面没有长任何东西。只有窗户那儿有颜色。在这片荒芜的空间里，在外面反射进来的紫光中，看似只有那男孩依然活着。

是的，那个男孩就是我。我并不真正记得他的名字，但我的确记得，它拼写起来字母多得要死。所以我们暂且叫他豪瓦——其实发音就是这样，只不过加入了很多不发音的字母和潜藏的含义。前面这个拼写已经很接近，并适当地象征了——

哦。我现在的愤怒程度有点儿过高。神奇啊。那我们换个话题吧，讲讲不那么纠结的事。我们回到其后出现的那个现在，还有大不相同的另一个此地。

现在，是当前的安宁洲，尽管地裂带来的余波仍在回响。"此地"却并不是安宁洲，严格来讲，而是在一座巨大又古老的盾形火山主要岩浆室上方的洞穴中。火山的心脏，如果你喜欢并且理解比喻的话；要不然，也可以说这里一个幽深、黑暗，勉强保持稳定的泡室，处在一片岩石中央，而这些石头呢，从几千年前大地父亲把它们咳出来之后，一直都没有冷却多少。我就站在这样一个洞穴中，部分融入一块岩石，以便更好地察知重大变形带来的轻微震动，那可能是崩塌的先兆。我并不需要这样做。世上很少有其他过程，会比我在这里启动的那种更加难以阻挡。但毕竟，我还是懂得那种感觉，当你心中一片混乱，感到恐惧、不安，对未来毫无把握，我知道这时候应该怎样做。

你并非独自一人。将来也永远都不会，除非你选择这样。我知道什么最重要，在这里，整个世界的尽头。

啊，我的爱人。末日本来就是个相对的概念，不是吗？当地壳破碎，对仰赖地表环境的生命而言，当然是灾难——对大地父亲本身，却无关紧要。当一个男人死亡，对称其为父亲的女孩而言，本来应该是一场灾难，但这件事也可以微不足道，当她已经被太多次称为怪物，以至于最终接受了这样的标签。当一名奴隶反叛，在事后读到该事件的人们看来，这也算不上大事。只是浅薄的文字，写在更为轻薄的纸页上，被历史磨损，变得更加淡漠。（"如此说来，你们曾经是奴隶，那又怎样呢？"就好像这事不值一提。）但对亲身经历过奴隶起义的人而言，无论是那些把自己的主宰地位看作天经地义，直到夜间遇袭的人，还是那些宁愿整个世界燃烧，也不愿再有一瞬间"安守本分"的人——

那个并不是比喻啊，伊松。更不是夸张。我真的曾经目睹整个世界燃烧。别跟我说什么无辜的旁观者，蒙冤受难，残忍复仇。当一个社群建立在地质断层线上方，你能怪那里的城墙倒塌，不可避免地伤害里面的人吗？不；你会怪那些愚蠢到相信自己能长年无视自然法则的人。好吧，有些世界，就是建立在痛苦的断层线上，靠噩梦来维持。不要悲悼这种世界的沦亡。你应该感到愤怒，他们怎么能一开始就建成了必然灭亡的模样。

所以，我现在会告诉你那个世界——锡尔-阿纳吉斯特——是如何灭亡的。我会告诉你，我是如何终结了它，或者至少毁掉了它足够多的部分，让它不得不重新开始，从头再建。

我将告诉你，我是如何打开那道门，将月亮丢开，并在此过程中保持微笑。

我会告诉你一切，包括后来，在死神降临的静寂中，我轻声低语。

现在。

就是现在。

而大地也轻声回应：

燃烧吧。

第一章
你，在半梦半醒之间

现在，我们来回顾一下。

你是伊松，全世界仅有的，打开过方尖碑之门还能幸存的原基人。没有预料到你的人生能这样拉风。你曾是支点学院的一员，但并不是埃勒巴斯特那样的明日之星。你是个野种，在人世的荒原中被寻回，仅有的独特性，是你的天然能力强于偶然降生的普通原基人。你起步不错，却早早陷入平台期——尽管没有任何明显的缘由。你只是缺少那份创新的渴望，也没有出类拔萃的动力，至少元老们关起门来开会的时候是这样抱怨的。你太快就服从了支点学院的清规戒律。这束缚了你。

好事，因为如若不然，他们就永远不会放松你的缰绳，像他们实际上做的那样，派你去做那件跟埃勒巴斯特同行的任务。他要把元老们吓死了。但你不同……他们以为你是安全的那种，被适当驯服过，习惯顺从，不太可能偶然消灭掉一座城镇。结果他们沦为了笑柄。你现在毁了多少座大小城市了？有一座几乎是故意的。另外三座是事故。但说真的，动机重要吗？对死者来说，不重要。

有时候，你会梦想着挽回那一切。在埃利亚城，不去动用榴石碑狂攻，而是眼看着孩子们在黑沙滩上快乐地嬉戏，而你自己在守护者的黑色刀刃旁流血而亡。不被安提莫尼带往喵坞；相反，你返回支点学院，生下考伦达姆。你会在生产之后失去他，也不会有机会拥有艾诺恩，但很可能两人都还活着。（好吧。"活着"也可以毫无价值，如果他们把考鲁放进维护站。）但那样一来，你就不会在特雷诺生活过，不会生下小仔，他也不会死于父亲拳下；你将不会养育奈松，她也不会被父亲偷走；你也不会在前邻居试图杀死你的时候，把他们全都毁掉。那么多条人命都可以得救，只要是留在牢笼里。或者乖乖死掉。

而在这里，此刻，早已摆脱支点学院那套严格规范的束缚之后，你变得极为强大。你救了整个凯斯特瑞玛社群，代价是凯斯特瑞玛本身。这代价已经很小了，跟敌人获胜情况下你们要付出的生命代价相比。你获胜的办法，就是释放了一种古老又神秘的、机械网络的力量，那体系比（你们的）书面历史记载的还要更加古老——而且因为你是那样的个性，所以在学习这种能力的过程中，你杀害了十戒大师埃勒巴斯特。你并不想这样做。你实际上疑心他想让你这样做。无论怎样，他已经死了，而这一系列事件，让你成了整个行星最强大的原基人。

这同时还意味着，你这个最强角色获得了一个保质期限，因为你身上正在发生埃勒巴斯特经历过的事情：你正在变成石头。暂时，变化的只有你的右臂。本来可能更糟。将来一定更糟，等到你下一次打开方尖碑之门，或者甚至只是运用了足够的银色能量线——不是原基力的那种东西，埃勒巴斯特称之为魔法。但你别无选择。你有份工作要做，埃勒巴斯特的赠予，附议的还有难以捉摸的一派食岩人，想要终止大地父亲与生命之间争斗的那些个。你必须要做的任务，相对还比较简单，你感觉。只要抓到月亮。封闭尤迈尼斯那道地裂。减轻当前灾季的预期影响，从数千年数百万年，缩短到人类更容易应付的程度——人类有机会活着熬过的那种时长。再永久终止所有的第五季。

但，你自己想完成的那件任务呢？找到奈松，你的女儿，把她从杀死你儿子的凶手身边带回来，那家伙在世界末日来临时，拖着这女孩穿越了大半个世界。

关于这件事：我有好消息，也有坏消息。但我们稍后再谈杰嘎。

你并非真正昏迷。你是一个复杂系统的关键部件，而那个系统本身，刚刚经历过一次影响巨大，但操控极差的启动流程，然后又经历了紧急关闭，并且没得到足够长的冷却时间，系统表达不满的方式，是高阶化学相位阻隔和诱变素回流。你需要时间来……重启。

这意味着你并没有失去知觉。更像是有时半睡，有时半醒，如果你明白我意思的话。在某种程度上，你对周边事物仍有知觉。行进过程中的颠簸，时而发生的晃动。有人把食物和饮水喂到你嘴里。幸运的是，你仍有足够的意识咀嚼和吞咽，因为在世界末日期间，积满火山灰的道路上，实在不适合用引流管喂食。有几只手拉扯你的衣服，某物围住了你的屁股——尿片。此时此地，其实也不适合裹那个，但毕竟还有人愿意那样照顾你，而你也不会介意。你几乎没有察觉。在他们给你饮食之前，你不会感觉到饥渴；你的排泄也不会带来解脱感。生命还在继续。但它不需要那样激情地来应付。

最终，醒与睡之间的分野显得更加清晰起来。然后有一天你睁开双眼，看到头顶层云密布的天空。视野来回摇摆。枯干的枝条有时会挡住天。透过云层，隐约可以看到一块方尖碑的轮廓：那是尖晶石碑，你猜想着。恢复了它通常的形态和巨大体积。啊，还像一只孤独的小狗一样跟着你，因为现在，埃勒巴斯特已经死了。

盯着天空干看，一会儿就会厌烦，于是你转头观察，想搞清楚周围正在发生什么。你周围有人影在活动，梦境一样，人们都身披灰白色衣装……不。不对，他们穿的是普通衣物，只是被浅色飞灰覆盖住了。而且他们都穿了好多，因为天气冷——还没有冷到让水结冰，但很接近了。灾季已经延续了接近两年；两年没有太阳。地裂在赤道附近喷出很多热浪，却远远不够弥补天上缺少的那颗巨大火球。但毕竟，如果没有地裂，天气会更冷——远远低于冰点，而不是略高于冰点。小确幸。

无论怎样，还是有一个灰扑扑的人影看似察觉了你的醒来，或者就是感觉到了你的重心移动。有个裹着面罩，戴了护目镜的人转头回来看你，然后又有脸围上来。你前方那两个人在低声对话，但你听不懂。他们并没有说什么奇怪的语言。你只是没有完全清醒，而对话的内容也被周围飞灰的掉落声吸收掉一部分。

你后面又有人说话。你吓了一跳，向后看，又是一张配备了面罩和护目镜的脸。这些都是什么人？（你想不到害怕。像饥饿一样，这类俗务现在都让你觉得有些遥远。）然后突然一下，你恍然大悟。你躺在一副担架上——只是两根棍子，中间缝了一张兽皮，有四个人抬着你行进。其中一个大声呼喊，远处又有其他人回应。很多喊叫声。很多人。

又一声喊叫，来自更远处的某个地方，抬着你的人们停下来。他们互相对视，把你放下，整个过程完成得轻松又整齐，显然是协同操作过很多次。你感觉到担架落在松软的、粉尘状的灰烬层上面。更下方可能是路面。然后抬你担架的人们走远，一面打开包裹，安顿下来，开始例行事务，你在很多个月之前熟悉的那种。中途小憩。

你了解这个。你也应该坐起来。吃点东西。检查靴子上有没有破洞，有没有进石头子儿，脚上有没有未被察觉的肿块，确定你的面罩是否——等等，你戴了面罩吗？既然其他人都有配戴……你逃生包里有这个的，对吧？但是逃生包哪儿去了？

有人从阴暗、落灰的环境中走出来。高个子，平原人那样的宽肩膀，身份被衣物和面罩掩盖，但又可以通过略微打卷的爆炸形灰吹发辨认出来。她在靠近你头部的地方蹲下："嗯。真的还没死哦。看来我跟汤基打赌输掉了。"

"加卡。"你说。你的声音比她的更沙哑。

透过她面罩的抽动，你猜她在咧嘴笑。感觉很怪异，她笑了，却没有磨尖的牙齿带出的隐约恶意。"而且你的脑子很可能没有坏掉。至少我跟依卡打赌是赢了。"她环顾周围，继而大声叫，"勒拿！"

你想要抬起一只手，抓住她的一条裤腿，感觉像是要移动一座山。你本来就该有移山之力，所以你集中精神，还是让手臂抬起一半——然后就忘记了你为什么想要得到加卡的注意。幸运的是，她恰好在此时回头，看到了你抬起的手。手在抖，很吃力。考虑片刻之后，她叹气，然后握住你的那只手，像是觉得尴尬，就看着别处。

"现在是。"你吃力地说。

"我怎么知道。我们本来不需要这么快又停下的。"

你本来想问的不是这个，但是说完那句话太吃力了。于是你就躺在那里，一只手被这女人握着，她显然特别不想这样做，但又愿意向你显示出同情，因为她觉得你需要这个。你并不需要，尽管你很感激她的善意。

又有另外两个身影从飞灰中显现，两人的体形都很熟悉，足以辨认出来。其中一个是男性，较单薄，另一个是女性，较臃肿。瘦长那个取代了加卡，来到靠近你头部的位置，俯身摘掉了你此前没有察觉的护目镜。"给我块石头。"他说。这是勒拿，他不讲废话。

"什么？"你说。

他没理你。汤基，另外那个人，用手肘碰了下加卡，后者叹气，在包里翻找，直到她找到一块小东西，递给了勒拿。

勒拿手里拿着那东西，掌面贴在你脸上。那东西开始发光，是熟悉的白光。你意识到，这是凯斯特瑞玛－下城的晶体碎片——发光的原因，是它们接触到原基人就会发光，而勒拿现在就是接触到了你。好机智。利用这道光，他俯身察看你的双眼。"瞳孔收缩功能正常。"他自言自语地咕哝，手在你脸上摸索。"没有发烧症状。"

"我觉得头晕。"你说。

"你活着呢。"他说，就好像这是完全合理的答复一样。今天所有人讲话你都听不懂。"运动能力低下。感知力……？"

汤基凑上来："你之前梦到什么了？"

这话跟"给我块石头"一样没头没脑，但你还是试图回答。因为你恍惚得想不起自己能拒绝。"梦里有座城市。"你喃喃地说。有点儿火山灰掉落到你的睫毛上，你眨眨眼。勒拿给你戴上护目镜。"它生机勃勃。那儿有座方尖碑，在城市上空。"是上空吗？"在城里吧，有可能。我感觉是。"

汤基点头："方尖碑很少在人类居住点的正上方停留。我在第七大学的时候有个朋友，就这个问题提出过一些理论假设呢。想听吗？"

你终于意识到自己在做蠢事：鼓励汤基胡扯。你用了极大的力量瞪了她一眼："不想。"

汤基扫了眼勒拿："她的头脑看似没有问题。反应有点儿迟钝，也许吧，但话说回来，她一直都这样。"

"好的，谢谢你确认这个。"勒拿完成了只有鬼才知道的什么事，重心后移，坐在脚后跟上。"想试试走路吗，伊松？"

"这个是否有点儿突然啊？"汤基问。她在皱眉，隔着护目镜甚至都能看出来。"考虑到之前的昏迷等因素。"

"你跟我一样清楚，依卡不会给她太多时间恢复。这甚至有可能对她有好处。"

汤基叹气。但出手帮忙的也是她，当勒拿一只手搀在你背后，让你从平躺变成坐起。即便是这点儿小事，也特别费力。你刚刚直起身体，就开始感到头晕，但眩晕感随即过去。只是还有不对劲的地方。可能是此前经历留下的影响吧，你的身体似乎总是佝偻着，你右肩无力，胳膊拖在后面，就好像

就好像它是由……

哦，哦！

你意识到已经发生的变故之后，其他人就不再打扰你了。他们看着你拖起那侧肩膀，挺直到最大限度，试图把右臂移入视野。它很沉。你这样做的时候肩膀很痛，虽然肩关节的大部分仍是血肉，胳膊的重量会拉扯到那里。有些肌腱已经变质，但它们仍连接在活着的骨骼上。某种粗糙的结构，在本应顺滑的关节中间摩擦。但是，疼痛并没有你本来预料的那样强烈，你旁观埃勒巴斯特的遭遇时，本以为会更糟。所以，这也算是一点儿好事。

那只胳膊的其他部分——有人已经截掉了你的衬衫和外套衣袖，将之暴露出来的部分，都已经变化到难以认出。它还是你的胳膊，你很确信。除了它还连接在你身体上之外，其形状也是你认得的那样——好吧，不像你年轻时候那样纤柔优雅。你已经粗壮了若干年，这个特征依然保留在看似丰腴的前臂，以往上臂的些许赘肉上。二头肌要比以前更明显；两年的挣扎求生。手部紧握成拳，整只胳膊略微在肘部弯曲。你应付高难原基力任务时，的确是习惯握拳的。

但是前臂上那颗黑痣，像小靶心那个，消失了。你无法扭转胳膊看到反面，所以你用手触摸。之前某次摔倒留下的瘢痕也已经不见，尽管那儿应该是比周围更高一点点。这种程度的精细特征都消失了，混入粗粝又紧致的材质中，像未经打磨的砂岩。你抚摸它，也许带一点儿自毁式的满足，但你的指尖并没有感觉到任何断裂迹象；石化的手臂要比它的外表更坚实。颜色是均匀的，整体偏灰的棕褐色，一点儿都不像你的皮肤。

"霍亚带你回来的时候就已经是这样了。"你察看期间,勒拿一直保持沉默。他语调平和:"他说他需要得到你的允许,然后才能,呃……"

你停住,不再试图搓掉你的岩石皮肤。也许你感到震惊,也放任恐惧夺走了你感到震惊的能力,也许你实际上毫无感觉。

"那么告诉我,"你对勒拿说。努力坐起,又看到自己的胳膊,这些刺激让你略微恢复了一些理智。"从你的……呃,专业观点看,我应该怎么应对这个?"

"我觉得,你或者应该让霍亚吃掉它,或者就让我们中的某个人用大铁槌敲掉它。"

你表情痛苦:"你没觉得那样有点儿夸张?"

"我觉得,更轻量的工具恐怕根本就敲不动它。你忘记了,埃勒巴斯特经历这种事期间,我有足够的机会检查他。"

不知为何,你想起埃勒巴斯特总是要被人提醒吃饭,因为他不再能感觉到饥饿。这事也不是无关紧要,但现在就是突然冒了出来:"他让你检查吗?"

"我没有给他选择机会。我需要知道这种事会不会传染,因为他身上的症状像是在蔓延。我曾取到过一次样本,埃勒巴斯特开玩笑说,安提莫尼,就是那个食岩人,可能会要求索回。"

那可不一定是开玩笑,埃勒巴斯特总是面带微笑讲述最可怕的大实话。"那么,你后来归还样本了吗?"

"你最好相信我归还了。"勒拿一只手抚过头发,抹掉一小堆飞灰。"听着,夜里我们必须把那只胳膊裹起来,以免它的寒气导致你的体温大幅下降。你肩膀上已经有些拉伤迹象,皮肤被它扭坏了。我怀疑它还在导致骨骼变形,肌腱受迫。人的关节天生不适合承受这么大重量。"他犹豫了一下,"如果你愿意,我们可以现在就取掉它,晚些时候再给霍亚。我并不认为……一定要用他的方式处理这件事。"

你觉得，现在的霍亚，很可能就在你脚下的某个地方听着呢。但勒拿对这件事带着一份怪异的幽怨。为什么？你猜了一下。"我并不介意霍亚吃掉它。"你说。你并不只是说给霍亚听，你是真心这样想。"如果这对他有好处，又能把这东西从我身上摘除，为什么不呢？"

勒拿脸上掠过某种表情。他那淡定的面具滑开，你突然察觉，他对霍亚啃食你胳膊的事情感到恶心。好吧，如果这样说，这事本来就恶心人。但这样的想法，原本就太世俗，太原始。你完全清楚自己胳膊里边发生了怎样的变化，因为你花费过很多小时，在埃勒巴斯特已经转化过的身体细胞和颗粒之间穿行。看着它，你就能看到那些代表魔法的银色线条，让你体内极小的物质颗粒和能量排列整齐，挪动这一块，让它跟另一块对齐，小心地组成一张紧致的网，贯通为整体。不管这过程是什么，它就是太精准，太强大，不可能是偶发事件——霍亚吞食它的行为，也不可能是简单的怪癖，尽管勒拿显然是这样想的。但你不知道该怎样向他解释，即便知道，你也没有那份精力。

"扶我起来。"你说。

汤基小心翼翼握住那只石化的手臂，帮忙支持住它，以免它移动、摇摆，扭伤你的肩膀。她狠狠瞪了勒拿一眼，直到他最终克制住自己，又一次伸手扶住你。两人协力，你艰难地站起来，但太吃力。你后来已经在喘息，而且两膝明显发抖。你体内的血液依然不能全力配合，你一时身体摇晃，眩晕，头重脚轻。勒拿马上说："好啦，我们还是放下她吧。"突然之间你又恢复了坐姿，这次是气喘吁吁，那只胳膊突兀地顶在你肩膀上，直到汤基调整好它的位置。这东西真的好重。

（是你的胳膊。不是"这东西"。这是你的右臂。你已经失去了自己的右臂。你现在才刚刚意识到，很快就会为它难过，但现在，暂时来说，把它当成跟自己无关的东西，会更好受一些。一根特别没用的假肢。一颗良性肿瘤，需要尽快摘除的那种。这些都对。但这他妈还是你的胳膊。）

你坐在那里，喘息着，希望这世界不再天旋地转，这时你听到又有人接近。这个人正在大声说话，招呼所有人收拾行装，休息时间结束，他们要在天黑之前再走五英里。依卡。你在她足够接近时抬起头，就在这个瞬间，你意识到自己把她当作朋友。你意识到这个，因为听到她的声音就会感觉很好，看到她的身影出现在飞旋的灰尘中，也感觉那么好。你上次看到她时，她正面临巨大威胁，可能会被攻击凯斯特瑞玛－下城的食岩人杀害。这是你反击的原因之一，运用了凯斯特瑞玛－下城的晶体柱来困住攻击者。你想要她，还有凯斯特瑞玛所有的其他原基人，加上凯斯特瑞玛所有跟原基人依存的其他人，全都活下去。

你微笑，笑容虚弱。你现在本身就虚弱。所以你才真的感觉很受伤，当依卡转身面对你，嘴唇紧绷，一副显而易见的厌恶表情。

她已经扯掉了包裹下半边脸的布片。透过护目镜，你只能看到她灰－黑色的眼影——世界末日都不能阻止她画妆，却看不清她眼睛的其他部分。护目镜周围裹了布料，以便挡灰。"可恶，"她对加卡说，"这事你是跟我没完了，是吧？"

加卡耸耸肩："说服你之前，是的。"

你在瞪着依卡，怯生生的微笑渐渐冷却。

"她很可能会完全恢复。"勒拿说。他语调平淡，但带着一份你马上就察觉到的小心，走过岩浆湖上空的那种小心。"不过，她还需要几天时间，才能自己走路。"

依卡叹了口气，一只手叉腰，很显然是在一系列想说的话之间做选择。她最终决定的,也是看似平淡的话。"好。我会延长抬担架人员的班次。但你们也要尽快让她走路。这个社群,所有人都要尽到自己的义务,否则就会被丢下。"说完她转身离开。

"是啊,话说,"依卡走远之后,汤基小声说,"她对你毁坏晶体球的事,有那么一点点生气。"

你吃了一惊。"毁掉——"噢,的确啊。把那么多食岩人封闭在晶体柱里面。你的本意是拯救所有人,但凯斯特瑞玛就是一台机器——还是一台很古老、很精密的机器,你甚至不理解它的运作原理。现在你们上到地面,冒着大雪一样的火山灰艰难跋涉……"噢,可恶的大地,我真的毁了它。"

"什么?你之前都不知道吗?"加卡笑了下。这笑声有点儿苦涩。"你真的以为我们跑到地面上来,整个社群吃着灰,冒着严寒向北赶路,是出来玩儿的?"她大步离开,边走边摇头。依卡显然并不是唯一为那件事生气的人。

"我本来不……"你想说,我本来不想这样,但住了口。因为你从来都是没想做坏事,但最终,动机总是无关紧要。

看着你的脸,勒拿轻声叹息。"是雷纳尼斯毁灭了社群,伊松。不是你。"他帮你重新躺平,但不肯正视你的眼睛。"我们为了自救,让凯斯特瑞玛-上城爬满煮水虫的那个瞬间,就已经失败了。它们并不会老实撤离,也不会给这个区域留下任何食物。如果留在那个晶体球里面,我们就死定了,不管最终是怎样的死法。"

这是实话,而且完全理性。但依卡的反应证明:有些事情,并不完全是理性的问题。你不能用那样突然又夸张的方式,瞬间剥夺别人的家园和安全感,然后还指望别人在因此发怒之前,仍然能够清责任链。

"他们将来会想通的。"你眨眨眼,发觉勒拿正在看着你,目光清透，表情坦诚。"如果我能做到，他们也能。只是需要些时间。"

你之前都没察觉，他已经克服了特雷诺的心结。

勒拿无视你的凝望，随后就向集中过来的四个人打手势。你已经躺好，所以他把你石化的手臂放在身旁，确保它被毯子盖好。抬担架的人重新担起他们的职责，你不得不抑制住自己的原基力，它在你醒着的情况下，会把任何一次颠簸当成地震对待。开始行进之后，汤基的脑袋伸进视野里："嘿，没事的。好多人都恨我。"

这个还真是没有一丝抚慰作用。同样让人沮丧的，是你会在意这种事，而别人也能看出你的在意。你以前曾是那样铁石心肠。

但是突然之间，你明白了自己改变的原因。

"奈松。"你对汤基说。

"什么？"

"奈松。我现在知道她的位置了，汤基。"你试图抬起右手抓住她，肩膀马上掠过一种感觉，像是剧痛，又像是恍惚感。你听到耳鸣声。这并没有让你受伤，但你暗骂自己没记性。"我必须去找她。"

汤基扫了一眼抬担架的人，然后对着依卡离开的方向说："说话小点声。"

"什么？"依卡完全清楚你要去找女儿的事。这就是你跟她说过的第一件事。

"你要真想被抛弃在大道旁边，那就继续说喽。"

这让你闭了嘴，另一个原因，是一直要克制原基力。噢。原来依卡已经生气到那种程度了。

灰尘不断飘落，最终挡住了你的护目镜，因为你没有力气擦拭它。在随后的灰暗中，你身体自我修复的需要占了上风；你再次入睡。下一次醒来，你抹掉脸上的灰尘，是因为你又一次被放下，而且有个石头或者树枝之类的东西，硌到了你的腰。你挣扎着单肘撑起身体，这样感觉更舒服一些，尽管你无力做到更多。

夜幕已经降临。数十人正在某块耸起的岩石山上准备宿营，周围是稀疏枯槁的草木，勉强可算是一片树林。这座石台隐知起来很熟悉，你用原基力探察凯斯特瑞玛周边的环境时见过，它帮你确定了自己的方位：一块新鲜的地质突起，大约在凯斯特瑞玛晶体球向北一百六十英里处。这让你得知，你们离开凯斯特瑞玛的旅程应该是几天前刚刚开始，因为这么大一群人，行进速度不可能太快；既然你们在向北行进，目的地也只有一种可能。雷纳尼斯。不知为何，每个人应该都已经知道那里是一座空城，可以居住。或者，他们只是希望那里是这样子，又没有其他希望。好吧，至少在这一点上，你可以让大家放心……如果他们还肯听你说。

你周围的人正在垒起篝火圈、烧烤架、厕所。整个营地的多个地点，都有小堆的凯斯特瑞玛晶体块提供额外照明；还有足够的原基人幸存，让这些石头起作用，好事。有些活动效率低下，因为人们还不习惯，但整体来说，各项事务井然有序。凯斯特瑞玛有相当多的成员熟悉在外旅行，这成了有利因素。但是，给你抬担架的人离开了你，如果有人要给你生火，送来食物的话，也还没有开始做。你发现勒拿蹲在另外一组躺着的人旁边，但他现在很忙。啊，是的；雷纳尼斯士兵闯入晶体球之后，肯定有不少人受伤。

好吧，你并不需要火堆，你也不饿，所以暂时来说，其他人的漠视并不会让你烦恼，除了情感上。你真正在意的，是你的逃生包不见了。你把那个背过了半个安宁洲，曾把你的等级戒指藏在里面，甚至当食岩人在你房间里变身的时候，你都把它抢救了出来，没有烧成灰。那里面并没有太多对你来讲重要的东西，但那个包本身有某种情感上的价值，就现在来说。

好吧。每个人都会失去某些东西。

突然有座山，压在你对周边环境的感知里。尽管有种种不如意，你还是察觉自己在微笑："之前我还纳闷儿呢，你什么时候才会现身。"

霍亚站在躺着的你的身旁。看到他这副模样，还是会让你受到惊吓：一个中等身量的成年人，而不是一个小孩，脉络分明的黑色大理石身体，而不是白皙的肌肉。不过，出于某种原因，倒是很容易感觉到他还是同一个人——同样的脸型，同样诡异的冰白色眼睛，同样无可掩饰的怪异，同样会时不时闪亮的奇思妙想——就像你过去一年熟悉的霍亚一样。到底是哪里发生了变化，让你觉得一名食岩人不再陌生呢？他的变化或许只是表面。而你的一切都在变。

"你感觉怎样？"他问。

"好些了。"你改换姿势仰视他，那只胳膊就在妨碍你，不断提醒着你和他之间不成文的约定。

"是你跟他们说了雷纳尼斯的事？"

"是的。而且我正在引导他们去那里。"

"你？"

"在依卡能听到的范围内。我觉得，她更喜欢自己的食岩人作为隐秘的威胁存在，而不是活跃的盟友。"

这让你疲惫地笑了一声："你实际上真是盟友吗，霍亚？"

"对他们而言不是。不过，依卡也清楚这一点。"

是的。这很可能就是你现在还活着的原因。只要停止保证你安全，有饭吃，霍亚就会帮忙。你们又回到了大路上，一切又都成了可恶的交易。曾经称作凯斯特瑞玛的社群还在，但已经称不上是真正的社群，只是一帮目标接近的旅行者，共同协作谋生。也许等到以后，它还可以成为一个真正的社群，只要再找到一个新的家园来守护。但暂时，你明白了依卡愤怒的原因。人们失去了某种美丽又完整的东西。

好吧。你低头看看自己。现在的你,也已经不再完整,但你剩余的部分仍然可以强化;你很快就可以去追奈松。要先解决当务之急。"我们要做了吗?"

霍亚静默了一会儿,没说话:"你确定?"

"现在来说,这只胳膊对我完全没用。"

你听到极细微的声响。石头摩擦在石头上,缓慢又坚决。一只极为沉重的手掌放在你转化了一半的肩膀上。你感觉,尽管重量惊人,这触摸对食岩人来讲,已经是相当温柔的了。霍亚对你很小心。

"这里不行。"他说,然后就把你带入了地下。

过程只有一瞬间。他在地下穿行总是很快,很可能因为:如果时间久了,你就很难呼吸……或者保持理智。这一次,也不过是视线模糊,有运动感,眼前闪过一片黑暗,然后有泥土气息,比酸性灰尘更浓重些。之后,你就躺在了另一座石山上——甚至可能是凯斯特瑞玛人扎营的同一座山,只不过离营地更远。这里没有营火;唯一的光源,是头顶浓云上反射来的血色光芒,来自地裂。你的双眼很快适应了环境,尽管周围除了石头和附近树木的黑影,本来也没什么好看的。然后还有一个人影,正蹲在你身旁。

霍亚温柔地双手捧起你石化的胳膊,几乎是很崇敬的模样。你情不自禁地感觉到这一刻的庄重。为什么它不能庄重呢?这是方尖碑们要求的牺牲。这是你为女儿的血债必须偿还的,那一磅肉的代价。

"这件事并不是你想象的样子。"霍亚说,有一瞬间,你担心他能读取你的内心。更有可能的原因,是他真的像群山一样古老,而且能读懂你的表情。"你看到的是我们失去的东西,但我们也在得到。这并不像表面看起来的那样丑陋。"

看来,他是要吃掉你的胳膊了。你对这个没意见,但你想要理解。"那么，这到底算什么？为什么……"你摇摇头，甚至不知道自己该问什么。也许重要的不是为什么。也许你就是不可能理解。也许这些事，本来就不该讲给你听。

"这个并不是食物。我们要活下去，有生命本身就够。"

这段话的后一半听起来毫无意义，所以你就前半段发问："如果这不是食物，那么……？"

霍亚又一次缓缓移动。他们并不经常这样做，食岩人们。动作会暴露他们诡异的本性，跟人类如此相似，却又如此不同。如果他们样子更怪异，可能还更容易被接受。当他们这样动起来，你能看出他们曾经是什么，而知道了这件事，会让身为人类的你感觉到极大的威胁和警觉。

但是。你看到的是我们失去的东西，但我们也在得到。

他双手抬起你的手，然后一只手放在肘部以下，手指轻轻握住你攥紧的、裂开的拳头。缓缓地，缓缓地。这样不会让你肩膀痛。凑近他的脸，到了一半距离时，他把肘部那只手挪动到你上臂下方。他的石头滑过你的石化肢体表面，发出轻微的摩擦声。听起来出人意料地色情，尽管你内心毫无波澜。

然后你的拳头已经停在他嘴边。他的嘴唇没有动，声音从他的胸腔里传来："你害怕吗？"

你考虑这件事，好半天。难道不该害怕吗？但事实上……"不怕。"

"好。"他回答，"我是为你这样做的，伊松。一切都是为了你。你相信这个吗？"

一开始，你不确定。冲动之下，你抬起自己完好的那只手，平滑的手指，抚过他又冷又硬、细细打磨过的脸颊。现在很难看清他，只是黑色背景下的黑影，但你的拇指找到了他的眉骨，然后又抚过鼻梁，在成年形态下，霍亚的鼻子更长了些。他曾跟你说过，尽管身体怪异，他仍把自己看作人类。你为时已晚地意识到，其实你也早就选择了把他看作人类。这份共识，让现在这件事变成了不同于掠食行为的其他东西。你并不确定应该怎么看，但……这更像是一件礼物。

"是的。"你说，"我相信你。"

他的嘴巴张开。很大，更大，大到超过人类嘴巴能够张开的程度。你曾经担心过他嘴巴太小；现在却已经大到可以塞进去一只拳头。而且他有那样的牙齿，小而均匀，像钻石一样清透，在夜晚的红光里闪着美丽的光彩。

除了这些牙齿之外，世上只有黑暗。

你闭上了双眼。

她情绪很糟。因为年纪大了，她的一个孩子告诉我。她本人说：这只是因为压力太大，总要努力警告那些不想听坏时代即将来临的人。她不是情绪糟糕，只是在享受老年福利，再也不用保持那份礼貌的伪装。

"这个故事里没有坏人。"她说。当时我们坐在穹顶花园里，这儿修建成穹顶，完全是因为她的坚决要求。锡尔城的怀疑论者们依然声称，没有任何证据表明事情会演变成她说的那副模样，但她的所有预言无一落空，而且她的锡尔血统要比那些人更为纯正。她在喝"安茶"，就像要用化学成分来讲述真理一样。

"并没有单独一个恶人可以充当千夫所指，也没有哪个瞬间改变过一切。"她继续说，"情况曾经不妙，然后变得更糟，有时更好，有时又变坏，然后坏事一次一次又一次地发生，因为没有人阻止它。很多事情都能够……被调整。好事可以延长，坏事可以预测并缩减，有时候为了避免很可怕的事，简单的办法就是选择没有那么糟糕的坏事。我已经放弃了完全阻止你们这些人的努力。仅仅满足于教我的孩子们铭记，学习，并且活下去……直到终于有一天，有人可以最终打破恶性循环。"

我感到困惑："你是在说熔穿吗？"毕竟，我来访的目的就是谈这个。百年后将有熔穿，她曾预言过的，早在五十年前。还有什么其他重要的事情吗？

她只是微笑。

——采访笔记，翻译自方尖碑建造者文献丙，迪巴尔斯的创新者希纳什发现于塔皮塔高原723号遗迹。文献日期不详，记录者身份不详。猜想：第一位讲经人？私人信息：巴斯特，你应该看看这个地方。到处是珍贵的历史文献，大多数朽坏至无法解读，但还是……希望你能来。

第二章
奈松，想要挣脱束缚

奈松站在父亲的尸体旁边，假如可以把一堆破碎的宝石称作尸体的话。她在轻微摇晃，头晕，因为肩膀上有伤——那是父亲刺到她的地方，现在流了好多血。刺伤她，是因为一个不可能的选择，父亲逼迫她去做：要么做他的女儿，要么做一个原基人。她拒绝抹杀自己的本性。而父亲拒绝让原基人活在世上。最后的瞬间，两人都没有什么个人层面的恶意，这只是不可避免的、丑陋的暴力。

这个场景的一侧站着沙法——奈松的守护者，他低眉俯视杰基蒂村的抗灾者杰嘎的遗体，表情里面有惊诧，也有冷漠的满足。奈松的另一侧是灰铁，她的食岩人。现在可以这样说，她的食岩人，因为在奈松需要的时候，他出现了——不是来帮忙，从来都不是，但还是给了她某种东西。他提供的——而奈松也终于意识到自己需要的，是一个目标。甚至连沙法都没能给过她这个，但这是因为沙法无条件地爱着她。她也需要那份爱，哦，她极度需要。这个瞬间，当她的心彻底碎裂，当她的意识终于能够集中起来，她渴望的却是某种更加……实在的东西。

她将会得到自己想要的那份实在。她会为之战斗，为之杀戮，因为她已经不得不一次次那样做，如今这已经成了一个习惯，而如果她成功，最终自己也会因此而死。毕竟，她是妈妈的女儿——而且，只有那些自以为还有未来的人，才会惧怕死亡。

在奈松完好的那只手里，有一根三尺长，一端尖利的晶体碎片在嗡嗡作响，深蓝色，棱角精致美观，尽管在底部有点儿变形，成了一个接近手柄的形状。时不时，这根奇怪的剑状物就会闪耀一下，变成透明的、模糊的、不尽真实的状态。它很真实；奈松只有集中精神，才可以阻止手里的东西把她自己变成彩色石头，就像父亲被它变成的那样。她会担心，如果自己失血过多晕厥，会遭遇到什么，所以她真心想要把蓝宝石碑送回天上，恢复它的默认形状和巨大体积——但她不能。现在还不行。

那边，宿舍旁边，就是两个原因：乌伯和尼达，寻月居的另外两名守护者。他们正在观察她，当她的视线投向这两个人，他们之间闪过一丝银色触须样子的东西。没有对话，没有视线接触，只是这种无声的沟通，常人根本无法觉察，如果奈松不是现在这样，也根本就不会发觉。在每个守护者的体内，都有纤细的银色线束从脚底涌入，通过他们的神经和血脉，联通到他们脑子里安放的小小铁片上。这些须根一样的线束一直存在，但也许就是这个瞬间的紧张氛围，才让奈松终于发现，这些线束在每一名守护者身上都是那样粗大——远远超过沙法与大地之间的连接线。至少她知道这件事的含义：乌伯和尼达，都只是一个更强大意志操纵的傀儡。奈松曾经试图把他们想得更好一些，试着把他们看作自己人，但此时，此地，当她手握蓝宝石剑，父亲死在脚边……要成熟起来，真的是没有更合适的机会了。

于是奈松让一个聚力螺旋深入地底，因为她知道，乌伯和尼达一定会感知到这个。这是诱饵；她不需要大地的力量，而且她怀疑对手也清楚这一点。但他们还是做出了反应，乌伯两臂张开，尼达也挺直身体，不再倚靠走廊护栏。沙法也做出了反应，他的眼睛向侧面一转，与奈松视线相接。这个线索不可避免地会被乌伯和尼达察觉，但这是无法改变的。奈松脑子里没有邪恶大地的碎片,来帮她进行隐蔽的交流。物质条件不足,可以用心弥补。沙法说:"尼达。"这已经是她需要知道的全部。

乌伯和尼达开始行动。速度很快,那么快,因为两人体内的银线已经强化了他们的骨骼,绷紧他们的肌肉,让他们拥有远远超过常人肉体极限的能力。一波抑制能量在他们前方冲到,暴风雨一样无法阻挡,马上让奈松隐知盘的主额页变得麻木迟钝,但奈松抢先出击了。不是靠体力;那方面,她完全无法跟对手相比,此外,她已经虚弱到仅能勉强站立。意志力和银线,这就是她拥有的一切。

于是奈松(身体静止,意志狂暴)抓取身体周围空气中的银线,将它们织成一张粗糙却有效的网。(她之前从未这样做过,但也没有人告诉过她不能这样做。)她把这张网的一部分绕在尼达身体周围,无视乌伯,因为沙法告诉过她。事实上,下个瞬间奈松就明白了沙法为什么让她集中对付一个敌方守护者。那张她在尼达身前织出的网本应该把对手紧紧困住,让尼达像撞进蜘蛛网的昆虫一样。但相反,尼达只是踉跄停步,然后哈哈大笑,之后有某种其他质地的线条从她体内弯卷着向前飞出,在空中挥舞,将她身体周围的那张网切割成碎片。

她又一次向奈松猛冲,但奈松——瞪大眼睛呆看守护者反击的快速高效之后——从地下扯出石矛,撞刺尼达的双脚。这也只是起到了一点儿阻挠作用。她仍在向前猛冲,踏碎石矛,即便在靴子被刺穿时,仍旧继续向前冲。尼达一只手成爪,另一只手指尖绷直变成掌刀。两者中最先击中奈松的,就将决定她徒手撕裂奈松的方式。

这时奈松感到慌乱。只有一点点,因为太慌的话,她会失去对蓝宝石碑的控制,但毕竟有些慌。她能感觉到那种原始的、饥饿的、混沌的震荡,那是尼达体内的银线在嗡嗡作响,她以前从未感知过这种状况，不知为何，现在就感觉到了那份强烈的恐惧。她不知道那种奇怪的震荡将会怎样处置她，如果尼达能够触及奈松裸露的皮肤。（但她妈妈知道。）她向后退出一步，用意念调动蓝宝石长剑，让它移动到自己和尼达之间进行防护。她没受伤的那只手仍在蓝宝石剑剑柄上，所以，这就像是她在挥动一支剑，用颤抖的，行动过于迟缓的一只手。尼达又一次冷笑，声音高亢得意，因为两人都明白，即便是蓝宝石剑，也根本无力阻止她。尼达的手爪向前挥出，五指张开，探向奈松的脸颊，同时身体像蛇一样扭动，灵巧地避开奈松的乱砍——

奈松垂下蓝宝石剑，尖声大叫，她迟钝的隐知盘绝望地、无助地抽搐——

但所有这几位守护者，都忘记了奈松的另一位守护者。

灰铁看似没有动过。前一个瞬间，他还像前几分钟那样站着不动，背向杰嘎留下的那摊东西，表情一派宁静，姿态娴雅，面向北方地平线。下一个瞬间他已经靠近，就在奈松身边，移位速度之快，足以让奈松听到刺耳的音爆。而尼达前扑的动作也戛然止住，因为她的咽喉被灰铁抬手卡住。

她尖叫。奈松以前听过尼达连续几小时喋喋不休，用她焦躁的小嗓门儿，可能就因为这个，她把尼达看成一只小鸟，多嘴多舌，健谈又无害。但这声尖叫是掠食者的风范，狂野、愤怒，因为有人阻止了她击杀猎物。尼达试图挣脱，宁愿皮肤和肌腱受伤，也要重获自由，但灰铁的抓握坚如磐石。她被死死卡住。

奈松身后的声响令她猛回头去看。距离她的位置十英尺外，乌伯和沙法身形模糊，正在徒手战斗。她看不清发生了什么。他们两人的动作都太快，攻击迅捷凌厉。奈松耳边听到击中的声响，两人就已经切换到不同的姿势。她甚至分辨不清他们在做些什么——但她担心，很担心，为沙法。乌伯体内的银线像大河奔流，那些闪耀的须根不停地为他灌注能量。而沙法体内那条更为纤细的溪流,则更加狂野,激流与阻隔交替出现,撕扯他的神经和肌肉,时而突然爆出闪光,试图分散他的注意力。奈松凝神观察沙法的表情,发觉他本人仍在控制局面,而这正是救了他一命的因素;他的行动不可预料,有战略,有头脑。但毕竟,他在这种局面上仍能战斗,已经很让人震惊。

他结束战斗的方式——单手插入乌伯下颌,直至手腕,那样子还是很吓人。

乌伯发出可怕的声响,战栗着停止——但瞬间以后,他的手再次向沙法的咽喉疾伸,速度快到模糊。沙法惊呼一声——快到像是一声喘息,但奈松听出了那份警觉——避开那一击,乌伯还在行动,尽管他的眼睛已然后翻,行动也是间断、笨拙。奈松这时明白过来:乌伯本人已经不在。另外某种力量在控制他,操控他的肢体和神经,只要关键性的连接还在。而且,是的。下一次呼吸,沙法就把乌伯掀翻在地了,抽出手掌,单脚踏向对手的头。

奈松不敢看。她听到碎裂声,这就够了。她听见乌伯居然还在扭动,行动更加虚弱,却更为固执,然后她听到沙法弯腰时的衣物窸窣声。再然后她听到了某种声音,那是大约三十年前,她妈妈在支点学院守护者办公区听到过的:骨骼碎裂,之后是可怕的肉体撕扯声,沙法的手指伸进乌伯碎裂的头颅里面。

奈松没办法闭上耳朵,于是把注意力集中在尼达那儿,她还在试图挣脱灰铁坚不可摧的掌握。

"我——我——"奈松想要开口。她的心跳只是略微减缓了一点点,双手握持的蓝宝石剑颤抖加剧。尼达还想杀掉她。灰铁,这个只是作为可能的盟友出现,立场并非确定的家伙,只需要放松掌握,奈松就会死。但是。"我并——并不想要杀死你。"她艰难地说。这甚至还是实话。

尼达突然不再扭动，也不再出声。她脸上的狂怒渐渐淡化成毫无表情。"上一次，它做了不得不做的事情。"尼达说。

奈松感到汗毛直竖，意识到某种难以言传的变化发生了。她不确定那是什么，但她觉得眼前这个，已经不像是尼达。她咽下口水："做了什么？你说谁？"

尼达的视线落在灰铁身上。隐约的摩擦声，灰铁的嘴角弯起，变成大大的、露齿的笑容。然后，在奈松能想到更多问题之前，灰铁的抓握改换了姿势。不是放松，而是扭转，带着那份不自然的缓慢，或许是要模仿人类的动作。（或者是嘲笑它。）他手臂收缩，手腕扭转，让尼达转身，背对着食岩人的脸。后颈对着他的嘴。

"它很愤怒。"尼达继续平静地说，尽管现在，她的脸偏离灰铁，转而面对着奈松。"但即便是现在，它还是愿意寻求妥协，给出谅解。它要的是补偿，但——"

"它所要求的补偿，早就得到一千倍以上了。"灰铁说，"我再也不欠他任何东西。"然后他张大嘴巴。

奈松又一次转开脸。在她把自己父亲变成碎片的这个早上，还是有些场景过于血腥残忍，不适合她这样的孩子观看。至少尼达没有继续动，在灰铁把她的尸体丢在地上之后。

"我们不能留在这里了。"沙法说。当奈松吃力地咽下口水，集中精神面对他的时候。她看到他站在乌伯的尸体旁边，一只沾满血污的手里拿着某种小而锋利的东西。沙法看那东西的眼神，就像面对那些他想要杀死的人一样。"其他人会来的。"

借助死亡威胁下的肾上腺素激增，奈松知道他指的是其他被污染的守护者们——而不是像沙法那样被污染一半的类型，他用了某种办法，保留了一定程度的自由意志。奈松咽下口水，点头，现在感觉更冷静了一些，因为没有人在尝试杀死她。"那——那其他孩子怎么办？"

她谈及的孩子们，有几个就站在宿舍门廊里，被蓝宝石碑发出的轰鸣声惊醒，那是奈松把它变成宝剑形态时发出的。奈松知道，他们见证了一切。有两个在哭，因为目睹了他们的守护者的死亡，但多数只是被惊呆了，默默瞪视着她和沙法。有个较小的孩子在台阶一旁呕吐。

沙法看了他们半晌，然后斜睨着看奈松。他的眼里还带着那份冷酷，表达了没有说出的想法。"他们将会需要离开杰基蒂村，很快。没有守护者，社群里的人不太可能容忍他们的存在。"或者沙法可以杀死他们。这是他遇上其他不受自己控制的原基人时惯常的做法。原基人要么属于他，要么就被看作威胁。

"不行。"奈松冲动地说。她拒绝的是那份沉默的冷酷，不是他说出的话。那冷酷又略微增加了一些。沙法从来都不喜欢她说不。奈松深吸一口气，让自己更冷静一点儿，纠正自己的表述。"求你了，沙法。我只是……不能承受更多了。"

这是赤裸裸的伪善。奈松最近刚做的决断，她对着父亲尸体下定的决心，就跟这句相反。沙法不可能知道她内心的抉择，但她从眼角看到灰铁的嘴角浮起一丝意味深长的、带血的微笑。

她抿紧嘴唇，还是认真想要坚持。这并非谎言。她已经无法承受这种残忍，这无穷无尽的磨难；这才是最重要的。她将来要做的事，就算没有其他优点，至少也会很快，心怀悲悯。

沙法打量了她片刻。然后他身体微颤，脸色略有些痛苦，这是奈松最近几周经常在他身上看到的表现。当这阵波动过去，他做出一副笑脸，来到她身边，尽管在此之前，沙法先是握紧拳头，扣住了他从乌伯身上取下的那块铁片。"你的肩膀怎样了？"

奈松抬手去碰伤口。她睡衣布料上已经浸了些鲜血，但还没湿透,那只胳膊也还能动弹。"很痛。"

"痛感还要持续一阵子,恐怕是的。"沙法环顾四周,然后起身走到乌伯尸体旁边。撕下死者的一条衣袖——血渍较少的那条,奈松为此略感欣慰——他返回,卷起奈松的衣袖,然后帮她把布条绑在肩膀上。他系得很紧。奈松知道这样做有好处,很可能会让她避免缝合伤口的必要。但有一会儿,痛感反而加剧,她在沙法身上倚靠了片刻。他知道这个,用空闲的那只手轻抚女孩的头发。奈松注意到,另外那只沾满血污的手,仍然紧握着那片金属。

"你打算怎样处理它呢?"奈松瞪着那只紧握的手,问道。她情不自禁地想象着,那里一定有个特别邪恶的东西,正在伸展它的触须,寻找下一个目标,用邪恶大地的意志去污染新宿主。

"我不知道。"沙法沉重地说,"它对我本人并没有威胁,但我记得在……"他皱眉愣了一会儿,显然是在搜寻遗失的记忆。"反正是以前,另一个地方,我们就会简单地回收利用它们。这里,我感觉必须要找个偏僻的地方丢掉它,希望短期内都没有人会偶然遇见它。那么,你又打算怎么处置那个呢?"

奈松循着他的视线,看到蓝宝石长剑,无人照管的它,已经飘浮到她背后恰好一英尺距离的地方。它微微移动,跟奈松的动作保持一致,同时轻声哼鸣。奈松不明白它为什么这样做,尽管她从这个靠近的、沉默的力量源泉中得到了些许慰藉。"我猜,我还是把它放回去吧。"

"你是怎么……"

"我只是需要它。它知道我需要什么,就为我变了形。"奈松微微耸肩,用语言来解释这种事太麻烦。然后她用没受伤的那只手抓住沙法的衬衣,因为她知道,当沙法不回答问题时,通常都不是个好兆头。"其他人啊,沙法。"

第二章 | 奈松，想要挣脱束缚

他终于叹了口气："我会帮他们准备背包。你能走路吗？"奈松大大地松了一口气，那个瞬间感觉自己简直能飞行。"能。谢谢。谢谢你，沙法！"

他摇头，显然是在后悔，尽管他再次微笑了："去你父亲的房子里，带上全部有用的、可以携带的物品，小东西。我在那里跟你碰头。"

奈松犹豫了。要是沙法决定杀死寻月居的其他孩子……他不会的，对吧？他说过自己不会那样做。

沙法停顿了一下，微笑着扬起一侧眉毛，那副样子温和有礼又冷静，略显疑惑。这是假象。银线仍在沙法体内肆虐，像狠毒的鞭子，试图威逼他杀死奈松。他一定在承受着惊人的痛苦。但他抗拒着那份折磨，就像过去几周一直在做的那样。他不会杀死奈松，因为他爱这女孩。而奈松也不会再相信任何事，任何人，如果不能相信沙法。

"好的。"奈松说，"我在爸爸家里等你。"

当奈松从沙法怀里退开，她扫了一眼灰铁，后者也转身面对沙法。就在过去几次呼吸的时间里，灰铁去掉了唇上的血迹。奈松不知他是怎样做到的。但他伸出一只灰色手掌，朝向他们两个——不对。是朝向沙法。沙法见状，侧头思忖片刻，然后把那块带血的铁片放在了灰铁手中。灰铁的手瞬间闭合，然后又缓缓张开，像是在变戏法。那铁片的确消失了。沙法侧头，礼貌地表示感谢。

这就是她的两个怪异的保护者，现在必须同心协力来照料她。但奈松自己，难道不也是怪物吗？因为就在杰嘎赶来杀死她之前，她感知到那东西——那份突然加剧的强大力量，被数十块方尖碑协同起来集中、放大的那种力量？灰铁称之为方尖碑之门：一个巨大又复杂的机械系统，由那个创建了方尖碑的失落文明建造而成，为了某个深不可测的目的。灰铁还曾提到过一个名为月亮的东西。奈松听过一些相关的故事；曾经，在很久以前，大地父亲有个孩子。失去那个孩子的事件，才是惹他生气，并造成第五季的原因。

那些故事提供了一个极为渺茫的希望，还有一段看似无心的表达，讲经人常常用来困扰被打动的听众。将来某一天，如果大地的孩子能够归来……推论是：某一天，大地父亲可能终于被成功取悦。某一天，第五季会被终结，整个世界的所有问题都将得到解决。

只不过，父亲们还是会试图杀死他们的原基人孩子，不是吗？即便是在月亮回归之后。没有任何办法阻止那种事。

把月亮带回家。灰铁曾经这样说。终结这个世界的痛苦。

真的，有的选择根本就不算是选择。

奈松用意念驱动蓝宝石碑，让它再次悬浮在自己面前。遭到乌伯和尼达的原基力抵消之后，她无法隐知任何事情，但还有其他方式能够感知这个世界。而就在蓝宝石碑似水非水的闪光里，在它解体又重构自身的过程中，在其晶体网络里储积的巨量银线卷舒的影响下，有一条隐秘的信息，用力量和平衡态的等式书写出来，奈松本能地解读出其中的奥秘，她运用的能力并不是数学。

很远处。跨越未知的汪洋。她的妈妈或许还掌握着方尖碑之门的钥匙，但奈松在积满灰尘的道路上已经学会了：大门总有其他办法开启，可以扭断的铰链，攀爬或者打洞的方法。而在很远的远方，整个世界的另一头，有那样一个地方，可以夺走伊松对方尖碑之门的控制权。

"我知道我们需要去哪里了，沙法。"奈松说。

他看了她一会儿，视线闪到灰铁那边，又返回："是吗，现在就知道了？"

"是的。不过，那个地方特别远。"她咬着下唇，"你愿意跟我一起去吗？"

沙法微微躬身，笑容酣畅又温暖："无论去哪里，我的小东西。"

奈松长出一口气，怯怯地仰头对他微笑。然后她小心翼翼地转身，背向寻月居和那里的几具尸体，徒步下山，一次也没有回头看。

· · ※ · ·

帝国纪元2729年：阿曼德社群的目击者们（迪巴方镇，北中纬西区）报告说，有一名未注册的女性基贼打开了城镇附近的地下毒气穴。毒气性质不明，几秒钟即可致命，死者舌胎绀紫，死于窒息而非毒素？或两者兼有？报告称，另一名女性基贼看似阻止了第一名基贼的企图，用了某种方法将毒气逼回地下，然后封闭了天然气穴。阿曼德社群的居民尽快射杀了两名基贼，以避免再次发生此类事件。支点学院评估后认定，该气穴储量巨大——足以杀死北中纬西半区的大部分人类和牲畜，还将导致次生表土污染。导致该事件的女性年龄十七岁，据说是要阻止猥亵自己妹妹的人。平息事件的女性时年七岁，前者的妹妹。

——迪巴尔斯的创新者耶特，研究项目笔记

锡尔－阿纳吉斯特：五

"豪瓦。"有个声音在我身后说。

（我吗？是我。）

我从带刺的窗口转过身来，不再面向那闪烁的花朵。有个女人，跟婕娃和引导员站在一起，而我不认识她。用眼睛看，她是他们中的一员——皮肤整体是柔和的棕色，眼睛灰色，发色棕黑，卷曲成束，个子高。但她脸型较宽，略有些另类迹象——或者也许，透过数千年记忆的扭曲之后，我看到的只是自己想看的样子。她真正的长相如何，其实并不重要。对我的隐知盘来说，她跟我们的亲缘关系就像婕娃蓬松的白发一样醒目。她对周围环境施加的压力，是一种翻涌的，重到不可思议的，无法抗拒的强力。这让她无可置疑地是我们中间的一员，就像从完全相同的生物魔法混合物中熔铸出来的一样。

（你看起来跟她很相像。不。是我想要你跟她相像。这不公平，哪怕是真的；你的确像她，但不只是长相，还有更重要的其他很多方面。抱歉，我会用这样的方式贬低你。）

引导员说话就像他们那类人通常的样子，借助细微的，仅能通过空气传播，几乎无法撼动地面的波形。语言。我知道这名引导员的名字——语言词，斐伦，我还知道她是较为好心的一个，但这条知识仍旧保持着无声和模糊，像很多跟他们有关的其他知识一样。有很长时间，我无法辨识他们之间的个体差异。他们看起来各不相同，但在周边引力环境中，又同样地不存在。我还是不得不提醒自己：对他们来说，发质、眼形和独特的体味都有重要意义，就像我意念中扰动地壳的方式一样重要。

我必须尊重他们之间的区别。毕竟，我们才是有缺陷的个体，被剥夺了很多让我们成为人类的特征。这都是必须的，我并不介意自己是现在的模样。我喜欢当一个有用的人。但如果我们更加了解我们的创造者，很多事情都能更容易一些。

于是我凝视这个新来的女人，这个我们的女人，并且试图在引导员介绍她的时候用心听。介绍是一种仪式，包括解释名字的发音，以及列举各种关系，包括……家人？职业？老实说，我并不知道。我只是站在别人想让我站的地方，说我应该说的话。引导员告诉新来的女人，说我是豪瓦，婕娃是婕娃，这是他们对我们使用的名字词。新来的女人，引导员说她叫克伦莉。那个也不对。她的名字实际上是深刺，穿越土层的甜美爆裂，下层软质硅酸盐，回响；但我会努力记住"克伦莉"，在我不得不用语言说话的时候。

引导员看似很高兴，因为我在适当时机说了"幸会"。我也高兴；介绍通常很难，但我曾经特别努力学好这件事。这之后她开始跟克伦莉说话。等到引导员显然已经没有话跟我说，我移动到婕娃身后，开始给她扎辫子，让她浓密、蓬松的头发更整齐。引导员们看似很喜欢看我们做这样的事，尽管我并不真正理解原因。他们中间有一个人说，我们互相照顾的样子很"可爱"，就像人类一样。我不太确定可爱是什么意思。

与此同时，我在倾听。

"这就是毫无道理。"斐伦在说，她唉声叹气，"我是说，数字当然不会说谎，但是……"

"如果你想要提出正式抗议的话。"克伦莉开口说。她说话的声音吸引了我，这是人类语言从来没有过的。不像引导员，她的声音有重量，也有质感，层次分明，又富有深度。她说话时会把语言送入地面，像是某种低声共振，这让语言显得更真实。斐伦看似没有察觉克伦莉话的深度远远超过自己（或者她就是不在乎），闻听之后，只是显出一副不舒服的样子。克伦莉重复了一遍："如果你要那样做，我可以要求盖勒特把我移出名单。"

"然后听他号叫吗？邪恶的大地啊，他会叫个没完。他的脾气真是太狂躁了。"斐伦在笑。但不是开心的那种笑。"他的日子一定不好过，想让计划成功，又想让你保持——反正，我觉得你充当备用人选没有问题。但话说回来，我还没看过模拟结果数据。"

"我看了。"克伦莉的语调很郑重，"延迟——失败风险较小，但显然存在。"

"好吧，你说到关键了。即便是较小的风险，我们也无法接受，如果能有办法消除的话。我觉得，他们的紧张程度一定超过了公开表态，竟然愿意把你牵扯进来——"突然，斐伦显出尴尬的表情。"啊……抱歉。我无意冒犯。"

克伦莉面露微笑。我和婕娃都能看出，这只是表面功夫，不是真心的表情。"我不介意。"

斐伦松了一口气："那好吧，我将回到观察岗，让你们三个互相了解一下。等你们完事，敲门就好。"

之后，引导员斐伦离开了房间。这是好事，因为当引导员不在场时，我们能更放松地谈话。门关闭，我移动到婕娃对面（她实际上是淡蓝变彩盐味道的破裂晶体球，消逝的回声）。她微微点头，因为我准确地猜想到，她应该有重要的事情打算告诉我。我们任何时候都处在监视之下，一定程度的表面伪装是必须的。

婕娃用她的嘴巴说："斐伦引导员告诉我，他们正在修改我们的各项设定。"而她的其他部分，通过空气扰动和银线紧张拨弹，却在告诉我，特鲁瓦被搬到了荆棘丛。

"这么晚了，还要调整吗？"我扫了一眼那个跟我们同类的女人克伦莉，看她是否跟上了全部谈话。她看上去太像他们的人，所有那些表面肤色和顾长的骨骼，让她的头部比我们俩更高。"你跟这个计划有什么关系吗？"我问她，同时也在对婕娃关于特鲁瓦的消息做出反应。不。

我说"不"并不表示否认，而只是阐明事实。我们仍能察觉到特鲁瓦熟悉的岩浆热点翻涌与岩层抬升，沉陷区的摩擦，但……有些东西的确有所不同。他不再位于近处，至少不在我们的地震信息感知区以内。而且他的翻涌声和摩擦声都变得近乎沉寂。

"退役"，引导员们更愿意用这个词，当我们中的一员被移出团队时。他们曾单独询问过每一个人，要我们描述这类变化发生时的感触，因为这是对我们网络的一种干扰。出于一份默契，我们每个人都会谈起失落感——一种迷失，一份怅惘，力量被明显削弱的感觉。同样出于默契，我们没有提及其他，反正那是引导员的语言无法描述的。我们真正经历的是一种割裂感，遍及全身的刺痛，还有那份破败的抗拒之网，来自古老的、前锡尔-阿纳吉斯特时期的能量线，我们在探索地层时，偶尔会遇到，那网络已经生锈消损，那份朽坏和被浪费的潜能同样痛切。大致是这样的感觉。

谁下的命令？我想知道。

婕娃变成了一条缓慢发展的断层线，发出强烈的、带有挫败感和混乱感的节奏信号。盖勒特引导员。其他引导员因为这件事也很生气，有人向上面打了报告，这就是他们派克伦莉来的原因。我们要同心协力，才能控制住缟玛瑙组件和月亮石。他们担心我们的稳定性。

我厌烦地回答说：也许，他们应该提前想到这些，然后再——

"我的确跟这个计划有点儿关系。是的。"克伦莉打断了我，尽管在语言层面看，对话并没有中断或被干扰。跟地语相比，人的语言相当迟钝。"我拥有某些高端感知能力，是这样，还有些跟你们接近的能力。"然后她补充说，我是来教你们的。

她跟我们一样，可以轻松自如地在引导员语言和我们的语言——地语之间切换。她在交谈中的特色是光彩夺目的重金属，流星之铁烧灼为晶体的磁力线，这之下还有更加复杂的层次，一切都那样棱角分明，又强大有力，以至于我和婕娃都被惊到了，不约而同地吸气。

但，她在说什么？教我们？我们不需要有人教。我们被浇塑成形时，就已经知晓了所需的一切，其他的，也在生命最初的几个星期内，从谐调者同伴那里习得。如果我们没能学会，现在已经被丢进荆棘丛了。

我确保自己皱了眉。"你怎么可能跟我们一样是谐调者呢？"这是一句谎言，说给我们的观察者们看的，他们只能看到事物的表面，以为我们也是一样。她不像我们这样苍白，身材不矮，样子也不怪异，但我们从感觉到的她的地质信号，就已经知道她是我们的一员。我不能不相信，她就是我们的同类。我没有能力拒斥无可争议的事实。

克伦莉微笑，带着一份冷嘲，表示她知道我在说谎。"我不完全像你们，但很接近。你们是最终完成的艺术品，而我就是模型。"地热中的魔力线和震荡，加入了更多含义。原型。我们实验的一个控件，更早时期被制造出来，以便探索如何制作我们。她只有一个关键的特征，而不像我们有很多个。她拥有我们被精心设计出来的隐知盘。这足以帮助我们完成任务吗？她对在大地中的存在满怀自信，表示可以。她继续用引导员的语言说："我并不是第一个被制造出来的。只是第一个存活了下来。"

我们都在空中伸出一只手，来驱除邪恶的大地。但我允许自己显出怀疑，就像我不太明白，不太确定我们是否敢于相信她。我看出引导员们如何在她周围放松下来。斐伦是为人较好的一个,但即便是她,也从来都不会忘记我们是什么。但她在克伦莉面前会忘记。也许所有人类都以为,克伦莉是他们中的一员,直到有人告诉他们其他结论。那是一种什么感觉,被当成人类对待,其实却并非人类?然后还有这个事实,他们留下她,单独跟我们在一起。我们被他们当作随时可能走火的武器……但他们相信她。

"你跟多少个组件实现了谐调?"我大声问,就像这事很重要。这也是个挑战。

"只有一块。"克伦莉说。但她还在微笑。"缟玛瑙。"

噢。噢,那块真的很重要。婕娃和我愕然对视,深为震惊,然后才再次面对她。

"而我来这里的原因,"克伦莉继续说,突然坚持仅用人的语言来传达这份重要情报,这反而凸显了消息的重要性。"就是因为命令已经下达。所有组件均已经达到最大存储量,准备好了开始供能周期。核点和发射点都将在二十八天后开始运行。我们终于要启动地府引擎。"

(数万年以后,人们已经多次忘记何谓"引擎",称碎片为"方尖碑"。当然主宰我们生活的这件东西将有一个新的名称,方尖碑之门,后来的这个名字更有诗意,带有一点儿古怪的原始气息。我更喜欢后来这个。)

在当前,我和婕娃就站在那里,眼睁睁地看着克伦莉在我们囚室的震荡中投下又一次强烈冲击:

这意味着我将只有不到一个月的时间,让你们看清自己的实质。

婕娃蹙起眉头。我设法做到毫无反应,因为引导员们会监视我们的身体和表情,但当时还是很险。我也非常困惑,而且特别紧张。进行这番对话的时候,我还完全不知道,这就是末日的开始。

因为我们这些谐调者并不是原基人，你看。原基力是在世界经历剧变之后，我们之间的个体差异加剧的结果。你们是更浅层，更专门，也更自然的粹取结果，而我们的特异之处极端不自然。你们中间只有极少数，像埃勒巴斯特那样的人，才有机会接近我们的强大和多才多艺，但这是因为我们是人工制造的结果，目的明确，而且完全是人工制造，就跟你们称作方尖碑的组件们一样。我们也是那台巨大机器的组件——只是基因工程学、生物魔法、地质魔法和其他你们时代所不了解的学科协作得到的成就而已。我们的存在，就是我们所属世界的光荣，就像雕像、权杖和其他贵重物品一样。

我们当时并不反感这个，因为我们的观点和经历，也都是细心构建过的。我们并不理解，克伦莉想要带给我们的那种东西，其实就是人性。此刻的我们并不懂得，别人为什么禁止我们拥有这种自我认知……但后来我们会懂。

然后我们就会知道，人不能被当作财产。因为我们两者都是，这种局面就不应存在，我们心里会形成一种新的概念，尽管我们从来听过这个词，因为引导员们甚至不允许在我们面前提到它。革命。

好吧，反正我们也不怎么会用到词语。但当时的情况就是这样。这是开始。而你，伊松，将会见证结局。

第三章

你，失去平衡

　　你花了几天时间，才恢复到能够自己行走。你刚能做到，依卡就收走了抬你担架的人，去做其他任务，这样你就只能一瘸一拐地跟随，身体虚弱，因为少了一只胳膊而显得笨拙了许多。最初那几天，你远远落在大队后面，每晚都要到大家扎营之后几小时才能赶上来。等到你去领取自己的份额，社群食物已经所剩不多。还好现在你不会感到饥饿。营地也没有多少空间可以安放你的铺盖卷儿——尽管他们至少给了一个基本的包裹和若干补给，来替代你失去的逃生包。剩下的位置往往不太好，靠近营地边缘，或者已经到了路面以外，遭受野生动物和无社群者攻击的风险更大。你还是会在那里睡着，因为筋疲力尽。你觉得如果有什么真正的风险，霍亚还会带你逃离；看上去，他轻易就能带你遁地逃出一小段距离。但是，依卡的怒火还是不容易承受，这表现不止一端。

　　汤基和霍亚跟你一起拖在大队后面。简直就像从前，只不过霍亚是在你们走路时出现，然后渐渐被落在后面，之后又出现在前方某处。多数时候他都以平常姿态出现，但偶尔也会做些怪样，就像有一次，你发现他摆出了跑步姿势。显然，食岩人有时也会觉得无聊。加卡总是跟汤基待在一起，所以你们是一行四人。好吧，其实是五个，勒拿也经常迁延不去，与你同行，他很生气，因为感觉自己的一名病人受到了不公平待遇。他完全不认为近期昏迷过的女人应该被迫步行赶路，更不要说被远远落在后面。你试着劝说他不要跟你粘在一起，不要把凯斯特瑞玛人的愤怒引到他自己身上，但他嗤之以鼻，说假如凯斯特瑞玛人真的想跟全社群唯一接受过正规医学训练的人为敌，他们就不配拥有他本人。这个还真是……好吧，很强大的理由。你闭了嘴。

　　至少，你的状况还是要比勒拿预料得好很多。主要原因，是你此前并没有真的昏迷，也因为居住在凯斯特瑞玛的七八个月里，你还没有完全失去赶路时的身体习惯。真的，旧习惯很容易重新回来：找到一个稳定的步调，哪怕慢点儿，也能逐渐消减掉里程；背包的位置要低，让大部分重量压在屁股上，而不是拉扯肩膀；走路时要保持低头，以免让灰尘遮住护目镜。失去那只胳膊，更多的只是令人不快，而不是真正的障碍，至少当你周围有很多人乐意帮忙时。除了让你平衡性变差，以及并不存在的手指和手肘幻痛之外，最难的部分其实是每天早上穿衣服。你掌握蹲地大小便动作的速度快到让自己吃惊，但或许是裹了几天尿片之后，你在这件事情上更有动力了。

　　所以说你还能坚持，一开始速度缓慢，但步调在一天天加快。所有这一切却都掩盖了一个大问题：你走的路不对。

　　有天晚上，汤基来坐在你身旁。"你还不能离开，直到我们再往西走出很远距离。"她开门见山地说，"要到临近梅兹沙漠，我觉得。如果你想要走出那么远，就得修复一下跟依卡的关系。"

　　你瞪着她，但对汤基来说，这已经算是低调了。她等到加卡在铺位上打鼾，勒拿也去了营地厕所才出现。霍亚还在附近，立在营地中间，高调地给你们这一小群人站岗，他的黑色大理石面庞被你们的火堆从下方照亮。但汤基了解他对你的忠诚，在他能理解的那种意义上。

"依卡恨我。"你最终回答，在瞪眼策略没能给汤基造成震慑或者悔恨之后。

她翻了个白眼："相信我，我懂得仇恨是什么。但依卡现在的情绪却是……恐惧，还有很多抱怨，有些是你应得的。你让她的人陷入了危险。"

"是我救了她的人脱离危险才对吧。"

营地中的远处，像是为了证明你的立场一样，你察觉到有人在铿锵作响地移动。那是一名雷纳尼斯士兵，最后的战斗之后，有少数几个被活捉。他们给这女人戴了枷锁———副有铰链的木枷套在她脖子周围，板上有洞，可以把她的胳膊锁进去，而且左右分开，枷上还有两根铁链，跟脚镣相连。原始，但有效。勒拿一直在医治俘虏们被磨伤的部位，你听说，他们晚上睡觉时可以摘下镣铐。这已经比凯斯特瑞玛人可能得到的待遇好多了，假如双方处境对换的话。但毕竟，这个样子还是很尴尬。雷纳尼斯人并没有逃跑的可能性。即便没有枷锁，如果中间有人逃离，没有补给，又没有大群同伴保护，他们很快就会成为俎上之肉。枷锁只是在伤害之外，又加上一层侮辱，也是个让人心惊的提醒，让所有人知道，情况完全可能更糟糕。你移开视线。

汤基注意到你在看："是啊，你救了凯斯特瑞玛，消除了一种危险，然后呢，又让它陷入了同样严重的危机。依卡只想要前一半。"

"第二半我也没有办法避免啊。我能让食岩人杀死所有基贼吗？连她本人也杀掉？如果那些敌人成功了，晶体球里的机械设备同样还是要全部失效！"

"她也知道这些。所以我说这不是仇恨。但是……"汤基叹了口气，就像你的表现实在太蠢。"你看。凯斯特瑞玛以前是——现在也是——一个实验。不是晶体球，而是这里的人民。她一直都知道这里的情势如履薄冰，想要建立一个由流民和基贼组成的社群，但进展还不错。她让老人们理解了，我们需要新成员。让所有人都开始把基贼当人看待。让他们同意住在地下，住在一个古老文明的废墟里，尽管那东西随时可能杀死我们所有人。甚至在那个灰人给他们理由自相残杀时，阻止了他们彼此反目——"

"那个是我阻止的。"你咕哝说。但你还在听。

"你的确帮了忙，"汤基承认，"但是假设只有你一个人呢？你完全清楚，那样肯定不行。凯斯特瑞玛能运转，就是因为依卡。因为大家知道她会拼死维持这个社群。只要帮助凯斯特瑞玛，依卡就会站在你这边。"

路上还要几个星期，甚至可能是几个月，你们才能到达现在空无一人的赤道城市雷纳尼斯。"我知道奈松现在的位置，"你恨恨地说，"等到凯斯特瑞玛人到达雷纳尼斯，她完全有可能去了别处！"

汤基叹了口气："已经过去好几个星期了，伊松。"

而奈松很可能已经到了其他地方，甚至是在你醒来之前。你在战栗。这不理智，你明明也知道。但你还是絮絮叨叨地说："如果现在就出发，或许——或许我还能赶上的，也许霍亚又能确定她的方位，也许还能——"然后你突然住口，因为你听出了自己那颤抖着的、尖厉的声调，你的母性本能再次生效，尽管生疏，却还是那样犀利，你在申斥自己：别再抱怨。之前你就是在抱怨。于是你吞掉了更多废话，但你还在哆嗦，一点点吧。

汤基摇头，脸上或许是同情，或许只是遗憾地感觉到你现在听起来多么可悲。"好吧，至少你也知道那是个坏主意。但如果你有那么大的决心，那你最好现在就开始动手。"她转身背向你。你也没办法真的责怪她，对吧？闯入几乎必然致命的未知世界，陪同一个曾经毁灭多个社群的女人，还是留在一个至少理论上很快就会有个新家园的社群里？这几乎都不能算是个问题。

但你真的应该学乖一点儿，别再试图预测汤基的行为。她叹气，当你平静了一些，坐回你一直当作椅子的那块石头上。"我很可能可以从物资主管那里争取到一些额外补给。他们已经习惯了我做那种事。但我不确定能让他们给我两人份的食物。"

这感觉很意外，你觉得特别感激，对她的……呃，这个不算忠诚。友情吗？也许吧。也许只是因为你充当她的研究目标太长时间了，她不甘心让你溜走，在她追踪你数十年，跨越大半个安宁洲之后。

但随后你蹙起眉头："两个人？不是三个吗？"你以为她跟加卡的关系发展得不错。

汤基耸耸肩，然后尴尬地弯腰吞食那一小碗米饭加豆子，社群大灶分发的食物。她咽了一口之后，说："我倾向于保守地预测未来，你也应该这样做。"

她指的是勒拿，后者看似正在主动跟你结合的过程中。你不知道这是为什么。严格来说你并不诱人，一身灰土，还少了一只胳膊，一半的时候，他都被你气得要死。你还在纳闷儿，生气为什么不是全部时间。他一直都是个怪怪的男孩。

"反正呢，我这儿有件事想让你考虑。"汤基继续说，"你找到奈松的时候，她在干什么？"而你畏缩了一下。因为，可恶啊，汤基又一次命中了你宁愿不谈也不去想的话题。

也因为你记得那个瞬间，当方尖碑之门的力量透过你的身体倾泻，当你延展感官，试探这个世界，有一个熟悉的震荡波做出回应。那回声经过了支持和放大，力量来源是某个蓝色的、深邃的，对方尖碑之门的联结拥有奇特抗拒力的东西。方尖碑之门（用某种方式）告诉你，那是蓝宝石碑。

你十岁的女儿却在玩方尖碑，她要做什么？

你十岁的女儿玩过方尖碑之后，是怎么活下来的？

你回想那一瞬间接触的感觉。熟悉的震荡——那时感应到的原基力，是你早在她出生之前一直在抑制，从她两岁就开始训练的，现在却变得犀利了很多，强大了很多。你当时并没有试图把蓝宝石碑从奈松的掌握下夺走，但方尖碑之门在这样做，遵照它们久已离世的建造者留下的指令，那命令序列早就被写入缟玛瑙碑层叠的网络里。但奈松还是保住了蓝宝石碑。她居然真的抵挡了方尖碑之门。

在如此漫长黑暗的一年里，你的小女儿到底经历了什么，能发展出如此强大的技能？

"你并不清楚她的处境。"汤基继续说，这让你眨巴着眼睛摆脱可怕的冥想，集中精神听她说话。"你也不知道她跟什么样的人住在一起。你说过她在南极区，是不是靠近东海岸的某个地方？那里应该还没有受到第五季的严重影响。那么你要怎样做呢？把她从一个安全的社群强行带走，那里本来有足够的食物，还能看到天空，然后你却把她劫回北方，到一个位于地裂边缘的社群吗？这里地震不断，下一次毒气喷发就可能害死所有人。"她严厉地看着你。"你是真心想帮助她呢，还是只想把她带回自己身边？这两个目标并不是一回事。"

"杰嘎杀死了小仔。"你打断汤基。这话并不会让你自己心痛，除非你在讲话的同时，还去想它的内容。除非你记起儿子的气味，他的小笑脸，还有他身体缩在毯子下面的模样。除非你想到考伦达姆——你用愤怒去压制两股伤痛和负疚。"我必须让她离开那个男人。他杀死了我的儿子！"

"但他还没有杀死你的女儿。他已经有……多少，二十个月的时间？还是二十一个月？这肯定意味着什么。"汤基发现勒拿穿过人群，向你这边返回，于是叹了口气。"我想说的就是，其实你还是需要考虑一些事情。我甚至不敢相信自己在说这些话。她是另一个能使用方尖碑的人,而我甚至都不能去研究她。"汤基丧气地哼哼。"我恨这次可恶的第五季。它让现在的我变得如此现实。"

你吃惊到哑然失笑,但笑声很虚弱。汤基提出的质疑当然没有错,有些问题让你无言以对。那天晚上,你很长时间都在考虑那些问题,随后几天也一样。

雷纳尼斯的位置接近西海岸,就在梅兹沙漠的另一端。要到达那里,凯斯特瑞玛人必须穿过梅兹沙漠,因为绕过沙漠的话,就将大大延长旅程时间——本来只要几个月,绕行却要好几年。但当前,你们穿过南中纬地区的行程还比较快,这里道路易行,你们也没有遭遇过大批盗贼和野生动物袭击。猎人们一直都有不少收获,来补充社群的物资储备,包括比以前稍多一些的猎物。这不奇怪,因为他们不再需要跟大批食肉昆虫竞争。收获算不上充足——小小的鼹鼠和鸟类并不足以让千人以上的社群支撑太久。但还是聊胜于无。

当你开始察觉地貌变化,表明沙漠接近时——枯朽的林木渐渐稀疏,地面起伏减少,岩层中的储水区渐渐远离——你决定,到了最终尝试跟依卡谈话的时间了。

但现在,你们进入了一片石林:这里到处是高高的、边缘锋利的黑色石柱,奇形怪状地向天空伸展,环绕在人群周围,你们渐渐深入石林内部。世上很少有这种区域存在。多数都会被地震击碎,或者(在支点学院存在期间)由当地社群出资,聘请支点学院的黑衫客将其铲平。要知道,没有社群会住在石林里,也没有任何管理良好的社群允许它们在附近存在。除了石林天然容易倒塌,砸坏周围的东西之外,其中还往往布满潮湿的洞穴和其他易于积水的地貌,特别适合危险的动植物繁衍。还有危险人物。

大道径直穿过这片石林,这安排简直狗屁不通。意思是说,没有任何脑子正常的人,会在这种地方修建大道。如果有方镇行政长官

巨石苍穹
THE STONE SKY

提议把人民缴纳的税款用来在这种盗匪横行的地方修路,那位长官下次选举一定会被换掉……或者当天晚上就被推翻。这是你的第一个线索,知道这个地方不对劲。第二个线索,是这片石林里没有多少植被。第五季发展到现在,任何地方的植被都不会太多,但这里看似从来就没有过繁茂的植物。这意味着石林是近期才出现的——近到没有时间让风雨侵蚀石块,给植物生长创造条件。近到第五季来临之前都不存在。

第三条线索,是你自己的隐知盘告诉你的。多数石林都是石灰岩,经过数亿年的侵蚀形成。这片却是黑曜岩——一种脆硬的火成岩。它凹凸不平的表面并非直上直下,而是向内弯转,甚至还有些没有断开的拱形跨越路面。靠近了反而看不清,但你可以隐知到整体格局:这一整片石林就是岩浆喷射而成的花朵,只是在涌出的中途凝固了。周围发生地质喷发,大路的线条却一点儿都没有被扭曲。这活儿干得漂亮,真的。

你找到依卡时,她正跟另外一名社群成员争执。她在距离石林大约一百英尺的地方叫队伍停住,人们躁动不安,一脸困惑,不清楚这次是暂时停留,还是该安营扎寨,因为天色也比较晚了。另外的那个社群成员,你终于认了出来,她是凯斯特瑞玛的壮工埃斯尼,该职阶的首领。你靠近过去停住,她不安地看了你一眼,但当你摘下护目镜和面罩,她的表情缓和下来。她之前没有认出你,因为你在空衣袖里塞了些破旧衣衫来保暖。她的反应让你欣慰,知道并非整个凯斯特瑞玛都对你反感。埃斯尼还活着,因为攻击过程中最凶险的战斗(雷纳尼斯的士兵们试图在观景台的壮工中间杀出一条血路)在你将食岩人锁入晶体柱的时候就结束了。

但依卡没有转身,尽管她很容易就能隐知到你。她在说话,你认为是针对埃斯尼,尽管对你同样有效。"我现在真的不想再听到更多人跟我争吵。"

"那样很好啊。"你说,"因为我完全清楚你为什么要在这儿停住,而且我同意,这是个好主意。"你的嗓门儿有点儿偏大。你还向埃斯尼使眼色,让她知道你想跟依卡摊牌,或许埃斯尼并不想旁观这种事。但是,一个统领全社群战士的女人,可没那么容易被吓走,于是你也没有完全感觉意外,当埃斯尼显出一副特别感兴趣的模样,两臂交叉,准备好了留下来看戏。

依卡转身面向你,动作很慢,那神情里有厌烦,也有难以置信。"能得到你的批准,还真是很棒呢。"但这语调里没有一丝高兴,"并不因为我真的在意你怎样想。"

你咬紧牙关。"你隐知到了,对吧?在我看来,这应该是学院培养的四戒持有者才能做到的,只不过我也知道,有些野生原基人也可能拥有惊人的技能。"你指的是她。这算是一根橄榄枝,或者就叫拍马屁。

她没上当。"我们会在入夜之前尽可能深入,然后在那里面扎营。"依卡向着石林方向点头。"这片范围太大,一天是无法通过的。也许我可以绕行,但那里有某种东西……"依卡的双眼微微有些失神,然后她皱眉,转头看别处,表情痛苦,因为向你展示了自己的弱点。她敏感到足以察觉某种东西,但并不清楚自己隐知到的具体是什么。

你才是花费过多年时间,学习怎样用原基力解读地下岩层的人,所以你补充了细节。"那个方向有个树叶遮盖的陷阱,阱底有尖桩。"你说,一面朝着石林一侧的枯草坡方向点头,"更远处还有一片捕兽夹。我分辨不出具体数量,但可以隐知到好多机械张力,来自细线和绳索。而如果我们从另一侧绕行的话,那里还有部分凿削过的石柱,以及一些布设在石林边缘的巨石,很容易从高处滚落下来。而且我还可以隐知到若干洞穴，处在有利的战略位置，都在外侧石柱上。藏在那些地方的人，只要有把十字弩，甚至只是有副普通弓箭，就可以给我们造成巨大伤亡。"

依卡叹气。"是啊。所以，穿行实际上是最好的办法。"她看了一眼埃斯尼，后者显然一定是主张绕行的。埃斯尼也叹了口气，然后耸耸肩，表示刚刚的争吵认输。

你面对依卡："不管是谁制造了这片石林，如果他们还活着的话，都有在几秒钟之内精确冷冻全社群一半成员的能力，动手之前可察觉的迹象也会很少。如果我们决心穿行，就必须设置一个轮流守夜、承担杂务的班次表——我刚才说的'我们'，是指拥有精准控制能力的原基人。今天晚上，你需要让我们保持清醒。"

她微微眯起双眼："为什么？"

"因为攻击开始的时候，如果我们中间有人睡着了的话，"你很确信一定会有攻击，"我们会做出本能反应。"

依卡面色凝重。她不是普通的野生原基人，但她的野生属性足够让她知道：如果有某种原因让她在睡梦里运用原基力做出本能反应的话，会造成何种后果。敌对攻击者没能杀死的自己人，她很可能会杀光，而且完全是意外。"可恶。"有一会儿，她看着别处，你担心她是否不相信你的话，但是看起来，她只是在思考。"好吧。那我们就分批值班。让那些不用值班的基贼去干活儿，噢，给几周前找到的野豆剥皮吧。或者就是修补壮工们搬东西用的背带。因为明天我们都要被装进车里搬运，等我们太困乏，完全没力气自己走路的时候。"

"没错，还有——"你犹豫了一下。时机未到。你不能向这女人承认自己的弱点，现在还不行。但是。"我不能值班。"

依卡的眼睛马上严厉地收窄。埃斯尼怀疑地看了你一眼，就像在说，可是你看上去挺精神的。你迅速补充说："我不知道自己现在还能做哪些事。之前在凯斯特瑞玛-下城做过那些事情之后……我变了。"

这甚至不是谎言。你没有真的考虑这件事，就已经把手伸向自己缺失的那只胳膊，你那只手摆弄着外套衣袖。没有人能看到断肢，但你自己突然特别明显地感觉到了它的不存在。事实证明，霍亚并不欣赏安提莫尼在埃勒巴斯特身上留下齿印的做法。你身上的伤口平滑、圆润，几乎像是被打磨过。可恶的完美主义者。

依卡的眼光循着你不自觉的手，表情微变。"嗯。是啊，我猜你也应该是有些变化。"她下巴绷紧，"但是看起来，你的隐知能力完全没问题啊。"

"是的。我可以帮忙担任警戒。我只是不应该……做任何事情。"

依卡摇摇头，但还是说："行吧。那你就站今晚的最后一班岗。"

那是最不吸引人的班次——天最冷，现在晚上的气温已经开始下降到零度以下。多数人宁愿缩在温暖的寝具里睡觉。这也是所有班次里最危险的，任何足够清醒的袭击者都会选择这种时候攻击大队敌人，寄希望于守方昏昏欲睡，反应迟钝。你分辨不出这到底是表示惩罚呢，还是代表信任。你试探性地问："那么我能不能至少得到一件武器呢？"你离开特雷诺之后几个月，就再也没有携带过武器，那时候你把短刀给了别人，换来玫瑰水，以防皮肤皱裂。

"不行。"

可恶啊。你开始要做两臂交叉的动作，然后才想起自己做不到，因为空袖子只是抽动了几下，然后你选择了摆出很臭的表情。（依卡和埃斯尼也都做出凶悍表情。）"那么你们打算让我怎么办，很大声地喊吗？你讨厌我，就真的要让整个社群跟着冒险？"

依卡翻了个大白眼。"你真是可恶啊。"这完全就是你想说的话，所以你也蹙起眉头。"难以置信。你认为我因为晶体球的事情在生气，是吗？"

你情不自禁地看看埃斯尼。她瞪着依卡，就像在说，什么，你没有吗？刚才这句话，还真是瞬间说服了你们两个人。

依卡瞪着眼睛，然后挠挠脸颊，发出一声绝望的长叹。"埃斯尼，走开啦……可恶，去做点壮工该做的事。伊茜——跟我来。到这边。可恶，跟我走走。"她用力招手，很绝望的样子。你太迷惘，顾不上生气；她转身走开，你随后跟上。埃斯尼耸耸肩，去了别处。

你们两个默默地在营地里穿行了一段。每个人看似都很警觉，知道石林代表着风险，于是这次成了你见过的较为忙碌的歇息时间。有些壮工在车辆之间挪动货物，确保物资装在轮子更加坚固的车上，这些车子的载重量也确保较轻。紧急情况下，便于推车遁走。猎人们在把营地周围的枯树苗和断枝削尖成棍棒。等到社群最终扎营时，这些将被布设在营地周围，以便把攻击者限制在杀伤区域。其他壮工在抓紧机会小睡，知道夜晚降临时，他们或者巡逻，或者就要被安置在营地外围睡觉。利用壮工，守护所有的一切，《石经》上说的。那些不愿意充当肉盾的壮工，要么可以想办法培养其他技能，加入另外的职阶，要么就去投奔其他社群。

你们走过一条草草挖成的路边厕沟，你皱起鼻子，那儿已经有六七个人就位，还有些较年轻的抗灾者站在附近，承担着给他们的成果覆土的倒霉工作。不同寻常的是，现场还有条短短的队伍，有更多人准备排队蹲坑。那么多人需要排便，倒也不是什么意外。在这片阴森的石林阴影下，所有人都很紧张。没人想在天黑以后，裤子脱掉的时候碰到什么变故。

你在想，自己或许也应该在坑边排个队，然后依卡突然打断了你的神游："那么，你现在喜欢我们吗？"

"什么？"

她向整个营地示意，社群里的人们："你现在已经跟凯斯特瑞玛人共处了将近一年。交到什么朋友了吗？"

你就是，你这样想，在来得及阻止自己之前。"没有。"你说。

她看了你一会儿，你负疚地想着，她是否希望过你提到她。然后她叹气。"还没开始跟勒拿滚床单吗？这种事就是各有所好，我觉得，但是繁育者们说，你俩之间有各种亲昵迹象。我嘛，需要男人的时候，就选个话少的。找女人的风险更小些。她们懂得怎样能不破坏情调。"依卡开始伸展腰肢，努力消除背部不适，表情很夸张的样子。你利用这个时间控制自己脸上的惊吓和尴尬。显然，繁育者们目前还是不够繁忙。

"没有。"你说。

"到现在还没有？"

你叹气："还……没有。"

"你等什么呢？前边的路并不会变得更安全。"

你瞪着她："我觉得，你是完全不关心这些事吧？"

"我的确不关心。但是抓住这个把柄修理你，会帮我表明立场。"依卡在带你走向车辆，一开始你是这样想的。然后你们绕过车辆，你吃惊到身体变僵。这里坐着吃东西的，是七名雷纳尼斯战俘。

就算是坐着，他们也跟凯斯特瑞玛人不一样——所有雷纳尼斯人都是纯种桑泽人，或者接近到看不出明显区别。甚至在那种血统里边，也是一般以上的块头，有着蓬松的灰吹发，或者侧面剃光的长辫、短辫，都能让种族特征更加明显。他们的枷锁暂时被放在了一边——尽管把每一名战俘跟同伴连在一起的铁链还在——附近还有几名壮工看守。

你感觉意外，他们居然已经开饭，因为你们还没有真正扎营过夜。守卫的壮工们也在吃，这倒是合情合理；他们即将面临一个漫长的夜晚。你和依卡靠近时，雷纳尼斯人都抬头看，这让你中途停步，因为你认出了其中一名战俘。丹尼尔,那个雷纳尼斯军队的将军。她健康,肢体完整,只是脖子和手腕上有枷锁留下的红印。你上次近距离看到她时,她正招呼一名上身赤裸的守护者来杀死你。

她也认出了你,嘴巴挤平,那线条显得听天由命,又略带嘲讽。然后,她很郑重地向你点头,再低下头,继续吃饭。

让你意外的是,依卡蹲在了丹尼尔身边:"那么,饭菜怎么样?"

丹尼尔耸耸肩,还在吃:"比饿死了强。"

"挺好的。"对面另一名战俘说。他耸耸肩,因为另一个同伴在瞪他。"是啊,本来就挺好。"

"他们只是想让我们有力气拉他们的车子而已。"那个瞪眼的男人说。

"是啊,"依卡打断他们说,"这话完全准确。凯斯特瑞玛的壮工们可以得到社群食物份额和一张床——当我们有床位可分的时候,前提是他们给社群做贡献。你们从雷纳尼斯那里能得到什么?"

"哼,某种荣耀吧,或许是。"那个瞪眼的人眼神变得更凶了。

"你闭嘴,福德。"丹尼尔说。

"这些混血杂种自以为——"

丹尼尔放下她那碗食物。那个瞪眼汉马上闭了嘴,身体紧绷,眼神有点儿乱。过了一会儿,丹尼尔端起碗来继续吃。她的表情始终没变。你发觉自己在怀疑她养过小孩。

依卡单肘支膝,下巴放在那只拳头上,观察了一会儿福德。她对丹尼尔说:"那么,你想让我怎么处置那家伙呢?"

福德马上皱紧眉头:"你说什么?"

丹尼尔耸耸肩。她的碗已经空了,但还是用一根手指抹了下碗边,扫起最后一点儿汤汁:"现在,已经轮不到我做主了。"

"看起来不太聪明。"依卡嘟起嘴唇,打量那个男人。"样子倒是不难看，但是就培养后代来说，脑子比相貌难得。"

丹尼尔默然。与此同时，福德先看她，再看依卡，再回来看她，表情越来越难以置信。然后，丹尼尔重重叹了口气，抬起视线，也看着福德："你想让我说什么？我已经不再是他的司令官。从来也没想过要当那种角色。我是被征召入伍的。现在，我他爹的才不在乎。"

"我真不敢相信你会这样。"福德说。他的声音过于响亮，慌乱中提高了声调。"我可是为你战斗过的。"

"然后失败了。"丹尼尔摇摇头，"现在最重要的是活下去，适应环境。忘掉你在雷纳尼斯听过的所有谬论吧，什么桑泽血统、杂交贱种之类；那只是宣传手段，目的是让社群团结。现在情况变了。'绝望之时，不得拘泥陈规。'"

"你他妈的少给我引用《石经》！"

"她引用《石经》，是因为你无论如何都不开窍。"另一个人激动地说——那个喜欢食物味道的人。"他们给我们吃的，让我们干活儿。这是个测试，你这坨愚蠢的屎。就是为了知道，我们愿不愿意在这个社群赢得一席之地！"

"这个社群？"福德向营地做了一圈手势。他的狂笑在石崖表面激起回声。人们纷纷回头张望，想知道这大喊大叫是否出了什么事。"你听到自己说的话了吗？这些人一点儿机会都没有。他们应该找个地方就地坚守，也许重建某个我们在来路上铲平的社群。相反——"

依卡行动起来，看似随意，但没能骗过你。其实每个人都能看出苗头不对，包括福德，但他太固执，不肯承认现实。依卡站起来，毫无必要地拂掉两肩上的飞灰，跨过圈子，然后一只手放在福德头顶。他试图甩开，一面向她吼："别他妈的碰——"

然后他戛然而止，两眼变得混浊。依卡对他做了那件事——之前她对卡特做过的，在凯斯特瑞玛－下城，当人们开始失去理智，要变

057

成杀害所有原基人的暴徒时。因为这次你料到这件事即将发生，你更能看清她是怎样放出那种奇特的冲击波。这绝对是魔法，某种操纵奇特银色细线的手法，就是那种在人体基质中间飞舞闪烁的东西。依卡的冲击波斩断了那种银钱的一个结聚点，就在福德脑子的根部，略高于隐知盘的位置。从物质层面上讲，一切都还是完整的，但在魔法意义上，她等于是砍掉了这个人的头。

那人向后瘫倒，依卡挪到一旁，让他倒地，尸体松软，就像失去了骨骼。

另一名雷纳尼斯女人惊叫着向后退开，她的锁链叮当作响。守卫们面面相觑，不舒服，但也不觉得意外。依卡对卡特做过的事情，之后传遍了整个社群。一个之前没有开口说话的雷纳尼斯男人，用海岸区的克里奥尔语迅速骂了一句；这个不是埃图皮克语，所以你没听懂，但他的恐惧显而易见。丹尼尔只是叹了口气。

依卡也叹了口气，看着那个死掉的男人。然后她目视丹尼尔："我很抱歉。"

丹尼尔勉强笑笑："我们努力过了。之前你自己也说过，他不是很聪明。"

依卡点头。出于某种原因，她抬眼看了你一会儿。你完全不知道自己要从这件事里面学到什么教训。"打开锁链。"她说。你困惑了一瞬间，然后才想到，这是给卫兵们的命令。他们中的一个走过去，跟另一名同伴谈话，然后他们开始在一串钥匙里寻找。依卡看似对自己的行为深恶痛绝，沉痛地说："今天谁是补给主管？麦姆西？告诉他和其他抗灾者来收拾一下这个。"她朝福德的身体甩了一下头。

每个人都定住了。但是没有人反对。猎人们一直在找猎物和野果，但凯斯特瑞玛有很多人都需要额外的蛋白质来源，而且沙漠已经近在咫尺。这种事早晚会发生。

静默了片刻之后,你来到依卡身边。"你确定要这样做?"你轻声问。一名守卫走过去,要打开丹尼尔的脚镣。丹尼尔,那个曾经想要杀死凯斯特瑞玛所有生物的人。那个曾经要杀死你的人。

"我有什么不确定的?"依卡耸耸肩。她的声音响亮到足以让战俘们听到。"雷纳尼斯人攻击之后,我们一直都缺少壮工。现在我们有六个新成员。"

"这些新成员可能会在背后插我们一刀,或者只是插你一刀,只要有机会!"

"是的,但前提是我没有看到他们逼近,并且先把他们干掉。但他们如果那样做,就太愚蠢了,我杀掉最愚蠢的那个,是有原因的。"你感觉,依卡并不是在恐吓那些雷纳尼斯人。她只是在陈述事实。"看,这就是我一直想要跟你说的事,伊茜:这个世界上不是只有朋友和敌人。而是那些有可能帮助你的人,和那些有可能妨碍你的人。如果把他们都杀死,你能得到什么?"

"安全。"

"得到安全的方式有很多种。是的,现在,我今天晚上被干掉的概率的确增加了一些。但社群整体的安全性也提升了呀。而整个社群的实力越强大,我们所有人活着到达雷纳尼斯的可能性也就越大。"她耸耸肩,然后环顾整个石林。"不管是谁建造了这个,他都是我们的同类,而且技艺高超。我们会需要这样的人才。"

"什么,现在你又要吸引……"你摇头,难以相信,"狂暴贼寇里边的野生原基人?"

但随后你就闭了嘴。因为曾经一度,你爱上过一个狂野海盗中的野生原基人。

依卡看着你想起艾诺恩,又一次痛悼他。然后,她相当温和地说:"我玩的这场游戏时间更长,而不是活到明天就好啊,伊茜。或许你也应该试试这样做，换换口味嘛。"

你看着别处，感到一份怪异的警觉。设想比明天更久远的未来，是一份你很少有机会尝试的奢侈："我不是首领。我只是个基贼。"

依卡侧头，带着一份调笑认可你的变化。你不像她，很少用这个词。她说这个词的时候带着自豪。你说的时候，会感觉受到冒犯。

"好吧，我两者都是。"依卡说，"是首领，也是基贼。我选择成为两者，还有更多。"她走过你身旁，头也不回地对你说了一番话，就像那些话毫无意义。"你使用那些方尖碑的时候，其实没有想到我们中的任何一个人，对吧？你想的是摧毁你的敌人。你想的是求生——但也仅止于此。这是我对你一直以来都那么生气的原因，伊茜。你在我的社群已经好多个月，却一直都'只是个基贼'。"

她随后走远，大声招呼所有人，说休息时间结束。你一直目送她消失在伸着懒腰、抱怨着的人群里，然后你扫了一眼丹尼尔，她已经站起来，正在揉搓一侧手腕。那女人看你的时候，刻意保持着平静的表情。

"她死，你们也死。"你说。如果依卡不愿照顾好自己，你会尽你所能保护她。

丹尼尔短暂地嘘出一口气，貌似感觉有趣。"那是事实，不管你是否是在威胁我。看起来，其他人根本不会给我机会。"她怀疑地瞥了你一眼，尽管处境变迁，她那份桑泽式的傲慢却丝毫没变。"你真的很不擅长做这种事，对吧？"

地火啊，恶锈啊。你走开去，如果因为你消除所有威胁的做法，就已经让依卡藐视你的话，那她肯定不会喜欢你动手杀死让自己厌烦的人，原因只是为了斗气。

第三章 你，失去平衡

帝国纪元2562年：西海岸发生九级地震，震中位于巴嘎方镇某地。同时代的讲经人记述说，那场地震"将地面化为液体"。（诗意的表述吗？）有一个小渔村安然无恙度过灾厄。其中一名村民的记载说："有个杂种基贼解决了地震，然后我们解决了他。"支点学院收到的报告（经允许在此引用）称：事后造访此地的皇家原基人记述说，海岸附近的地下储油点，本来可能因为地震而溢出，但村里那名没有注册过的基贼阻止了这件事。溢油本来可能污染水体和海滩，必将危害到海岸上下很多英里的范围。

——迪巴尔斯的创新者耶特，研究项目笔记

第四章

奈松，旷野浪游

沙法还有足够的善心，愿意带寻月居的另外八个孩子跟随奈松和他本人一起离开杰基蒂村。他对女首领说，大家是要外出修行，去几英里之外的地方，以免社群被更多的地震活动打扰。奈松刚刚把蓝宝石碑送回空中——声音很大，因为被挤开的空气发出雷鸣一样的巨响；样子也很骇人，因为方尖碑突然就出现在头顶，巨大的深蓝色棱柱飘在空中，距离还那么近——村长几乎是打躬作揖，求之不得地给孩子们准备了逃生包，装满旅行食品和其他补给，好让他们赶紧上路离开。这些并不是长途旅行所需的上品补给。没有罗盘，只有相对较好的靴子，食物都是几个星期就会变质的类型。但毕竟，还是要比空手离开好很多。

社群里还没有人知道乌伯和尼达的死讯。沙法把他们的尸体带进守护者住所，放在各自的床上，摆出看似正常的姿态。尼达比较好安排，她多少算是保住了全尸，除了脖子后边有伤口；乌伯更惨，他的脑袋完全碎掉了。沙法随后撒了些土盖住血迹。杰基蒂人早晚还是会发现真相，但到那时候，寻月居的孩子们应该已经逃离他们的追杀范围，即便还没真正安全。

杰嘎呢，沙法还是将其留在了奈松击倒他的地方。他的残骸不过是一堆漂亮石头，真就是这样，除非有人特别留心观察某些碎块。

第四章 奈松，旷野浪游

孩子们离开这个长期庇护他们的社群，一路上情绪低落。他们沿着基贼阶梯离开，这里非正式的（粗鲁的）称谓就是这个——社群北端的一系列玄武岩石柱，只有原基人能安全通过的地方。巫迪的原基力稳定性大大提升，超过此前奈松任何一次隐知到的状况，他把一根石柱缓缓推入地下的古老火山，带大家下降到地面。但她还是能看到男孩脸上绝望的表情，这让她觉得特别心痛。

他们结伴西行，但还没有走出一英里，就已经有一两个孩子在默默饮泣。奈松的眼睛一直保持着干燥，尽管她也一样难过，心里时不时会想：我杀死了我的父亲，或者，爸爸，我想你。让他们承认这些，真的很残酷，第五季期间，被驱逐到落灰的旷野里，只因为她做出的事。（因为杰嘎的企图，奈松试图告诉自己，但她自己也不相信。）如果把他们留在杰基蒂村，事实上是更加残忍，那里的社群成员迟早会发现真相，然后就会对孩子们下手。

奥金和伊妮根，那对双胞胎，是仅有的，带着几分理解看奈松的人。奈松将蓝宝石碑从天空摘下之后，她俩也是最早出屋的。其他人看到的，主要是沙法跟乌伯对打，灰铁杀死尼达，这两人却目睹了杰嘎试图伤害奈松的情形。他们知道，奈松只是在自卫，像每个人都会做的那样。但与此同时，每个人都记得她杀死埃兹的事。之后有的人原谅了她，就像沙法预言过的，尤其是怕羞的，容易受到惊吓的瞅瞅，她私下里跟奈松聊过，说起她对自己祖母做过的事；很早以前，老太太刺伤了她的脸。原基人孩子们很早就会了解悔恨。

但这些，都不等于他们不害怕奈松；而恐惧会斩断孩子们的理性思考能力。毕竟，他们内心都不是杀手……而奈松却是。

（她并不想要这样，跟你本人一样不想。）

现在，这组人站在一个真正的十字路口，这里有一条当地道路，东北—西南方向，跟偏向正西的杰基蒂 - 泰瓦米斯帝国大道交叉。沙法说，这条帝国大道最终会通往一条要道，这是奈松听说过，旅程中却从未见过的东西。不过，这个路口，却是沙法选择的分手地点，他在这里告诉其他孩子，不能再继续跟他走了。

躲躲是唯一一对此表示反对的孩子。"我们不会吃太多的，"她有些绝望地对沙法说，"你……你都不用分吃的给我们。你只要允许我们跟在后面。我们会自己找食物。我知道该怎样做！"

"奈松和我可能会受到追杀。"沙法说。他的声音一如既往的温和。奈松知道，这样的表达方式，实际上会让讲述的内容更可怕；他的温和态度会让人轻易看出：沙法真心在乎孩子们。分别如果够残酷，反而会容易些。"我们的行程还会特别遥远，非常危险。你们自己留下来，会更安全。"

"无社群的生活更安全。"巫迪说，然后苦笑。这是奈松听他说过的最为苦涩的一句话。

躲躲已经开始哭。眼泪留下干净到让人吃惊的痕迹，在她已经被飞尘染灰的脸颊上。"我不明白。你以前一直都在照顾我们。你喜欢我们的，沙法，甚至超过乌伯和尼达！你怎么会想要……你怎么能就这样——就这样……"

"住口。"拉瑟尔说。在过去一年里，她长高了一些，像个健康的、有教养的桑泽女孩。尽管随着时间流逝，那份"我姥爷是赤道人"的傲慢已经褪去，但她心烦的时候，默认反应还是盛气凌人。她现在两臂交叉，眼睛不看路，却盯着近处的荒山。"你他爹的有点儿尊严。我们已经被逐出社群，但我们还活着，这才最重要。我们可以在那些山上过夜。"

躲躲瞪了她一眼："那里连住的地方都没有！我们会被饿死的，或者就会——"

"我们不会。"是德桑蒂，她一直低头看地面，单脚把薄薄的灰尘归拢成小堆,现在突然抬起头。她眼睛看着沙法,话却是说给躲躲和其他同伴听的。"世上还有我们可以生活的地方。我们只是需要让他们开门,接纳我们。"

她的脸上有一份紧张和决绝。沙法犀利的眼神转向德桑蒂,让人敬佩的是,她没有畏缩。"你是说,要硬闯进去吗?"他问这女孩。

"你就是想让我们这样做,不是吗?既然你这样子赶我们离开,那肯定是允许我们……做那些不得不做的事。"她试图耸肩。但又太紧张,做不出这样不在乎的姿态;这让她的身体短时间抽搐过,跟中风了似的。"如果你不允许那个,我们就活不下去了。"

奈松看着地面。都是她的错,才让其他孩子只能面对这样的选择。寻月居有它的美好之处;在她的小伙伴们中间,奈松体会到了那种乐趣——为自己的本性和能力感到骄傲;周围的人都理解她,能够分享她的快乐。现在,那些原本完满又美好的东西已经死掉了。

最终,你将杀死你爱过的一切。灰铁曾经这样告诉她。她痛恨这说法,但他是对的。

沙法打量那些孩子,很长时间,心事重重。他的手指在抽动,也许回忆起了另外一种生活,另外一个自我,当时那个他,是不可能放任八个年轻的米撒勒在世间游荡的。但那个版本的沙法已经死了。那抽动只是本能。

"是的。"他说,"那的确就是我想让你们做的事,如果你们需要我说出来的话。你们在一个巨大、繁荣的社群里,存活的机会要更大一些,胜过全靠自己。所以,请允许我提个建议。"沙法上前几步,蹲下来直视德桑蒂的眼睛,同时伸手,也按住躲躲的瘦肩膀。他对所有的孩子说话,语调还像之前一样温和又专注:"最开始,只杀死一个人。挑选某个想要伤害你们的人——但只选一个,即便有超过一个人尝试动武。解除其他人的威胁,但要慢慢杀死唯一那个人。让他死得很痛苦。确保你们的目标发出惨叫声。这很重要。如果你们杀死的第一个人没有出声……那就再杀一个。"

孩子们瞪着眼睛回望他。就连拉瑟尔也显得不太自在。但是奈松，她见过沙法杀人。他已经放弃了一些旧习惯，却仍然堪称恐怖大师。如果他觉得有必要跟这些人分享自己的艺业，那就是这些人的幸运。她希望孩子们能懂。

沙法继续说："等到杀戮完成，就向在场的其他人表态，说你们的行动只是为了自保。然后提出承担死者的工作，或者保护其他人免遭危险——但他们能听出这是最后通牒。他们必须接受你们加入社群。"他停下，然后用冰白的眼眸盯紧德桑蒂。"如果他们拒绝，你们该怎样做？"

她咽下口水："杀——杀死所有人。"

沙法再次微笑，这是离开杰基蒂村之后的第一次，他亲昵地从颈后拍拍德桑蒂的头表示认可。

躲躲轻声惊呼，吓得哭不出来了。奥金和伊妮根互相搂抱着，脸上只剩下绝望。拉瑟尔绷紧下巴，鼻翼张大。她想要把沙法的话记在心里。德桑蒂也一样，奈松能看出来……但要做到这个，就必然会杀死德桑蒂心里的一些东西。

沙法知道这个。当他站起来，亲吻德桑蒂的额头时，这动作里面包含了太多伤感，奈松又一次感到心痛。"'第五季中，万物皆变。'"他说，"活下去。我想要你们全都活下去。"

一颗泪珠从德桑蒂的一侧眼睛滑落，然后她才想起眨着眼睛掩饰。她响亮地咽下口水。但随后她点头，从沙法面前退开，跟其他孩子站在一起。现在，他们之间出现了一道鸿沟：沙法和奈松在一边，寻月居的孩子们在另一边。他们要走向不同的道路。沙法并没有显出任何不快。他应该有感觉的；奈松察觉到他体内的银线闪耀着，搏动着,反对他允许孩子们自由行动的抉择。但他没有显露出那份痛苦。当他在做自己认定正确的事,痛苦只会让他更坚决。

他站起来:"而如果这次灾季显现出真正缓解的迹象……那就逃走。尽你们所能分散开来,混迹于其他地方。守护者们并没有死,小家伙们。他们还会回来。而一旦你们做过的事情传扬开去,他们就会来找你们。"

普通的守护者,奈松知道他的所指——那些"没有被污染"的成员,像从前的他一样。自从灾季开始,那些守护者就消失了,至少奈松没听说过有任何一个加入社群,或者在路上被人看到。"回来"表明他们应该是都去了某个特定地点。哪里呢?某个地方,是沙法和其他被污染的守护者不会去,或者去不了的。

但重要的是,这个守护者,不管受到多少污染,却在帮助他们。奈松突然感觉到一份不理智的希望。无论怎样,沙法的建议肯定可以确保他们的安全。所以她咽下唾液,补充说:"你们所有人的原基力都很棒。也许你们挑选的社群……也许他们会……"

她住了口,不确信自己想说什么。也许他们会喜欢你们,这是奈松现在的想法,但看上去真的很蠢。或者,也许你们可以有用,但世界并不是这个样子。从前,社群也只会雇用支点学院的原基人很短时间——至少沙法是这样告诉她的,做完必要的工作,然后马上离开。即便是靠近岩浆热点和地质断层线的社群,也不想要原基人长期居住,不管他们多么需要这些人的帮助。

但是,奈松还没想出到底该怎样措辞,巫迪就已经狠狠瞪着她说:"闭嘴。"

奈松眨眨眼:"你说什么?"

瞅瞅在嘘巫迪,想让他别再说下去,但男孩无视了她的阻止。"你闭嘴,我恨你这个坏东西。尼达以前还给我唱歌呢。"然后,毫无预兆地，他开始抽泣。瞅瞅看上去很困惑，但其他人有的围着他，轻声安慰他，抚摸他。

拉瑟尔目睹这一切，最后一次带着不满看了奈松一眼，继而对沙法说："那么，我们就要上路了。谢谢你，守护者，为了……为了值得感谢的那些事。"

她转身，开始引领那群人离开。德桑蒂低头行走，没有回头看。伊妮根停留片刻，在两组人之间呆立，然后她瞥了一眼奈松，小声说："对不起。"她也离开，快步赶上其他人。

等到其他孩子完全离开了视野，沙法一只手搭在奈松肩上，带她离开，沿着皇家大道向西。

静默中走了几英里之后，她说："你还是觉得杀死他们更好吗？"

"是的。"他扫了她一眼，"而且事实如此，你跟我一样清楚。"

奈松咬紧牙关："我知道。"所以才要终止这个。终止一切。

"你脑子里已经想好了目的地。"沙法说。这不是疑问。

"是的。我……沙法，我必须去世界的另一面。"这感觉就像在说我需要去外星球，但是因为，她实际上要做的事情也同样虚无缥缈，所以她决定了，不为这种看似荒谬的表达感到羞愧。

但让他意外的是，沙法并没有笑，而是侧着头问："你要去核点？"

"什么？"

"一座城市，它就在世界的另一面。你要去那里吗？"

她咽下口水，咬咬嘴唇。"我不知道。我只知道自己需要的是——"奈松不知道该怎样说，相反她打起了手势，两手捧成杯状，手指摆动，发射出想象中的波纹，互相冲撞干涉。"那些方尖碑……会拉扯那个地方。那就是它们最初被制造出来的目的。如果我到达那里，我觉得自己就有可能做到，呃，扯回它们？我在其他地方都不能这样做，因为……"她解释不清。力量线、视线、数学关系；她所需要的全部知识都在她脑子里,却不能通过口头传达。有些知识是蓝宝石碑的馈赠,有些是她妈妈传授的,理论的应用方法,还有些,就是以观察验证理论,然后再用本能统一起来。"我不知道那边哪座城市是对的。如果能更靠近一些,到处看看,也许我就能——"

"世界的另一面,只有核点啊,小东西。"

"那里……什么?"

沙法突然止步,扯下背包。奈松也照做,把这个当成休息的信号。他们正好在一座小山的背风面,小山只是一段古老时期的岩浆固化,跟杰基蒂村地下的石脉相连。这里到处是天然阶梯,被风雨从黑曜石表面侵蚀出来,尽管几英寸以下的岩石就过于坚硬,不适合农耕,甚至连树木都难以生长。有些天性坚韧、根系较浅的树木立在阶梯高处,但多数都在灰土下慢慢死亡。奈松和沙法可以看清很远距离外的潜在威胁。

奈松取出些他们可以分享的食物,沙法在附近一片被风吹平的尘埃里,用手指画了些什么。奈松伸长脖子,看到他在地上画了两个圆圈。在其中一个圈里,他画出了安宁洲的大致轮廓,那是奈松在童园课本里见熟了的——只不过这次,他把安宁洲画成两块,赤道附近有一条分隔线。是的,那条地裂,它已经变成一道边界,甚至比数千英里的海岸线更难跨越。

但在另一个圈子里——奈松现在知道,应该也是这颗星球的表面,沙法留了大片空白,只点了一个小点,正好位于赤道上方,中央径线略微向东一些。他没有画出一座岛屿或者一片大陆来容纳它。只有一个小点。

"曾经,这片空白世界有过更多城市。"沙法解释说,"千万年来,几个不同的文明都曾在海面或海底建城。但这些没能存在太长时间。现在剩下的只有核点。"

这是真正意义上的远隔重洋："我们怎么能到达那里呢？"

"假如——"他顿住了。看到沙法脸上那副恍惚的模样，让奈松腹部绞结。这次他面露难色，闭上双眼，就像仅仅是尝试接触从前的自我，都已经给他增加了很多痛苦。

"你不记得了吗？"

他叹气："我只记得自己以前知道。"

奈松这才意识到，自己应该早想到这一点。她咬着下唇说："灰铁或许知道。"

沙法的下巴上，有单独一块肌肉微微抽动，转瞬即逝："的确，他可能知道。"

灰铁，早在沙法收拾其他守护者的尸体时就消失了，他可能就在附近哪一块石头里窃听。他现在还没跳出来告诉他们该怎样做，这个能说明任何问题吗？也许他们并不需要他。"那么，支点南极分院怎样？他们以前没有文字记录之类的东西吗？"奈松想起自己见过支点分院的图书馆，在她和沙法还有乌伯跟分院首领们坐下来，喝杯茶，然后把他们全部杀掉之前。那座图书馆是个又高又怪的建筑，从地板到房顶，全都是整架的书。奈松喜欢书，她妈妈从前老是爱炫耀，每隔几个月就买一本书，有时候，奈松也能捡漏看一看，如果杰嘎认定那些书适合小孩——而且她记得自己瞪圆了眼睛肃然起敬，因为她一辈子都没见过那么多书。其中一些书，肯定会有某种线索，关于……很古老的城市，普通人从未听说过，只有守护者们才知道该怎样到达。唔。嗯……

"不太可能。"沙法说，确定了奈松的担心，"而且到现在，支点分院很可能已经被另一座社群吞并，或者甚至被无社群的匪帮占领。毕竟，它的农田里还到处是可吃的庄稼，房舍也可以供人居住。回到那里，会是个错误。"

奈松咬着下唇:"也许……找条小船?"她对大船小船都一无所知。

"不行,小东西。那么远的旅程,小船根本不够用。"

他脸色凝重地呆立,有了这个警示信号,奈松试图做好准备迎接打击。这将是沙法抛弃她的地方,她痛切地、惊恐地确信这一点。这时候,他将质问奈松到底想干什么——然后就会拒绝参与。他为什么要参与呢?就连奈松自己也知道,她想要达成的,是个极其可怕的目标。

"那么我猜想,"沙法说,"你是打算得到方尖碑之门的控制权。"

奈松惊叹一声。沙法知道方尖碑之门是什么?而奈松自己,是当天早上才从灰铁那里听说的呢!但话说回来,这个世界的各种知识,它所有奇特的运作机制,还有千万年的机密,都在沙法体内几近完好地保存着。永久丢失的,只是跟旧时的他本人相关的内容……也就是说,那个前往核点的路线,是从前的沙法需要知道的事情,它特别重要。这意味着什么?"啊,对了。那就是我要去核点的原因。"

面对她的惊异,沙法微微撇嘴:"寻找一个能够激活方尖碑之门的原基人,就是我们最初的目标啊,奈松,在我们创立寻月居的时候。"

"什么?为什么?"

沙法抬眼看看天空。太阳刚刚开始西沉。天黑到无法继续赶路之前,他们或许还能再走一小时。但他看的是蓝宝石碑,它还没有明显挪动位置,仍在杰基蒂村上空。沙法心不在焉地揉揉后脑,透过浓云遥望那块方尖碑的轮廓,然后,像是对自己点了点头。

"我和尼达,还有乌伯,"他说,"大概是在十年前,我们都……收到指令……向南旅行,找到彼此。我们被要求寻找和训练所有具备潜力,可能连接到方尖碑的原基人。要知道,这不是守护者通常会做的事,因为要鼓励一名原基人培养方尖碑相关的能力,只能有一个目的。但这是大地的意愿。具体为什么,我也不知道。在那段时期,我没有那样……爱寻根究底。"沙法的嘴角短时间弯起,懊悔地苦笑。"现在,我有了一些猜想。"

奈松蹙起眉头:"你猜想到什么?"

"对人类的命运,大地有它自己的计划——"

沙法突然全身紧绷,蹲着的身体开始摇晃。奈松迅速抓住他,以免他摔倒,而他本能地伸出一只胳膊,揽住了奈松的肩膀。他的胳膊揽得很紧,但奈松没有反对。沙法显然需要她的存在带来的安慰。大地对他的愤怒达到前所未有的强度,也许因为他正在泄露大地的秘密,这跟那炽烈的、狠辣狂舞的银线一样显而易见,它们正沿着沙法体内的每一根神经乱窜,在他的每颗细胞之间扭动。

"别说话。"奈松说,她感觉喉咙发紧,"什么都别再说。要是它会这样伤害你的话——"

"它并不能主宰我。"沙法只能在喘息之间快速说出这句话,"它没能夺走我的心。我或许的确……呃……把自己拴进了它的狗洞里,但它无法给我系上狗绳。"

"我知道。"奈松咬着嘴唇说。沙法重重地靠在她肩上,这让她的膝盖撑着地面的位置痛得有点儿厉害。但她不在乎。"你没有必要现在就全部说出来。我自己也渐渐想明白了。"

她已经有了全部的线索,奈松觉得。尼达曾经说过,在谈及奈松连接方尖碑的能力时:这是我们在支点学院特别警惕的事情。奈松当时没听懂,但在感受到方尖碑之门的强大威力之后,现在她能猜到,为什么大地父亲会想让她死,如果她不再受沙法(通过沙法,间接受到大地本身的)控制。

奈松咬着嘴唇。沙法会理解吗?她并不确定,如果沙法决定离开,自己能否承受——或者更糟,如果他转而跟自己作对,又将如何?于是她深吸一口气:"灰铁说,月亮正在回来的路上。"

有一会儿，沙法的方向完全寂静无声。这份惊诧极为沉重："月亮。"

"它是真的。"奈松不假思索地说。但实际上，她完全不知道这是真的，对吧？其实她只听过灰铁的一面之词。她甚至不确定所谓月亮是什么东西，只知道它是大地父亲失散已久的孩子，故事里这样讲。但不知为何，她知道灰铁讲的这部分内容属实。她并没有清晰地隐知到它，天空中也没有明显的银线聚集，但她相信月亮存在，就像她相信世界的另一面存在一样，尽管她本人并没有亲眼见过，也像她知道山脉如何形成，就像她确信大地父亲真实，活着，并且是个敌人。有些事实，就是重要到无法否认。

但是，让她意外的是，沙法直接说："哦，我知道月亮是真的。"也许他的痛苦消退了一些；现在他的表情变得凝重起来，当他眼看着雾蒙蒙、时隐时现的日轮，阳光没有强大到足以穿透地面附近的云层。"那个，我还记得。"

"你——真记得？那么你也相信灰铁？"

"我相信的是你，小东西。因为原基人会感知到月亮的引力，当它足够接近的时候。你对它的感知力，就像隐知地震的能力一样自然而然。但此外，我还亲眼见过它。"然后他的眼神突然变得犀利了好多，紧盯奈松。"那么，到底为什么，那个食岩人要告诉你月亮的事呢？"

奈松深吸一口气，然后是一声长长的叹息。

"我真的只想住在一个美丽的地方，"她说，"住在一个好地方，要……跟你一起。我不会在意工作，做事，当一个好的社群成员。也许，我可以当一个讲经人。"奈松感觉到自己下颌绷紧。"但我无法那样做，到哪里都不行。除非我愿意隐藏本性。我喜欢原基力，沙法，在我无须隐藏它的时候。我并不认为拥有它，作为一名……一名

"基……基贼——"奈松不得不停下来,红了脸,摆脱说出这种脏话的羞耻感,但现在,就是适合用那个脏话。"我并不觉得作为这样一个人,就等于我很坏,很奇怪,或者说邪恶——"

她再次打断自己,把思路从那里移走,因为那些肯定会回到"但是你的确做过很多坏事"的结论上去。

不自觉地,奈松龇起牙齿,握紧双拳。"那样不对,沙法。人们认定我坏、奇怪或者邪恶的想法都不对,他们逼迫我变坏……"她摇头,寻找合适的表达。"我只想做个普通人!但我不是,然后……然后每个人,很多人,他们都恨我因为我不是普通人。你是唯一不仇恨我的人,只因为……只因为我是自己本来的样子。这样都是不对的。"

"是,的确不对。"沙法挪动身体,倚着自己的背包坐下,看似疲惫。"但是,小东西,你这样说,就好像人们很容易就能克制自己的恐惧一样。"

他并没有明说,但奈松自己突然就想到了:杰嘎就做不到。

奈松突然激动起来,情绪激烈到她只能用拳头堵住自己的嘴巴,努力去考虑飞灰,还有她的耳朵现在有多冷。她肚子里现在很空,只有刚刚吃过的几颗枣子,但还是感觉恶心,想吐。

沙法一反常态地没有过来安慰她。他只是在观察奈松,表情很疲倦,但除此以外,样子难以捉摸。

"我知道他们做不到。"是的。说出来会感觉好点。奈松的肚子并没有安静下来,但她不再感觉马上会干呕。"我知道他们,哑炮们,不会停止恐惧。如果连我爸爸都不能……"

良心不安。她迫使自己去想别的,抹掉刚才那句话的结尾。"他们只会永远继续恐惧,而我们也只能永远这样生活,而这一切完全不对。应该有个……解决的办法。这种事情,就不该没完没了。"

"但,你是打算强行解决问题吗,小东西?"沙法问,语调很

第四章 奈松，旷野浪游

轻。奈松意识到，他已经猜到答案。沙法对她的了解，甚至远远超过她本人，这是奈松爱他的原因。"还是终结这一切？"

她站起来，开始来回踱步。这样会缓解恶心，还有那份奈松难以名状的，在她体内渐渐涌起的躁动和紧张。"我不知道该怎样解决它。"

但这并不是全部事实，而沙法对谎言很敏感，就像猎食者能够敏锐地嗅到血腥味一样。他的眼睛收窄。"如果真的知道该怎样做，你又是否愿意解决问题呢？"

然后，有段记忆突然变得清晰起来，一年多以来，奈松一直不允许自己回忆或考虑的那段时间，她想起了自己在特雷诺的最后一天。

回家时。看到父亲站在房子中间，沉重地喘息。当时奈松奇怪他到底怎么了。奇怪他为什么看起来不太像她的父亲，那个瞬间——他的眼睛瞪得太大，嘴巴过于松弛，肩膀佝偻的样子看似很痛苦。然后，奈松记得自己低头看。

低头然后瞪视，瞪视然后想着那是什么？然后再瞪视再想是个球吗？就像童园里孩子们午饭后踢来踢去的那种，只不过那些球是皮革缝制的而父亲脚下的那东西却是完全不同的另一种棕色，棕色而且有紫红的污迹遍及表面，松软，像皮球，漏掉了一半的气但是不对，那不是球，等等那是一只眼睛吗？也许是的但它肿那么大闭那么紧就像颗特别肥硕的咖啡豆一样。根本就不是一个球因为它穿着她小弟的衣服包括奈松今天早上给他穿的那条裤子，当时杰嘎正在忙着给她们准备在童园吃的午餐盒。小仔不想穿那条裤子因为他还小，喜欢胡闹，所以奈松给他跳了扭屁股舞，他笑得那么夸张，那么响亮！他的笑是奈松最最喜欢的，等到扭屁股舞跳完，小仔就允许姐姐给他穿上了裤子以示感谢。这意味着地板上那个难以辨认的，放气的皮球一样的东西就是小仔那是小仔他就是小仔——

"不，"奈松激动地说，"我不会解决问题的。就算我知道该怎么解决。"

奈松已经停止踱步。她一只手捂着肚子，另一只手攥成拳，压在自己嘴上。她现在的每句话都是从自己的拳头边喷出来，她觉得要被这些话噎到了，它们不断地从她喉咙里涌上来，她捂紧自己的肚子，那里面全是这种可怕的东西，她必须用某种方式说出来，要不然就会被它们从内部扯烂。这些东西已经扭曲了她的嗓音，让它变成颤抖的号叫，时而尖厉，时而更低沉，因为她竭尽全力，也只能止住持续的尖叫而已。"我不愿意解决它，沙法。我不愿意。抱歉，我不想要修补这局面，我只想杀死所有痛恨我的人——"

她觉得腰腹部太沉重，无法站立。奈松蹲下来，然后双膝跪地。她想要呕吐，相反，却在自己张开的两手间，向地面喷吐愤激的语言。"消——消——消失！我想让一切都消失，沙法！我想要让它燃烧，我想要让它烧光，死亡，消失，消失，什么都不——不——不剩下，再没有仇恨，再没有杀戮，只剩空虚，该死的空虚，永远都空无一物——"

沙法的手，坚定又强壮的手，把她拉起来。她在沙法的掌控下挣扎，试图打他。这并非恶意，也不是恐惧。她从来都不想要伤害他。奈松只是需要用某种方式发泄，否则她就会疯掉。她第一次理解了她的父亲，当她尖叫，踢打，掌击，撕咬，拉扯自己的衣物和头发，试图用额头去撞他的头。很快，沙法把她的身体扭转，一只大粗胳膊箍住她，把她的胳膊夹紧在身旁，让她在盛怒中无法伤害他，也不会伤到自己。

这就是杰嘎当时的感觉，她的一部分意念遥远、淡然，以空中方尖碑的形式旁观着这样想。这就是他内心产生的情绪，当他意识到妈妈在撒谎，我在撒谎，小仔也在撒谎。这就是让他把我从马车上推下去的原因。这就是他今天早上手握尖刀来到寻月居的原因。

这个。这个就是她内心里的杰嘎,那样挣扎、喊叫、悲泣。在这段完全崩溃状态下的狂怒中,她感觉前所未有地接近父亲。

沙法抱着她,直到她筋疲力尽。最后她瘫倒了,浑身哆嗦,喘息着,低声呻吟,她的脸上满是泪水和鼻涕。

等到奈松显然不会再次发疯,沙法改换姿势,盘腿坐下,把奈松抱在自己膝头。她蜷缩着靠在沙法肩上,就像另一个孩子曾经做过的那样,很多年前,很多英里之外的另一个地方,当沙法告诉那女孩,要为了他通过一场测试,这样她才能活下去。但奈松早就已经通过了她的测试;即便是从前的沙法也会认可她的能力。在她全部的怒火中,奈松的原基力没有发生过丝毫波动,而且她完全没有去寻找银线。

"嘘。"沙法安抚她。他一直都在这样做,尽管现在还添加了抚摸她的后背,以及用拇指为她抹去偶尔溢出的眼泪。"安静,可怜的小东西。我真是狠心啊,今天早上居然还——"

他叹气:"安静吧,我的小东西。只要放松,休息。"

奈松的精力完全耗尽,体内只剩下哀恸和怒火,像火山泥流一样涌过她全身,火热的浊流冲走了一切。哀恸、怒火,还是最后一份可贵的、完整的情感。

"你是我唯一的爱人,沙法。"她的声音沙哑、疲惫,"你是唯一的原因让我能、能不去。但是……但是我……"沙法亲吻她的额头:"尽管去创造你要的结局,我的奈松。"

"我不想。"她不得不咽下口水。"我想要你——继续活着!"

他轻声笑。"你还是个孩子啊,尽管已经经历了那么多。"这话刺伤人心,但他的意思也很明确。她无法两全其美,既要沙法活着,又要整个世界的仇恨终结。她必须选择两种结局中的一个。

但随后,沙法又坚定地说:"创造你要的结局。"

奈松身体后仰，以便看着他。他又在笑，眼神清朗。"什么？"

沙法拥抱她，动作很轻柔。"你给了我赎罪的机会，奈松。你就是所有那些我本来应该深爱和保护的孩子，甚至应该保护他们不受我自己的伤害。如果那样能让你心里安静……"他亲吻奈松的额头，"我会一直做你的守护者，直到整个世界烧成一片火海，我的小东西。"

这是一段承诺，也是一份安抚。奈松终于摆脱了恶心的感觉。在沙法的臂膀里，安全，又被完全接受，她终于睡着了，梦里有个强光闪耀、熔岩奔流的世界，但也用它特别的方式得到了安宁。

"灰铁。"第二天一早，她这样召唤。

灰铁闪现在他们面前，站在大路中间，两臂交叉，脸上是一副隐约感觉有趣的表情。

"去往核点的最近途径并不遥远，相对而言。"当奈松向他询问沙法欠缺的那部分知识时，他这样回答，"大约一个月的行程。当然……"灰铁让这句话的音量越来越小，相当烦人。之前，他曾提议亲自带奈松和沙法前往世界的另一头，这显然是食岩人能够做到的事。这将为他们省掉很多艰险，但他们也将不得不把自己托付到灰铁手上，在他带他们穿透大地，用他们同类那种奇特又可怕的方式旅行时。

"不了，谢谢你。"奈松又说了一次。在这件事上，她没有问沙法的意见，尽管他就靠在附近的一块大石头上。她不需要问沙法，显然，灰铁只对她本人感兴趣。对他来说，忘记带上沙法，或者中途把沙法丢掉，都是小事一桩。"但是，能否麻烦你告诉我们，我们该怎样到达这个必须要去的地方呢？沙法不记得了。"

灰铁的灰眼睛转向沙法。沙法报之以微笑，一副很有迷惑性的淡然表情。就连他体内的银线也平静下来，只为等待这一刻。也许大地父亲同样不喜欢灰铁。

"那地方被称为站点。"过了一会儿，灰铁解释说，"它很古老。你会称之为死去文明的遗迹，尽管这一座还是完整的，嵌套在另一层不完整的遗迹里面。很久以前，人们使用站点，或者说，是里面存放的交通工具，来进行长途旅行，那要比步行快很多。但现时代，只有我们食岩人和守护者们，还记得站点依然存在。"他的笑容，自他出现以来就没变过，还是冷淡又充满嘲讽。不知为何，讥笑的对象似乎是沙法。

"我们都要为力量付出代价。"沙法说。他的声音冷静又油滑，就像他平时考虑干坏事的时候那样。

"的确。"灰铁停顿的时间刚好长出一拍。"要使用这种运输方式，也需要付出一份代价。"

"我们没有钱，也没有可以拿来交换的东西。"奈松犯愁地说。

"幸运的是，世上还有其他付出代价的方式。"灰铁突然换了个角度站着，脸侧向空中。奈松循着他的方向转身，看到——哦。蓝宝石碑，它在一夜之间靠近了许多，现在处于他们和杰基蒂村之间。

"那个站点，"灰铁继续说，"来自第五季开始出现之前的年代。那个建造方尖碑的时代。那个文明遗留下来的所有人造物品，都能识别同样的能量来源。"

"你是说……"奈松深吸一口气，"那种银线。"

"你是这样称呼它的吗？好有诗意哦。"

奈松不自在地耸耸肩："我不知道还能怎样称呼它。"

"哦，这世界变化真大。"奈松皱眉，但灰铁并没有解释他这句不知所云的感慨。"沿着这条路继续前进,直到你们到达老头儿噘嘴丘。你知道那个在什么地方吗?"

奈松还记得很久以前,曾在一幅南极区地图上看到这样的地名,当时觉得这名字好逗。她扫了一眼沙法,后者点头说:"我们能找到。"

"那么,我就在那里跟你们碰头吧。遗迹就在荒草森林的正中央,内圈里面。要在黎明刚过的时候进入噘嘴丘。前往中央的路上不要耽搁;你绝对不想在入夜之后留在那片森林里。"然后灰铁停顿了一下,换成新的姿势,这次绝对是深思状。他的脸侧向一旁,手指扶在面颊上。"我本来以为,会是你的妈妈。"

沙法身体静住,奈松也很吃惊,感觉体内先是涌过一道怒火,然后是一阵寒意。慢慢地,一面体味着复杂的情感变化,她开口说:"你是什么意思?"

"我本来以为,她会是来做这件事的人,仅此而已。"灰铁没有耸肩,但他声调中的某些物质表现出了满不在乎,"我威胁过她的社群。她的朋友们,那些她当前在意的人。我以为他们会背叛她,然后这个选择看起来就会更加诱人。"

她当前在意的那些人:"她不在特雷诺了吗?"

"不。她已经加入了另外一个社群。"

"而他们……没有背叛她?"

"没有。好意外。"灰铁的眼睛滑转过来,面对奈松的视线。"她现在已经知道你的位置。方尖碑之门告诉了她。但她并不会赶来,至少暂时不会。她首先要把自己的朋友们安顿好。"

奈松咬紧牙关:"反正我也已经不在杰基蒂村。而且她很快会失去那道门,然后就再也不会找到我啦。"

灰铁完全转过身来面对着她,这个动作太慢,太多人类的流畅细节,所以不可能是人类的动作。尽管他的震惊貌似由衷。奈松讨厌他这种慢动作，简直让人起鸡皮疙瘩。

"没有任何事情能长久啊，真是的。"他说。

"这又是什么意思？"

"只表示我一直低估了你，小奈松。"奈松马上就开始讨厌这个称谓。他又一次切换成深思状，这次动作很快，让奈松长出一口气。"我觉得，以后还是别再犯这个错误。"

说完这句话，他消失了。奈松向沙法皱眉，后者摇头。他们背上行囊，继续西行。

· ※ ·

帝国纪元 2400 年：赤道东区（检查该地区抑震网络当年是否过于薄弱，因为……），社群不详。古老的当地歌谣记述，有个护士制止了突然的火山喷发和火成碎屑流溢，办法是将其冰冻。她的一名病人扑到她面前，替她挡住了一支弩箭，让她免受暴民伤害。暴民放她离开，她随后销声匿迹。

——迪巴尔斯的创新者耶特，研究项目笔记

锡尔－阿纳吉斯特：四

一切能量实质上相同，尽管在不同状态下，会有不同的名称。运动会产生热后者也就是光其波形跟声音相似声音会导致晶体中的原子链收紧或放松它们跟强力和弱力一起共振哼鸣。反映并呼应所有这些能量的就是魔法，生存与死亡的绚烂闪光。

我们的角色是这样：将各自不同的能量编织在一起。承担操控和协调之职能，透过我们知觉能力的折射作用，产生一个单独的合力，令其威力达到最强。变繁杂喧嚣为美妙的交响。那座人称地府引擎的巨大机器就是我们的乐器。我们就是它的调音师——谐调者。

而我们的目标就是：践行地质魔法学。地质魔法学的目的，是建立一个拥有无限潜能的能量循环。如果我们成功，全世界就再也不会有匮乏和纷争……至少我们听到的消息是这样。引导员很少解释更多，只会讲解我们做好自己角色必须的知识。我们只需要知道，我们，渺小的，微不足道的我们，将会帮助人类走上全新的发展道路，奔向超乎想象的光明前景。我们或许只是工具，但我们是很高级的工具，承担着了不起的职能。很容易为此感到自豪。

我们彼此之间有强烈共鸣，以至于在特鲁瓦之后，有段时间总是遇到麻烦，当我们一起组成启动网络会感到不平衡。特鲁瓦曾是我们中间的上次中音，正好处在声音波形的中段；没有他，我是最接近的，但我的天然回音波段略微偏高。这样组成的网络，要比应有的状态更弱。我们的输入能量线总是会试图寻找特鲁瓦空出的中段波位。

最终，是婕娃填补了缺失。她深入更多，提供了更强的回声，这样就补全了空缺。我们必须花费几天时间，重新布设整个网络的连接机制来创造新的和谐状态，但这并不困难，只是耗费时间。我们已经不是第一次被迫这样做。

克伦莉有时候会跟我们一起进入网络。这让人郁闷，因为她的声音——低沉强大犀利到让人脚底发麻——堪称完美。比特鲁瓦的声音还要好，音域比我们所有人加起来更宽广。但引导员们告诫我们，不要习惯她的存在。"她有可能会在引擎真正启动的时候加入工作序列，"我询问时，一名引导员说，"但仅仅是在她无法教会你们的情况下。真正启动时，盖勒特引导员只想让她充当备用人选。"

这看似合理，表面看来。

当克伦莉在我们中间时，她会占居首位。这很自然，因为她的存在感比我们强很多。为什么？跟她被制造的方式有关？是另外的原因。她有一份……隐忍不发的东西。在她平衡的线条中段，有一份永久持续的空洞燃烧感，那是我们其他人全都无法理解的。我们每个人的体内，都有类似的燃烧，但我们的火焰都微弱，更多间断，有时炽烈，而且很快就会恢复低迷。她的火焰一直在熊熊燃烧，其燃料看似无穷无尽。

不管这种隐忍的燃烧实质如何，引导员们都已经发现，它跟缟玛瑙组件吞噬一切的混乱感极为协调。缟玛瑙组件是整个地府引擎的控制半球体，尽管还有其他办法启动引擎——更粗糙的办法，通过子网络绕行，或者利用月亮石——但是到了发射日，我们绝对需要缟玛瑙组件的精确性和控制力。没有它，我们成功启动地质能量的希望就会大大降低……但迄今为止，我们中没有一个人有足够的力量控制缟玛瑙，最多也只能坚持几分钟。克伦莉却可以驾驭它足足一小时，我们带着敬仰旁观,当她脱离接触时,居然还是一副轻松自如的模样。而当我们连接缟玛瑙组件时,却会被它惩罚,被剥夺掉可以挤出的一切精力,事后只能关机睡觉几小时甚至几天——她却没事。缟玛瑙组件的能量线会轻柔地抚摸她,而不是恶狠狠地抽打。缟玛瑙组件喜欢她。这个解释不理性,但我们每个人都会这样想,我们思考这个问题的出发点就是这样。现在,她必须教我们变得更可爱,更能得到缟玛瑙组件的欢心,这样才能代替她。

当我们完成再平衡,他们让我们起来,脱离头脑上线期间照管我们身体的绳椅时,我们摇摇晃晃,只能靠在引导员身上回到各自房间……当所有这些都结束时,她会来看我们。单独访问,以免引导员们起疑心。通过面对面交谈,说一些能听到的废话——与此同时,用大地的语言跟我们所有人讲道理。

她解释说,她给人感觉头脑更犀利,超过我们其他人,是因为她经历更丰富。因为她在本地组件周围的院落之外生活过,而我们从离开生产线,就一直被困在这里面,这里是我们的整个世界。她曾经参观过更多锡尔-阿纳吉斯特站点,不止我们居住的这一个;她看过、触摸过更多组件,而不只是我们这块紫石英。她甚至还去过启动区,月亮石所在的地方。我们听了,都觉得很了不起。

"我有知识背景。"她对我们说——或者是对我一个人说。她坐在我的长椅上。我当时脸朝下趴在窗前座位上,脸背向她。"等你们有了这种背景,也会变得同样犀利。"

(这算是某种小圈子里的语言,利用大地给可以听到的语言更多含义。她的语句很简单。"我更年长。"而潜意识中的躁动添加了时间维度上的轻微变形。她是变质过的,为了承受难以承受的压力,改变了自身的构造。为了让这段讲述更简单,我会把所有内容都翻译成口头语言,除非是无法转译的部分。)

"如果我们都像现在的你一样犀利就好了。"我疲惫地回答。我不是在诉苦。再平衡的日子总是很艰难。"那就给我们这种知识背景吧,这样缟玛瑙组件就会听话,我的头也就不会再痛了。"

克伦莉叹了口气。"这些围墙里面,并没有什么能让你们头脑变犀利的东西。"(反感迅速破碎,研成粉末,抛撒到四周。他们给你们的环境过于安全,保护过于周到。)"但我觉得,还有一个办法能让我帮助你和其他人达到那种状态,如果我能带你们走出这个地方的话。"

"帮助我……变犀利吗?"

(她用一个磨砺动作来安抚我。那些人让你们这么迟钝,可不是出于好心。)"你需要更加了解自己。了解自己的本性。"

我不明白,她为什么会觉得我不了解:"我是一件工具。"

她说:"如果你真是一件工具,不应该被打磨到尽可能锋利的状态吗?"

她的声音听起来平淡。但周围有一份被压抑的、愤怒的战栗——空气分子在颤抖,我们脚下的岩层发出不协调的摩擦声,就在我们隐知范围的边缘——这让我知道,克伦莉痛恨我刚才说的那句话。我转头面对她,发现自己很着迷,奇怪那份纠结并没有表现在她的脸上。这是她跟我们相似的另一个方面。我们早就学会了隐藏痛苦、恐惧和哀伤,不让它们显现在地面以上、天空之下的任何空间。引导员们告诉我们,我们被建造成了雕像式的模样——冷漠,无情,少言寡语。我们不确定他们为什么会相信我们真的是这样;毕竟,我们的身体摸起来跟他们的一样温暖。我们有感情,他们看似也有,尽管我们的确更不愿意用面容和身体姿态表露情绪。也许这是因为我们有大地的语言?(他们看似并未察觉。这是好事。在地下,我们可以做自己。)我们从来都不清楚,是我们被制造错了,还是他们对我们的理解错了。以及两者是否重要。

克伦莉的内心在燃烧时,表面却完全平静。我观察了她那么长时间,以至于她突然回过神来,发现了我。她微笑:"我觉得,你喜欢我。"

我考虑了这件事的可能推论。"不是那种喜欢。"我说,出于习惯。我有时候要向年轻引导员和其他职员解释这种事。我们在这方面,也被制造得像雕像——这方面的设计思路是成功实现了的,我们仍然有能力交配,但对此毫无兴趣,如果费力去做,也不会生育后代。克伦莉也是一样吗?不,引导员们说,她跟其他人的不同之处仅有一个。她拥有我们那种强大、复杂、灵巧的隐知盘,世上其他人都没有。除此之外,她跟那些人一样。

"真幸运,我谈的并不是性。"她这句话拖着长腔,似乎感到有趣;这让我一半欣喜一半心烦。我不知道这是为什么。

克伦莉对我突然产生的混乱毫无知觉,站起身来说:"我会再来。"然后就离开了。

她有几天时间没有回来。但她还是我们上一次网络运转中的一员,所以她总是在场,无论醒着,进食,排泄,还是在我们睡觉时懵懂的梦境里,我们为群体和每一位同伴感到自豪。但这感觉,还是不像看到她本人在场,虽然她也在关注我们。我不能代表其他人,但我喜欢有她在附近。

其他人并不是全都喜欢克伦莉。婕娃在这件事情上的态度尤其暧昧,在我们私下谈话时,她传来了这样的内容。"她恰好在我们失去特鲁瓦的时候出现?恰好在计划临近结束时?我们都付出过艰辛的努力,才成为现在的样子。等到事情完成,别人会因为我们的工作夸奖她吗?"

"她只是个备用人选。"我说,试图充当理性的代言人,"而且她跟我们目标一致。我们需要合作。"

"只是她本人这样说。"这是雷瓦,他总是自以为比我们所有人更聪明。(我们被设计成智力相等。雷瓦只是比较混蛋而已。)"引导员们此前一直都把她拒之门外,这是有原因的。她可能是个爱找麻烦的人。"

我认定这想法很蠢,但我不允许自己说出来,即便是在地语对话中。我们都是伟大机器的一部分。任何能够提升机械效率的事情都重要;与这个目标无关的就不重要。如果克伦莉真是个惹麻烦的人,盖勒特早就把她跟特鲁瓦一起送到荆棘丛里去了。这件事我们都明白。婕娃和雷瓦只是在闹情绪而已。

"如果她是个爱惹麻烦的人,时间久了自然会暴露。"我坚定地说。这话不能了结争论,但至少可以推迟它。

克伦莉第二天回来了,引导员们把我们召集起来。"克伦莉已经提出过申请,要带你们去执行一次谐调训练任务。"那个来布置工作的人说。他比我们个头儿高很多,甚至比克伦莉还要高,而且瘦削。他喜欢穿色调完全一致的衣服,配华丽的钮扣。他的头发长而且黑;皮肤是白的,尽管不像我们的这样白。但他的眼睛跟我们很像——白中套白。白如冰雪。我们从未见过他们中间有人长着我们这样的眼睛。他就是盖勒特引导员,项目总管。我把盖勒特看作一块地府引擎组件——透明的一块,钻石一样亮白。他角度精准,抛面清透,有一份独特的美。如果不能精准地操控,他也会毫不留情,足以致命。我们不允许自己去想特鲁瓦被他杀害的事实。

(他并不是你感觉他是的那个人。我想让特鲁瓦的样子像他,就像我想让你像她一样。这就是记忆有缺陷的坏处。)

"一次谐调训练……任务。"婕娃缓缓地说,以表示她不理解。

克伦莉张口想要说话,但随后止住,转脸看盖勒特。盖勒特见状,真诚地微笑。"克伦莉的工作表现,是我们希望你们每个人都能

087

达到的，但你们的状态总是有差距。"他说。我们觉得紧张，不自在，对批评特别敏感，尽管他只是耸耸肩。"我已经向首席生命魔法师咨询过，而她坚持说，你们的相对能力方面并没有明显差距。你们的潜能跟克伦莉完全一样，但你们没有展现出同样的技巧。我们有些修正措施，来尝试解决这份差距，就是所谓的精调，但现在，发射日期已经非常接近，我们宁愿不去冒险。"

我们一时之间同步震颤，所有人都对这个决定表示开心。"她说过，她是来教我们知识背景的。"我大着胆子，很小心地说。

盖勒特冲我点头。"她相信，解决问题的关键是外部经历。让你们受到更多刺激，挑战你们解决问题的认知能力，这类事情。这个建议有些可取之处，而且冲击性较小——但是为了计划安全起见，我们还是不能派你们全部同时出去。要是出了意外怎么办？相反，我们会把你们分成两组。因为只有一个克伦莉，这就意味着你们中的一半成员现在跟她出去，另一半一周后再去。"

到外面。我们要到外面去了。我特别急切地想分到第一组，但我们没有傻到在引导员面前暴露出渴望的程度。工具不应该那样盼望逃出工具箱。

相反，我说："即便没有这个提议中的任务，我们之间的谐调程度也很高了。"我的声音特别平板，像个雕像。"模拟训练表明，我们已经足够可靠，能够控制引擎，表现符合预期。"

"而且我们与其分成两组，还不如分成六组。"雷瓦补充说。透过这个愚蠢的建议，我看出了他的渴望。"每一组的经历都会不同吧？在我想来，那个……外面……应该没有办法控制刺激因素的稳定性。如果我们一定要为了这个放弃项目准备工作，当然应该用风险最小的方式吧？"

"我觉得，分成六组的方式会加大支出，效率也太低。"克伦莉说，同时无声地发出认可信号，夸奖我们的表演聪明又有趣。她扫了盖勒特一眼，耸耸肩，没有费心掩盖自己的漠然；她只是看起来很无聊。"其实，我们就算只有一个组，也跟两个或者六个一样。我们可以严格计划路线，沿途多派卫兵，再请站点警方协助进行监控和支持。老实说，如果多次出行的话，反而会增加风险，不满的市民或许会预知路线和行程安排，谋划……令人不快的事。"

我们都很困惑，不理解"令人不快的事"怎么可能发生。克伦莉抑制住我们兴奋的战栗。

她这样做的同时，盖勒特引导员面露难色。刚刚这句话打动了他。"你们之所以一定要去的原因，是获得巨大收获的可能性。"盖勒特引导员对我们说。他还在微笑，但笑容里多了某种锋芒。"一定"这个词，是否稍微加重过语气呢？那么轻微的区别，有声的对话真是好烦。我对刚刚这句话的理解，是盖勒特不只要派我们出去，而且改变了分组外出的主意。部分原因，是克伦莉的建议的确更有道理，但剩下的部分，是他有些恼羞成怒，因为我们表面看来并不想出门。

啊，雷瓦就是这么擅长惹人烦，他这个能力运用自如，简直像把钻石凿子一样精准。干得好，我用波形告诉他。他礼貌地回了一个"谢谢"波形。

我们当天就要出发。初级引导员把适合出门的服装带到我的住处。我小心翼翼穿上更厚实的衣服和鞋子，被不同的材质吸引，然后安静地坐下，让那名初级引导员把我的头发梳成一根白色发辫。"这样做，是出门必须的吗？"我问。我是真心好奇，因为引导员们的头发有各种样式。有些是我无法模仿的，因为我的头发蓬松、粗粝，既没有办法打弯，也不是完全挺直。只有我们是这种单一发质。他们的头发有各种质地。

"或许会有帮助。"那名初级引导员说，"不管怎样，你们都会很扎眼，但我们越是能把你们装扮成普通人的样子，就越好。"

"人们会知道，我们是引擎的一部分。"我说，身体略微挺直了些，因为感到自豪。

他手指的动作变慢了一会儿，我认为他自己应该没有察觉。"这个并不是……他们更可能把你们当作另外的东西。但是别担心；我们会派卫兵同行，确保不会遇上麻烦。他们不会妨碍你们，但会随时戒备。克伦莉坚持说，你们不能有被层层保护的感觉，即便事实如此。"

"他们更可能把我们当作另外的东西。"我缓缓重复这句话，思忖着。

他的手指略微抽动，拉扯几绺头发的力度超过必要水平。我并没有显出痛苦的表情，也没有避开。他们更愿意把我们当成雕像，而雕像是不应该有痛感的。"好吧，只是有一点点可能，但他们一定会知道你们不是……我是说，这个……"他叹气，"哦，邪恶的大地。这太复杂了。别为这个担心。"

引导员们犯错误的时候总是会这样说。我没有马上给其他人发信息，因为我们在获准开会的时间以外，都会尽可能减少通信。不是谐调者的人们，只能用最粗疏的方式感知魔法；他们用机器设备探测对我们来说显而易见的东西。但毕竟，他们始终都在用某种手段监视我们，所以我们不能让他们知道我们之间有多少交流，以及听到了多少他们之间的谈话，在他们以为我们听不到的时候。

很快我就准备完毕。借助藤蔓线路跟其他引导员商讨过之后，我的这位决定用脂粉刷一下我的脸。本意是让我看起来更像他们。实际上，我看上去更像是一个皮肤被刷成棕色的白脸人。他让我照镜子的时候，我一定是露出了怀疑的表情，我的引导员叹了口气，说他真的不是一名艺术家。

然后他带我去了一个地方，此前我只见过很少几次，仍在我住的那座房子里：楼下的门厅。这里的墙不是白色；自修复纤维质的天然绿色和棕色，在这里并没有被漂白，而是被允许保持原色，蓬勃生长。有人在这里种植了藤蔓草莓，现在一半在开白花，一半已经结出渐渐成熟的红色果实；样子很可爱。我们六个站在地板上的水池附近等待克伦莉，努力不去察觉楼里其他人走来走去，瞪着眼睛看我们：六个身量低于平均值、矮壮的人，有蓬松的白色头发和涂脂抹粉的脸，我们的嘴唇做出微笑的模样，用来保护自己。如果说现场有卫兵，我们也不知道怎样把他们跟旁观者区分开来。

但当克伦莉向我们走来，我终于察觉到了卫兵们。她的卫兵跟她同行，并没有费心隐藏——这是个高大的棕色皮肤的女人，还有个男的，样子跟女同伴像是一母所生。我意识到自己从前见过他们，在其他场合尾随克伦莉，之前她来访的时候。克伦莉来到我们面前，两个卫兵留在一段距离之外。

"好啊，你们都准备好了。"她说。然后她蹙起眉头，伸手摸了下达什娃的脸颊，拇指沾上了化妆粉。"至于吗？"

达什娃看着别处，不太自在。他们一直都不喜欢被迫模仿我们的创造者——不管是衣着，还是性别，这个肯定也是。"这样做，本来是想帮忙的。"他们不开心地咕哝说，也许是试图说服自己。

"这只会让你们更醒目。而且他们反正也知道你们是什么。"克伦莉转身，看着她的一名卫兵，那个女的。"我要带他们去洗掉这些东西。想帮忙吗？"那女人只是默不作声地看着她。克伦莉自顾自地大笑，这笑声听起来还真的挺开心。

她带我们进入一片洗手区。卫兵们守在门口，她从洗手池一侧洒水到我们脸上，然后用一块吸水布擦掉那些脂粉。她这样做的时候哼着歌。这是否意味着她很开心呢？当她握住我的胳膊，帮我擦掉脸上那些浓糊时，我观察她，想要弄清楚。她察觉之后，眼神变得更有穿透力。

"你是个思想家。"克伦莉说。我并不确定这个词是什么意思。

"我们都是的。"我说。我允许自己带了一点儿无声的延伸意义。我们都必须是。

"完全正确。你想的，略微超过最低要求。"显然，我发际线附近有个棕色色块特别顽固。她擦了一下，皱眉，又擦一下，叹气，洗了下那块布，继续擦。

我继续观察她的脸："你为什么嘲笑他们的恐惧？"

这是个愚蠢的问题。本应该透过大地来问，而不应该出声。克伦莉停止揩拭我的脸。雷瓦扫了我一眼，显然是有责怪的意思，然后他去了洗手区门口。我听见他跟门口的卫兵说，拜托他们去问一名引导员，我们失去了脂粉的保护之后，会不会被外面的太阳晒伤。卫兵大笑，叫来她的同伴，去转达这个问题，就像它很好笑似的。在这段对话换来的别人的注意力都被转移的时间里，克伦莉继续帮我擦着脸。

"为什么不嘲笑那个呢？"

"如果你不笑，他们会更喜欢你。"我补充了言外之意：阵营划分，协调的人际关系，服从，妥协，缓和。如果她想要被人喜欢。

"也许我并不想讨人喜欢。"她耸耸肩，转身又去洗那块布。

"你应该被喜欢。你跟他们很相像。"

"不够相像。"

"比我接近。"这是显然的。她有他们那种美貌，他们那种正常。"如果你努力——"

她开始笑我，跟对待别人一样。这很残酷，我本能地知道。这很可悲。但在那笑容后面，她的本体突然变得安静又紧张，像是重压下的岩石，在发生质变之前的那个瞬间。又是怒火。不是针对我，但毕竟是被我的话激发出来的。看起来，我总是容易惹她生气。

他们害怕，因为我们存在。克伦莉说，我们没有做过任何引起他们恐惧的事，除了存在之外。我们无论做什么，都无法赢得他们的认可，除非不复存在——所以我们要么像他们想的那样死亡，要么就嘲笑他们的懦弱，继续我们的生活。

我觉得，最开始自己并不完全理解她对我说的这些话。但我又能理解，不是吗？曾经共有十六个我们这样的人；现在只剩六个。其他人，有的提出过质疑，因此遭遇了退役。有的毫无疑问地服从，也因此退役。其他还有谈条件的。放弃的。帮忙的。我们尝试过一切，做了所有他们要求的事情，甚至更多，但现在，还是只剩下六个。

那意味着我们比其他人更强，我这样告诉自己，苦闷地这样想。我们更聪明，更能适应，技艺更高。这些都很重要，不是吗？我们是伟大机器的一部分，是锡尔-阿纳吉斯特生物魔法的最高成就。如果我们中间有些人因为某些缺陷而被移出机器——

特鲁瓦并没有缺陷，雷瓦打断我，像崩裂的断层一样突然。

我眨眨眼，看着他。他已经回到洗手区，在一旁等待，挨着毕尼娃和塞卢瓦；他们都已经用泉水洗掉了自己脸上的脂粉，在克伦莉帮助我和婕娃还有达什娃期间。被雷瓦转移了注意力的卫兵就在门口，还在窃笑，因为他刚才说的那番话。他在瞪着我。见我皱眉，他又重复了一遍：特鲁瓦并没有缺陷。

我咬紧牙关。如果特鲁瓦没有缺陷，这就意味着他是毫无理由地被迫退役的。

是的。雷瓦就算是心情较好的时候，也很少有好脸色，现在更是撇着嘴，一脸愤恨。针对我。我太过震惊，也忘记了装出满不在乎的样子。这正是她的意思。我们做什么根本就不重要。问题出在他们那边。

我们做什么根本就不重要。问题出在他们那边。

等我洗干净了，克伦莉两手捧着我的脸："你知不知道有个词，叫作'传承'？"

我听过这个词，从上下文猜出过它的意思。但在雷瓦愤怒的挑衅之后，很难让自己的思路返回正轨。他和我从来都不太喜欢对方，但……我摇摇头，集中思考克伦莉刚才的问题："传承是某种已经过时的属性，但你无法完全根除。某种人们不再想要，但又切实需要的东西。"

她苦笑，一开始对着我，后来朝着雷瓦。她已经听到了他对我说的一切："这就够了。今天，请记住这个词。"

然后克伦莉站起身。我们三个都盯着她。她不只是更高，皮肤更多棕色，而且她的动作更多，呼吸更频繁。本质也更丰满。我们崇拜她现在的样子。我们害怕她将给我们带来的改变。

"走吧。"她说，然后我们尾随着她，进入外面的世界。

* ✳ *

帝国纪元 2613 年：一座巨大的水下火山，在南极荒原和安宁洲之间的塔瑟海峡喷发。泽纳斯城的领导者赛利斯，此前没有暴露身份的原基人，显然平息了那座火山，尽管她没能逃过喷发引起的海啸。南极区的天空一片昏黑，长达五个月之久，但就在官方可以宣布第五季来临的前夕放晴。在海啸刚刚发生以后，领导者赛利斯的丈夫（火山喷发时的社群首领，刚刚被紧急议会罢免）试图保护他们一岁的孩子免受幸存者的伤害，但最终被杀。死因存在争议：有些目击者说，是乱民用石头砸死了他，其他人声称，社群前首领是被一名守护者勒死的。守护者将孤儿带去了沃伦。

——迪巴尔斯的创新者耶特，研究项目笔记

第五章

故人长相忆

攻击来临的时间正如预料，是在黎明之前。

每个人都已经做好准备。营地的位置在石林以内三分之一，这是凯斯特瑞玛人在天已全黑、继续赶路太危险时到达的地点。第二天日落之前，大家应该就能走出石林——假如所有人都能活过这一夜。

你焦躁不安地在营地逡巡，并不是只有你这样做。猎人们本应该都在睡觉，因为在白天里，他们要充当侦察兵，还要承担野外采集、狩猎等任务。但你看到他们有很多都醒着。壮工们本应该轮番睡觉的，也全部都没睡，其他职阶的不少成员也一样。你发觉加卡坐在一堆包裹上，低着头，闭着眼，但两腿做好了随时迈开大步的准备，两手各有一把玻钢刀。她的手指也不像睡着的人那样放松。

考虑到所有这些，敌人选择这个时间进攻还是挺蠢的，但其实并没有更好的时机，所以看起来，你们的敌人也是决定了舍命一搏。第一个隐知到攻势的你，以一只脚跟为轴扭转身体，大声警告同伴，同时收窄你的感知范围，沉入你能主宰火山的那种感知世界里。一个支点，深入且强大，已经被揳入附近的地底。你追随它，到了它潜在聚力螺旋的中间点，所谓的圆心，像一只老鹰发现猎物。道路右边。深入石林二十英尺的地方，不在视线范围内，被纠结悬垂的植物遮挡着。"依卡！"

她马上出现，不管刚才坐在帐篷之间的哪个位置："是啊，感觉到了。"

"还没激活。"你这句话的意思，是说那个聚力螺旋还没有开始从周边环境中吸收热量和动能。但那个支点像大树的主根一样深入地下。这个地区并没有太多地震潜能——事实上，制造石林的过程中，下部岩层里的压力已经被消耗掉了。但如果你潜入地下足够深，总是可以得到热量的，而这个支点就是很深，很稳，带着学院式的精准。

"我们没有必要开打。"依卡放开嗓门儿，突然就对着石林里面喊。你吓了一跳，尽管本来不应该觉得意外。你很震惊，她居然真的要收服对手，虽然事到如今，你理应对她有更多了解。她大步向前，身体紧绷，两膝微弯，就像随时要起跑冲入石林，两手伸向前方，手指摇动。

现在吸取魔力更容易一些，尽管出于习惯，你最开始还是先集中看你的断臂。舍弃原基力而改用魔法，你永远都不会觉得轻松自如，但至少你的感知方式转换很快。依卡已经远远抢在了你的前头。她周围的地面上，有银线泛出微细的波纹和弧形纷纷起舞，多数都在她前方，扩张着，闪烁着，被她从地下捡起，纳为自己所有。石林中你隐知到的少量植被降低了这件事的难度；那些藤条幼苗和缺少光照的苔藓发挥了导线一样的作用，疏导并整理银色能量线，排列成有意义的模式。一切变得清晰。正在找寻……啊！你跟依卡同时紧张起来。是的，就在那里。

地底深处的支点上方，未开始旋转的聚力螺旋中央，蹲着一个银线勾画出的身体轮廓。第一次，在比较之下，你发觉原基人的银线要比周围草木昆虫的银线更明亮，也更简单。是同样的……呃，数量，如果这个词适用的话，或许该说是容量、潜能、活力，但不是同样的布局方式。这个原基人的银线集中在数量相对较少的闪亮线条里，它们全都沿着大致相同的方向。银线没有闪烁，他的聚力螺旋也没有动作。他在倾听——你是猜的，但感觉应该就是这样。

依卡，另一个由同样精准又集中的银线勾勒出来的形体，满意地点头。她爬上一辆货车，以便让声音更能传开。

"我是凯斯特瑞玛的基贼依卡。"她叫道。你猜她现在指着你。"她也是个基贼。那个男的也是。"特梅尔。"那边的那些小孩也一样。我们这里的人不会杀死基贼。"依卡停顿了一下，"你们饿吗？我们还能省出些食物。你们不用试着强抢。"

那支点并没有动。

但别处有动静——来自石林另一端，银线细微又单薄的聚合体突然开始乱冲乱闯，向你们的方向冲杀过来。另一帮贼寇。邪恶的大地，你们如此关注那个基贼，甚至都没有察觉身后的敌人。不过，你现在听到他们了，喊叫声变得响亮起来，他们在咒骂，脚掌踏在积满火山灰的沙地上。那边守在尖木栅栏旁的壮工们大声警告。"他们发动攻击了。"你叫道。

"少废话。"依卡打断你，拔出一把玻钢刀迎敌。

你退到帐篷圈中间，痛切感觉到自己的虚弱，这体验既怪异，又非常让人郁闷。更糟糕的是，你还可以隐知，而且你的本能会促使你做出反应，当你看到自己本来有能力帮忙的情形。一帮攻击者冲向营地边缘棍棒较少，守卫者也少的地带，你睁开眼睛，真的看到他们试图冲杀进来。他们是典型的无社群贼寇——肮脏，虚弱，身穿被灰尘漂白的破衣，夹杂若干新抢来的衣服。你本来能够转眼之间消灭全部六名敌人，只要转出一个精准的聚力螺旋。

但你也能感觉到自己有多么……怎么说呢？你体内的能量线有多么整齐。依卡体内的银线，也像你看到的另一名原基人一样，比较集中，但还有不同层次，仍有交错和杂乱之处。它们在她体内随机流转。你看到她从货车上跳下来,大声叫人去帮薄弱点的壮工们阻止贼寇,自己也跑去帮忙。你的魔力流动的线路却极为清晰,每条线完全是同一个方向,同一个流向。你不知道怎么把它们恢复成原来的样子,即便还有那种可能。而且你本能地知道,如果在这种情况下使用银线,就会让你体内的每个小颗粒都压实,像石工砌墙一样。你会像上次那样变成石头。

于是你抑制住本能,躲藏起来。尽管这事很可耻。这里还有其他人,也蹲在营地中央的帐篷之间——社群里较小的孩子们,屈指可数的几位老人,一位肚子太大、行动迟缓的孕妇,尽管她手里也捧了一把准备好击发的十字弩,另有两个持刀的繁育者,其任务显然是守护孕妇和孩子们。

当你探出头来观察战斗时,你瞥见特别让人震惊的一幕。丹尼尔,她从围栏上扯下一根削成矛尖状的棍棒,正用它在敌人之间杀出一片血泊。她真是让人叹为观止,拧身,穿刺,格挡,又穿刺,进攻之间熟练地挥转长棍,就像她跟无社群者战斗过一百万次那样。这可不只是充当了熟练壮工而已;远远超过那个境界。她就是太棒。但这也正常,对吧?雷纳尼斯人任命她担任军队里的将军,不太可能是因为她长得好看。

最终,这场战斗算不上激烈。二三十个瘦骨嶙峋的无社群者,面对训练有素,吃饱喝足,早有准备的大批社群成员?这就是为什么社群能熬过第五季,而长期的无社群状态等于死刑判决的原因。这帮人可能就是走投无路;过去几个月,这条路上不可能有太多行人。他们在想什么?

他们的原基人,你意识到了。这才是他们以为能帮助他们赢得战斗的人。但他还是没有行动,无论是在原基力还是身体意义上。

你站起来,走过仍在继续的战斗者身旁。紧张地调整了一下面罩,你走下大道,钻过营地周围的栅栏,进入石林深处更黑暗的地方。营地里的火光让你暂时夜盲,于是你停留片刻,让自己的眼睛适应黑暗。很难说无社群者会在这里布下怎样的陷阱;你不应该独自来处理这件事。但你再一次感到意外,因为在两次眨眼之间,你突然开始看到银线。昆虫、落叶、一张蜘蛛网,甚至还有那些岩石——现在都闪着野性的、脉络清晰的图式。它们的细胞和组成微粒,全都被其间连缀的线条勾勒了出来。

还有人。你停下脚步,分辨出了他们,隐藏得很好,都躲在石林中的银色光芒里。那个基贼还在他原来的位置,一个更为明亮的轮廓,掩映在更加细碎的线条中。但这里还有两个更小的身形蹲在一个小小的岩洞里,大约在石林深处二十英尺之外。还有两个,在头顶某处,躲在弯曲的、凹凸不平的岩石上。可能是哨兵吗?他们都不怎么挪动。看不出是否已经发现了你,或者他们有没有旁观战斗。你僵在原处,被自己感知力的突然转变惊到。这个,是不是某种副产品,学会看到自己体内和方尖碑内部银线之后的结果?也许在你能做到那些之后,就能在所有地方看到银线。也或许你现在只是出现了幻觉,就像眼皮里留下了残影一样。毕竟,埃勒巴斯特从来没说过能看到这样的情形——但是话说回来,埃勒巴斯特什么时候试过当一个好老师?

你向前摸索了一小段,双手伸在面前,以防自己所见的都是幻象,但如果这是幻象,至少还够精准。尽管把脚放在银线组成的网格上感觉很怪,但过了一会儿,你就适应了。

那个原基人个性分明的能量网和仍然引而不发的聚力螺旋都已经不远,但他在高于地面的某处。也许在你站的位置以上十英尺。你后来算是明白原因了,当地面突然向上倾斜,你手碰到石头的时候。你通常的视觉已经足够适应环境,你能看到这里有一根石柱,凹凸不平，很可能易于攀爬，至少对一个胳膊数量大于一的人而言。于是你站在石柱脚下说："嘿。"

没反应。你开始感觉到呼吸声：快，浅，收敛。就像某个人呼吸时不想被听见一样。

"嘿。"你在黑暗中眯起眼睛，终于分辨出一个轮廓，是用树枝、旧木板和其他破烂儿堆积而成。一座隐棚，也许是。对普通原基人来说，视线并不重要；没有受过训练的人，根本不会给他们的力量定向。但支点学院训练的原基人，需要视线来帮助他们区分不同目标，是要冻结有用物资，还是只冻死保护前者的那些人。

你上方的隐棚里有动静。呼吸声停顿了一下吗？你试图想到什么话可以说，但你的脑子里只有疑问：一个受过学院训练的原基人，待在无社群者中间干什么？地裂发生时，他一定是外出执行任务的。没有守护者同行（否则他就已经死了），所以他应该是五戒或者更高等级，或者只是三戒或者四戒持有者，失去了更高等级的同伴。你想象了一下自己，假如在你赶往埃利亚城的路上发生这次地裂。明知你的守护者可能来找你，却赌他可能认定你已经死了……不。那想象只能到此为止。沙法一定会来找你的。沙法的确来找过你。

但那是在第五季之间的平静时期。等到第五季来临，据说守护者们并不会加入社群，这意味着他们会死——而且，事实上，地裂之后你见过的唯一守护者，就是跟丹尼尔一起出现在雷纳尼斯军队里的那个。她死在你召唤出的煮水虫风暴里，你对此感到高兴，因为她是那种赤裸上身的杀手之一，这类家伙比通常的同类还要更变态。无论如何，这里又有一个前-黑衫客，独自一人，或许在害怕，也许他距离大开杀戒只有一线之隔。你知道那是一种怎样的感觉，不是吗？但这个人还没有攻击。你必须想到某种办法跟他交流。

"我还记得。"你说，声音轻柔，犹如耳语。就像连你自己都不

第五章 故人长相忆

想听到。"我还记得那些熔炉。教导员们，用几乎杀死我们的方式来拯救我们。他们——有没有逼你生过孩子？"考伦达姆。你的想法从记忆中被扯开。"他们有没——可恶。"沙法曾经折断的那只手，你的右手，现在已经进入霍亚充当肚子的某处。但你还是能感觉到它。幻痛，通过幻想中的骨骼传来。"我知道他们会让你骨折。你的手。我们所有人的手。他们折断我们的骨头，以便——"

你听到，很清晰地听到，一次轻微的、恐惧的吸气声，来自那座隐棚内部。

聚力螺旋突然启动，成为模糊的、膨胀的旋转体，并疾速向外扩张。你距离太近，它险些就击中你了。但那声吸气足够让你警觉，所以你在原基力层面上做了准备，尽管身体上来不及。身体上，你向后畏缩，失去了原本就脆弱的、独臂的平衡状态。你向后摔倒，屁股重重着地——但你从小就开始受训，学会了在一种层次上失去控制时，在另一层次上完全掌握局面，所以在同一个瞬间，你调用自己的隐知盘，直接把他的支点扯出地面，将其消解。你的力量比他的强很多。这很容易。你在魔法层面上也做出了反应，抓起那个聚力螺旋扰动的银色能量线——然后为时已晚地意识到，原基力影响魔法，但并不是魔法本身，事实上，魔法会从它周围退开；这就是你每次运用高阶原基力，都会对魔法修炼带来负面影响的原因，终于明白了，好棒啊！无论怎样，你还是把狂野的魔法能量压制回去，同时抑制了一切，所以并没有任何可怕的事情发生，只是你身体周围出现了一圈粉尘一样的寒霜。感觉很冷，但只在皮肤表面。你死不了。

然后你放手——所有原基力和魔法都从你身上弹开，像是被扯紧的橡胶条。你体内的一切像是都在随之震荡，余音不绝，然后，噢，噢，不要，你感觉到回声的强度在增大，你的细胞开始排列整齐……并且压缩成石头。

你无法阻止它。但是，你可以引导它的方向。在你拥有的那一点点时间内，你可以决定自己能失去身体的哪个部分。头发！不行，太多根了，而且有相当一部分远离具备生物活性的毛囊；你还是可以做，但花费的时间会太长，等你完成，会有一半的头皮变成石头。脚趾呢？你还需要走路的能力。手指？你只剩一只手了，需要尽可能长时间地保持它们完好。

乳房。好吧，反正你也不想再要孩子了。

只要把那份回响，那个石化过程，引入一侧乳房就好。必须要经过腋下的腺体进行引导，但你设法让它保持在肌肉层以上；这样一来，损伤可能就不会影响你的运动和呼吸能力。你选择了左侧乳房，以便跟缺失的右臂平衡。反正，你也一直更欣赏自己的右乳。它更好看。然后你在这个过程结束时躺在那里，还活着，非常痛切地感觉到胸部的额外重量，震惊得顾不上难过。但是。

然后你挣扎着起身，动作笨拙，龇牙咧嘴，隐棚里的那个人紧张地轻笑了一声，说："哦，可恶。哦，大地啊。达玛亚？真的是你。刚才聚力螺旋的事我很抱歉，我只是——你都不知道我经历过什么。真不敢相信。你知道他们怎么处置破罐的吗？"

阿齐特，你的记忆说。"麦克西瑟。"你嘴里说。

这就是麦克西瑟。

- ☼ -

麦克西瑟现在只剩半条命。至少，身体上是这样。

他大腿以下的腿部都没了。只剩一只眼睛，或者说，还剩一只眼睛能用。左眼受过重伤，一片混浊，而且不太能跟另一只眼睛协同。他头部左侧——你记忆中的金色灰吹发几乎全部消失，只剩下刀削短发——全是乱糟糟的粉色伤疤,你感觉那边的耳孔也被堵塞了。疤痕遍布在额头和脸颊上,让他那一侧的嘴巴也有些变形。

但他灵巧地从高处的隐棚下来,以手代步,用肌肉的力量撑起躯干和断腿。他无腿行走的能力太强;一定是这样过了好长时间了。你还没能爬起来,他就已经到了你身旁。"还真的就是你。我记得好像听人说,你以前只练到第四枚戒指,你真的击穿了我的聚力螺旋吗?我可是六戒。六戒呢!但我就是通过那个认出你的,你看,你隐知起来的感觉完全没变,表面看似平静,但内部强悍的不像话。真的是你呀。"

其他无社群者,也开始从他们藏身的石柱之类的地点爬出来。你在他们出现时感到紧张——稻草人一样的体形,枯瘦,衣衫褴褛,一身臭味,透过抢来的或者自做的护目镜打量你,蒙面巾显然曾是某些人的衣物。但他们没有攻击。他们只是围上来,看你和麦克西瑟在一起。

你盯着他,他围着你转了一圈,两手快速撑地挪动身体。他也穿着无社群者的破衣烂衫,长袖,很多层,但你仍能看出他肩膀和胳膊上的肌肉有多么粗壮。他身体的其他部分瘦得皮包骨。面容憔悴得让人心痛,但显然,在漫长的饥饿岁月里,他的身体懂得优先照顾什么。

"阿齐特。"你说,因为你还记得,他总是更喜欢自己出生时得到的名字。

他停止转圈,侧头看了你一会儿。也许这个姿势更能看清楚吧,他毕竟只剩下一只完好的眼睛。不过,他脸上的表情却是不太满意。他现在不是阿齐特,正如你不再是达玛亚。太多的事情已经改变。那么,还是叫他麦克西瑟吧。

"你还记得。"他还是这样说。在那一瞬间的寂静里,在一番激动

103

言辞之后这只凝望着你的眼睛里，你瞥见了记忆中那个忧郁又帅气的男孩。这件事的偶然性让你难以消受……一个你忘记自己曾经有过的亲哥哥，也直到现在才记起。他叫什么名字来着？地火啊，你连那个都忘掉了。但即便是现在见了面，你很可能也不会认出他。支点学院的料石生们，才是跟你一起历经磨难的兄弟姐妹，哪怕在血缘上没有任何关系。

你摇摇头，让自己集中注意力，然后点头。你现在已经站起身，正在掸掉屁股上的枯叶和灰土，动作笨拙，因为胸前多了一份重负。"我也很意外，自己居然还能想起来。你一定给我留下过深刻印象。"

他微笑，嘴巴是歪的，他只有一半的脸可以做出正常表情。"我自己都忘记了。反正，曾经很努力遗忘。"

你咬紧牙关，让自己坚强。"我——对不起。"这句话毫无意义。他很可能都不记得你为什么事对不起。

他耸耸肩："没关系。"

"其实是有关系的。"

"不。"他有一会儿回避你的视线，"事后，我本应该跟你谈的。不应该像我当时那样恨你。不应该任由她，他们，改变了我。但我当时就是被改变了，而现在……那一切都不再重要。"

你完全清楚他口中的"她"指的是谁。跟破罐有关的那件事，霸凌事件暴露了一整个料石生网络，只是想要生存下去，而另一个范围更广的成年人网络，则在利用他们的绝望……你全部都记得。麦克西瑟有一天回到料石生宿舍，两手骨折。

"还是要比他们对破罐做的事情好很多。"你喃喃说道，开口之前，没想到应该隐瞒这件事。

但他点点头，并不吃惊。"去过一次维护站点。那里不是她。鬼知道我当时心里在想什么……但我曾经想把他们全都找出来。这次灾季之前。"他发出一声嘶哑的苦笑。"我甚至根本就不喜欢她。我只是想要知道。"

你摇头。并不是不理解这份冲动；如果你说自己没有过这样的愿望，那肯定是撒谎，在你了解了真相之后的那些年。去所有的维护站，找出治愈他们隐知盘的办法，放他们自由。或者出于人道目的杀死他们。啊，如果支点学院给过你机会，你一定能成为相当好的教导员。但当然，最终是什么都没做。麦克西瑟也没做过任何事，去挽救站点里的维护者。只有埃勒巴斯特设法做到过这种事。

你深吸一口气。"我跟他们一起的。"你说，甩头向大路方向示意。"你听到女首领说的话了。欢迎原基人加入。"

他的身体微微摇晃，把胳膊和断腿当作支点。黑暗中很难看清他的表情。"我能隐知到她。她就是这帮人的首领？"

"是的。而且社群里的所有人都了解真相。他们，这个社群……"你深吸一口气，"我们。是一个努力尝试新生活的群体。原基人和哑炮共处。不再互相杀戮。"

他大笑，这引发了一阵咳嗽。其他那些瘦骨嶙峋的人也在咯咯笑，你担心的却是麦克西瑟的咳嗽声。那声音干涩、凶残，时有间断，不是好兆头。他不戴面罩的时候吸入了太多灰尘。那声音还太响。要是猎人们没在附近，监视着你们，并且随时准备射杀他和他的同伴们，你就把自己的逃生包吃掉。

那阵咳嗽结束后，他又一次侧头看你，眼里一副感觉有趣的表情。"我在做同样的事情。"他拖着长腔说。用下巴指点聚拢来的几个人。"这些家伙跟我待在一起，因为我不会吃掉他们。他们也不会招惹我，因为惹急了我会杀人。行了，和平共处。"

你看看周围这些人，皱起眉头。很难看清他们的表情。"但是，他们也没攻击我们的人。"否则，他们就已经全死了。

"哈。那一帮是奥雷姆辛的人。"麦克西瑟耸耸肩；这让他全身都颤。"半桑泽血统的杂种。之前曾被两个社群驱逐，因为'情绪控制问题'，他自己说的。他那种胡乱劫掠的方式，本来会害死我们所有人，所以我说，如果想要活下去，又能受得了我，就可以追随我，我们自力更生。石林这一侧属于我们，那一边属于他们。"

两个无社群部落，而不是一个。但麦克西瑟这帮人太少，几乎算不上一派。除他之外，只有屈指可数的几个人吗？但他刚刚也说，只有能忍受基贼的人才能加入他的队伍，结果是这样的人并不多。

麦克西瑟转身，向隐棚方向爬到一半高度，这样就可以坐下来，平视你的眼睛。他这样做之后，又累出一阵剧烈的咳嗽。"我猜，他以为我会攻击你们这帮人。"咳嗽声过去，他继续说，"我们通常都是这么干的：我冻死那些人，他的手下尽可能抢夺物资，然后在我和同伴们赶到之前逃走，我们双方都能得到足够的战利品，多活一段时间。但听到你们的首领喊话之后，我就被完全震住了。"他看着别处，摇摇头。"奥雷姆辛一旦断定我不会冻死你们，本来应该撤退的。但是，好吧。我刚刚说过，他会害死手下的人。"

"是啊。"

"我的天。你的胳膊怎么了？"他在观察你。他看不到你左胸的变化，尽管你的身体有点儿向左歪斜。那里很痛，在压迫你的肌肉。

你反问："你的两腿又怎么了？"

他歪着嘴巴笑，没有回答。你也没回答。

"那么，不互相杀戮。"麦克西瑟摇摇头，"这计划真能行得通？"

"迄今还行。反正，我们还在努力尝试。"

"成不了的。"麦克西瑟又改换一下姿势，然后瞅了你一眼，"你花了多大代价，才加入他们的？"

你没说没有代价，因为他问的反正也不是这个。你可以看清他在这里得到的生存协议：他的技能，换取盗贼帮有限的食物和不可靠的居所。石林，这片死亡陷阱，就是他召唤出来的。他为自己的贼寇杀死过多少人？

你又杀死过多少人，为了凯斯特瑞玛？

这不一样。

雷纳尼斯军队里有多少人？其中又有多少被你判处虫啃活煮之刑？凯斯特瑞玛－上城现在装点着多少灰堆？每个人都有一只手，或者穿靴子的脚伸出来？

这他妈不一样。你们双方是你死我活。

就像麦克西瑟，他也只是在努力活下去。他，或者他们。

你咬紧牙关，平息自己内心的这场辩论。你没时间干这个。

"我们不能——"你尝试了一下，然后改换方式。"除了杀戮之外，还有其他活法。其他……我们并不是一定要是……这副样子。"依卡的话，从你嘴里说出来，就会感觉尴尬、油滑，充满伪善。这些话还是真的吗？凯斯特瑞玛已经不再有晶体球来迫使原基人跟哑炮合作。也许明天，这一切就会崩溃。

也许。但在那之前，你迫使自己说完："我们并不是一定要成为他们塑造的样子，麦克西瑟。"

他摇摇头，盯着地上纷乱的枯叶："你也记得我那个名字啊。"

你舔舔嘴唇："是的。我现在叫伊松。"

他听到这个，微微皱眉，可能因为这个词没有对应某种石料。这正是你当初选择它的原因。但他没有提出疑问。最后他叹气说："可恶啊，你看看我，伊松。听听我胸腔里石头的回音。即便你们的女首领愿意接收只剩一半的原基人，我也撑不了太久了。还有——"因为他现在坐着，所以两手能动；他向周围那些瘦弱的身体示意。

"没有社群愿意接受我们。"其中较矮小的一个人说。你觉得那应该是女性的声音,但它过于沙哑疲惫,其实你也判断不出。"这种谎话就不用尝试了。"

你改换姿势,心里很不安。那女人是对的。依卡或许会愿意接受一个无社群的原基人,同时拒绝其他人。但话说回来,你从来都不太明白依卡愿意怎样做。"我可以问问。"

周围响起笑声,疲惫、微弱、衰朽的笑声。除了麦克西瑟之外,还有几声惨烈的咳嗽。这些人已经饿得半死,一半人染病。这样扯皮毫无意义。你还是针对麦克西瑟,说:"如果不跟我们一起走,你们会死在这里的。"

"奥雷姆辛的人占有大部分物资。我们会取来它们。"这句话的结尾是个停顿:一场交易中的第一份出价。"我们要么全体加入,要么都不加入。"

"女首领决定。"你说,拒绝给出承诺。但你听到别人讨价还价,还是能明白的。他受过支点学院训练的原基力,换取他本人和少数追随者的社群成员资格,交易加持条款是贼寇的物资储备。而如果依卡不能接受他的最初条件,他完全愿意中止谈判。这让你感到厌烦。"我还会说些好话,赞扬你的品德,至少是三十年前的品德。"

他微微一笑。很难把那个笑容当成友善。看看你,还在想粉饰这份尴尬。你很可能只是在幻想。"我对这片区域还有些了解。或许有用,因为你们显然是要赶去某个地方。"他向靠近大路的石柱上反射的火光示意。"你们的确是要赶去某个地方吗?"

"雷纳尼斯。"

"一群混蛋。"

这意味着雷纳尼斯军队一定曾路过这个地方,之前南下的途中。你让自己笑了一下:"一群死掉的混蛋。"

"哈。"他眯起眼睛。"他们一直在整个区域消灭其他社群,所以我们的日子才会这样艰难。雷纳尼斯小子们完事之后，就再也没有贸易货车可以打劫。但是，我的确在他们的去向隐知到某种怪事。"

他静默下来，观察你，因为他当然知道真相。当你用如此决定性的手段终结雷纳尼斯-凯斯特瑞玛的战争时，任何有戒指的基贼应该都能隐知到方尖碑之门的活动。他们或许不知道自己隐知了什么——除非通晓魔法，即便是了解魔法的人，或许也无法得知全部真相，但他们一定会感觉到事件的余波。

"那个……是我干的。"你说。承认这件事的难度出乎意料得大。

"可怕的大地。达——伊松。怎么回事？"

你深吸一口气，向他伸出一只手。你有那么多往事，总是会冒出来纠缠你。你永远都无法忘记自己的来路，因为它们就是不肯放过你。但或许依卡说的对。你可以直接拒绝从前的你经历过的那些烂事，就当它们无关紧要，其他人也都不重要……或者你可以拥抱它们，接纳它们，认可它们的价值，并让自己整体变强。

"我们去跟依卡谈吧。"你说，"如果她肯收留你——还有你的同伴，我知道——我会告诉你一切。"而且如果他不小心，你最终也会教他怎么做这个。他毕竟是个六戒原基人。如果你失败了，还是要有人承继遗志的。

让你吃惊的是，麦克西瑟看着你的手，眼里带着类似警觉的表情："不确定我是否想要了解一切。"

这让你笑了："你真的不会想。"

他歪着嘴巴笑："你也并不想要知道发生在我身上的一切。"

你侧头："那就这么说定了。只讲好的部分。"

他微笑，明显少了一颗牙："那样的话，故事就会太短，甚至不够在大众讲经人嘴里凑够一篇。没有人会买那样的故事。"

但是。随后麦克西瑟移动重心，抬起右手。他的皮肤厚实得跟兽角一样，不只是有茧子的问题了，而且很脏。握手之后，你想都没想就在裤子上蹭自己的手。他的同伴看了都在笑。

然后你把他带回凯斯特瑞玛，进入光明。

帝国纪元 2470 年：南极区。巨大的沉陷洞开始出现于本汀城地下（社群在不久后灭亡）。喀斯特地形，不是地震，但城市沉降还是产生了波动信号，被支点南极分院的原基人察觉。身在支点学院，他们还是用某种办法把整座城市搬移到了更稳定的位置，救了城里的大多数人。学院记录显示，这一过程中有三名高级原基人丧命。

——迪巴尔斯的创新者耶特，研究项目笔记

第六章

奈松，自己选择命运

前往灰铁所谓"死亡文明遗迹"的旅程长达一个月，还算平静，按第五季旅行的标准来说。靠原有物资和沿途收集，奈松和沙法的食物足以果腹，虽然两人都有些消瘦。奈松的肩膀顺利复原，尽管她曾有几天发热，身体虚弱；那几天里沙法叫停休息的时间，感觉要比平时更早。第三天，发烧症状消除，伤口开始结痂，他们恢复正常步调。

沿途几乎没碰到其他人，灾季已经持续一年半，这样倒也正常。这种时候，任何无社群者都加入了劫掠团伙，而这类团伙中存续下来的，应该也已经不多——只有最凶狠邪恶的，或者除了野蛮残暴，还有其他优势的团体还能存在。它们中的大多数应该已经去了北方，南中纬区，那里有更多社群可供袭扰。连贼寇都不喜欢南极区。

在很多方面，这种几近无人的荒凉很适合奈松。无须当心其他守护者，没有心怀无理恐惧的社群成员需要防范。甚至没有其他原基人小孩；奈松想念其他人，想念他们的叽叽喳喳，还有那段短暂的归属感，但说到底，她对沙法花费在其他孩子身上的时间和注意力仍然怀有不满。她年龄已经足够大，知道自己这份嫉妒有多么幼稚。（她的父母也很宠爱小仔，但事实已经明显到可怕：得到更多注意力，并不等于受到偏爱。）但现在有了独占沙法的机会，奈松还是感到开心，并且有一份贪婪的满足感。

　　他们在一起的时候相处默契,但是白天说话不多。晚上就是睡觉,蜷在一起抵抗日渐寒冷的天气。安全方面无须担心,因为奈松令人信服地展示了她的警觉,只要周围稍有动静,或者附近地面有一点点脚步声,就足以让她醒来。有时候沙法不睡觉;他尽力了,但还是只能躺在那里微微颤抖,时不时屏住呼吸,勉强抑制住肌肉抽搐,因为不想让自己暗藏的痛苦打扰到奈松。他睡着时也不安稳,时而会惊醒。有时候,奈松也一样睡不着,默默地同情他,为他心痛。

　　于是奈松决定做点什么。就是她在寻月居学会的那种操作,尽管程度上更小一些:她有时候会让沙法隐知盘的核石吸收一点点自己体内的银线。她不知道这办法为什么管用,但她记得,寻月居的守护者们都会从自己主管的孩子们身上吸收一点儿银线,然后松一口气,就像核石得到了某种外物可以消磨,自己体内的压力就减小一些。

　　但是沙法,自从奈松表示要献出所有能量给他的那次以来,就没有从她或者其他任何人身上吸收过银线——就是那天,奈松认识到他脑子里那片金属的实质。她觉得自己能理解沙法为什么收手。那天,他们之间发生了某种变化,沙法不能再允许自己吞食她的一部分,就像某种寄生虫一样。但这也是奈松偷偷向他输送魔法的原因。因为他们之间的确发生了变化,如果奈松也需要沙法,自己主动给沙法那些他不肯取走的东西,他就不是什么寄生虫。

　　(很短时间之后,她就将学会共生关系这个词,并且点头,很高兴终于有个名字来描述这个。但在那之前很久她就已经决定,用家人这个词就可以了。)

　　当奈松给沙法自己的银线时,尽管他本人正睡着,他的身体还是会很快吞噬那些能量,以至于她必须尽快缩手,以免失去太多。她也只能省出一点点。献出更多的话,第二天她会疲惫不堪,无力行

第六章 奈松，自己选择命运

走。但即便是那一点儿，也已经足够让沙法睡着——而随着时间的推移，不知怎么，奈松发现自己渐渐能制造更多银线。这是个受欢迎的变化，现在她能更好地缓解沙法的痛苦，而自己又不至于特别疲劳。每当她看到沙法安稳下来，平静地睡去，都会感到骄傲，觉得自己很棒，即便是知道自己没有那么好。这不重要。她下了决心，要做沙法的乖女儿，超过自己对待杰嘎时候的表现。末日之前，一切都会更好。

　　晚上做饭期间，沙法有时会讲些故事。故事里，过去的尤迈尼斯城是个神奇又怪异的地方，像海底世界一样不可思议。（他讲的永远是古老时代的尤迈尼斯。近时代的尤迈尼斯已经在他的记忆里消失，跟从前的那个沙法一道被抹去了。）奈松甚至很难想象这样一个地方：好几百万居民，没有一个是农夫或者矿工或者其他任何能融入她所知世界的角色，很多人都痴迷于某种时尚潮流、政治派别或阵营，复杂度远远超过职阶与种族差异。有普通领导者，但还有尤迈尼斯的精英领导者家族。加入公会的壮工和那些没有公会的壮工，在社会关系和地位稳定性方面大大不同。创新者如果来自历史悠久的家族，就可以竞争进入第七大学的资格，但也有创新者只能修理城市贫民窟里的旧物。尤迈尼斯之所以那样复杂又奇怪，很大程度上就是因为它存续了太长时间，当奈松意识到这一点，那感觉很怪异。城里曾经有古老的家族。图书馆里的藏书有的比特雷诺镇还要古老。组织也有群体记忆，并且会复仇，起因可能是三四次灾季之前遭到的慢待。

　　沙法也跟她讲支点学院的事，尽管不多。这里是另外一个记忆空洞，深不见底，像一座方尖碑——尽管奈松发现，自己总是拒绝不了诱惑，想要探察这个空洞的边界。毕竟，那里是她的妈妈曾经居住的地方，尽管有过此前的种种，这一点还是会吸引她。但沙法关于伊松的记忆很贫乏，即便当奈松鼓起勇气直接问到这个，也收获不多。他努力回答奈松的问题,但当他这样做的时候,说话却总是断断续续,脸上的表情特别痛苦、不安,比平时更苍白。奈松因此强迫自己慢慢询问这些问题,中间隔上几小时或者几天,给他足够的时间恢复。她了解到的,多数都已经猜到,关于她的妈妈、支点学院,还有灾季之前的生活。但听到这些,对她还是有帮助。

路程就这样一点点过去,在回忆和试探边界的痛苦里。

南极区内的状况一天天恶化。火山灰的掉落已经不再时断时续,周围开始变成一片死寂的风景;视野中的群山、峰岭和垂死的植物,都用灰白色的线条勾勒而成。奈松开始想念能看见太阳的日子。一天晚上,他们听到啸叫声,应该是一只巨大的克库萨在外面觅食,好在叫声离他们很远。还有一天,他们经过一片池塘,那儿的水面漂了一层灰,已经变成镜灰色;下面的水安静到令人不安——考虑到它的来源是一条急流。尽管他们的水壶已经快要空了,奈松还是看看沙法,沙法点头,警觉地同意。表面看来没什么不对头,但是……这么说吧。要在第五季存活下来,有准确的本能反应,跟拥有适当的工具同样重要。他们避过那片死水,活了下来。

第二十九天傍晚,他们到了一个地方,帝国大道突然不再向前延伸,折而向南。奈松隐知到:大道一边有点儿像是火山坑的边缘。他们之前已经翻越一道山岭屏障,它们围绕着这片圆形的、平整到反常的区域,而且大道沿着古老的破坏区,呈环形延展,在坑的对面继续向西。不过在圆形正中,奈松终于见证了一处奇观。

老头儿噘嘴丘是个嵌套火山坑——就是一座旧火山坑里套了一座新火山坑。这座很特别,因为它形状太完美;奈松读过的书上说,通常来讲,外面那个更古老的火山坑会因为内层较新的火山喷发而遭到巨大破坏。而在这里,外层坑却是原封未动,几乎完美的一圈。尽管已经被岁月磨蚀,也长满了植被。奈松无法真正看到它,因为绿植太多，但她可以隐知得很清楚。内层火山坑更扁长一些，从好远处就能看到它的闪光，以至于奈松无须隐知就知道这里发生过什么。那次喷发肯定温度极高，至少曾经是，以至于整个地质构造险些自毁。剩下的部分变成了玻璃质地，天然粹炼之后，经过许多个世纪都没有多少损伤。那座形成嵌套火山坑的火山现在已经沉寂，它古老的岩浆室早已变空，甚至没有一丝残余的热量存留。但曾经在某个时间点，噘嘴丘发生过真正壮观（又极为可怕）的地壳穿孔事件。

按照灰铁的嘱咐，他们在距离噘嘴丘一两英里的地方扎营。黎明之前的半夜，奈松醒来，听到远处有尖厉的鸣叫声，但沙法安抚了她。"我时不时就会听到那种声音。"他轻声说，伴着火堆的噼啪声。他这次坚持要安排守夜，所以奈松承担了前半夜。"是噘嘴丘树林里的某种东西。它看似并没有向我们靠近。"

奈松相信他，但那天晚上，两人都没睡好。

第二天一早，他们在天亮之前起床上路。在黎明的微光里，奈松瞠视着他们面前富有迷惑性的、平静的双层火山坑。靠近看，更容易看清内层火山坑周围的石壁上有开口，间隔均匀；有人想让别人可以进入。外层火山坑的底部却长满植被，黄绿色，到处是树木一样高大的乱草在摇曳，它们显然是挤死了该区域所有的其他植物。荒草丛中，她甚至连羊肠小路都隐知不到。

但真正的意外，还在噘嘴丘地下。

"灰铁所谓的死亡文明遗迹，"奈松说，"在地底下。"

沙法吃惊地瞥了她一眼，但是并没有提什么反对意见："在岩浆腔室中间吗？"

"也许？"一开始，奈松自己也无法相信，但银线不会撒谎。她将自己的隐知范围在这片区域中扩展时，还发现了其他特异之处。这里的银线也会反映地表起伏和周边森林，像其他地方一样，但出于某种原因，这里的银线更亮，而且看似更容易在植物之间、岩石之间流动。它们混合在一起，组成更大、更炫目的细流，汇聚成小河一样的整体，直到整座遗迹像是坐落在一片闪耀波动的水池里。她无法分辨出细节，这片区域太大——只能隐知到空无一物的空间，以及对建筑的印象。它极大，这片遗迹。是一座城市，跟奈松隐知过的任何一座城市都不同。她忍不住回头看蓝宝石碑的方向，它隐约可见，就在几英里之外。他们脚程更快，但方尖碑还在跟随。

"是的。"沙法说。他一直在观察奈松，在她串联线索期间，没有错过任何细节。"我并不记得这座城市，但我知道其他与之类似的地方。方尖碑就是在这种地方制造的。"

她摇头，试图量度它的一切："这座城，它经历过什么？这里一定曾有过很多居民。"

"碎裂季。"

奈松吸了一口凉气。她当然听说过碎裂季，也像孩子们相信大多数故事那样相信它是真的。她记得曾见过一位艺术家为此创作的线条图，就在她的一本童园课本里：闪电、石头从天而降，火焰从地下喷出，渺小的人类四处逃窜，却又在劫难逃。"那么这就是真相吗？一座大火山？"

"碎裂季在这里的表现是这样。"沙法远望摇曳的草海。"在别处，是其他表现。碎裂季是一百个不同的灾季，奈松，发生在全世界各个地方，同时发难。其后还有人类幸存，才真的是个奇迹。"

他讲话的那种方式……这件事看起来不可能，但奈松还是咬了一下嘴唇，问："你当时……你还记得那件事吗？"

沙法扫了一眼奈松，有些吃惊，然后微笑，那样子一半是疲惫，一半是自嘲。"我并不记得。我觉得……我怀疑自己应该是生在那件事之后的某个时间，尽管我也没有证据。但就算我能记起碎裂季期间的情形，我也相当确定，自己不想去回忆。"他叹气，然后摇头。"太阳出来了。让我们至少面对未来，把过去放到一边吧。"奈松点头，他们离开大路，进入树丛。

那些树很奇怪，有长而狭窄的叶子，看上去像是拉长的草叶，有弹性的主干，间距仅有几英尺。在有些地方，沙法不得不停下来，推开两三根树干，才能让两人挤过去。但是，这样行进很艰难，不久以后，奈松就已经气喘吁吁。她停下来，大汗淋漓，但沙法还在继续向前。"沙法。"她说，打算要求休息。

"不行。"他说，一面吃力地推开又一根树干。"想想食岩人的警告啊，小东西。我们必须在天黑之前到达这片林地的中央。很显然，现在需要抓紧一切时间。"

沙法是对的。奈松咽下口水，开始大口吸气，让身体恢复状态，然后继续跟着他在林中跋涉。

她渐渐找到窍门，跟他一起协作。奈松善于找到最快的路线，不用硬闯的那种，当她有发现时，沙法就在后面跟着她。但等这些路线到头，沙法就会推呀踢呀折断树干之类，直到清出一条通道，奈松在后面跟着。她可以利用这些进展缓慢的时段恢复体力，但总是感觉时间不够用。她感觉身体侧面刺痛。她开始不容易看清东西，因为那些树叶总会把头发从她的双髻上扯开，汗水又让鬈发伸长，在她眼前晃荡。她非常想休息一小时左右。喝点水。吃点东西。但随着时间一小时一小时地过去，头顶的云层渐渐变得灰暗，越来越难以判断白天还剩多少时间。

"我可以……"奈松一度试着提出建议，一面想着怎样使用原基力，或者银线，或者随便什么，来清空通道。

"不行。"沙法说，不知怎样感知到了她想说的话。他从某个地方取出一把黑色玻钢短剑。当前情形下，这东西其实没太大用处。但他还是让它有了用,办法是刺一下草形树,然后再踢它们。这样它们更容易折断。"冰冻这些植物的话,只会更难从中间通过,而地震有可能导致我们脚下的岩浆室破裂。"

"那么,用银线呢——"

"不。"他仅仅停留了一小会儿,郑重地看着她。奈松郁闷地发现,沙法的呼吸并没有变重,尽管他额头上微微有些小汗珠儿闪亮。他体内的铁核会惩罚他,但还在不情愿地给他更多力量。"其他守护者可能就在附近,奈松。到了这个时候,风险并不大,但仍有可能。"

奈松能做的,只是再去想新的问题,因为这次临时停顿给了她喘息的机会。"其他守护者?"啊,他之前说过,那些人在第五季期间都会去某个地方,而灰铁告诉他们的这个站点,就是那些人去往该地点的通道吧。"你是否记起了什么?"

"不幸的是,没有更多了。"他微微一笑,心照不宣,似乎已经看透了奈松的小心思。"只记得这是我们去那个地方的办法。"

"去什么地方?"

他的微笑淡去,表情又变成了熟悉的、令人担心的空洞状态,尽管只持续了极短时间:"沃伦。"

奈松这时才想起,沙法的全名是沃伦的守护者沙法。她之前从未好奇过,这个叫作沃伦的社群在什么地方。但他说,通往沃伦的通道在一个深埋地底的死亡之城里面,这又是什么意思?"为……为什么——"

他随后摇头,表情变得严厉起来。"不要在黄昏逗留于荒野,并不是所有夜行的猎食者都要等待深夜。"他扫了一眼天空,脸上只有一丝烦躁,就好像它并不会危及两人的生命一样。

现在抱怨自己已经快要累倒,根本就毫无意义。这是第五季。如果她倒下,她就死去。于是奈松迫使自己钻过沙法开出的空隙,又开始寻找最好的路线。

最终他们成功到达,这是好事,因为如若不然,后面的剧情就会好简单,只是你听说自己的女儿死了,然后在心碎中坐视整个世界枯死。

甚至都不是很险。突然之间,最后一片浓密的草树变稀疏,显出一片平整的草地,穿过内层火山坑的环形圈。通道两侧的石壁在头顶矗立,尽管从远处看,感觉并不是很高,而且通道本身也很宽敞,足够让两辆马车并行而不觉拥挤。这些通道两旁的石壁上,长有生命力顽强的苔藓,以及某种木质茎的藤蔓植物。后者幸好已经死了,否则就可能缠绕住他们,进一步减缓他们的进程。相反,现在可以快步行进,把死去的藤条撞到一边。然后,奈松和沙法突然就越过了关口,进入一片宽广的、圆形的平坦区域,地上铺设的东西非金非石。奈松之前也见过类似的材料,都是在其他死去文明的遗迹附近。有时候,那东西在夜间会微微放光。这片特别的平地,充斥了内层火山坑里的全部空间。

灰铁曾经告诉他们,那个死亡文明的遗迹就在这里,正中央,但奈松在他们面前看到的,只是一条雅致的隆起曲线,看上去跟白色材料浑然一体。她身体紧绷,像任何一位历经磨难的幸存者那样,对新事物怀有强烈的警惕。沙法却毫不犹豫地走向那里,停在那座隆起旁边。有一会儿,他脸上的表情很怪异,奈松怀疑他的内心在斗争——身体习惯性地做出这种反应,脑子里却不记得是为什么。但随后,他把一只手按在那个金属隆起物上面的装饰花纹上。

他周围的石头上,突然亮起平滑的线条。奈松惊呼一声,但那些亮处并没有更多行动,只是继续发展,点亮更多形状和线条,直到一个大致四方的形状出现在沙法两脚周围的地面上。现场能听到低沉的、勉强可以听到的嗡鸣声,奈松被吓了一跳,惊惶地环顾四周,但片刻之后，沙法面前的白色物质就消失了。它没有滑到一旁，也没有像门一样打开；而是直接消失。但它的确就是一道门，奈松突然意识到。"那么，我们已经到了。"沙法喃喃地说。听起来，他自己也有些意外。

门后是一条隧道，渐渐深入地下，延伸到视野之外的某处。台阶两侧都是窄窄的方形灯格，照亮了通道。那条弯曲的金属是一道护栏，奈松现在看出来了，她走上来站到沙法身旁时，感知系统重新定向。在进入地底深处的路上，她至少能确定方位。

在他们刚刚走过的草海中，传来一声尖厉的嘶鸣，奈松马上认出这是某种动物。某种大型甲壳动物，也许吧，是昨晚他们听到过的叫声的靠近版本。奈松吓了一跳，看着沙法。

"或许是某种蝈蝈，我觉得。"他说。他下巴紧绷，看着他们刚刚走过的关口，尽管那里还没有什么动静，暂时没有。"也或许是蝉。现在进去吧。以前我见过类似这样的设备。我们通过之后，它们应该会自动关闭。"

沙法示意奈松先走，以便让自己断后。奈松深吸一口气，提醒自己说这是必须的，这样才能创造出一个不会伤害任何其他人的世界。然后她大步走下台阶。

她前进的同时，灯板会照亮前方五六级台阶，后面三级以外自动熄灭。正如沙法预料的，他们下去几英尺之后，那个遮盖阶梯的白色物质重新出现，阻断了林中传来的任何叫声。

然后眼前只剩下灯光、长阶和地下某处那座久已被世界遗忘的城市。

第六章 奈松,自己选择命运

帝国纪元2699年:两名支点学院的黑衫客被召唤到登加社群(西海岸地区乌尔方镇,靠近基亚斯火山群),因为伊默尔火山显出喷发迹象。黑衫客告诉社群官员们,火山很快就要喷发,可能会引发基亚斯火山群,包括疯狂之山(本地人这样称呼那座引发了疯狂季的超级火山;伊默尔也在同一个岩浆热点之上)。确定了伊默尔火山并非二人所能制伏之后,两名黑衫客(其中一位是三戒使者,另一位应该是七戒水平,但出于某种原因,并不佩戴戒指)还是尽其所能做了尝试,因为没有足够的时间召唤更高级别的皇家原基人。他们成功地延迟了喷发,坚持到一位九戒皇家原基人赶到现场,让火山重新进入休眠。(三戒与七戒原基人被找到时手拉着手,浑身焦黑,已被冻结。)

——迪巴尔斯的创新者耶特,研究项目笔记

锡尔－阿纳吉斯特：三

好神奇。讲着讲着,所有这一切都更容易记得了……或许因为,我的确还是人类。

※

一开始,我们的野外行程无非就是步行穿过城市。我们被制造成形以来的短短几年,一直都沉浸在隐知世界里,感受各种形态的能量。到外面走走,可以让我们注意到其他的、更不重要的感知力,这种体验,一开始是非常震撼的。我们感觉到脚下压纤人行道的弹性,都会觉得胆战心惊,这跟我们住所里面死硬的清漆木地板太不一样了。我们试图呼吸时就会打喷嚏,因为空气里充斥着植物伤口、化学副产品和千万人呼出的废气味。达什娃第一次打喷嚏时被吓到流泪。我们用双手捂住耳朵,徒劳地试图挡住各种噪声——众多不同嗓音的人讲话,墙壁咯吱作响,叶子窸窣声,远处的机器轰鸣声。毕尼娃试图用尖叫声盖过它们,克伦莉不得不停下来安慰她,才能让她恢复正常语调。我被附近灌木上面停着的鸟吓得缩成一团惊叫,而我已经是伙伴们中间最冷静的一个。

最终让我们安静下来的,是我们终于得到了完整体验地府引擎紫石英部件魅力的机会。它很壮观,内有魔力缓缓搏动,高高耸立在城市结点的心脏地带上空。锡尔－阿纳吉斯特的每个结点都用它独特的方式适应当地气候。我们听说过，在有些沙漠中的结点，城市建筑是用硬化过的巨大仙人掌建成；大洋中的城市由珊瑚虫建造，而这些小虫的生死周期完全由人决定。（锡尔－阿纳吉斯特人珍视生命，但有时候，死亡也是必需的。）我们的结点（紫石英结点）曾经是一片古老的森林，所以我情不自禁地感觉到，老树的那份雍容高贵，也渗入了这块巨大晶体中。这当然会让它比机器中的其他部件更加宏伟，更加强大！这种感觉完全不合理性，但当我看到其他谐调者的脸，他们凝视紫石英碎片时，也显露出同样的那份爱恋。

（别人跟我们讲过，很久以前，这世界曾是另外一副样子。曾经，人类的城市不只是本身没有生命力，只是石头和金属的丛林，不会生长，没有变化，而且它们还真能致人死命，毒害土壤，让水变得无法饮用，甚至因为它们的存在改变局部气候。锡尔－阿纳吉斯特更好一些，但我们想到城市结点本身时，还是毫无感觉。它对我们而言毫无意义——建筑里住满了我们无法真正理解的人，做着一些本应该有意义、其实却没意义的事。但是引擎组件呢？我们能听到它们的声音。我们会吟唱它们魔力的曲调。紫石英是我们的一部分，我们也属于它。）

"这次旅程中，我要向你们展示三样东西。"克伦莉说，在我们盯着紫石英部件看了足够久，安静下来之后。"这些东西都已经通过了引导员们的检查，如果这对你们很重要的话。"她说这句话时，特意看着雷瓦，因为他是对参加这次旅程意见最大的人。雷瓦装作百无聊赖地叹了一口气。他们都是极好的演员，在监督我们的卫兵面前毫无破绽。

然后克伦莉再次带领我们行进。她的行为方式，跟我们之间的差异特别明显。她步调轻松，高昂着头，无视任何不重要的事物，浑身散发着自信和冷静。在她身后，我们走走停停，有时只敢小步挪动，笨拙又羞怯，任何东西都能转移注意力。人们瞪着我们看，但我感觉，真正怪异的并不是我们的白皮肤，而是我们那副弱智模样。

我一直都很骄傲，他们的耻笑刺痛了我，所以我挺直身体，想像克伦莉一样行走，尽管这意味着无视众多奇观和周围的潜在威胁。婕娃也注意到了，并且开始模仿我们俩。雷瓦看到我们的做法，显出厌烦，透过周边环境发来一点儿小波动：在他们眼里，我们永远都是怪人。

我用愤怒的男低音推挤波回答：这跟他们怎么想没有关系。

他叹气，但也开始模仿我。其他人有样学样。

我们到了城市结点的最南端，这里的空气里弥漫着轻微的硫黄味。克伦莉解释说，那味道来自废品回收植物，它们在这里更加密集，因为城市中的灰色废水经过管道，在此处接近地面。这些植物能让废水净化，并把厚实又健康的叶子伸展到街道上空，制造荫凉，起到它们被设计出的用途——但即便是最高深的生物工程技术，也无法阻止以废料为生的植物带点异味，接近它们吞食的废品。

"你是要让我们参观废弃物处理设施吗？"雷瓦问克伦莉，"我感觉已经掌握了这部分背景知识了。"

克伦莉没好气地说："并没有。"

她转过一个弯，然后就有一座毫无生气的建筑出现在我们面前。我们都停下来，瞪着眼睛看。常青藤爬在这幢建筑的外墙上，墙是用某种红土压制的砖块砌成，藤条还攀上一些支柱，柱子是大理石。但除了常青藤，这幢建筑没有其他任何部分活着。它又宽又矮，形状像个四方盒子。我们感觉不到任何水性静电场支持其墙壁；它一定是用重力和化学黏合剂保持直立的。窗户只是玻璃和金属，其表面没有看到任何刺丝囊生长。他们怎么保护房子的任何东西呢？房门也只是死掉的木材，被打磨成深红棕色，上面该有常青藤花纹；还挺好看，真让人意外。台阶是一种浅灰棕色的砂性悬胶体（几个世纪之前，人们称之为混凝土）。整座房子老旧到让人震惊——但完好无损，而且可用，因此有了一份独特的魅力。

"它还真是……对称啊。"毕尼娃说，一面微微撇嘴。

"是的。"克伦莉说，她已经停在建筑物前面，以便让我们有机会好好观察。"曾经一度，人们以这种特性为美。我们走。"她开始前进。

雷瓦目送着她："什么，要进去？这东西够结实吗？"

"是的。以及是的，我们一定要进去。"克伦莉停下来，回头看他，也许是有些意外地察觉，他的不情愿有时候也不是演戏。透过周围环境，我感觉到克伦莉触碰雷瓦的身体，安抚他。雷瓦害怕或者生气时会更加讨厌，所以她的抚慰很重要。雷瓦神经系统的悸动渐渐平缓。但她还是要继续演戏，给我们的众多监视者看。"尽管我觉得，如果你想，也可以待在外面。"

她扫了一眼自己的两名卫兵，那对紧跟着她的棕色皮肤男女。他们并没有拖在我们队伍后面，像其他那些偶然能看到的卫兵一样，那些人都在周边逡巡。

女卫兵皱着眉看克伦莉："你明明知道这样不行。"

"我只是考虑了一下这种可能。"克伦莉随后耸耸肩，甩头向建筑物入口示意，现在对雷瓦说："听起来，你并没有其他选择。但我向你保证，这幢房子并不会在你头顶上塌下来。"

我们随后跟上。雷瓦走得更慢一点儿，但最终他也一起进去了。

我们跨过门槛时，一条投影提示出现在我们面前的空中。我们都没有学过读写，这个标志所用的文字反正也很怪异，但随后，建筑内的音响系统里传来洪亮的声音："欢迎欣赏渐衰期故事！"我完全听不懂这是什么意思。楼里面有一种……不对劲的气味。干燥，多灰尘，空气也不新鲜，就像没有东西能吸取这儿的二氧化碳。我们看到，这里也有其他人，聚集在楼内开放式的门厅里，或者就是沿着左右两侧对称的螺旋形楼梯上楼，一面着迷地观赏楼梯旁边的木刻装饰画。他们没有看我们，都被环境中更为怪异的元素吸引了。

但就在这时，雷瓦说了句："那个是什么？"

他的不安，扰动了我们的整个网络，令我们大家都一起看着他。而他本人皱着眉头，左左右右侧头观望。

"你说的是——"我开口询问，但随后我也……听到？还是隐知到了？那种东西。

"我带你们去看。"克伦莉说。

她带我们深入这座方盒形的建筑。我们经过众多展示晶体，每块里面都存放着一件不可理解（但显然古老）的物品。我认出一本书、一卷电线，还有一个人的头像。每件展品旁边都有铭牌，说明其重要性，我估计是这样，但我一条都读不懂。

克伦莉带我们走上一座宽敞的阳台，那里有风格古雅的木质扶手。（这尤其让人害怕。我们的安全要信赖死树做成的栏杆，而且没有连接到城市警报网或其他任何系统。为什么不种植一根藤条，在万一跌落时抓住我们呢？古代的生活真是太可怕了。）我们就站在那里，俯视一个巨大的开放展室，里面的东西属于这个死亡之地的程度跟我们大家一样。也就是说，一点儿关系都没有。

我的第一印象，是把它当成了另一台地府引擎——完整的一台，而不是更大系统的组成部件。这台引擎甚至已经被激活；其构造的相当一部分悬浮于空中，发出轻微的哼鸣声，高于地面数英尺。但在整个引擎中，我能看懂的只有这个部分。围绕中央晶体，周围都飘浮着更长的，向内弯曲的构造；整体就像是一朵花，像是风格化的菊花。中央晶体发出浅黄色微光，而提供支持的花瓣呢，是从底部的绿色，渐变成尖端的白色。很可爱，尽管整体上给人一种很怪异的感觉。

但当我用视觉以外的部分观察这台引擎，并用习惯大地活动的神经触摸它，我不禁惊叫。邪恶的大地，这台机器制造出来的魔法网络真是太神奇了！数十根银线，细绳一样互相支撑；不同波段，不同形态的能量全部联结在一起，其状态互相转换，貌似乱成一团，但又完全处在某种秩序的控制之下。在我观察期间，中央晶体时不时闪耀一下，在不同潜能之间进行转换。而且整体那样小！我以前从未见过构造如此精巧的引擎。甚至连地府引擎都没有这样强大、精细，如果只有它这样的规模。如果地府引擎的效率像这台微型引擎一样高，引导员们根本就不需要创造我们了。

这整个结构却毫无道理。并没有足够的魔力被注入这台微型引擎，来产生我在这里觉察到的那些能量。我摇摇头，但是现在，我能听到雷瓦之前听到的声音了：一个轻微的、持续的哼鸣声。很多声调混合，无比诡异，让我颈后寒毛竖起……我看看雷瓦，他点头，表情紧张。

在我看来，这台引擎的魔力别无他用，只是样子好看，声音好听，整体很美。但不知为何——我打个冷战，本能地明白，但在抗拒，因为这跟我学过的一切物理学和魔法学知识相悖——不知为何，这个结构产生的能量，要比它消耗的更多。

我蹙起眉头看看克伦莉，她也正在观察我。"这个本来不应该存在。"我说。只用了有声语言。我不知道还能用其他什么方式来传达自己的感触。震惊。难以置信？恐惧，出于某种原因。地府引擎是地质魔法学有史以来最强大的成果。引导员就是这样告诉我们的，自我们被制造以来，重复讲过无数次……但是。这台小小的、造型怪异的引擎，几乎被人完全遗忘地待在一座破旧的博物馆里，却的确比地府引擎更先进。而它表面看来，只是为了装饰目的随手制造出来的。

为什么这些感悟会让我们如此害怕？

"但它又真实存在。"克伦莉说。她向后靠在护栏上，看上去懒洋洋的，似乎感觉很有趣——但透过展品轻微又和谐的震颤，我听到她借助周边环境传来的信号。

想一想，她无声地这样说。她尤其注意观察我。她的思想家。

我环顾其他人。这样做的同时，再次察觉克伦莉的卫兵们。他们站在了阳台两端，所以既能看清我们来到这里的那条走廊，也能看到展厅。两人都是百无聊赖的模样。克伦莉特意带我们来这里，还让引导员们同意了。试图让我们从这台古老发动机里看出她的卫兵们看不到的东西。那是什么？

我上前一步，两手按在无生命的护栏上，全神贯注凝视那件展品，就好像这样能有帮助。结论是什么？它跟其他地府引擎的基本构造相同。只是其目的不对——不，不。这样的评价过于简单。这里真正的区别是……哲学层面的。人生观的差异。地府引擎是一件工具。而这个东西呢？它是……艺术。

然后我明白了。这个东西，根本就不是锡尔-阿纳吉斯特人建造的。

我看看克伦莉。我必须用词句表达，但听到卫兵报告的引导员们又不能猜出任何事："谁？"

她微笑了，我整个身体都在悸动，涌过一种难以名状的感觉。我是她的思想家，而她对我很满意，我以前从未如此幸福。

"你们。"她回答，这让我非常困惑。然后她推离护栏。"跟我来，我还有很多东西给你们看。"

第五季中,一切皆变。

——第一板,《生存经》,第二节

第七章
你，早做打算

依卡比你预料的更愿意接受麦克西瑟和他的同伴。她对麦克西瑟尘肺病晚期的状况不太开心——在这些人用海绵擦身，勒拿给所有人进行初步体检时确定了病情。她也不喜欢另外四名手下患有其他重症的情况，从瘘病到完全没有牙齿，各自不同；以及勒拿认定大家都能存活，会继续消耗粮食的状况。但正如她在临时议事会大声宣告，周围人都能听到的那样：面对能够带来额外补给、熟悉当地地形、又有精准的原基力可以帮助防御攻击的人，她很多事情都能忍。然后，她还补充说，麦克西瑟不必长命百岁。只要能活到给社群做出足够的贡献，在依卡看来就足够了。

她并没有补充说，不像那个埃勒巴斯特，这算是一片好心，或者至少是没有刻意残忍。她居然会尊重你的哀伤，这很让你吃惊，或许也是她开始原谅你的征兆。再次拥有一个朋友，真的是好事。……是朋友们，再一次拥有他们。

当然，这还不够。奈松还活着，你也已经多少从"开门"噩梦中恢复了过来。所以现在你每天都在纠结，提醒自己为什么还要留在凯斯特瑞玛。有时候，历数所有的理由能有点儿帮助。为了奈松的未来，这是一个，这样一来，等你找到她，就可以给她一个藏身之地。你自己一个人做不到这件事，这是第二层原因——而且你不能心安理

第七章 你，早做打算

得让汤基跟你一起走，不管她本人有多强的意愿这样做。在你不能使用原基力的情况下不能那样做，前往南方的漫漫旅程，将是对你们两人的死刑判决。霍亚不能帮你穿衣服，烹制食物，或者做其他需要两只手来完成的事。然后是第三条原因，也是最重要的一条：你现在不知道该去哪里找人。霍亚已经确认，奈松现在正在赶路，离开了你打开方尖碑之门时蓝宝石碑所在的位置。甚至在你醒来之前，就已经错过了能够找到她的时机。

但希望还是有的。一天早上，在霍亚消除掉你左胸的负担之后，他轻声说："我觉得，我知道她要去哪里。如果我猜的没错，她很快就会停下。"他听起来不太有把握。不对，不是没把握。而是在担心。

你们坐在一座多岩石的山丘上，远离营地，正在从……切除活动中恢复。实际上并没有你原来担心的那样不舒服。他扯下你的几层衣物，让石化的乳房露出。然后放了一只手上去，它就从你身上剥落了，干干净净到了他手里。你问他为什么不用这办法处理你的胳膊，他说："我都是在用对你来说最舒服的方式。"然后他举起你的乳房到他唇边，你决定要着迷地看自己平坦的，略有些粗糙的石化皮肤，就在你曾有一只乳房的位置。有一点儿痛，但你不确定这是切除身体器官的那种痛，还是哲学意义上的痛。

（他只咬了三口，就吞掉了奈松的那只乳房。你有一份怪异的自豪感，又用它喂养了一个人。）

在你用独臂笨拙地把内衣和衬衣整理就位时（把最薄的那件内衣塞进乳罩，以免它滑落），你继续追问霍亚，之前他的语调为什么会有些不安："你知道了某些事情。"

霍亚一开始没回答。你感觉自己将不得不提醒他，你们是合作伙伴，你已经下定决心要抓住月亮，结束这次没完没了的第五季，声称你关心他，他不能这样把事情都瞒着你——然后他就终于开了口：

131

"我相信,奈松是要自己打开方尖碑之门。"

你的反应是本能的,即时的。纯粹的恐惧。这很可能不是你正常应该有的反应。合乎逻辑的结论应该是不相信,十岁小女孩不可能完成你自己勉强才能做到的壮举。但不知为什么……也许是因为你还记得自家小丫头浑身充满蓝色愤怒能量的感觉,你在那个瞬间就明白,她对方尖碑的理解已经超过了你一生可能达到的顶点,你完全无障碍地就能相信霍亚的核心假设——你的小女儿要比你想象的更加成熟很多。

"这会要了她的命。"你激动地说。

"的确,很有可能。"

哦,大地:"但你还可以找到她的踪迹吗?你在凯斯特瑞玛之后就跟丢了她。"

"是的,能找到。既然她现在已经调谐到了一块方尖碑。"

不过又一次,他语调里带出那份古怪的迟疑。为什么?他为什么要担心——噢。噢,可恶的、燃烧的大地。你明白过来,自己的声音也开始发抖:"这就意味着任何一个食岩人现在都能感觉到她。你说的就是这个意思吧?"又是凯斯特瑞玛的经历再现。红发女、黄油男、丑衣仔,希望你永远都不要见到这些寄生虫。幸运的是,霍亚已经杀死了他们中的大多数。"你的同类就会在那种时刻对我们产生兴趣,对吧?当我们开始使用方尖碑,或者当我们接近获得这种能力。"

"是。"很平静,只是轻声说了一个字,但事到如今,你对他已经相当了解了。

"地火啊。你们中间的一个正在追踪她。"

你原来不相信食岩人会叹气,但霍亚胸口的确传来了叹气声:"就是你称为灰人的那个。"

你感到体内贯穿了一股寒气。但,是的,其实你早已经猜到。现在全世界已经有，多少，三个吧，三个原基人在近期掌握了联通方尖碑的本领？埃勒巴斯特，你，现在加上奈松。小仔或许也能，很短时间里——也许在那段时期，特雷诺也有一名食岩人暗中活动。那可恶的混蛋一定相当失望啊，小仔最后死在父亲手里，而没有渐渐石化。

你下巴绷紧，嘴里感觉到苦涩的味道。"他在操纵奈松。"为了激活方尖碑之门，把她本人变成石头，这样她就可以被吃掉。"他在凯斯特瑞玛就试图这样做，迫使埃勒巴斯特，或者我，或者——可恶，或者依卡，我们中的任何一个人，迫使我们去做能力范围以外的事情，这样就可以把我们变成——"你一只手按在自己胸前的石化痕迹上。

"我们中一直都有些人，把别人的绝望和拼死一搏当作武器。"这句话声音很轻，就像感觉到羞耻。

突然你就极端愤怒，对自己，对自己的无能。明知怒火的真正目标是自己，并不妨碍你对他发火："在我看来，你们所有同类都在那样做！"

霍亚摆出的姿势，是遥望远方暗红的地平线，像一尊雕像，用忧郁的线条怀念故人。他没有转身，但你还是能听出他语调中受到的伤害："我从来没有对你说谎。"

"没有。你只是隐藏太多事实，让最后结果都他妈一样！"你揉揉眼睛。不得不摘掉护目镜，才能把衬衫重新穿上。现在，镜子里进了灰。"你知道吗，你不妨——我现在真的什么都不想听。我想要休息。"你站起来。"带我回去。"

他的手突然伸向你："还有一件事，伊松。"

"我刚跟你说过了——"

"拜托。这件事你应该知道。"他等到你气呼呼地安静下来，然后说，"杰嘎死了。"

你僵在原地。

※

在这个瞬间我提醒自己，为什么我还要继续用你的视角讲这个故事，而不是站在我自己的立场讲：因为，表面看来，你太擅长隐藏自己。你的脸上一片空白，视线模糊。但我了解你。我很了解你。下面是你的内心活动。

※

你震惊于自己的震惊。震惊，是这种情绪，而不是愤怒，不是挫败感，也不是伤心。只是……震惊。但究其原因，你的解脱感（奈松现在安全了）之后的第一个念头，是……

她真的安全吗？

然后你感到害怕，又一次让自己吃惊。你并不确定自己在怕什么，但的确有一种强烈的、酸楚的感觉在自己口中。"怎么死的？"你问。

霍亚说："奈松。"

那份恐惧在增强："她不可能失去对原基力的控制，她从五岁以后就从来没有过——"

"死因不是原基力。而且是有意的。"

终于，说到正题了：地裂级别的前震，在你内心。你花了一点儿时间才能出声："奈松杀死了他？有意的？"

"是。"

这时候你静下来，头晕，担心。霍亚的手还在伸向你的方向，像是在要提供答案。你不确定自己是否想知道,但……但你还是握住他的手。也许是为了得到安慰。并非出自想象,你的确感受到他的手握住了你的手,轻轻一握,让你感觉好了很多。他还在等。你对他的关怀非常非常满意。

"他现在……什么地方,"你开口说,当你感觉准备好了之后。但实际上还是没做好准备。"我有没有办法赶到那里?"

"去哪里?"

你很确定霍亚知道你指的是哪里。他只是在确认你本人清楚自己提出了怎样的请求。

你吃力地咽下口水,试图讲道理说服对方。"他们当时在南极区。杰嘎并没有一直带她赶路。她曾有个安全的地方生活,有时间变强。"强大了很多。"我可以在地下屏住呼吸,如果你……带我去那里,她曾——"但这不对。这并不是你想去的地方。别再隐约其辞。"带我去杰嘎所在的地方。去……去他的死亡现场。"

大约半分钟,霍亚都没有动。你以前也发现过他有这个特点。对话时如果需要做出反应,他需要的时间不定。有时候,他的回话几乎跟你的问话叠合起来,也有些时候,你会以为他没听见,然后他才回过神来应答。你感觉这种差异对他来讲毫无区别——一秒还是十秒,现在还是稍后。他听到了你的话。最终也会给出回答。

最终,他验证了你的判断,身体略微模糊了一下,尽管你还是看到最终的动作减慢,他的另一只手也搭在你的手上,把你的手夹在他坚硬的手掌之间。来自两手的压力加大,直到握得很紧。但还是没有不舒服。"闭上你的眼睛。"

他以前从未提出过这个建议:"为什么?"

他带你进入地下。这次要比以往历次更深,而且并非瞬间完成。你不由自主地惊叫(不知怎样做到的)因此发现你并不需要屏住呼

135

吸。随着黑暗加重,有时会有红光闪现,然后有一瞬间,你们闪过熔融的红橙色区域,并且在极短的时间窗口,瞥见一个波动的开阔空间,远处有东西爆裂,半液态的闪亮块状物像急雨一样抛撒——然后你们周围又是一片黑暗,再以后,你站在一片空地上,头顶是阴云密布的天空。

"刚才那些,就是原因。"霍亚说。

"我×,真可恶!"你试图把手拽回来,但是失败了。"你真烦啊,霍亚!"

霍亚的手不再那样紧紧按着你的手,这样你终于摆脱。你踉跄退开几步,然后用手拍拍自己身上,确认有没有受伤。你没事——没有被烧死,没有被强大的压力碾碎,那些本来是情理中的下场;你没有窒息,甚至也没害怕。没有很怕。

你挺直身体,揉揉脸:"好吧。我真的应该记住,食岩人不管说什么,都是事出有因。我从来没有真的想看到地下的烈火。"

但现在你已经到达,站在一座小山上,而小山周围又是一片高原。天空帮你确认了方位。跟你们之前的位置相比,这里是上午更晚一点儿的时间——天亮之后不久,而不是天亮之前。太阳实际上还可以看到,尽管有头顶的灰云遮挡,只剩浅浅的轮廓。(你感到一份痛心的向往,自己都为此吃惊。)但能看见太阳这件事,就已经说明你离地裂远了很多——跟片刻之前相比。你向西方扫了一眼,远处有块暗蓝色的方尖碑在闪烁不定,确定了你的猜测。这就是大约一个月之前你打开方尖碑之门的时候,感应到奈松的地点。

(那个方向。她去了那个方向。但那边还有成千平方公里的安宁洲土地。)

你转身环视,发现自己站在一小簇木质建筑中间,建筑群在小山顶上,其中包括有桩柱的储藏室、几座小棚子,还有几个像是宿舍和

第七章 你，早做打算

教室的房子。但所有这一切，都被一道整整齐齐的玄武岩石墙环绕。一定是原基人建造了这堵墙，利用了脚下这座缓缓喷发的火山的能量。在你看来，这事实跟天上的太阳一样显而易见。但同样明显的，是这片院落已经无人居住。视野里一个人都没有，地下回荡的脚步声都在更远处，院墙之外的地方。

你很好奇，走到玄武岩围墙缺口的地方，那里有一条路，一半泥土，一半卵石，曲曲弯弯通往山下，山脚下是个村落，占据了高原顶上剩余的空间。这村落跟任何地方的普通社群没什么两样。你可以看出不同形状的房舍，多数都有仍在生长的家庭绿地，几座仍然矗立的储存库，一座貌似公共浴室的房子，还有一座小窑。并不用担心建筑之间活动的人们会发现你，他们为什么要往这里看呢？天气很好，这里大多数时间仍有太阳照耀。他们有庄稼要管，还有——那些哨塔旁边停靠的，是渔船吗？——去往附近海面的行程需要安排。这个院子，不管以前曾是什么，现在对他们都已经不再重要。

你不再观察那个小村庄，就在这时发现了熔炉。

它在靠近院落边缘的地方，比周围其他地方略微高出一点点，尽管从你所在的地方仍能看到。当你沿着小路上行，去察看熔炉内部，发现它是用卵石和砖块砌成，你出于旧日习惯，让感知力深入地底，寻找最近处有标记的石块。不远，也许就在五六尺之下。你搜寻它的表面，发现浅浅的凿痕，也许是锤子敲出的。四。这过于简单；在你的年代，石头是用油漆刷上数字的，这样更不容易辨别出来。毕竟，那块石头还是足够小，以至于……是的，任何四戒以下水准的人，都很难找到并且辨别它。他们把训练细节搞错了，但基本原理完全正确。

"这里不可能是支点南极分院。"你说着蹲下来摸索环形区域里的那些石头。只是卵石，而不是你记忆中拼装有序的美丽马赛克，但这次也是，他们的基本认知是对的。

137

霍亚还站在你们脱离地底的地方,两手还是挤压你手的姿势,也许是在为回程做准备。他没回答,但你主要是在自言自语。

"我一直都听说南极分院很小,"你继续说,"但这里也太小了。只能算是个临时营地。"这里没有戒者花园。没有主楼。此外,你还曾听说北极分院和南极分院都很美,尽管它们规模有限,位置偏远。这是情理之中的事,学院之美,一直是官方认可、帝国支持的原基人仅有的荣耀。但这片可怜兮兮的小棚子肯定不符合美观标准。还有——"它在一座火山上空,而且离下面的哑炮们太近"。那个村子可不是尤迈尼斯,四面八方都有站点维护员提供保护,还有最强大的元老级原基人支持。只要一名料石生崩溃,就可能把整个地区变成火山坑。

"这里并不是支点南极分院。"霍亚说。他的声音通常就比较轻柔,现在还转身朝向别处,声音更加细小了。"分院在西边更远处,而且已经被血洗过。那里不再有原基人居住。"

那里当然会被血洗,你咬紧牙关抑制伤心。"那么,这就是某人向学院致敬的方式喽。某个幸存者?"你无意间发现了地下的又一个标志——一块小小的圆形卵石,大约在五十英尺深处。上面写着九,墨水写的。你毫不费力就能读出。你摇摇头,站起来继续探索这个院落。

然后你停步,紧张起来,因为有个男人从一座宿舍样子的建筑中一瘸一拐地走出来。他也停住,吃惊地瞪着你。"见鬼,你是什么人?"他问,拖着很明显的南极长腔。

你的意识直直沉入地下——然后你硬把它拉了回来。蠢啊,忘了吗?原基力会杀死你的?还有啊,这个人甚至没有拿武器。他很年轻,也许只有二十多岁,尽管发际线已经开始后退。他瘸得并不明显,而且鞋子特别制作成一高一低——啊。村里的杂工,很可能是,来做些基本的维护工作，以防将来能用到这些建筑。

"唔，嗨。"你结结巴巴地说。然后你闭了嘴，不确定下面该说什么。

"嗨。"那人这时候看到霍亚，吓了一跳，然后带着没见过食岩人、只从讲经人那里有所耳闻的震惊瞪着他看，也许在这之前，他都不太相信世上有这种怪物。他像是愣了一会儿，才回想起你的存在，看到你头发和衣服上的灰，皱了下眉头，但显然，你的样子还不是那么惊人。"告诉我那只是一尊雕像。"他对你说，然后他紧张地笑笑。"只不过，我刚才上山的时候，它还不在那里。唔，嗨，我该打个招呼吗？"

霍亚没理他，尽管你看出他的视线转移，开始留意那个男人，而不是你。你硬着头皮上前几步。"抱歉，让您受惊了。"你说，"你是这个社群的人吧？"

那人终于把注意力集中在你身上。"嗯。是的。你不是我们的人。"但他并没有显出不安，而是眨眨眼问，"你也是守护者吗？"

你浑身难受。有一会儿，你想放开嗓子大叫我不是，然后就恢复了理智。你微笑，那类人总爱笑。"也是？"

那个年轻人在上下打量你，也许有点儿怀疑。你不在乎，只要他能回答你的问题，并且不攻击你就好。"是啊。"他过了一会儿才说，"那些孩子出门修行之后，我们找到了那两个死掉的守护者。"他撇了下嘴，动作轻微。你并不能确定，他是否怀疑孩子们真的是出门修行，他是否因为"那两个死掉的守护者"感到不安，或者他撇嘴的原因，只是普通人谈到基贼时的正常反应，因为很明显，那些孩子肯定是基贼。既然守护者也曾在此居住。"女首领的确说过，或许将来还会有守护者来这里。毕竟，之前住这里的那三个，也是突然就冒出来的，多年前的不同时间里。你只是来得比较晚，我猜。"

"噢。"装成一名守护者,还真是容易到令人吃惊。只要保持微笑,并且不坦白任何事情就好。"那么其他人是什么时候……外出修行的呢?"

"大约一个月之前。"年轻人挪动重心,开始感到不安,转身去看远处那块蓝宝石碑。"沙法说,他们要去足够遥远的地方,这样我们就不会受到孩子们引发的余震影响。我猜,他们走了相当远。"

沙法。你脸上的微笑凝固了。你情不自禁,咬牙重复那个名字:"沙法。"

年轻人皱着眉头看你,现在绝对是起了疑心:"是啊。沙法。"

这不可能,他已经死了:"高个子,黑头发,冰白眼,口音很怪的那个?"

年轻人放松了一点儿:"哦。原来你认识他呀?"

"是啊,很熟。"现在假笑好容易。更难的是抑制住想要尖叫的冲动,你想要抓住霍亚,要求他马上、现在、立刻就带你们两个深入地底,这样你就能去解救自己的女儿。最难的就是不要倒在地上,蜷成一个球,努力握紧你已经不再拥有的那只手,忍住那阵剧痛。邪恶的大地,它痛得就像又被折断了一次,幻痛如此真实,以至于你的双眼都噙满泪水。

帝国原基人不会失去自制。你不做黑衫客已经近二十年,而且你他妈经常失控的——但毕竟,旧日的训练依然有助于让你振作。奈松,你的宝贝女儿,目前在一个邪魔手中。你需要搞清楚事件的来龙去脉。

"很熟。"你重复说。对守护者来说,他要重复什么,没有人会觉得奇怪。"你能否跟我讲讲他分管的一个孩子?中纬女孩,棕皮肤,瘦长身形,头发卷曲,灰眼睛——"

"奈松,是她。杰嘎的女儿。"年轻人现在完全放松了,没有意识到你的紧张程度上升那么多。"邪恶的大地，我真希望沙法在这次修行旅途中杀掉她。"

这次威胁不是针对你，但你的意识还是沉入地下，然后又被你拽了回来。依卡说的对，你真的应该修改杀掉一切的默认反应方式。至少你保持了微笑。"哦？"

"是的。我觉得应该就是她做出了……可恶。但也可能是他们中间随便哪个人。那个女孩是最让我毛骨悚然的一个。"他终于察觉到你笑容背后的锋芒，下巴有些紧绷。但那个，也是熟悉守护者的人不会感到意外的。他只是避开视线。

"做出了什么？"你问。

"哦。我猜你也不知道。跟我来，我带你去看。"

他转身，瘸着腿走向院落北端。你跟霍亚交换了一下眼神，随后跟上。这里又有一处地面隆起，顶端是片平地，之前显然是用来观测星象，或者遥望地平线的；从这里可以看到周围的野外风景，还能看到足够大面积的绿色原野，覆盖在新近才有的，依然浅薄的一层灰烬之下。

但这里还有些怪东西：一堆乱石。你一开始以为这是玻璃回收堆；在特雷诺，杰嘎就曾在家附近存过这么一堆东西，邻居们会把碎玻璃之类的东西丢在那里，杰嘎用作原料，来制造玻钢剑剑柄之类的部件。这里的有些东西看上去质量不错，并不是普通碎玻璃；也许是有人丢进了一些未加工的半珍贵宝石。它们颜色驳杂，褐色、灰色还有点儿蓝色，但红色很多。此外，这些材料暗藏着某种图案模式，让你愣住，侧着头，试图看清眼中这些物品的整体。当你这样做，你发觉这堆东西里靠近最后面的部分隐约像是马赛克图案。是靴子，如果有人用卵石雕刻出靴子模样，然后又把它推倒的话。然后另一些应该是裤子，只不过其中还有骨骼的惨白色，还有——

不。

地。下。的。烈。火。啊。

不。你的奈松不会做出这种事,她不可能的,她——

她就是做了。

那个年轻人叹气,解读着你脸上的表情。你已经忘记微笑,但这种情形,就连守护者看了都会难过。"我们也是花了些时间,才知道眼前这些是什么。"他说,"也许你会懂得这种事。"他怀着希望看了你一眼。

你只是摇头。那人叹气。

"好吧。这是他们全都走掉之前发生的。有天早上,我们听到类似打雷的声音。出了门,就看到那座方尖碑——好大好蓝的那块,在我们周围晃悠好几个星期了,你知道它们那样子啦——突然消失了。然后那天晚些时候,突然又是一声'砰-轰'——"他击掌,模仿那声音。你努力不让自己跳起来。"然后它就回来了。再然后沙法就突然跟首领说,他要带孩子们离开。对方尖碑的事毫无解释。也没提到尼达和乌伯——那俩守护者,是之前跟沙法一起管理这地方的人——已经死了。乌伯的头都被踩瘪了。尼达……"他摇头。脸上的表情是纯粹的恶心。"她后脖梗子那里……但沙法什么都没说。直接就带孩子们走了。我们很多人都开始希望,他以后永远别带他们回来了。"

沙法。这是你应该重点关心的部分。那才是最重要的,不是过去,而是现在……但你还是无法从杰嘎那里挪开眼睛。这火热的诅咒啊,杰嘎,杰嘎。

* * *

我真希望自己还是血肉之躯,为你存在。我希望自己仍旧是一名谐调者，这样我就可以通过温度、压力和大地的震动与你交谈。人类的话语太多冗余，太过粗糙，不适合这样的对话。毕竟，你曾喜欢过杰嘎，在你的秘密能容许的范围内。你以为他曾爱过你——而他的确爱过，在你的秘密容许的范围内。问题就是：爱和恨，远远不是互相排斥的关系，我在很久以前就曾学到这个道理。

我为你难过。

你迫使自己说："沙法将来不会回来了。"因为你需要找到他，杀死他——但即便在你的恐惧和担忧中间，理智还是占据了上风。这个奇特的学院仿制品，并不是他应该带奈松前往的真正学院。这些孩子，被收集起来，却没被集体屠杀。奈松，她公开控制一座方尖碑，娴熟到足以做出这种事……但沙法至今仍没有杀死她。这里发生的有些事，是你无法理解的。

"再给我讲讲这个人的事吧。"你说，抬起下巴，指向那堆乱糟糟的宝石。你的前夫。

那个年轻人耸肩，衣服窸窣声清晰可闻。"哦，好吧，呃。那个，他的名字叫杰基蒂村的抗灾者杰嘎。"因为年轻人在指点地上的那堆破烂儿，你觉得他应该没有察觉你听到社群名不对劲时候的反应。"新加入社群的，是个工匠。我们这里人口已经过多，但很缺工匠，所以在他出现之后，我们基本上是无条件欢迎他加入，只要这人不老、不病、不是明显发了疯。你明白吧？"他又耸耸肩。"他们刚到这里的时候，那女孩看着也没问题。完全不像是他们那类人，她举止得体，待人很有礼貌。小时候教养很好。"你又一次微笑。完美的，不失庄重的，守护者式的微笑。"我们知道她是那种人，只因为杰嘎特地赶来这里。他是听说了基贼可以变成……不是基贼。我猜是的。我们这儿有好多人来打听这件事。"

你皱眉，几乎把视线从杰嘎那里移开。不是基贼？

"其实那种事从来没有发生过。"年轻人叹口气，调整他的拐杖，让自己更舒服一些。"我们也并不愿意接收曾经是那种人的小孩加入社群，知道吧？要是那孩子长大，自己生了小孩，又有毛病怎么办？必须得把那种遗传缺陷消除。反正呢，那女孩把她爹照顾得挺好，直到几个星期之前。邻居们说，有天晚上，他们听见当爹的对那女孩大喊大叫，然后她就搬到这上边来，跟其他那些人同住。你应该能理解，那件事有点儿像是……把杰嘎气疯了。他开始自言自语，说她如何不再是自己的女儿。时不时大声咒骂，乱打东西、墙壁之类的，在他以为没有人看到的时候。"

"而那个女孩呢，她就躲着她爹。这个我也不能说是怪她；那段时间，所有人在杰嘎面前都是小心翼翼的。蔫人出豹子，对吧？所以我看她缠着沙法的时间更长了。跟个小鸭子似的，总跟在沙法身后。沙法一停下来，她就拽着沙法的手。而沙法呢——"年轻人警惕地看看你。"并不经常看到你们这些人表露感情。但看上去，沙法特别关心那女孩。实际上，我听说之前有一次他差点儿杀死杰嘎，在他想要伤害自己女儿的时候。"

你已经失去的那只手又在抽痛，但这次更轻微一点儿，不是之前那种剧痛。因为……他应该不必再折断奈松的手骨，对吧？不，不，不。你自己对她做了那种事。而小仔就是又一只被折断的手，伤害来自杰嘎。沙法保护了她免受杰嘎伤害。沙法对她怀有感情，就像你努力做到的那样。而现在，各种想法随之而来，你感觉内心的一切都在战栗，你真的需要那份强悍到毁灭过多座城市的意志力，才能把那份战栗局限在内心里，但是……

但是……

对奈松来说，一名守护者有条件、可预测的爱，诱惑力可是要强大很多啊！在她父亲无条件的爱一次又一次背叛过她之后。

你闭上眼睛过了片刻，因为你觉得守护者应该不会哭。

你吃力地说："这是什么地方？"

年轻人吃惊地看看你，然后瞅了一眼霍亚，他还在远处。"这是杰基蒂村啊，守护者。尽管沙法和其他人——"他向你们周围示意，表示这个小院落。"他们管社群的这个部分叫作'寻月居'。"

他们当然会这样叫。沙法当然一直都知晓这个世界的秘密，你曾付出了血肉代价才得知的那些。

在你静默时，那个年轻人若有所思地看着你："我可以把你介绍给我们的女首领。我知道她会很愿意接收守护者再次入住。有盗贼的时候，你们很有帮助。"

你又在观察杰嘎。你看到一块宝石，完全就像是一根小拇指。你认得那根小拇指。你亲吻过它——

这太过分了，你已经无法坚持，你必须抓到点儿什么，在你崩溃更多之前，离开这个地方。"我——我需——需要——"深呼吸，冷静。"我需要一点儿时间来考察这里的状况。可否麻烦你去通知女首领，我很快就前去拜访呢？"

年轻人侧目观察了你一会儿，但你现在知道，如果你有一点儿心不在焉，并不是一件坏事。他已经习惯了守护者式的神游天外。也许因为这个，他点头，尴尬地后退："我可以问你一个问题吗？"

不可以："请说？"

他咬了一下嘴唇。"到底发生了什么事？给人感觉好像……最近发生的事情全部都不正常。我是说，现在是灾季，但就连这灾季都感觉不对劲。守护者们不把基贼送往支点学院。基贼又在做从来没有人听说过他们能做到的事情。"他用下巴指向杰嘎留下的那堆东西。"北方又不知道发生了什么怪事。就连天上那些东西,那些方尖碑……也都……人们都在议论呢。说这个世界或许不会再恢复正常了。直到永远。"

你盯着杰嘎,却在想着埃勒巴斯特。不知道为什么。

"一个人的正常,就是另外一个人的毁灭。"你的脸笑到发痛。微笑是一门艺术,学有专精才能让人信服,你在这方面极不擅长。"如果我们每个人都能过正常的生活,那当然好得很,但世上并没有那么多懂得分享的人。所以,现在我们一起受难。"

他长久地盯着你看,脸上透着隐约的恐惧感。然后他咕哝了一句什么,终于走开,远远绕过霍亚。祝他一路顺风。

你蹲在杰嘎身旁。他这样子还挺美,全身都是宝石,五颜六色。他这样也很可怕。在颜色之下,你感受到他体内魔力线条的极端杂乱。这跟你胳膊和胸部发生的变化完全不同。他的身体是被打散的,在极微观的层面上被重新随机排布了。

"我做了什么?"你问,"我把她造就成了什么样?"

霍亚的脚趾出现在你的眼角余光里。"强大。"他提示。

你摇头。奈松自己本来就强大。

"活着。"

你再一次闭上眼睛。这本来应该是唯一重要的事情,你带了三个婴儿来到这个世界,而现在只有这个,这宝贵的最后一个,目前仍在呼吸。但是。

我把她变成了我。让大地吞了我们两个吧,我把她变成了我。

也许这正是奈松至今仍然活着的原因。但也正因为这个,你眼看着她对杰嘎做出的事,这才意识到:你甚至不能为了小仔的事向他复仇,因为你的女儿已经替你做了这件事……为什么你现在会害怕她。

原因就在那里——一直以来你都没有面对过的那件事，那只长吻上沾了飞灰和鲜血的克库萨。杰嘎欠你一份血债，因为你们的儿子，但你呢，反过来也欠着奈松的。你并没有把她从杰嘎手里救出来。在她需要你的时候，你并不在场，在真正位于世界尽头的这个地方。你怎么胆敢自称你要保护她？灰人还有沙法：她已经找到了自己专属的、更好的，保护者。她已经找到了那份中心自保的力量。

因为她，你现在感觉特别骄傲。而且你再也不敢出现在她附近，永远都不敢。

霍亚那只沉重又坚硬的手，按在你完好的那侧肩膀上："我们在这里久留的话，并非明智之举。"

你摇头。让这个社群的人来。让他们意识到你不是守护者。让他们中的某个人终于意识到你跟奈松多么相像。让他们取来十字弩和掷石索然后——

霍亚手指弯转，握住你的肩膀，紧如铁钳。你知道那种感觉马上会来，但你还是没有费神做准备，就任由他拖着你进入地下，返回北方。你仍然睁着眼睛，这次是故意的，那些情景都不会打扰到你。地下的那些烈火，跟你内心的感触根本无法相比，像你这样失败的母亲。

你们两个从地下穿出，到了营地里比较安静的位置。尽管近处就有一组树木，从气味判断，是被很多人用作小便场所的。霍亚放开你，你开始走远，然后突然停住，你的脑子里一片空白。"我不知道该做什么。"

霍亚没作声。食岩人不做没必要的动作，也不讲废话，而霍亚已经很明确地说明了自己的意图。你想象奈松跟灰人对话，你轻声笑，因为他看上去，要比他的同类更有活力，话也更多。好。他是个很好的食岩人，适合奈松。

"我不知道该去哪里。"你说。你最近一直都睡在勒拿的帐篷里，但你并不是这个意思。在你内心，现在出现了一大片空洞。血肉模糊。"我现在什么都没剩下了。"

霍亚说："你还有社群，还有家人。你将来还会有个家园，在到达雷纳尼斯之后。你还有自己的生命。"

你真的拥有这些东西吗？死者再无心愿，《石经》上这样说。你想到特雷诺，在那个地方，你不想等死神找上门，所以你杀死了整个社群。其实死神一直跟你同在。你就是死神。

霍亚向着你佝偻的后背说："我是不会死的。"

你皱眉，被这句看似没头没尾的话惊到，暂时不再郁闷。然后你懂了：他的意思是，你永远都不会失去他。他不会像埃勒巴斯特那样碎裂。你永远都不会意外遭遇失去霍亚的痛苦，就像之前发生在考伦达姆或艾诺恩或埃勒巴斯特或小仔，或者现在的杰嘎身上的那种痛。你不可能用任何有意义的方式伤害到霍亚。

"爱上你，绝对安全。"你咕哝说，突然意识到这一点。

"对。"

意外地，这句话解开了你胸中无声的郁结。帮助不大，但……的确有帮助。

"你们是怎么做到的？"你问。这种事很难想象。即便想死也死不成，即便等到你所知、所爱的一切都毁灭、消失。永远都必须继续坚持，不管发生什么事。不管你有多累。

"向前走。"霍亚说。

"什么？"

"向。前。走。"

随后他就消失了，进入地底。就在附近，某处，如果你需要他。但现在，他是对的，你并不需要。

无法思考。你口渴,而且又累又饿。营地这片区域很臭。你的断臂在痛。你的心更痛。

但你还是迈出一步,向营地走。然后又一步。又一步。

向前。

· · ※ · ·

帝国纪元 2490 年:靠近东海岸的南极地区;无名的农业社群,距离杰基蒂城二十英里。最初详情不明的事件,导致社群所有人都变成了玻璃。(??有没有搞错?玻璃,不是冰吗?待查阅其他相关资料。)后来,男首领的第二任丈夫于杰基蒂城被发现,他还活着;并被发现是一名基贼。在社群民兵深入审讯之后,他承认用某种办法犯下上述罪行。此人声称这是制止杰基蒂火山喷发仅有的途径,尽管没有人发现任何喷发迹象。报告中提到,这个人的两只手都已经变成石头。审讯被一名食岩人打断,这另类杀死了十七名民兵,带基贼遁入地下;两人一起消失。

——迪巴尔斯的创新者耶特,研究项目笔记

第八章

奈松,在地下

白色台阶呈螺旋形向下延伸,走了很长一段时间。隧道墙壁狭窄,让人有压迫感,空气却还算新鲜。脱离满天飞灰,已经是很新奇的体验,但是奈松发现,这里甚至没有多少尘土。这很怪异,不是吗?整件事情都很怪。

"这里为什么没有尘土呢?"在他们行进的路上,奈松发问。她一开始说话都很小声,但渐渐地就放松了——一点点。这里毕竟还是一座死亡文明的遗迹,而她听过很多说书人故事,提到这种地方会有多危险。"这些灯为什么还能用?我们在上面穿过的那道门,它为什么还能使用呢?"

"我一点儿头绪都没有,小东西。"沙法现在走在她前方,在更深处的台阶上,理论依据是:如果有任何危险,都会先被他碰上。奈松看不到他的脸,只能看他的宽肩膀来猜测他的情绪。(她很烦自己这样子,不断观察他,寻找情绪变化或者紧张迹象。这是她从杰嘎那里学到的另一个生活习惯。看上去,她在沙法面前也会这样做,对谁恐怕都一样。)沙法累了,她能看出来,但其他方面还好。也许感到满意,因为他们成功到达此地。警觉,防备着可能遭遇的东西——但两个人都是这样。"在死亡文明的遗迹里,有时候正确的答案就是'事实如此'。"

第八章 奈松，在地下

"你现在……有没有想起什么来呢，沙法？"

耸肩，但缺少那份应有的洒脱："有些。都是闪回印象。是原因，而非状况。"

"那么，原因是什么？第五季期间，守护者为什么要到这里来？他们为什么不待在原来的地方，帮助自己加入的那些社群，像你在杰基蒂村做过的那样呢？"

台阶一直都太宽大，奈松走起来略显吃力，即便是在她选择较窄的内侧时。每隔一段时间，她就不得不停下来，两脚放在同一级台阶上，休息一下，然后加快脚步跟上。沙法的步调却像鼓点一样均匀，不管她节奏如何，都一直向下——但突然，就在她问出这些问题时，他们到了阶梯中途的一片平台。让奈松长出一口气的是，沙法终于停下来，示意他们可以坐下休息。奈松还是全身湿透，因为穿过草海的那阵疯跑，尽管现在步调减缓，衣服已经开始慢慢变干。她从水壶里喝到的第一口水感觉格外甘甜，地面也凉爽得让人心怀舒畅，尽管有点儿硬。她突然感到困。好吧，外面应该已经是深夜，在那些"蛔蛔"或者"蝉"纵意欢乐的地方。

沙法在他的背包里摸索，然后递给她一块肉干。她叹了口气，开始吃力地撕咬它。沙法看她气鼓鼓的样子，不禁微笑，也许是为了安抚她，他终于回答了奈松的问题。

"我们在第五季期间离开，是因为我们无法为社群做出贡献，小东西。问题之一，是我不能有小孩，这就让我成了不那么理想的社群候选成员。不管我能对社群存续做出多大贡献，我的用处都是短期收益。"他耸肩，"而且没有原基人可以照料，时间长了，我们守护者……就会变得难以相处。"

因为他们脑袋里的东西，让他们随时都需要获得魔法，奈松意识到。尽管原基人能够制造出足够的银线来供养他们，哑炮们却做不到。当守护者从哑炮身上吸取银线时,会发生什么?也许这就是守护者们离开的原因——以免让任何人发现这种后果。

"你怎么知道自己不能有小孩的?"奈松继续追问。这个问题或许有点儿太私人了,但以前,沙法从来都不会在意她这样问。"你尝试过吗?"

他当时正在用水壶喝水。放下水壶时,沙法看上去有点儿昏昏沉沉。"更清晰的表达,是我不应该有小孩。"他说,"守护者也都有原基力这种遗传特征。"

"噢。"沙法的妈妈或者爸爸,一定也曾是原基人!也或许是祖父母、外祖父母?反正呢,原基力在他身上的表现,肯定跟奈松不一样。他的妈妈——奈松断定是妈妈,没有什么特别的原因——从来都不需要训练他,或者教他说谎,或者打断他的手骨。"真是幸运。"她喃喃地说。

沙法刚把水壶举高到一半,却停在了中途。他脸上掠过某种表情。奈松已经学会了解读他的这副模样,尽管这种表情很少出现。有时候,他会忘记那些自己想要记起的事,但现在,他是想起了一些自己宁愿忘记的事。

"没有那么幸运。"他碰了下自己的脖根。那闪亮的,神经网络一样的光网依然活跃——伤害着他,驱策着他,随时想要摧垮他。而在这个网络的中心,就是那块核石,某人放在他体内的那块。第一次,奈松开始好奇这东西是怎么植入的。她想起沙法颈后那条长而丑陋的伤疤,感觉他的长发就是为了遮挡它。她微微打了个寒战,想起这条伤疤可能带来的推论。

"我——"奈松想要让自己的思绪逃离,不去想象沙法尖声惨叫,别人切开他身体的情形。"我不理解那些守护者。我是说另外那种守护者。我就是不能……他们太可怕了。"她甚至无法相像沙法也曾经是那种样子。

他有一会儿没回答,两人都在嚼食物。然后,他轻声说:"细节我已经想不起来了,也忘记了姓名,还有大部分面孔。但那种感觉还在,奈松。我记得我曾爱过那些由我充当守护者的原基人——或者至少,我相信自己爱着他们。我想让他们安全,即便这意味着做出一些小的残忍行为,来避免更大的悲剧。我以前觉得,无论什么事,都比种族灭绝更好。"

奈松皱眉:"什么是种族灭绝?"

沙法再次微笑,但笑容里透着伤感:"如果每一个原基人都被抓到并且杀害,如果之后每一个原基人婴儿的脖子都被扭断,如果每一个像我这样具备这种遗传特点的人都被杀死,或者彻底绝育,如果原基人连做人的资格都被否认……那就叫作种族灭绝。杀死一个族群,甚至连他们身为人类的观念也抹杀掉。"

"哦。"奈松再次感到不安,难以言传的那种不安。"但那种事……"

沙法侧头,承认了她没有说完的*但那种事一直都在发生*。"这就是守护者们的任务,小东西。我们要阻止原基能力消失——因为事实上,这个世界上的人们离开了它,根本就无法生存。原基力必不可少。但因为必不可少,你们就不能被容许在个问题上得到自主选择权。你们必须是工具——而工具本身又不能是人。守护者就负责保管工具……并在可能的范围内,在保持工具实用性的同时,抹杀其人性。"

奈松回望着他,恍然大悟,这感悟就像一场凭空发生的九级地震。这是世间常态,但又完全不应该。发生在原基人身上的诸多惨剧不是凭空发生。是人为制造的结果,制造人就是守护者们,他们年复一年都在做这样的勾当。也许在桑泽时代之前,他们就在每一名军阀和领导者耳边进献谗言。也许早在碎裂季期间,他们就已经存在——混入衣衫褴褛、惊魂未定的幸存者中间,告诉他们应该把灾难归咎于谁,怎样找出这些人,然后怎样处置这些替罪羊。

每个人都觉得原基人可怕又强大,他们的确如此。奈松很确定,如果她真心愿意,真的有能力杀光南极区所有的人。她很可能需要蓝宝石碑帮忙,如果自己不想同归于尽的话。但尽管她有这么强的实力,她依旧只是个小女孩。跟其他小女孩一样,她也需要吃饭和睡觉,如果想要一直能吃能睡,就需要活在人群中。人们需要同类才能生存。如果她想要生活下去,又要跟所有社群里的每一名成员作对呢?如果还要对抗每一首歌谣每一篇故事每一部历史加上守护者们民兵们帝国法律加上《石经》本身?对抗一个不能把女儿跟基贼两个词叠加起来的父亲?对抗自己想到不可能过上幸福生活的那份绝望?

要对抗所有这些,原基力又有什么用?也许能让她继续呼吸。但呼吸并不总是等于活着,而或许……或许不是所有种族灭绝都尸横遍野。

现在她前所未有地确信灰铁说的对。

她抬头看沙法:"直到全世界烧成一片火海。"这是灰铁曾对她说过的话,当奈松告诉自己她打算如何使用方尖碑之门的时候。

沙法眨眨眼,然后露出那种温柔到可怕的微笑,那种笑只能来自洞察世事的人,他们知道:爱与残忍,只是同一枚硬币的两面。沙法把她拉近,亲吻她的额头,然后奈松紧紧抱住他,非常高兴,终于有了一个能用应当的方式爱自己的父母。

"直到全世界变成一片火海,小东西。"他在奈松耳边轻声说,"当然可以。"

第八章 奈松,在地下

第二天一早,他们继续走下螺旋形阶梯。

第一个出现变化的迹象,是阶梯另一边也出现了护栏。这条护栏本身就是用奇特的材料制成,闪亮光洁的金属,完全没有任何生锈或变暗的迹象。不过现在,有了两条护栏,阶梯也宽阔到足以容纳两人并行。然后那个螺旋梯的螺旋开始变得松散——仍在以相同的角度下行,但转弯辐度越来越小,直到它直直向前延伸,消失在黑暗里。

走了一小时左右的时间,隧道突然变开阔,墙壁和房顶渐渐消失。现在他们下行的通道狭窄,是被照亮的,彼此牵连的悬梯,完全没有看到支持结构,用某种方式浮在空中。这阶梯本来不可能存在,看上去只有护栏和其他阶梯与之连接——在奈松和沙法下行途中,却没有一点儿摇晃和声响。不管这阶梯是什么材料做成的,都要比普通石料更结实很多。

现在,他们正在深入一个巨大的地底洞穴。黑暗中完全看不出它的规模,尽管时不时有光柱斜射下来,来自洞顶时而出现的圆形冷光源,间距不定。那光线照亮之处……什么都没有。洞底空间巨大,但只有形状不规则的沙堆。现在,他们已经进入奈松一度认定为空岩浆室的地方,她可以隐知得更清晰一些,突然之间,她意识到之前自己错得多么离谱。

"这里根本就不是岩浆室。"她用敬畏的语调告诉沙法,"这个城市建造的时候,这儿根本就不是洞穴。"

"什么?"

她摇头:"这里不是封闭空间。它以前一定是……怎么说呢?就是一座火山完全喷发完之后剩下的东西。"

155

"火山坑？"

奈松快速点头，很兴奋解开了谜团。"那时候，这里还是露天的。人们把城市建设在了火山坑里。但随后又发生了一次火山喷发，就在城市中央。"她指向前方黑暗处；这段阶梯正是朝向她隐知到的古代灾难"震中"。

但这个结论不可能是对的。如果又有一次火山喷发，不管岩浆类型怎样，结果都将是城市直接被毁，原有火山坑被填平。不知为何，这里的情况却并非如此，相反，所有岩浆向上掠过城市上空，像个穹顶一样分散下落，凝固在原有火山坑的上方，形成了这个巨大的洞穴。让火山坑里的城市几乎完好无损。

"不可能。"沙法皱眉说，"最凶猛的岩浆也不可能是这样。但……"他的表情凝重起来。他又在努力从被删减、被撕破的记忆中搜寻，也或许，那些部分只是因为年代久远，印象变浅淡了。奈松一时冲动之下，抓住他的一只手鼓励他。沙法瞅了她一眼，微笑，然后继续皱起眉头深思。"但我觉得……一名原基人有可能做到这样的事情。但这肯定需要一个拥有少见力量的人，很可能还需要一块方尖碑的帮助。十戒高手。至少。"

奈松困惑地皱眉。但他说的主要内容对得上：有人做到了这件事。奈松抬头看洞穴顶端，为时已晚地发现，她本以为是奇形钟乳石的那些东西实际上（她惊叫）是不复存在的建筑留下的印迹！是的，那里有个渐细的点，之前肯定是一座尖塔；这里有座门拱；那边还有一个奇怪的几何图形，到处是轮辐和曲线，透着一份古怪的有机生命感，就像一只蘑菇的菌褶。尽管这些印迹化石布满了洞穴顶面，固化的岩浆本身却在距离地面几百英尺的高度就已经结束。事后回想，奈松才意识到他们刚刚出来的那条"隧道"，其实也是一幢建筑的残留部分。再细想，她觉得那条隧道的外部结构，就像她父亲以前修补器物时用过的墨鱼骨——更实在一些,比外面平地上同样的那种灰白色材料。那片平地,一定就是这幢建筑的房顶。但就在穹顶结束后向下几英尺,那座建筑也到了头,被这条奇怪的白色阶梯取代。这一定是灾难之后某个时间建成——但是怎么做到的?是谁做的?为什么?

为了理解她所看见的情形,奈松更细致地观察洞穴中的地面。那些沙子主要是灰白色,尽管也有斑驳的深灰和棕色区域掺杂其间。在少数地点,扭曲的金属段或某些更大物品的碎块(或许来自其他建筑)从沙子下面刺出,就像发掘一半的坟墓中露出的白骨。

但这个也不对,奈松想到。这里没有足够的材料,不可能是一座城市的全部残骸。她并没有见过太多死亡文明的遗迹,甚至连大城市也没见过几座,但她读过相关的书,听过故事。她很确定,城市里就该到处是石头的建筑、木质储藏库,也许有金属门、卵石街道。这座城市相对而言不值一提,只有金属和沙砾。

奈松放下双手,之前她想都没想就举起了手,在动用超肌体感知力寻找线索时。她不经意间向下看了一眼,这让她所立足的台阶与积满沙子的洞底之间距离显得好远,看似在拉长一样。她后退了几步,靠近沙法,后者单手放在她肩上安慰她。

"这座城市,"沙法说。奈松吃惊地看着他,他看似在思考。"我脑子里有个词,但我不知道它是什么意思。一个名字吗?也许在其他某种语言里具有某种含义?"他摇头,"但如果这座城市就是我以为它是的地方,我曾听过它的大名。曾经,有人说,这座城市有过数十亿居民。"

那个听起来不太可能:"在一座城市里?尤迈尼斯才有多少人?"

"几百万吧。"见奈松张大了嘴巴,沙法笑笑,然后表情变沉重了些。"而现在,整个安宁洲加起来,总人口可能都不会比那个数字高很多。当我们失去了赤道区,就失去了大部分人口。但毕竟。以前,这世界曾比此前的繁荣年代还要强盛很多。"

　　这不可能。这座火山坑就只有那么大。但是……奈松小心翼翼地向沙层和废墟以下隐知，寻找不可能事件的证据。沙子要比她最早以为的更厚。但在它以下很远的地方，她发现了压平的通道，长而且直的线条。是公路吗？还有地基，尽管它们是椭圆形、圆形，还有其他奇形怪状：沙漏形的环、肥厚的S形曲线、碗状凹陷等。没有一个方形。她困惑地观察这些奇怪的地基，然后突然意识到这些东西隐知起来，都含有某种矿物，碱性成分。哦，好惊人啊！这意味着它们是有机物——奈松惊叫出声。

　　"那是木头。"她大声地说。一座建筑的根基却是木头的？不，它只是像木头，但还像她父亲以前做过的塑料之类的东西，也跟他们脚下这种不是石头的奇怪物质相像。所有她能隐知到的道路，也都是某种类似的材质。"遗骸啊。沙法，下面那些全部都是。它们不是沙子，是生物的遗骸！它们来自植物，很多植物，那么久之前死掉的，然后变干，粉碎。然后……"奈松的目光回到头顶的岩浆穹顶那里。当时的情景会是怎样？整个洞穴一片血红。空气热到无法呼吸。建筑坚持的久一些，久到足以让岩浆在它们周围冷却，但这座城市里的每个人，在被火焰之泡掩埋之后的几小时里，应该都已经被烤熟了。

　　那么那些"沙子"里面应该还有这个：无数的人，被烧成焦炭，然后碎为齑粉。

　　"真是令人费解啊。"沙法说。他靠在护栏上，完全无视这里到地面的距离，环顾整个洞穴。奈松替他害怕，感觉肠子都收紧了。"一座用植物建造的城市。"然后他的视线犀利起来。"但是现在，这里什么都不长。"

　　是的。这是奈松察觉的另外一件事。她现在也去过不少地方，见

第八章　奈松，在地下

过不少其他洞穴，知道这种地方应该有不少生物，就像地衣类植物、蝙蝠，还有视觉退化的白色昆虫等。她把感知力调整到银线的世界，寻找那些细小线条，它们本应该到处都是，周围有那么多生物残躯。她也的确找到了它们，很多，但是……有点儿奇怪。这些银线汇聚到一起，细线变成略粗的输送渠道——很像魔力在原基人体内流动的方式。她之前从未见过这种事出现在植物、动物或者土壤里。这些更集中的线条又进一步聚集，然后继续流动——朝向阶梯通往的方向。她循着这些线条，到达远超视距的地点，银线集中，变亮……然后在前方某处，它们突然停止。

"这里有个坏东西。"奈松说，她感觉浑身不舒服。突然之间她不再隐知。出于某种原因，她不想隐知到前方那个东西。

"奈松？"

"某种东西正在吞食这个地方。"她不假思索地这样说，然后自己也奇怪为什么会这样讲。但现在话已经出口，她感觉就应该这样描述。"所以才没有什么东西能长起来。某种东西在吸走所有魔力。没有了它，一切都会死。"

沙法打量她好久。奈松隐知到，他的一只手按着黑色玻钢剑剑柄，那把剑扎在他大腿外侧的地方。她见状想笑。前方那东西，可不是刀剑能刺伤的。奈松没有笑，因为这样太残忍，也因为她突然感觉太过害怕；如果现在开始笑，可能就会停不下来。

"我们并不是一定要向前走的。"沙法建议。这真是好心啊，也表达了奈松急需的支持，即便她因为害怕放弃使命，也不会失去沙法的尊重。

但这让奈松心烦。她也有自尊的。"不——不行。我们继续走。"她吃力地咽下口水，"拜托了。"

"很好，那就走吧。"

他们继续前进。某人或者某物，在那些尸灰中挖出了一条隧道，有时在这条不可思议的台阶下方，有时在它周围。他们继续下行，途中看到的那种东西堆积如山。但后来，渐渐地，奈松看到前方又出现了另外一条隧道。这条位于洞穴底部（终于到底了），它的入口特别巨大。同心拱形高悬于头顶，每条都从不同颜色的大理石中刻出，阶梯终于到达地面，跟周围的石材融为一体。更远处，隧道变窄；渐渐只剩一团漆黑。入口的地面看似涂了清漆，有蓝、黑和深红的渐变色块。这颜色显得饱满又可爱，在看了那么多白色和灰色之后，感觉着实赏心悦目。但这颜色，也透着一份难以置信的怪异。不知为何，城市中所有的尸灰都没能吹到或者沉降到那道拱门以内。

那拱门好宽，可以同时容纳十几个人并行，一分钟就能有几百人经过。但现在，只有一个人站在那里，在一堆玫瑰红色的大理石下观察他们，那石材跟他本身灰暗的、无色的线条对比鲜明。灰铁。

奈松走向他面前时，灰铁并没有动。（沙法也走了过来，但他速度更慢，也更紧张。）灰铁的灰色眼睛盯在他身边的一件东西上，奈松觉得眼生，但她的妈妈会记得：一根六角形短柱，从地面冒出，只是一根烟石英晶体，被人从中间截断。它最上端的表面略微倾斜。灰铁的手伸向它，像是在介绍什么。请看。

于是奈松用心观察那柱子。她向那东西伸手，但马上缩回，因为手指还没有触到，柱子边框四周就有东西在她前方点亮。明亮的红色标记飘浮于晶体上方的空中，将符号书写在空无一物的位置。她无法猜出这些符号的意义，但那颜色让她感到紧张。她抬头看灰铁，后者一直没有动弹，就像从这里最初建成，他就一直保持现在的姿势。"这上面说什么？"

"它说，我跟你们提到过的运输工具目前无法运行，"灰铁胸腔里的声音说，"在我们能使用这个站点之前，你需要给系统提供动力，

第八章 奈松，在地下

然后重新设置①。"

"重新……靴子？"奈松想努力搞清楚，重新穿靴子跟这个古老遗迹有什么关系，然后决定追问自己能听懂的部分。"我怎么给它提供动力呢？"

突然，灰铁就已经改换了位置，脸朝向通往站点更深处的拱门："进去，在根基那里提供动力。我留在这里，等到动力足够，就键入启动命令序列。"

"什么，我不明白——"

灰铁那双纯灰的眼睛转向奈松："进去之后，你就知道该怎么办了。"

奈松咬咬自己脸颊内侧，看着拱门里边。那儿可真黑啊。

沙法的手碰了一下她的肩膀："我当然会跟你一起去。"

当然，奈松咽下口水，点头。然后，她和沙法一起步入黑暗。

黑暗并没有持续太久。就跟白色阶梯上一样，他们向前走的同时，小小的照明板开始在隧道侧面闪亮。那灯光很微弱，而且泛黄，有一种古旧感、沧桑感，或者……呃，或者说疲惫感。不知为何，这个词自动出现在奈松的脑子里。那光线足以照亮他们脚下的地砖。隧道墙面上有好多门和凹室，有一次，奈松还看到一个样式古怪的东西在头上大约十英尺的高度冒出来。它看上去像是个……马车底板？没有轮子，也没有马辔，就像这车底板也是用阶梯那种平滑材料做成的，就像那车底板可以沿着墙里的某种轨道行驶。它看上去显然是用来运送人员的；也许这是不能或者不想走路的人移动的方法？现在它静止不动，里面漆黑一团，永远锁在墙面上，留在最后一名驾驶者停

---

① 原文 Reboot，灰铁的意思就是"重新启动"，对不熟悉计算机等系统的奈松而言，这个词的字面意思更像是"重新穿上靴子"。——译者注

靠它的地方。

他们发现,前方有一盏怪怪的、泛着蓝光的灯照亮隧道,但那个还是不足以给他们足够的预警,让他们面对通道突然左转后出现的情形,发现自己身处一个新的洞穴。这个小很多的洞窟不是到处尘土,或者至少是不多。取而代之的,是里面有个特别粗大的石柱,材质是蓝黑色实心火山玻璃。

这根柱子特别巨大,形状不规则,而且让人难以置信。奈松只是瞪大眼睛,张开嘴巴,盯着这个怪物,它几乎充斥了整座山洞,从地面到房顶甚至房顶以上。显而易见,这是被固化的、速冷的产物,来自一次肯定规模巨大的火山喷发。同样无可质疑的,流入临近洞穴,组成岩浆穹顶的那些物质,肯定也来自这里。

"我明白了。"沙法说。就连他,听起来都被震撼到了的样子,他的声音因为敬畏而变得更轻柔。"看。"他指向下方。奈松这才找到最适当的着眼点,适合构筑整体印象,判断规模和距离。这东西很巨大,因为现在她能看到沉入其根基部位的那几层平台,它们是八角形,共有三层,中心重合。最外面一层上有建筑,她感觉有。它们都已经被严重破坏,一半坍塌,只剩空壳,她马上隐知到它们为什么依然存在,而邻近洞穴里的建筑却已经完全崩溃的原因。这个洞穴里曾经充斥的高热,让建筑中的某些部分发生了性变,将其硬化,并得以保存。某种类型的冲击也造成了损害:所有建筑都是在同一侧被扯开,裂口朝向巨大玻璃柱。从她猜想是一幢三层小楼的位置看柱子,她猜测柱子并没有表面看起来那样远。它只是比奈松最初的猜想更大很多。大小相当于一个……哦。

"一块方尖碑。"她轻声说。然后她就能够隐知并且猜出之前发生的事,像身临其境一样清晰。

很久以前,这里曾安放着一块方尖碑,就在这座山洞的底面上,它的一端插入地面，就像某种奇特的植物。在某个时间，这块方尖碑升起，离开它的坑，要去像它的其他同类一样飘浮、闪烁，飞在这座奇异又巨大的城市上空——然后某些方面出现了非常非常严重的问题。这块方尖碑……坠落了。在它砸到地面的位置，奈松想象自己能够听到那声巨响。它不是单纯掉落，而是猛穿了进去，穿透地面，然后旋转着不断下行，下行，由它的核心地带储存的银色能量带动。奈松只能追踪它的轨迹到地下一英里左右，但完全没理由怀疑它还会继续钻。去哪里，她完全无法猜想。

而在它后面，从整个地球熔解程度最高的区域，真的涌来一大波地底烈焰来掩埋这座城市。

周围还是没有看似能够给站点供电的东西。但是奈松发现，这座洞穴的照明，来自玻璃巨柱底端附近的巨大支架，它们发出蓝光，占据了窟室中间和最里面的两层。某些东西在发出那些光。

沙法也得出了同样的结论。"这条隧道到此结束，"他说着，向那些蓝色支架和巨柱底端示意，"没有其他地方可去，只能进入这个大怪物的底下。确定自己想要步那些人的后尘吗？不管是谁做了这些安排。"

奈松咬着下唇。她不想。这里就是她在阶梯那里感觉到的邪恶之气，尽管她还没有找到真正的源头。但毕竟……"不管下面有什么，都是灰铁想让我看到的。"

"奈松，你确定要按照他的意愿行动吗？"

她不确定。灰铁这家伙不可信。但她已经下定决心要走上毁灭世界的路途。不管灰铁有什么企图，都不可能比这个更严重。所以当奈松点头，沙法只是侧头表示认可，然后伸手给她，以便两人一起沿路下行，到那些支架旁边。

走过那几层平台的感觉，就像穿过一片坟地，奈松感觉到一份重压，因此一直保持肃静。在那些建筑之间，她能看出碳化的通道，被熔成玻璃的培植箱，之前一定是栽种植物的，还有样式奇特的柱子和其他设施，她觉得自己很难猜得出用途，就算它们不是半融化状态。她姑且假定这根柱子是用来拴马的，那边的支架，是皮匠晾晒皮革用的。把熟悉场景影射到陌生环境下，这办法当然也并不是很管用，因为这城市里边就没有什么东西正常。即便这里的居民曾经有坐骑，那也肯定不是马；如果他们制造容器或者工具，那些也不是黏土或者黑曜石质地；制作者也不会是简单的工匠。这些是制造过方尖碑，然后让它失控的人。你根本想象不出他们的城市街道上曾有过怎样的奇观和恐怖场景。

紧张之下，奈松向上探寻，想要触及蓝宝石碑，主要是为了让自己安心，表明她有能力做到这件事，哪怕是间隔了无数吨的岩浆和恐怖的城市遗迹。在这里建立连接也跟在地面上一样容易，这让她松了一口气。方尖碑温柔地拉扯她——或者说，对方尖碑来讲还算温柔的那种拉扯。有一会儿，她让自己被拖入它流动的水样光华中去。她并不害怕被吸入；奈松相信蓝宝石碑，达到了人们相信无生命物体的最大限度。毕竟是这东西告诉了她核点的事。现在，她感觉到，在方尖碑密集的能量线之间，又有一条新的消息——

"就在前面。"她脱口而出，自己都吓了一跳。

沙法停步，打量她："什么？"

奈松不得不摇头，让注意力返回自身，离开那片水蓝："那个……那个输入能量的地方。就在前面，像灰铁说过的。轨道对面。"

"轨道？"沙法转身，沿着下坡方向看去。前方是第二层平台——一片平整、空旷的地方，用那种不是石头的白色材料铺成。那些建造方尖碑的人，貌似在他们所有最古老、最持久的遗迹里都使用过这种东西。

第八章 奈松,在地下

"蓝宝石碑……它认得这个地方。"她试图解释。这种解释很蹩脚,就跟向哑炮解释原基力一样难。"不是特指这个地方,而是指跟它类似的那种地方……"她再次连接方尖碑,用无声的语言询问更多情况,几乎被那道疾速闪过的蓝光压倒,那么多场景,感触,信仰。她的观感发生了变化。她站在三层中台的中央,不再是身处地底洞穴,而是面对一片蓝色地平线,上方有美丽的云朵翻涌,飘飞,消逝,重生。她周围的平台变得繁忙起来——尽管一切都混杂在一起,而她能够分辨出的少数静态场景也毫无意义。奇特的交通工具——像她在隧道里看到的车架那种——沿着建筑表面飞驰,循着不同颜色的光亮轨道。建筑表面覆满了绿色,藤蔓、种草的屋顶,花朵开放的网格窗和墙壁。人,成百上千,出入各种建筑,沿路来往,在持续的、模糊的运动中奔忙。她看不清这些人的脸,但她时不时瞥见沙法那样的黑发,富有艺术气息的藤形耳坠,长及脚踝的飘逸长裙,蒙着彩漆的手指闪过视野。

而且到处,到处,都有那种银线,藏在热量和运动下面,那是构成方尖碑的要素。它们汇聚,流动,不只是形成细流,也聚成江河,然后当她俯视,看到自己站在一片液化的银色能量中间,两脚已经被淹没——

奈松这次回归时,身体略微摇晃了一下,沙法的手稳稳搭在她肩上,扶住她:"奈松。"

"我没事。"她说。她并不确定自己没事,但她还是这样说,因为不想让沙法担心。也因为这样说感觉更容易,胜过我感觉刚刚有一分钟,我自己变成了方尖碑。

沙法绕到她面前蹲下,两只手握住她的双肩。他表情里的关切几乎,几乎就要盖过疲惫的皱纹、内心扰动的迹象,还有他暗藏的其他各种内心挣扎。沙法的痛苦加重了,在地下这个世界里。他自己此前都没有说过,奈松不知道情况在变得更糟,但她现在能看出来。

但是。"不要相信方尖碑,小东西。"他说。还以为他会说出多么怪异、多么邪恶的话来,原来只是这个。冲动之下,奈松拥抱沙法。他紧紧抱着她,抚摸后背安抚她。"以前,我们也曾允许少数人继续。"沙法喃喃地在奈松耳边说。奈松眨眨眼,想起了可怜、疯狂又致命的尼达,她也曾说起过这件事。"在支点学院。我被允许保留这部分记忆,因为它很重要。那些达到九戒或者十戒水准的人……他们总是能够感知到方尖碑,而方尖碑也能感应到他们。它们总会有办法吸引你注意到它们。它们缺少某种东西,本身在某种意义上残缺,需要原基人来补全。"

"但是以前,方尖碑会害死这些人,我的奈松。"他把脸埋进奈松的头发里。奈松身上很脏,离开杰基蒂村之后,就没好好洗过澡,但沙法的话,把这些世俗考虑全都冲走了。"那些方尖碑……我还记得。它们会改变你,重塑你,如果它们有机会。而这个正是可恶的食岩人想要的结果。"

沙法的胳膊收紧了片刻,隐约体现出他曾经有过的强大力量,而这是全世界最美好的感觉。奈松在这一刻知道:他永远都不会退缩,永远都不会在自己需要他的时候临阵脱逃,永远都不会退化成弱小的、不可靠的渺小人类。奈松深爱他这份力量,甚至超过生命本身。

"好的,沙法。"她答应,"我会小心。我不会让它们得逞。"

其实是他,奈松想到的敌人,她知道沙法也是这样想。她不会让灰铁得逞。至少也要先达到她自己的目的。当奈松退开,沙法点点头,然后站起来。他们再次向前。

最里面那层平台坐落在玻璃柱阴郁的蓝色影子里。这些支架,要比远处看起来的更大——高度也许有沙法身高的两辈,宽度三到四倍,而且在发出轻微的嗡嗡声,现在奈松和沙法靠得足够近,能够听

第八章 奈松，在地下

到。它们被排成环状，围绕着此前一定曾经安放方尖碑的地方，像是个缓冲区，保护着外围的两层平台。也像个围栏，把繁忙的城市生活隔在外面，里面是……这个。

这个：一开始，奈松觉得这是一片荆棘丛。以为是带刺的藤条弯曲缠绕，沿着地面延伸，还爬上支架内侧，将它们和玻璃柱之间的全部空间占满。然后她看出，这些并不是带刺的藤蔓：没有叶子。也没有刺。只是这些弯曲的，长满节瘤的，绳子一样的东西，看上去像是木本植物，闻起来却有些霉菌味。

"真奇怪。"沙法说，"终于有些活物了吗？"

"或——或许它们不是活物吧？"它们看起来的确像是死的，尽管还能看出植物外形，也没有腐朽成粉末，掉在地上变成难以辨认的一坨。奈松不喜欢这个地方，被这些丑陋的藤蔓围绕，身处玻璃巨柱的阴影之下。那些支架就是干这个用的吗，为了把藤条的丑模样隐藏起来，让城里其他人看不见？"也许，它们在这里生长的时间更晚，是在……其他事情之后。"

然后她眨眨眼，发现离她最近的藤条还有些新特性。它跟周围其他同类不一样。那些显然死了，枯萎，发黑，有些地方断裂。这根，看起来却有依然活着的可能。它表面像绳子，有些地方貌似打了结，有树皮一样的表面，显得古老又粗糙，但仍然完好。它下面的地上散落着一些垃圾——灰色堆积物和尘土，干燥条件下腐朽的衣物，甚至还有一段发霉、磨损的绳子。

有一件事，奈松自从进入玻璃柱洞穴以来就一直在忍着不去做；有些东西她并不想要了解。但现在，她还是闭上眼睛，用她对银线的感知力潜入那些藤条内部。

一开始很难。那东西的细胞太紧密——因为它的确是活的，更像是一种菌类而不是绿植，但它的动作中还有一种人造和机械的特质——奈松本以为会看不到其间有银线存在。这密度要比人身体里的东西更紧致很多。事实上，它的材料结构几乎接近晶体，细胞被排布成精致的小方阵，奈松以前从未在活物中见过。

现在，奈松已经看到这藤条的微观细节，能看出其间并没有任何银线存在。它具有的是……她不知道该怎么描述那个。负面空间吗？就是本来应该有银线，却没有的位置。如果有银线，那种空间可以被填充。而就在她小心探查，被深深吸引的同时，她开始察觉到它们在拉扯她的感知力，占据得越来越多，直到——奈松惊叫一声，让自己的感知力挣脱出来。

你会看出应该做什么，灰铁之前大致这样说过。应该很明显的。

沙法已经蹲下，也在观察那段绳索，这时停下来看她，皱眉问道："怎么了？"

她回望沙法，不知道该怎样描述需要做的事。世上就没有对应的语言。但她知道自己需要做什么。奈松向着那条活着的藤条迈近一步。

"奈松。"沙法说，他的声音紧张，带着警告意味，人也突然警觉起来。

"我必须这样，沙法。"奈松说。她已经举起了双手。这里就是外面洞穴里所有银线的去向，她现在感觉到了；这些藤条在吞噬它。为什么？她知道为什么，在她肉体最深层、最古老的设计方案中，就埋藏了那份感知力。"我必须，呃，给系统提供动力。"

然后，在沙法能阻止她之前，奈松双手握住了那段藤条。

这并不痛。那才是这件事的可怕之处。事实上，传遍她周身的那种感觉让人愉悦，令人放松。如果不能感应到银线，没有感觉到那些藤条马上就开始吸取她细胞间所有的银色能量，奈松会以为这件事对她有好处。而事实上，这很快就会要了她的命。

第八章 奈松，在地下

但她有更多银色能量可以利用，远不只是自己体内的。透过那份恍惚，奈松懒洋洋地接通到蓝宝石碑——而蓝宝石碑马上做出回应，一切顺利。

放大器，埃勒巴斯特这样称呼它们，早在奈松出生之前很久。电池，是你曾经对它们的印象，你还曾经向依卡这样解释过。

而奈松理解的方尖碑，就是简单一个词：引擎。她看到过工作中的引擎，那套简单的泵机-涡轮系统，在特雷诺村利用地热和水力，还有偶尔更复杂的东西，比如谷物起重机。她对引擎的了解粗浅至极，但即便是十岁小孩，也能明白一件事：要运行，引擎就需要燃料。

于是她就在蓝光中飘行，蓝宝石碑的能量透过她的身体不断注入。她手中的藤条似乎在惊叫，突然发现这么强大的输入来源，尽管这可能只是奈松的想象，但她确信是这样。然后藤条在她手里哼鸣，她看到其中那些小方阵中间原本空阔宽敞的位置，如今都已经有闪亮的银光充溢，涌流，然后又有东西，马上把那些银光输送到别处——

一声响亮的轰鸣在洞穴中回荡。随后是其他更轻微的响声，渐渐加快，形成稳定的节奏，然后就是持续变强的嗡鸣。洞穴突然变亮，暗蓝色支架突然变白，光线变强，马赛克通道两旁的那些昏黄灯板也一样变亮。甚至是在蓝宝石碑深处的奈松，也吃了一惊，半次呼吸之后，沙法就已经把她从藤条上扯开。他双手颤抖，紧紧搂抱着她，但没有说一句话。他让奈松靠在自己身上，显然是松了一口气。奈松突然感到无比疲惫，全靠沙法扶持，才能保持站立。

与此同时，某种东西正在沿着轨道靠近。

那是个鬼魂一样的家伙，带虹彩的绿色，有如昆虫甲壳，线条优雅，造型奢华，几乎没有声息地从那根玻璃柱后面出现。在奈松看来，这东西完全没有道理可讲。它整体大致是泪珠形，尽管较窄的、

169

尖尖的尾部并不对称，尖端翘起，远离地面，让她想起乌鸦的尖嘴。它很大，显然要比一座房子更大，却浮在轨道以上几英寸的高度，不用任何支撑。它的材质无法猜想，尽管看上去像是有……皮肤吗？是的，靠近看，奈松能看出那东西的表面有细纹，就像是厚实的经过良好加工的皮革。她还在表面看到奇怪的、不规则的突起，每一颗大约都有拳头那么大。它们看上去并没有明显的用途。

但它会闪烁，变模糊，这东西。从固态到半透明，然后变回来，就像一块方尖碑。

"很好。"灰铁说，他突然就出现在两人面前，那东西旁边。

奈松太疲惫，已经无力吃惊，尽管她在恢复了。沙法本能地握紧她肩膀，然后放松。灰铁无视他们两个，食岩人一只手举起，朝向那个奇怪的悬浮物，像一个骄傲的艺术家展示自己的最新作品。他说："你给这个系统注入了远远超过必要水平的能量。正如你们所见，冗余能量被导入了照明系统，还有其他系统，诸如环境控制之类。没有意义，但我觉着应该也没害处。几个月后，它们就会再次停机，假如没有新的来源注入更多动力。"

沙法的声音很轻，很冷："这可能让她丧命。"

灰铁还在微笑。奈松终于开始怀疑，这个应该是灰铁试图嘲讽守护者们习惯性的微笑。"是的，假如她没有使用方尖碑。"他的语调里毫无歉意，"有人给这个系统注入能量时，通常都会死。但是会引导魔力的原基人可以活下来——守护者通常也能，因为他们经常都可以借助外力。"

魔力？奈松一时有些困惑。

但是沙法身体僵住。奈松一开始有点儿奇怪，他为什么会那样生气，然后她明白过来：普通的守护者，那些没被污染过的类型，会从地底吸引银色能量，注入那根藤条。而像乌伯和尼达那样的守护者，很可能也会这样做,尽管只有在符合大地父亲的利益时,他们才会尝试。沙法,尽管也有他的核石,却无法仰赖大地的能量,也无法随意吸引到更多。如果奈松受到藤条威胁,那将是因为沙法的无能。

或者只是灰铁想要引出这样的结论。奈松难以置信地看着他,然后转身看沙法。她现在已经恢复了一些气力。"我早知道自己能做到那件事。"她说。沙法还在狠狠瞪着灰铁。奈松在他衬衣下面攥起拳头拉扯,让他看自己。沙法眨眨眼,照做,有点儿吃惊。"我事先就知道!而且我不会让你去碰那些藤条,沙法。都是因为我,才会——"

她在这时哽住,喉咙收紧,泫然欲泪。部分原因只是紧张和疲惫。但也有很大一部分,是几个月以来在她心里积聚的负疚感,直到现在才发泄出来,因为她太累,已经无力抑制和掩饰。都怪她,沙法才会失去一切:寻月居,他照顾的孩子们,守护者同事的陪伴,还有他的核石本应提供的可靠能量,甚至晚上的安稳觉。都是因为她,沙法才会深入地底,被困在一座死亡城市的灰烬里,他们还不得不把自己交托给一台老旧机器,这东西甚至比沙法还老,或许比整个安宁洲更古老,然后还要去一个不可能的地方,做一件不可能的事。

凭借长期照料小孩子学会的技能,沙法瞬间就明白了这一切。他不再紧皱着眉,摇头,蹲下来面对她。"不,"他说,"这一切都不是你的错,我的奈松。不管它以前让我付出过何种代价,以后还要付出多少,你要一直记住,我——我——"

他的表情乱了。有一个瞬间,那种可怕的恍惚和迷乱感再次出现,威胁着,甚至要抹掉他向奈松宣示自己力量的瞬间。奈松屏住呼吸,集中精神观察他体内的银线,发现他体内的核石正在活跃中,沿着他的神经作恶,占据他的头脑,直到现在还要迫使他屈服,不禁咬牙切齿。

不行,她在突然的暴怒中想。她抓住沙法的肩膀,摇晃他。奈松要用上全身的力气，因为对方块头太大，但沙法确实眨眨眼，精神重新专注起来，摆脱了刚才那份恍惚。"你是沙法，"她说，"你就是沙法！而且……而且你有权选择。"因为那个很重要。那正是这个世界不允许他们这样的人去做的事。"你已经不再是我的守护者，你现在是——"她此刻终于敢大声说出来，"你是我的新爸爸。好吗？而且那——那个就意味着我们现在是一家人，还有……还有我们必须同心协力。一家人就应该这样，不是吗？有时候，你也得让我保护你。"

沙法盯着奈松，然后叹了一口气，身体前倾，亲吻她的额头。这个吻过去，他保持那个姿势，鼻子埋在奈松头发里。奈松极力抑制自己，才没有放声大哭。等到沙法终于开口，那份可怕的恍惚感已经消退，他眼角那些痛苦的纹路也减少了一些："很好，奈松。有些时候，你可以保护我。"

这个问题解决，她吸了下鼻子，用衣袖抹了下鼻头，然后转身面对灰铁。食岩人没有改换过姿势，所以她离开沙法，径直走到他面前。对方的眼睛跟随奈松的动作，缓慢又慵懒："不许你再那样做。"

她几乎在等着对方用那种明知故问的语调回答，做什么？相反，他说道："带他跟我们一起来，是个错误。"

奈松先是感觉浑身发凉，然后又是一波燥热。这是个威胁吗？还是警告？不管是什么，她都不喜欢。她感到下巴绷得太紧，说话时几乎要咬到自己的舌头："我不管。"

对方默然。这是服软吗？还是赞同？拒绝沟通？奈松不知道。她想要对他喊：答应我，再也不许伤害沙法！尽管对着成年人喊叫，感觉不是很合适。但她在过去一年半的生活中学到：成年人也是人，有时候他们也会犯错，有时候应该有人对他们喊喊。

但奈松现在很累，所以她退到沙法身边，紧握住他的手，瞪着灰铁，不许他再有不同意见。但他没说。好。

第八章 奈松，在地下

然后，那个巨大的绿色巨物像是波动了一下，他们全都转脸看它。某种东西——奈松打了个哆嗦，又恶心，又被吸引。某种东西正在从那个奇怪的东西里面生长出来，遍布那东西表面。每个都有几英尺长，狭窄，像羽毛，末端变尖。过了一会儿，就已经有了数十根这种突起，尽管没有感觉到风，它们却在弯转，轻轻摇摆。纤毛，奈松突然想到，忆起童园年代一本生物测量学书里的插图。当然啦。那些把植物改造成建筑的人，为什么不能制造出像是细菌的车辆呢？

有些羽毛扇动的速度，要比其他的更快，有一会儿集中到那东西侧面的某点。然后所有羽毛后移，贴在祖母绿的表面上，后面露出一个线条柔和的方形，像是一道门。门后面，奈松能看到柔和的光线，还有看上去舒服到难以置信的椅子，有好几排。他们要舒适地乘车前往世界的另一头。

奈松仰头看沙法，他肃然点头回应。奈松没有看灰铁，后者没动弹，也不曾试图加入他们。

然后他们上车，羽毛在他们身后飞舞着，把门关闭。在他们落座的同时，绿色车辆发出低沉、浑厚的声响，并且开始移动。

· ✺ ·

末日尘埃飘落时，财富将毫无价值。

——第三板，《构造经》，第十节

锡尔-阿纳吉斯特：二

那是一座很漂亮的房子，不大，但是造型优雅，到处是美丽的家具。我们呆呆看着那些拱门、书架和木质栏杆。纤维质墙面上仅有几株植物生长，所以空气有些干燥，不是很新鲜，感觉像是博物馆，我们聚集在房子前端的大房间里，不敢去别处，也不敢碰任何东西。

"你住这里吗？"有一位同伴问克伦莉。

"有时候。"她说。她的脸上没有表情，语调里却有某种让我担心的东西。"跟我来。"

她带我们穿过那座房子。这里的一切都舒服到令人震惊：每个表面都柔软，适合落座，甚至包括地板。最让我震惊的，就是这里没有白色的东西。墙面是绿色，有些地方被漆成较深较浓的暗红色。下一个房间里，床上铺的是蓝色和金色织物，质地不同，对比鲜明。没有任何冷硬的、裸露的东西，而我之前从未想到我自己居住的房间是个牢房，但现在，我第一次有了这种感觉。

我那天想过很多事情，尤其在我们参观这座房子的过程中。我们一直都是步行，双脚酸痛，因为不习惯这样劳累，一路上，人们都盯着我们看。有些人还窃窃私语。有一个人经过时，伸手要抚摩我的头发，然后咯咯笑，因为我为时已晚地试图避开。还有一次，有一名男子跟着我们。他年龄较大，留着灰色短发，发质几乎跟我们一样，然后他开始愤怒地叫嚷。有些话我听不懂（比如"尼斯孽种"和"叉舌佬"）。有些话我听过，但不理解。（"错误"还有"我们本应该把你们全部灭绝",这些毫无道理,因为我们是被小心翼翼地,带着明确目的制造出来的。)他指责我们说谎,尽管我们中没有一个人跟他说过话,还说我们假装消失(到某个地方)。他说他的父母,还有祖父母都教过他,什么才真正可怕,谁是真正的敌人,像我们这样的妖孽是所有好人的敌人,而他将会确保我们无法伤害到任何其他人。

然后他就逼近过来,大拳头攥紧。我们呆呆傻傻地继续向前走,困惑到完全不知道自己面临危险,我们的那些隐身护卫突然变得不再那样隐蔽,把那人拖进了一幢建筑的凹陷处,他们把那人困在那里,尽管他还在大叫、挣扎,想要来攻击我们。克伦莉一直在向前走,她高昂着头,一眼也不看那个人。我们跟着,不知道该做什么,过了一会儿,那人已经被落在后面,他的声音也被城市噪声淹没。

后来,婕娃微微哆嗦着问克伦莉,那个生气的人有什么问题。克伦莉轻轻一笑,说:"他就是个锡尔-阿纳吉斯特人。"婕娃闭了嘴,但还是很疑惑。我们快速向她传出安抚波纹,表示我们都同样困惑;问题并不在她身上。

这是锡尔-阿纳吉斯特的生活常态。我们穿行于城市,渐渐开始理解。平常人,走在平常的街道上。平常色彩,却会让我们畏缩或紧张或连忙倒退。平常房舍,配有平常家具。平常的视线,有些回避,有些敌视或者瞪视。我们目睹的每一幕常态,都是这城市在告诉我们,我们本身有多么不正常。之前我从未在意过,我们只是被组装起来,由生物魔法师使用基因工程手段设计而成,在营养囊中生长成熟,出厂时就已经发育完整,所以不需要被养育。我以前都……为自己感到自豪,直到现在。我之前都很满足。但现在看到这些正常人看我们的眼神,我开始感到心痛。我不明白为什么。

也许走的路太多,我出故障了。

现在,克伦莉带我们穿过那座美丽的房子。但在我们经过一道门之后，就到了房后一大片茂盛的花园里。下了台阶，绕过泥土小路，到处都是花圃，它们的芳香召唤我们靠近。它们跟基地内部那种精密培育，生物工程改造过的花圃大不相同，不是那些颜色极度协调的闪烁之花。这里的花儿很野性，也许更低等，它们的茎秆参差不齐，花瓣也经常没有那么完美。但是……我喜欢它们。覆盖在小路上的苔藓也值得细看，所以我们用快速波动讨论，为什么我们踩到它们感觉那么有弹性，那么让人愉悦。支架上晃悠的一把剪刀也引起了我的好奇。我抵挡住了那份诱惑，尽管很想把有些漂亮的紫花占为己有；尽管婕娃试用过那把剪刀，然后把有些花儿攥在手里，特别紧，特别用力。我们以前从来没有被允许过拥有个人物品。

我暗中观察克伦莉，难以抑制这份冲动，而她一直在观察玩耍中的我们。我这份兴趣的浓烈，让我自己有些困惑，也有点儿害怕，尽管我看似无法抵挡它。我们一直都知道，引导员们没能让我们毫无感情，但我们……嗯。我本人，一直都以为我们已经超越了那种过于激烈的情感。这就是我自高自大的结果。现在的我们，已经迷失在感官愉悦和人与人之间的互动里。婕娃蹲在花园角落，手拿剪刀，准备誓死捍卫她的花儿。达什娃原地转圈，笑得像个傻子；我说不好她在笑什么。毕尼娃把我们的一名卫兵逼到角落里，不停追问我们沿途看到的东西；那卫兵一脸见了鬼的表情，貌似很想有人救走他。塞莱娃和雷瓦蹲在一小片池塘旁边，正在激烈争论，想判定水里游泳的到底是鱼儿还是青蛙。他们的谈话完全可以听清，根本就不是大地的语言。

而我，蠢笨如我，一直都在看克伦莉。我想要搞懂，她到底想让我们学到什么，不管是博物馆里的那件艺术品，还是我们在花园里的午后闲游。她的脸和隐知盘没有揭示任何信息，但这没关系。我也只是想看到她的面容，沐浴在她深厚又强大的原基力里面。这毫无道理。很可能会让她厌烦，尽管她还是无视我，即便有不快。我想让她看我。我想跟她说话。我想要成为她。

我确定自己现在的感觉就是爱。即便不是，这个概念也足够新奇，能够让我着迷，于是我决定遵循它的引导。

过了一会儿，克伦莉站起来，离开那座花园里我们玩耍的区域。花园中央有座小小的建筑，像个小房子，但是用石砖砌成，而不是多数建筑那样的绿色纤维材质。一根特别强悍的常春藤爬在它近侧的墙上。当她打开这间小屋的门，只有我一个人发觉。等到克伦莉进去，其他人也都停下了手头的事情，站起来看她。她也停住，感到有趣（我觉得），因为我们突然变得安静又紧张。然后她招手，无声地甩头表示来吧。我们快步跟上。

从里面看——我们小心翼翼跟着克伦莉进来，这里很挤——小房子有木质地板和一些家具。几乎跟我们在管理中心的小房子一样简单，但还是有一些重要的区别。克伦莉坐在一张椅子上，然后我们意识到：这是她的。她的。这是她的……牢房吗？不。这个地方到处都有她自己的特色，各种能够展现克伦莉个性和经历，提供隐秘线索的物品。房间一角的书架，表明有人教过她阅读。水池边的梳子，证明她自己梳头发；从上面卡住的毛发数量判断，她不是很有耐心。也许那座更大的房子是她本来应该待的地方，而她有时候的确在那边睡觉。这个花园里的小房间，却是……她的家。

"我跟引导员盖勒特一起长大。"克伦莉轻声说。（我们已经围在她周围，坐在地板上、椅子上和床上。期待着分享她的智慧。）"跟他一起被养育，这是对他充当控制员的实验——就像我现在是你们的控制员。他是普通人，只不过，有那么一点儿不受欢迎的血统。"

我眨眨自己的冰白眼眸，想起盖勒特，突然明白了很多事情。克伦莉看到我嘴巴张开成 O 形，不禁微笑。但她的微笑没能持续太久。

"他们——盖勒特的父母，我本以为是自己父母的人——最开始没有告诉我……我是什么人。我成长过程中上了学,玩各种游戏,跟其他普通的锡尔-阿纳吉斯特女孩没什么两样。他们对待我的方式,却跟别人不同。有很长时间,我都以为自己做错了什么。"克伦莉的视线有些模糊,因为想起痛心的往事而显沉重。"我那时总在纳闷儿,不知道自己怎么会那么差,以至于连自己的父母都不爱我。"

雷瓦蹲在地上,用一只手摩擦木地板。他干什么我都不明白。塞莱娃还在外面,因为克伦莉的小房子太拥挤,她不喜欢;她去盯着看一只特别小、特别快的鸟,看它在花间倏乎来去。不过,她可以听到我们这番对话,通过打开的房门就能做到。我们都需要听清克伦莉说的话,借助声音、振动,以及她沉稳、凝重的视线。

"他们为什么要骗你啊?"婕娃问。

"当时实验的内容,就是想看我能不能做人。"克伦莉自顾自地笑。她坐在椅子里,身子向前探,两肘支在膝盖上,看自己的双手。"想知道,在正派又正常的人中间被养育的我,能不能至少做个正派人,即便不能正常。所以,我的每一项成就都被看作锡尔-阿纳吉斯特人的成功,而我的每一次失败或者举止不雅,都被看作劣质基因带来的影响。"

婕娃和我面面相觑。"你为什么要做不正派的事呢?"她问,同时感到非常困惑。

克伦莉眨眨眼,摆脱冥想,瞪了我们一会儿,那时,我们才感觉到她与我们之间的巨大鸿沟。她把自己当成我们中的一员,她也的确是。但,她还把自己当成人。这两组概念并不匹配。

"邪恶的大地,"她轻声地,带着惊叹说,回应着我们的思路,"你们真的什么都不懂,对吧?"

我们的卫兵在通往花园的阶梯上端站岗,完全听不到这番对话。这个地方,已经是今天我们能有的、最私密的空间了。它几乎肯定还

锡尔-阿纳吉斯特：二

在被监听，但克伦莉看似并不在意，我们也一样。她收起两脚，两臂抱膝，看上去特别脆弱，容易受伤，尽管在岩层里，她的存在却是那样深入又致密，像一座高山。我抬手去触碰她的脚踝，特别胆大妄为，而她眨眨眼，向我微笑，伸手按住我的手指。之后好几个世纪，我都不会懂得自己当时的感觉。

这次接触看似给了克伦莉力量。她的微笑淡去，接着说："那么，我就告诉你们吧。"

雷瓦还在研究他的木地板。他用手指抚摩它，设法透过表面的尘埃传来暗信：你应该这样做吗？我有点儿懊悔，因为这个，本来应该是我想到，并且提醒她的。

克伦莉摇头。微笑。不，她本不应该这样做。

但她还是做了，透过大地，我们会知道一切属实。

✳

回想一下我曾经跟你说过的：那个时代的安宁洲是三块陆地，不是一块。它们的名字，如果有意义的话，分别是梅卡、卡奇拉和希里尔。锡尔-阿纳吉斯特文明发源于卡奇拉的一部分，然后占据全境，之后又占领了梅卡的全部领土。一切都成了锡尔-阿纳吉斯特的组成部分。

而南方的希里尔，曾经是块微不足道的土地，上面生活着很多微不足道的人民。其中一个族群就是希尼斯人。它们的名字不太容易发音，所以锡尔-阿纳吉斯特人叫他们尼斯人。两个词的含义并不相同，但后者更为通用。

锡尔-阿纳吉斯特人夺走了他们的土地。尼斯人战斗过，但随后的反应，就像任何受到严重威胁的生物一样——分散迁居，他们的幸

179

存者逃离家园，在其他地方扎根，努力生存。这些尼斯人的后代成了每片国土，每个民族的一部分，混杂在其他人中间，适应当地习俗。但他们还是设法保留了一些往日遗产，继续说他们的本族语言，尽管也能流利地用其他语种交流。他们保留了一部分旧的生活习惯——比如用酸性盐让舌尖分叉，原因只有他们自己人才清楚。尽管他们失去了与世隔绝时代的很多体貌特征，很多人还是保留了足够多的特色，直到现在。冰白眼和灰吹发，都是标志性特征之一。

是的，现在你明白了。

但是，真正让尼斯人与众不同的，是他们的魔法。魔力遍布世界各地。每个人都能看到，感受到，体内也充斥着它。在锡尔-阿纳吉斯特，魔力被培植在每一片花圃，每一片树林，每一堵挂满葡萄的墙上。每座住房和公司，都必须生产出自己的份额，然后这些魔力被基因改造过的藤蔓输送到别处，成为全球文明体系的动力来源。在锡尔-阿纳吉斯特，杀生是违法的，因为生命就是有价值的资源。

尼斯人不相信这个。他们坚信，魔力不可能被占有，生命也一样——所以他们浪费这两者，建造了地府引擎（以及其他很多东西），这些引擎完全没有实际用途。它们只是……赏心悦目。或者引人深思，或者纯粹因为建造过程的乐趣而被建造出来。但是，这种"艺术品"的运行效率和功率，超过锡尔-阿纳吉斯特人达到过的最高水平。

一切是怎么开始的？你要理解，这类事情的根源，就是恐惧。尼斯人的样子与众不同，行为与众不同，本质也与众不同——但事实上，每个族群都跟其他族群不一样。区别本身完全不足以导致问题。我被制造出来之前，锡尔-阿纳吉斯特人对整个世界的同化改造就已经完成了一百多年；所有城市都属于锡尔-阿纳吉斯特文明。所有语言都变成了锡尔-阿纳吉斯特语。但世上最恐惧的，因恐惧而变得最为怪异的,就是那些征服者。他们会自己想象出鬼魅,无尽的威胁,害怕他们的受害者有朝一日会还以颜色,对他们做出他们自己曾经犯过的罪行——即便在事实上,那些受害者早已经不在乎,并且走出了旧日阴影。征服者总是活在恐惧里,害怕有一天会被揭穿老底,让世人知道他们并不是更为优越,而只是运气较好而已。

所以,当事实证明尼斯魔法更为优越,胜过锡尔-阿纳吉斯特法术时,尽管尼斯人并不会把它们用作武器……

这就是克伦莉告诉我们的事。也许一开始都是流言,说什么尼斯人的白色瞳孔会让他们视力低下,并有变态倾向,而且尼斯人分叉的舌头说不出真话。这种恶意嘲讽时有发生,只是不同文化之间的互相欺凌,但情况愈演愈烈。学者们渐渐找到了名利双收的研究课题:只要声称尼斯人的隐知盘跟普通人有重大区别——更敏感,更活跃,控制性更差,更野蛮——并且这是他们特别魔力的来源。这个器官,让他们不像其他人那样,可以被看作正常人类。后来:他们就不该被当成人,低别人一等。最终:他们根本就不是人。

而一旦尼斯人消失,真相当然就清楚了,传说中的尼斯隐知盘根本就不存在。锡尔-阿纳吉斯特学者和基因魔法师们有足够的囚徒可供研究,但无论怎样尝试,都找不到跟普通人明显不同的特征。这种局面不能被接受,不只是不能接受的问题。毕竟,如果尼斯人只是普通人类,军事强制、学术歧视和某些分支学科,又是怎么设立起来的呢?甚至连这个时代的最大梦想本身——地质魔法学,都是建立在锡尔-阿纳吉斯特魔法学至高无上,不可能出错的前提之下——包括他们对尼斯人效率的耻笑,称其为单纯的运气好,碰上了有利的生理特征。

如果尼斯人仅仅是普通人类,建立在"他们不是人类"前提下的世界就将崩溃。

所以……他们就制造了我们。

我们，这些被细心制造，剥离天性特征的尼斯遗民，的确具备复杂性远远超过普通人的隐知盘。克伦莉被第一个制造出来，但她还不够特异。记得吗，我们必须仅仅是工具，而不是神话。因此，我们这些后来被制造出来的人，都被赋予了夸张的尼斯体貌特征——宽脸膛，小嘴巴，几乎没有颜色的皮肤，头发无论怎样梳都不会整齐，而且我们都那么矮。他们去除了我们的辅助性神经化学系统，剥夺了我们基于亲身经历的生活，还有语言和知识。直到现在，直到我们成了他们噩梦中惧怕的模样，他们才满意。他们告诉自己，在我们身上，他们集中了尼斯人真正的怪癖和实力，我们才代表了真相，他们自相庆幸，终于让宿敌发挥了作用。

但我们并不是尼斯人。我们甚至不是什么智力探索的伟大成果，像我以前相信的那样。锡尔-阿纳吉斯特建立在幻象之上，而我们只是谎言结出的果实。他们完全不了解我们的实质。

所以，现在轮到我们自己，来决定我们的命运和未来。

· ※ ·

等到克伦莉讲完课，已经是几小时之后。我们坐在她的脚边，被震惊，被改变，被她的话改头换面。

天晚了。她站起来。"我去给咱们拿些吃的和毯子来。"她说，"你们今晚就在这儿住。明天，我们去参观第三个，也是最后一个目的地，以此完成你们的谐调训练课。"

除了自己的牢房，我们之前从来没在其他任何地方睡过。这很刺激。婕娃透过周边环境，不断传出喜悦的小波动，而雷瓦是持续发出嗡嗡嗡的欢快声响。达什娃和毕尼娃时不时会焦虑程度上升一下；我们这样做没事吗，做人类历史上一直都在做的事——换个地方睡觉？他们两个蜷缩在一起，寻求安全感，尽管有一段时间，这实际上加剧了两个人的紧张。我们不经常得到机会互相触摸。他们却在互相抚摸，这渐渐让两人都安静了下来。

克伦莉觉得他们的恐惧有点儿好笑。"你们不会有事的。不过我觉得，等到明天早上，你们自己就都明白了。"她说。然后她走向门口，打算离开。我站在门旁，透过门上的小窗看初升的月亮。她碰了一下我，因为我挡住了她的去路。但我没有马上移开。因为我的牢房窗口朝向的关系，我不经常有机会看到月亮。我想趁此机会好好欣赏它的美。

"你为什么带我们来这里？"我问克伦莉，眼睛还盯着月亮，"为什么告诉我们那些事？"

她并没有马上回答。我觉得她应该也在看月亮。然后她说，透过地下深思的震动告诉我：我尽自己所能研究过尼斯人和他们的文明。现存材料本来就不多，我还不得不把事实从谎言中筛选出来。但它们中间有一种……特殊活动。一个职业。有些人，他们的工作就是确保真理的传播。

我困惑地皱眉。"那又……怎样？你想要继续传承一个已经灭亡种群的传统吗？"这是人声。我很固执的。

她耸肩："有何不可？"

我摇头。我很累，内心受到撼动，可能还有些愤怒。这一天让我的整个理智天翻地覆。我这一生都只知道自己是一件工具，确定无疑；而不是一个人类，或者至少，我是强力、智慧和荣耀的化身。现在我却知道，自己实际上只是一个恐惧、贪欲和仇恨的象征。这转变，还真是不那么容易应付。

"你放过那些尼斯人。"我厉声说，"他们已经死了。我不明白，现在试图回忆起他们，还能有什么意义。"

我想让克伦莉生气，她却只是耸耸肩："这个选择权在你们手里，一旦你们得到了足够的知识，就能够在知情的条件下做出选择。"

"也许我并不想知情。"我倚靠在门玻璃上，它很清凉，也不会刺痛我的手指。

"你想要强大到足够驾驭缟玛瑙组件。"

我不禁轻笑，累到想不起自己应该假装没有任何情绪。希望我们的监视人员不会察觉。我转用地语，语气是酸性，重压下的沸腾，带着苦涩、轻蔑、耻辱和心碎。这些语气的内涵是这又有什么关系？地质魔法就是一堆谎言。

她用无法拒斥的，鞭笞一样的大笑驱散了我的自怜："啊，我的思想家。我没料到你也会无理取闹。"

"什么叫无理——"

我摇摇头，闭了嘴，受够了什么都不懂的感觉。是的，我的确是牢骚满腹。

克伦莉叹口气，触摸我的肩膀。我想避开，不习惯别人温暖的手掌，但她还把手掌按在那里，我渐渐安静下来。

"想想。"她继续说，"那台地府引擎真的有用吗？你的隐知盘有用吗？你并不是他们想让你成为的模样；但这样，就可以否决掉真实的你吗？"

"我——那个问题根本就毫无道理。"但现在，我只是犯固执病。我懂她的意思。我不是他们想让我成为的样子，我完全是另外一副模样。我在他们没有预料到的方向上很强。他们造就了我，但他们绝不能控制我，不能完全控制。这就是他们想要夺走我的情感，而我仍然有情感的原因。这就是我们能使用地语……或许还有其他引导员不清楚的技能的原因。

克伦莉拍拍我的肩,很高兴我像是在思考她对我说过的话。她房子地面上的位置在召唤着我,我今晚本可以睡得非常好。我却在对抗自己的疲惫,继续专注地看着她,因为现在,我对她的需求,比对睡眠更强烈。

"你把自己当作一名……真理的传播者?"我问。

"讲经人。最后的尼斯讲经人,如果我有权得到这样一个头衔的话。"她的微笑突然褪去,我第一次发现,她的笑容后面还藏着那么多疲惫、皱纹和伤感。"讲经人曾经是武士、故事讲述者和贵族。他们用书籍、歌谣和艺术引擎传播真理。我只会……说话。但我感觉自己已经赢得了一些权利,有资格继承他们的部分衣钵。"毕竟,不是所有战士都用刀剑。

地语讲出的一切都必须真实——有时候,真实性会超过人愿意传播的程度。我感觉到……某种东西,在她的伤感里。决绝的忍耐力。一线恐惧,像是酸性盐的刺痛。一份保护某物的决心……这类东西。它消失了,成了渐弱的回响,在我能够确定之前。

她深吸一口气,再次微笑。她的微笑,真实的太少。

"要主宰缟玛瑙组件,"她继续说,"你就需要理解尼斯人。引导员们没明白的,就是它会对某种程度的情感共鸣做出反应。我跟你们说过的一切应该都有帮助。"

然后,她终于轻轻把我推开,以便出门。所以那个问题只能现在问。"那么到底发生了什么,"我缓缓说,"那些尼斯人?"

她停住,咯咯笑,这次是真心在笑。"你们明天就知道了。"她说,"我们要去看他们。"

我很困惑:"去看他们的坟墓吗?"

"在锡尔-阿纳吉斯特,生命是神圣的。"她头也不回地说。克伦莉已经走出房门,现在她继续离开,不停步,也不回头。"你连那个都不知道吗？"然后就离开了。

这个答案，我感觉自己应该能理解——但我仍在自己那种意义上，保留着一份天真。克伦莉很好心。她允许我保留那份天真，度过这一夜剩余的部分。

❈

发给：迪巴尔斯的创新者阿尔玛
来自：迪巴尔斯的创新者耶特

阿尔玛，委员会不能取消对我的资助。你看，下面只是我已经收集到的事件发生时间。你只要看看最近的十个年份就好！

2729

2714—2719：窒息季

2699

2613

2583

2562

2530

2501

2490

2470

2400

2322—2329：酸雨季

第七大学难道就没有兴趣了解吗？我们对第五季级别事件发生频率的认识完全是错误的！这些事情根本就不是每隔两三百年才发生一

次。更可能的间隔是三十到四十年！如果不是那些基贼，我们可能已经死掉上千次。而有了我收集的这些日期和其他资料，我正在试图建立一个预测模型，来应对更加密集的第五季。这里有个循环周期，有个固定节律。我们难道不需要知道，下一次第五季会不会更长或者更严重？如果连真实的历史都不肯承认，我们又怎么能够为未来做好准备？

第九章

沙漠简记，和当时的你

第五季期间，沙漠要比大多数其他地点更可怕。汤基告诉依卡，水的问题将会容易解决；凯斯特瑞玛的创新者们已经组装好了一定数量的特殊装备，他们称为露水收集器。阳光也不会是问题，因为头顶浓重的灰云——你从来没想过哪天还会有机会感谢它们。事实上，天气还是会偏冷，尽管白天能好一些。你们甚至有可能遭遇少数雪天。

问题不是上面这些。灾季期间行走沙漠的风险很简单，就是那里几乎所有的动物和昆虫都要长眠，躺进依然温暖的黄沙下面。有人声称发现了万无一失的方法，能够挖出睡眠中的蜥蜴之类的东西，但通常都是骗局；那些生活在沙漠边缘的少数社群非常严格地保守着这类秘密。地表植物将调零，或者就被长眠之间的动物们吃掉，地表只剩沙尘和灰烬。《石经》对灾季期间进入沙漠的建议很简单：别进去。除非你想饿死。

社群花费了两天时间，在梅兹沙漠边缘扎营，做准备，尽管事实却是——依卡向你承认过，在你们一起分享最后的老叶烟丝时——不管怎么准备，这趟行程都不会容易。总有人会死。你不会是死者中的一员；这感觉很奇怪，你知道如果遇上真正的危险，霍亚随时可以带你疾速逃脱，到达核点。这是作弊，或许吧。只不过它不是。只不过你会尽自己所能帮助社群——因为你本身不会死，所以会眼看着很多

第九章 沙漠简记，和当时的你

其他人承受苦难。这是你能做到的最低限度，既然你已经决定成为凯斯特瑞玛的一员。充当见证，并像地火一样凶猛地战斗，让死神不能够肆意僭越，只得到他应得的份额。

与此同时，那些在篝火旁当值的人加班加点，烤制昆虫，风干块茎，把最后的谷物存货烤成糕饼，腌制肉类。麦克西瑟带来的幸存者们吃饱了恢复体力之后，表现出了超强的粮食收集能力，因为有几个是本地人，记得哪里可能有被抛弃的农场，以及地裂后没有被多次搜寻过的废墟。速度将是最重要的因素；要想存活，就要让凯斯特瑞玛的补给胜过梅兹沙漠的宽度。因此，汤基——她越来越像是创新者阶层的代言人，这让她本人很不爽——主持了一轮简单粗暴又快捷的车辆改造。把补给车改成更轻便、更耐颠簸的式样，这样更容易通过沙地。抗灾者和繁育者职阶重新分装了剩余补给品，确保万不得已失去任何车辆时，都不会导致重要物资短缺。

进入沙漠之前的那天深夜，你蜷在一堆篝火旁，仍然还在适应如何用一只胳膊自如生活，这时有人坐在了你身旁。你受到一点儿惊吓，动作笨拙到足够让粗粮面包从盘中掉落。那只伸入你的视野捡起食物的手宽大粗壮，古铜色皮肤，布满战斗中留下的伤疤，而且还有一小片黄色波纹绸（现在已经肮脏破旧，但依然能够认出材质）缠在那只手腕上。丹尼尔。

"谢谢。"你说。希望她不会借此机会跟你攀谈。

"他们说你曾上过支点学院。"丹尼尔说，同时把面包归还给你。看来，没那么好运气喽。

凯斯特瑞玛人爱说闲话，这个真的不应该让你感到意外。你决心不去在意，用那块粗粮面包抹来又一口稀粥。今天的粥味道特别好，加了谷物粉，还有咸咸的、软软的肉丁，自从上次石林之战后，这种东西就足够用。每个人都需要尽可能加大体脂储备，来准备应对沙漠。你不去细想那些肉是什么。

"我的确上过。"你说,希望自己的语调带有警告成分。

"多少枚戒指呢?"

你厌烦地皱眉,考虑到需要努力解释埃勒巴斯特给你的"非官方"戒指,考虑在那之后,你又取得了多少进步,考虑到是否应该谦虚……然而最终你选择了精准。"十枚。"十戒高手伊松,支点学院会这样称呼现在的你,如果元老们能屈尊承认你现在的名字,假如支点学院依然存在。且不管虚名何用。

丹尼尔吹了声口哨表示欣赏。真奇怪,居然还会碰到懂得并且在意这种事情的人。"他们说,"她继续,"你可以用方尖碑做到某些事。这就是你打赢我们的办法,在凯斯特瑞玛;我之前完全没料到,你能用那种方式把那些虫子全都鼓动出来。还能困住那么多个食岩人。"

你装作不在乎,专心啃那块面包。它的味道只有一点儿甜;厨工们想要用光所有的糖,以便腾出地方给更有营养价值的食品。至少面包好吃了。

"他们还说,"丹尼尔继续,一面侧目观察你,"有个十戒基贼打碎了这个世界,就在赤道地区。"

好吧,这过分了:"原基人。"

"什么?"

"是原基人。"这可能有点儿小题大做。因为依卡坚持把基贼变成了一个职阶名称,所有哑炮都在随意使用这个词,就好像它没有任何附加意义。但这不是小事。词语的选择是有含义的。"不是'基贼'。你不能随便用'基贼'这个词。你我还没那么熟。"

静默,持续了几次呼吸的时间。"好吧。"随后丹尼尔说,既没有道歉的暗示,也没有迁就你的意思。她只是接受了新规则。她也没有再次暗示你可能就是那个导致地裂的人。"但我还是想说刚才那件事。你可以做到大多数原基人做不到的事情,对吗?"

"对。"你从烤土豆上面吹掉一片飞灰。

"他们说,"丹尼尔说,两只手按在膝盖上,身体向前探,"你知道怎样结束这次的第五季。还说你很快就将离开,去某个地方,真正尝试这样做。等你出发时,会需要一些人跟你同去。"

什么?你皱眉看你那颗土豆:"你是在自荐吗?"

"或许是。"

你瞪着她:"你才刚刚被接受,成为一名壮工。"

丹尼尔又看了你一会儿,表情平静,莫测高深。你没发觉她在犹豫,考虑要不要说出她自己的某个秘密,直到她叹口气,真的这样做了。"实际上,我的职阶是讲经人。雷纳尼斯的讲经人丹尼尔,曾经是的。凯斯特瑞玛的壮工丹尼尔永远都不会顺耳。"

你一定显出了猜疑的样子,试图想象她有一双黑嘴唇的模样。她翻了个白眼,看别处。"当时的雷纳尼斯不需要讲经人,首领说的。它需要战士。而且所有人都知道讲经人善于战斗,所以——"

"什么?"

她叹气:"赤道区的讲经人,我是说。我们职阶里那些来自古老讲经人家庭的成员,会接受徒手格斗、兵法之类的训练。这让我们在第五季期间更为有用,也更能完成捍卫知识的任务。"

你对这些完全没概念。但是——"捍卫知识吗?"

丹尼尔下巴上有块肌肉颤动:"一个社群熬过灾季,或许要依靠士兵,但整个桑泽坚持过七次灾季,靠的却是讲故事的人。"

"哦。好吧。"

她显然是极力忍住,才没有摇头,对中纬度居民的目光短浅表示蔑视。"反正呢。做将军胜过充当普通炮灰,因为别人只给了我这两种选择。但我一直在努力，不去忘记自己的真实身份……"她的表情突然变得忧虑起来。"跟你说哦，我已经不能精确背诵第三板经文了。穆萨蒂皇帝的故事也一样。才两年没讲故事，我就已经在忘记它们了。从来没想到这种事会发生得这么快。"

你不确定该怎么接这个茬。她看上去那么沉痛，你几乎想要开口安慰她。哦，现在没事了，你已经不用整天想着批量屠杀中纬度居民，或者其他类似的话。你觉得自己很难说完这种句子，还不暴露出嘲讽态度。

尽管丹尼尔再次犀利地看你时，已经是一副决心已定的样子："但是，当我看到新的故事正在成形，还是会有感觉的。"

"我……我真的一点儿都不了解这个。"

她耸耸肩："故事里的英雄，从来都不了解他们的故事。"

英雄？你干笑了一下，这笑声难免有几分嘲讽。不由自主就会想起埃利亚，还有特雷诺，还有喵呜，以及雷纳尼斯和凯斯特瑞玛。英雄们才不会召唤梦魇一样的甲虫，吞食他们的敌人。英雄在他们的女儿们面前，不会像妖魔一样凶残。

"我绝不会忘记自己是谁。"丹尼尔继续说。她单手扣在膝盖上，身体向前，很坚定的模样。过去几天的某个时间，她搞到一把刀，然后用刀把两侧头皮剃干净。这让她有了一份自然的精干又饥饿的气质。"如果我有可能是现存唯一的赤道讲经人，我的义务就是跟你同去。记载将要发生的一切——然后如果我活着回来，将确保全世界都能听到这段故事。"

这真是荒谬，你瞪着她："你甚至不知道我们要去哪儿。"

"我本来觉得，首先应该解决我是不是要去的问题。我是在按顺序提问，但是如果你愿意，我们也可能先讨论行动细节。"

"可是我并不相信你。"你说，主要是出于绝望。

第九章 沙漠简记，和当时的你

"我也不相信你。但我们不需要互相喜欢，就可以彼此协作。"她自己的餐盘已经空了；丹尼尔操起盘子，向一名负责清洗的小孩挥手，叫他来拿。"反正呢，我也没有什么理由杀掉你。这次。"

丹尼尔提到这件事，真的是雪上加霜——这表明她记得召唤一名赤裸上身的守护者来对付你，而且丝毫不觉得抱歉。是的，当时两军交战，而且是的，你后来屠杀了她的整个军队，但是……"像你这样的人，杀人并不需要理由！"

"我觉得，你并不真正了解'像我这样的人'到底是什么人，有哪些特色。"丹尼尔并不生气；她的断言只是就事论事。"但如果你需要更多理由的话，再给你一个：雷纳尼斯简直是臭狗屎。当然，那儿有食物、饮水，还有住处；如果那城市现在真的空了出来，你们的女首领带你们去那里，肯定是正确的决策。要比没有社群更好，也胜过在没有物资储备的情况下新建城池。但除此而外，那儿糟糕得很。我宁愿继续奔走。"

"放屁。"你说，蹙起眉头，"没有社群能糟糕到那种地步。"

丹尼尔只是幽怨地哼了一声，这让你心里不安起来。

"考虑一下吧。"她最后说，然后起身离开。

※

"我同意丹尼尔跟我们同去。"勒拿说，当天晚上，在你告诉他这次谈话的内容之后。"她是个优秀的战士，又擅长旅行。而且她说的没错：她没理由背叛我们。"

你已经是半睡半醒，因为性活动。这事现在真的发生了，却有点儿不如预期的感觉。你对勒拿的感情永远都不会太炙热，也摆脱不了负疚感。你总是觉得自己太老，不适合他。但是，好吧。他要求你给他看被切除过的乳房，你照办，以为这会终结他对你的兴趣。那块砂质皮肤已经变得板结粗糙，处在你躯干上平滑的棕色皮肤中间——像一个伤疤，尽管颜色和质地都不对。检查那个部位时，他的手很温柔，事后宣称那里愈合得不错，不需要更多包扎。你告诉他，那儿也不痛。你没说自己曾担心过，以后再也感觉不到任何东西。担心自己在变，在硬化，不只是在一个方面，成为每个人都想让你成为的那件武器，别无其他。你并没有说，也许有了一份单恋你的爱情，你的生活会更好一些。

但尽管你没有说过这些话里面的任何一句，检查过后勒拿还是看着你，回答说："你现在依然美丽。"你显然很需要听到这句话，比你所知的更强烈。现在你们就这样了。

于是你慢慢思忖他的这番话，因为他已经让你感觉放松下来，柔若无骨，而且又一次成了人类，你愣了足足十秒钟，才反问："'我们'？"

他就那样安静地看着你。

"我×。"你说，用一只手臂盖住双眼。

第二天，凯斯特瑞玛进入了沙漠。

你迎来了人生更为艰难的一段时期。

所有灾季都艰难。死亡是第五季，它主宰一切。但这段时间还是不同。这是亲身经历。这是一千人试图穿过一片平时就足以致命的沙漠，哪怕没有酸雨铺天盖地洒落。这是一队人急行军，沿着一条摇摇欲坠，坑洞足以塞进一座房子的大路前行。公路本来是可以抵御地震的，但总有限度，而这次的地裂绝对是超过了那个承受极限。依卡决

第九章 沙漠简记，和当时的你

定冒险，因为即便是被破坏的公路，也胜过穿越黄沙，但这个决定也有代价。社群里的每一名原基人都必须保持警惕，因为在此期间，任何超过微震的地下活动，都可能造成灾难。有一天，贡蒂太累，没有注意她的本能，意外踩上了一块开裂的柏油路面，那里完全不稳定。另外一名原基人孩子赶紧把她扯开，一大块路面直接穿透地下空腔，直直坠落下去。其他也有人没那么小心，但没那么幸运。

酸雨意外来临。《石经》上并没有讨论过灾季怎样影响天气，因为这种事情，即便在平时也难以预测。但这里发生的事，也不能说完全意外。北方，在赤道附近，地裂不断将热气和颗粒物泵入空气。富含水汽的热带风从海面吹来，与这道催生云朵、注入能量的热墙相撞，而墙面又把热风化作风暴。你记得之前曾经担心过降雪。落空了。实际遭遇的，是没完没了的凄风冷雨。

（其实就客观指标来说，这雨并没有很酸。在土翻季——远在桑泽时代之前，你不可能听说过——曾有过足以让动物皮毛褪掉，橘子皮剥落的酸雨。这雨跟那个无法相比，而且还掺了更多水。就跟醋一样。你们会活下去。）

在公路行进期间，依卡设定的脚程要求特别狠。第一天，每个人都到夜幕降临后很久才扎营，而且在你支起帐篷之后，勒拿也并没有回来。他在忙着照顾半打瘸着腿的伤员，因为滑倒或者脚踝扭伤，另有两位老人呼吸出现问题，还有那位孕妇。后面三位都还行，他终于钻进你地铺里的时候说，当时天已经快亮了。陶工昂特拉格还在坚强地活着，那位孕妇有她的家人和一半的繁育者照顾。麻烦的是那些受外伤的人。"我必须得告诉依卡。"勒拿说话，你把一片雨水浸透的耐储面包和酸肠塞进他嘴里，然后给他盖好被子，让他安静地躺着。他咀嚼、吞咽，几乎毫无感觉。"我们不能保持这样的速度前进。会有人丧命的，如果不——"

"她知道。"你告诉他。你已经尽可能温和地说这件事,但他还是无语了。他瞪着你,直到你重新躺回他身旁——有点儿笨拙,因为只有一只胳膊,但成功了。最终疲惫压倒了痛苦,他睡着了。

有一天,你跟依卡一起走。她在像一名优秀的社群首领那样确定步阀,不会迫使任何人比她自己走得更快。有一次中午休息,她脱掉一只靴子,你看到她脚上有很多血迹,是水泡破裂导致的。她说:"这双靴子太大了。一直都以为我有更多时间解决这事的。"

"要是你这双脚完全烂掉……"你开口说,但她翻了个白眼,指向营地中央的补给车。

你迷惑地朝那边看了一眼,准备继续你的批评,然后停下。想。再看补给区。如果每辆车上有一箱腌制过的耐储面包,加一箱肉肠,而如果那些罐子里是酸制蔬菜,另外那些是谷物和豆类……

补给品规模太小。太少了,给一千人,而且还要好几个星期的时间才能穿过梅兹沙漠。

你闭了嘴,不再说靴子的事。尽管她从某人那里得到些额外的袜子,这个有帮助。

你感到震惊的,是你自己目前的状况还能这么好。你不算健康,这样说不准确。你的月经周期停止了,而且很可能还不是绝经期。当你脱下衣服在水盆边洗澡时(这样没太大意义,因为雨一直在下,但习惯就是习惯),你发觉自己的肋骨在松垮垮的皮肤下相当显眼。但这只有一部分是因为走路太多;另外一部分原因,是你总忘记吃饭。每到天晚,你都会感觉劳累,但那是一种遥远的、不太真实的感觉。当你触碰到勒拿——不是为了做爱,你现在没有那份活力,但抱在一起取暖可以节省热量,而且他需要这份抚慰——感觉会很好,但也会有些不真实。你感觉,就好像自己飘在肉身以上的某个地方,看到他叹气,听见另外某个人打哈欠。

第九章 沙漠简记，和当时的你

就像这些都发生在另外一个人的世界里。你记得，埃勒巴斯特身上也曾发生过这种事。一份出离肉体的感觉，而肉身也渐渐变得不再是肉身。你下定决心，每次有机会，都要尽可能多吃一点儿。

进入沙漠三个星期，正如预料，公路折而向西。从那里开始，凯斯特瑞玛人不得不下到荒地里，跟沙漠地形肉搏，人人各自为战。在某些方面，这样更容易，至少地面不太可能在你脚下塌陷。在另一方面，沙上行走又显然难于柏油路面。每个人都减慢了速度。麦克西瑟证明了他的价值，具体做法是：从表层沙子和灰烬中抽取足够的水分，令地面以下几英寸结冰，这样每个人脚下都会更为坚实。但长期这样做的话，会让他筋疲力尽。于是他留着气力，应付最艰难的路段。他试过教特梅尔怎么做同样的处理，但特梅尔只是个普通的野生原基人。他无法达到足够的精准。（曾经你能做到这种事。现在你不允许自己去考虑这个。）

派到前方寻找更好路线的探子回来，报告内容全都一模一样：到处是可恶的沙子——灰尘——泥浆。没有捷径。

公路期间，曾有三个人被落在后面，都是因为扭伤或者骨折无法继续行进的。你不认识他们。理论上，他们身体恢复之后，就可以追赶上来，但是在没有食物和住所的情况下，你想不出有什么康复的可能。这边，在荒野里，情况其实更糟糕：已经有六人扭断脚踝，一人断腿，拉车的壮工中有一人背部扭伤，全都发生在第一天。过了一段时间，勒拿就已经不再主动跑去照顾这些人，除非他们要求帮助。多数人不求救。勒拿做不了什么，每个人心里都清楚。

有个冷天，陶工昂特拉格直接坐在地上，说她不想继续走了。依卡还真的跟她争执了好半天，这是你没有料到的。昂特拉格已经把她的陶艺技能传授给了两名年轻的社群成员。她是多余的负担，也早就过了能生育的年龄。对首领来说，这事应该很容易选择，不管是依照旧桑泽帝国的习俗，还是遵照《石经》指引。但最终，还是昂特拉格自己不得不让依卡闭嘴走开。

这是个值得警惕的迹象。"我不能继续这样下去了。"你后来听到依卡这样说，当昂特拉格消失在你们身后。依卡还在继续向前跋涉，步幅稳定，像平常那样一路向前，但她垂着头，几绺水湿的灰吹发挡在面前。"我做不到。这样不对。不应该是这副样子。不应该让一切只是——作为凯斯特瑞玛的一员，重要的不应该只是他妈的有用，看在大地的分儿上，她以前在童园里还教过我，她记得很多故事，我他妈真是受不了。"

凯斯特瑞玛的领导者加卡——这个从小就被教育，知道有时需要杀死少数人，以便确保多数人生存的人，只是拍拍她的肩膀说："你还是要做必须去做的事。"

随后几英里，依卡没有再说一句话，但或许只是无话可说。

蔬菜是最先吃完的，然后是肉类。依卡想让耐储面包支撑尽可能长的时间，但事实就是：人们不可能用这样的速度赶路，然后还不吃饭。她不得不让每个人每天至少吃到一小块面包。这不够，但胜过没有——直到食物真的没有了。然后，你们还是要继续走。

没有其他任何凭借之后，人们就靠希望来支撑。在沙漠另一端，还有另一条帝国大道可以行走；有天深夜，丹尼尔在篝火旁告诉所有人。那条路很好走，可以直通雷纳尼斯。那里还是临近河道的三角洲地区，土壤肥沃，曾经是整个赤道地区的粮仓。任何社群外围，现在都有被废弃的农场。如果你们能穿过沙漠，就能找到食物。

前提是，你们要活着走出沙漠。

你知道这件事的结局，对吧？要是你不知道，又怎么可能坐在这里听这段故事呢？但有时候，最重要的不只是结局，而是一件事的过程。

第九章 沙漠简记，和当时的你

所以我们先讲结局吧：进入沙漠时有将近一千一百人，到达那条帝国大道的，有八百五十多个。

那之后的几天里，社群实际上是解体状态。人们很绝望，再也不愿意等待猎人采集食物回来，他们摇摇晃晃离开，在酸性土壤里面挖掘腐朽了一半的块茎、苦涩的杂草，还有勉强能嚼动的木质根。这附近的区域非常贫瘠，没有树，半沙漠，半肥沃，居民早就被雷纳尼斯人灭绝。在失去太多手下之前，依卡命令社群在一座老旧农场扎营，这里有几座谷仓神奇地撑过了灾季降临以来的种种考验。四周的围墙状况没有那么好，只剩框架，但毕竟还没有倒。她要的是房顶，因为在沙漠边缘这里，雨还在一直下。尽管小了点，时断时续。终于能在干爽的地方睡觉，感觉挺好。

三天，依卡批准了这个。三天时间里，人们三三两两地回来，有的带了食物，来分给其他虚弱到无法出去采集的人。愿意返回的猎人们带来了抓到的鱼，来自不远处的一条河道支流。有一名猎人找到了最终救活大家的东西，在经历了那么多死亡之后，你终于感受到某种生命和希望的象征：一位农夫个人存储的谷物，封存在罐子里，藏在一座毁弃房屋的地板下面。你们没有任何东西能跟它混合，没有奶，没有鸡蛋，也没有肉干，只有酸涩的雨水，但是《石经》说了，有营养的，都是食物。那天晚上，整个社群都吃谷物煎饼。有一个罐子破了，长了好多肥嘟嘟的小虫，但没人在乎。蛋白质更多啊。

很多人都没回来。这是第五季，一切都会变。

三天结束，依卡宣布，目前在营地里的，都是凯斯特瑞玛人；任何没回来的都已经被驱逐，从此成为无社群者。这样更容易，胜过担心他们会怎样死掉，或者被什么人杀死。剩下的人拔营起寨，你们继续向北行进。

巨石苍穹
THE STONE SKY

※

这样讲是不是太快？也许悲剧不应该被如此简略地概括过去。我的本意是要宽厚，不想残忍。你不得不经历这些，本来是很残酷的事……但距离感和解脱感可以疗伤。有时候是这样。

我本来可以带你离开沙漠。你并不需要像他们一样受苦。但是……他们已经是你生命的一部分，这个社群的人。你的朋友，你的同伴。你需要见证他们脱险。这份折磨就是对你的治愈过程，至少暂时如此。

为了避免你说我没人性，只是一块石头，我也尽可能帮忙。有些在沙子下面冬眠的动物，其实也是可以伤人的，这个你知道吗？你们经过的时候，有那么一些动物被惊醒过，但我把它们挡在了外面。有一辆车的车轴在下雨天部分解体。我改变那块木头的状态，也可以说让它硬化，如果你愿意那么想的话，反正它又变得耐用了。在那座被遗弃的农舍，也是我挪开了破旧的小地毯，以便让你们的猎人找到隐藏的谷物。昂特拉格，她没有跟依卡说过自己胸腔和体侧疼痛加剧的事，还有气短的感觉。在社群丢下她之后，她没有活太久。她死的那天晚上，我回去陪她了，并且用歌声抹掉了她的病痛。（你听过那首歌。安提莫尼曾经给埃勒巴斯特唱过。将来我也可以为你唱，如果你……）在生命的终点，她并非独自一人。

这些，有没有让你感到欣慰呢？我希望有。我还是人类。我跟你说过。你的观点对我来说很重要。

凯斯特瑞玛存活了下来。这个也很重要。你活了下来。至少暂时是的。

最终，一段时间之后，你们来到了雷纳尼斯领土的最南端。

第九章 沙漠简记,和当时的你

安全者光荣,危难时求生。困窘之时,便宜从事。

——第三板,《构造经》,第四节

第十章
奈松，穿火而行

下面这一切都发生在地下。是我熟悉的空间，我也能转述给你。承受这一切的却是她一个人。我很抱歉。

在泛着珍珠色光泽的运输工具内部，墙壁上都是雅致的纹理，中间镶嵌的像是黄金——奈松不确定这种金属是纯粹用于装饰，还是有某种实用目的。那些座位结实又平整，色彩浅淡柔和，形状有点儿像她在寻月居有时吃到的贝类外壳。座位上还有软到不可思议的小垫子。奈松发觉座位是固定在地面上的，但是可以左右偏转，或者向后仰。她猜不出这些椅子是用什么做成的。

让她大吃一惊的是，他们落座之后不久，空气里就有个声音开始讲话。那声音是女性，彬彬有礼，略带些疏远，但又有着某种抚慰性。那语言……完全听不懂，甚至连一丝熟悉感都没有。不过，每个音节的发音跟桑泽标准语都没什么区别，句子的韵律和顺序，也有些地方符合奈松耳朵的预期。她怀疑，第一句话的前半部分是问候语。她觉得另外有个经常重复的词，出现在略有命令感的段落里的，很可能是有缓和作用的请。但其他部分，就完全听不懂了。

那声音只说了很短时间，然后就安静下来。奈松看了看沙法，吃惊地发现他皱起眉头，两眼收紧，集中精神——尽管他的下巴在绷紧，嘴唇也比平时更苍白。银线对他的伤害在加重，这次一定相当难熬。但他还是带着某种几乎是惊奇的表情看着奈松。"我记得这种语言。"他说。

"那些奇怪的句子吗?她刚才说什么?"

"她说这个……"沙法面露难色,"东西,被称为直运兽。提示说,它会从这座城市出发,两分钟后开始向核点穿移,将在六小时后到达。然后还提到关于其他运载工具的事,其他线路,还有返程安排,前方其他不同的……站点吗?我不记得那个词的意思了。然后她祝愿我们旅途愉快。"沙法微微一笑。

"哦。"奈松开心了,坐在她的位置上踢踢腿。六小时就能到达行星对面?但或许她不应该为这个感到意外,毕竟这是建造过方尖碑的人。

现在貌似没什么可做,只要让自己舒服就好。奈松小心翼翼地解下自己的逃生包,把它挂在椅背上。这让她注意到,地板上长着一层苔藓一样的东西。尽管这不可能是天然生长,或者偶然出现的。它们开出的小花组成美丽又规则的图案。她伸长一只脚,察觉它们软软的,像地毯。

沙法更躁动一些,他在这台……直运兽……内部走来走去,时不时触碰车内的金色脉络。他走得很慢,节奏平稳,但即便这样,对他来讲还是非同寻常。所以奈松也有点儿心慌。"我以前见过这个地方。"他咕哝说。

"什么?"奈松其实听清了。她只是很困惑。

"在这台直运兽里,甚至可能就在那个座位上。我以前来过这里,我能感觉到。而且那种语言——我不记得什么时候听过,但是。"沙法突然龇出牙齿,手指插进头发里。"熟悉,却没……没……没有背景!没有意义!这次旅程的某个地方不对劲。某个环节有问题,但我不记得具体是什么。"

沙法一直都是劫后余生，受过严重损伤，奈松最早认识他的时候就是这样，但这是他第一次在她面前表现出严重受损的模样。他语速更快，词句叠合在一起。他的眼神显得有些怪异，当他的目光在直运兽内部急转，让奈松怀疑他是否产生了某种幻觉。她想要掩饰自己的紧张，于是伸出手来，拍拍自己身边的贝壳色椅子："这些椅子很软，在里面睡觉都可以的，沙法。"

这建议很明显，但沙法还是转头瞪着她，过了一会儿，他脸上那种诡异的表情缓和了些。"你一直都那么关心我，我的小东西。"这之后，沙法果然就不再躁动，走过来坐下，让奈松长出一口气。

就在他落座时，那女人的声音又一次响起，把奈松吓了一跳。它在问问题。沙法蹙起眉头，缓缓翻译："她——我猜这是直运兽的声音。它现在特别针对我们问话，不是在念公告。"

奈松挪动下身体，突然感觉不自在起来："它会说话。它是活的吗？"

"对那些建造这个地方的人来说，活物跟死物之间的区别恐怕没有那么明显。但是——"沙法犹豫了一下，然后提高声音，断断续续对着空气说了几句奇怪的话。那女声再次回答，重复了奈松之前听过的某些内容。她不确定有些词到底是从哪里开始，到哪里结束，但音节还是刚才那些。"它说，我们正在接近……穿越点。它问我们是不是想要……体验一下？"他摇摇头，有些烦躁。"就是看一些东西啦。在我们的语言里找到适当的表述很难，听懂还容易一点儿。"

奈松激动到略微发抖。她把两脚收到椅子上，不理智地担心伤害到这个有生命物体的内脏。她想问些什么，又没把握该怎样说。"看一下，会受伤吗？"她的本意是想问：会不会让直运兽受伤？但是心里又会禁不住想，会不会害我们受伤？

沙法还没来得及翻译奈松的问题，那个声音就再次响起。"不会。"它说。

奈松跳了起来,纯粹是因为惊吓,她的原基力也在悸动,这种程度,已经足够让伊松吼她了。"你刚刚说过不会吗?"她冲动地问,一面环顾直运兽的内壁。也许刚刚只是巧合。

"生物魔法冗余存储空间让我得以——"那个声音又滑回了古代语言,但奈松确定刚刚并不是幻觉,她听到了桑泽标准语,尽管那些词的发言有点儿怪。"处理中。"那声音最后说。语调倒是让人放松,但像是来自墙里,奈松无处可看,就会感觉不安。她能听到声音,却看不到说话人的脸。这机器没有嘴巴,也没有喉咙,到底是怎么说话的?她想象载具外面的纤毛互相摩擦,像昆虫的腿一样发声,然后感到浑身起鸡皮疙瘩。

那声音继续:"翻译结果——"说了些什么。"语义偏差。"这听起来像是桑泽标准语,但是奈松不懂它们是什么意思。那声音又继续说了几句,还是无法理解。

奈松看看沙法,他也警觉地皱眉。"我该怎样回答它之前的问题呢?"奈松小声说,"我怎么让它知道,我想看到它之前说过的东西啊?"

回应马上出现了,尽管奈松并没想直接向直运兽发问,他们前方空空的墙壁突然变暗,出现若干黑点,就像墙面突然撒上了脏泥巴。这些黑点迅速扩大,融合,直到半边墙完全变黑。就像他们眼下在透过一扇窗,看到城市内核,在直运兽外面,除了黑暗,什么都看不见。然后光芒出现在这扇窗的底端——奈松发现,它还真是一扇窗。不知怎么,整个直运兽的前端都变透明了。那些光源都是方形块,就跟从地面下来的阶梯旁边类似,它们顺次点亮,向前深入黑暗中。借助它们的光亮,奈松能够看到在他们周围的拱起。然后是一条新隧道,这条较小,仅能容纳直运兽。隧道弯转,穿过粗糙得令人吃惊石壁——考虑到方尖碑建造者如此钟爱无缝的平滑接面，这状况还真是意外。直运兽沿着这条隧道继续行进，尽管没有那么快。是用它的纤毛推动吗？还是用奈松不理解的其他方式？她发觉自己一边感到着迷，一边又隐隐觉得无聊，假如那种情绪还有可能的话。看起来，速度这么慢的东西，应该不可能在六小时以内带他们到达世界的另一头。如果这段时间都只是这副样子，沿着平整的白色轨道前进，穿过岩石中的黑暗隧道，除了沙法心不在焉地不停唠叨之外，没有别的东西能够转移注意力，这旅程一定会感觉更加漫长。

然后，转弯的隧道开始变直，前方，奈松第一次看到那个洞。

那洞并不大，却有一种立刻让人心旌摇动的特质。它坐落在一座拱顶洞穴的中央，周围有照明板环绕，灯板被安在地面上。直运兽接近的同时，这些灯从白色变成红色，奈松断定这又是某种警告。洞下是慑人的黑暗。她本能地开始隐知，试图判定其规模，但她做不到。洞穴周长很容易得知。直径仅有二十英尺左右。完美的圆形。但那深度……她蹙起眉头，坐稳了伸展身体，集中精神。蓝宝石碑敲击她的意念边缘，邀请她使用其中的力量，但奈松抵抗住了诱惑；这个地方有太多东西能对银线做出反应，对魔法敏感，有些方式是她不理解的。而且，反正她是个原基人。隐知一个洞穴的深度，本应轻而易举……这个洞却不断、不断向深处延伸，超出了她的感知范围。

而直运兽的轨道径直冲到洞穴旁边，然后一头栽了下去。

这也是意料之中的事，对吧？目标是到达核点。尽管如此，奈松还是不由自主地紧张了一阵子，几乎接近惊惶失措。"沙法！"后者马上伸过手来。奈松紧紧握住他的手，并不担心他会痛。沙法的力量一直都用在保护她的方面，从未给她带来过任何威胁，现在，奈松正好需要那份强大带来的安全感。

"我以前做过这种事。"他说，但听起来不是那么确定，"最终也活着撑过去了。"

但你现在不记得详情,奈松心想。她感觉到一种特殊的恐惧,不知该称作什么。

(通常,这叫作"不祥的预感"。)

然后,边缘就到了,直运兽向前倾。奈松紧紧抓住椅子扶手——但奇怪的是,当时并没有下坠的感觉。直运兽也没有加速;事实上,它的动作暂停了一下;有一瞬间,奈松瞥见那东西的几根纤毛在视野边缘闪成模糊的影子。然后不知怎么一来,就把直运兽的方向从向前调整成了向下。这次变化之后,还有另外某种东西发生了变化,因而奈松和沙法并没有从椅子里向前摔出。奈松发觉,她的后背和臀部还像刚才一样紧紧压在椅子上,尽管这应该是不可能的。

与此同时,直运兽内部那种微弱的嗡嗡声——之前都特别轻柔,只能隐约听到的,现在突然变得更加响亮。不可见的机械设备加速震动,毋庸置疑是在进入加速模式。直运兽完成下转动作之后,视野又变成了一团黑,但这次奈松知道。这只是深坑中巨口一样的黑暗。前方再也没有其他事物,只有一直向下,向下。

"发射。"直运兽内部的声音说。

奈松惊叫一声,更加用力地握紧沙法的手,身体被载具的运动紧紧压在椅背上。但是,她感受到的冲力,其实远远低于应该感觉到的水准;因为她的每种官能都在告诉她,现在的行进速度奇快,要比飞驰的马还要快很多,很多。

冲入黑暗。

一开始,是绝对的黑暗,尽管在它们沿隧道疾行的路上,每隔一段时间,就会途经一圈灯光。速度继续加快;过了一会儿,灯光环出现的频率太快,已经是一闪而过。经过三次光环,奈松才能分辨出她看到和隐知的东西,然后仅有一次,她在途经时看清了灯圈的样子:

是窗子。隧道墙壁上有窗,而且被灯光照亮。地下深处这里有生活空间,至少在前几英里有。然后灯圈消失,有段时间,隧道中只剩黑暗。

奈松稍稍提前一点儿隐知到了即将来临的变化,随后,隧道就突然变亮。他们可以看到一种新的、微红的光芒,在隧道岩壁上不时亮起。啊,是了;他们深入地底足够多了,有些岩石已经融化,并且放出鲜红光芒。这种新光源把直运兽内部染成血红色,让它墙面上的金丝装饰像是着了火。前景一开始没有明显的区别,只是有红色,出现在灰棕黑色背景里。他们已经进入地幔,奈松的疑惧,终于在惊奇中渐渐退去。

"这是软流圈①。"奈松咕哝说。沙法皱眉看着她,但是说出眼前区域的名称之后,她的恐惧明显减轻了。名字还是有力量的。她咬住下唇,随后终于放开沙法的手,站起来接近前方视窗。靠近了更容易察觉,她所见到的只是某种假象——小小的钻石形色块,在直运兽的内壁上闪现出来,像脂粉一样的小颗粒,组成马赛克式的移动图像。这是怎么做到的?她完全猜不出。

她着迷地抬手去触摸。直运兽的内壁并不热,尽管她知道现在位置的温度,应该是一瞬间就能烧伤人的皮肤。当她碰到前窗图像时,手指周围微微泛起些波纹,像水面的微波。她把整个手放在棕红色块上,禁不住微笑。仅仅几英尺外,直运兽表面,就是燃烧的地下岩层。她正在触摸燃烧的大地,仅隔那么短的距离。她把另一只手也抬起来,还把脸颊靠在那块平板上。在这里,奇特的文明遗迹中,她真

---

① 软流圈,地质学术语,是指地壳岩石圈以下的圈层,通常在地下80公里~200公里之间,最深可达700公里。位于地幔上部。地震波的波速在这里明显下降;因而也被称作低速带。据推测,这里的温度高于1300℃,已接近岩石的熔点,岩层以半黏性状态缓慢流动,故称软流圈。——译者注

的成了大地的一部分，也许比她之前的任何原基人都更加贴近。大地就是她，两相融合，你中有我，我中有你。

当奈松回头看沙法，看到他在微笑，尽管眼角还有剧痛带来的皱纹。这副样子，跟他平时的微笑不同。"怎么了？"奈松问。

"尤迈尼斯的那些领导者家族相信，原基人曾经是这个世界的统治者，"他说，"他们认为，自己的责任之一，就是确保你们这类人永远不要重掌大权。他们害怕你们会成为暴虐的统治者，一有机会，就会报复这世上的普通人，回敬你们承受过的暴行。我一直觉得，他们这些担心全无道理——但是呢。"他向奈松示意，后者站在那里，身体沐浴着地火的光芒。"看看你，小东西。即便你是他们担心的那种怪物……也是光彩照人的一个。"

奈松真是太爱他了。

这就是她放弃权力假象，回去坐到他身旁的原因。但等到靠近之后，她察觉到沙法正在承受多么巨大的压力："你的头一定特别痛。"

沙法的微笑淡去："我忍得住。"

奈松很担心，两只手搭在沙法肩上。数十个夜晚缓解对方痛苦的经历，让这个动作显得很自然——但这次，当她把银线输入沙法体内，对方细胞之间白热的线条并没有消失。事实上，它们变得更亮，刺眼到让沙法身体绷紧，避开她，站起来，重新开始踱步。他的脸上强颜欢笑，但奈松可以看出：这一回，微笑催生的内啡肽完全没有起到作用。

为什么那些线条会变亮？奈松试图理解这个，拿自己体内的状况来做参照。她体内的银线没有任何异状，还在沿着平日那种清晰的轨迹流转。她用察知银线的视觉看沙法——然后，才为时已晚地发现令人震惊的事实。

这台直运兽就是由银线组成，而且不是什么纤弱线条。它周身被银线环绕，也在放射银光。她看到的，是一大波这种物质，成带状环绕在她自己和沙法周围，从直运兽的鼻端开始，绕到后面环绕住他们。奈松突然明白：就是这层魔力之壳，将热量隔绝在外，抵住外部高压，并将直运兽内部的受力方向偏转，使得重力指向地板，而不是朝向地心。周围的墙仅仅是个框架，其结构中的某种特色适合银线流通，相互连接，结成网络。那些金色纤毛的用处，就是让直运兽前部的能量保持稳定——至少奈松是这样猜想的，因为她也不完全懂得这种魔法机械发挥作用的机制。它就是太复杂了。就像在方尖碑内部飞驰的感觉。像是身体在随风行走。她之前从未想过，银线还有如此神奇的妙用。

但是，在直运兽奇迹般的墙壁外面还有某种东西。直运兽外面，另有一种神秘力量。

一开始，奈松不清楚她感觉到的是什么。更多的光吗？不对。她理解的方式完全偏了。

那还是银线，实质上跟她身体细胞之间的那种没有什么不同。那是单独一根银线——但规模极为巨大，在旋转的软质热岩跟高压滚水之间回环卷曲。单独一根银线……却比他们迄今经过的整条隧道更长。她找不到这条线的两端。其宽度足以容纳整个直运兽，还绰绰有余。但除此之外，它跟奈松自己体内的银线一样清晰明朗。本质一样，只是……极大。

然后奈松突然明白了过来，她真的明白了，如此突然，破坏性如此巨大的感悟，让她两眼蓦然瞪大，被惊得跟跄后退，撞到另一张椅子，几乎摔倒，这才抓住另一只椅背让自己站定。沙法发出低沉的、沮丧的声音，转过身，像是要对她的警觉做出反应——但他体内的银线突然爆亮，气势惊人，令他躬身向下，两手抱头，大声呻吟。沙法承受着太多痛苦，已经无法执行守护职责，也无法将对她的关切付诸行动,因为他体内银线的亮度已经增强到跟外面岩浆里的巨大银线相当。

魔法,灰铁这样称呼银线。原基力之下的那种物质,产生于生物体内,或其残骸中。大地父亲内层深处的这根银线,在他如山般巨大的身体碎片之间延展,一如连缀于有生命、有呼吸的生物细胞之间。而这种现象的原因就是:行星本来就是有生命、会呼吸的东西;她现在本能地确信这一点。所有那些声称大地父亲有生命的故事,原来都是真的。

但如果地幔就是大地父亲的身体,他的银线为什么正在变亮呢?
不。哦,不。
"沙法。"奈松小声地叫唤。沙法只能发出呻吟声;他已经瘫成了单膝跪地姿势,浅而急促地喘息着,紧紧抱住自己的头。奈松想要赶到他身旁,安慰他,帮助他,她却站在原地,她呼吸过快,因为越来越慌,因为她突然知道了即将会发生什么。但她想要否认这份预感。"沙法,求——求你,你脑袋里的那个东西,那片铁块,你管它叫核石的那个,沙法——"她声音颤抖,喘不上气。恐惧几乎锁闭了她的喉咙。不。不。以前她还不懂,现在懂了,却还是完全没有办法阻止它。"沙法,它到底是哪里来的?你脑子里叫作核石的东西到底来自哪里?"

直运兽的声音再次开口,还是最初表示问候的那种语言,然后她继续,那份冷漠又愉悦的腔调,渗透着一份恶意的快感。"这种奇景,只有在——"某些内容。"路线。本直运兽——"某些内容。"的心脏,照明光线来自——"某些内容。"敬请欣赏。"

沙法没有回答,但是奈松现在能隐知到她自己问题的答案了。她已经能够感知到它,而她体内纤弱的银线也在对此发出回声——但这回声很弱,来自她的银线,那银线由她自己的身体产生。而沙法体内的银线，像其他所有守护者一样，来自位于他们隐知盘内部的核石。她已经研究这块石头有一段时间，趁沙法睡着，又需要她魔力的时候，她尽可能深入地研究过。它是铁质，但又跟她隐知到过的任何铁器不同。密度大到反常。能量充沛到反常，尽管那些能量的一部分是导引过来的，来自……某处。活力也强到反常。

而等到整个直运兽右侧全部淡去，让乘客有机会看到难得一见的奇景——整个星球的心脏。这时候，它已经在佘松意念里闪耀多时：一颗银色的地下太阳，亮到让她必须眯起眼睛，重到只要感知一下，就让她的隐知盘剧痛，魔力强大得让蓝宝石碑显得微不足道，不值一提。这是大地的核心，也是核石的来源地，在她面前的，就是一颗行星的本体，吞没了整个视野，在他们疾速接近的过程中，还在不断变大，扩展。

它看起来并不像石头，奈松在慌忙中隐约想到。也许只是因为融化的金属在颤动，直运兽周围的魔力也在抖动，但奈松的确感觉到：在自己试图集中注意力的同时，面前的巨物似乎闪烁不定。它有一部分感觉是固定的；当他们更加靠近，奈松可以看到光亮的球面上有若干不同于周围的小点点，相对而言极小——然后她才意识到这些是方尖碑。几十根，全都插在这颗星球的心脏，就像针垫上插入的钢针。但这些都微不足道。微不足道。

奈松自己也微不足道。在这样的巨物面前微不足道。

带他一起来，是个错误。灰铁曾经这样说，针对沙法。

恐慌暂缓。奈松跑向沙法身边，他已经倒地，抽搐不止。他没有尖叫，尽管嘴巴张开，冰白色的眼眸瞪大，当奈松死命拉扯，让他变成躺卧时，发现他的四肢全部僵直。一只胡乱挥舞的胳膊打在奈松的锁骨上，令她向后坐倒，一时间疼痛难忍，但奈松几乎不予理会，马上又爬回沙法身旁。她两只手死命抓住他那只胳膊，想阻止他，因为

第十章 奈松，穿火而行

沙法正在把手伸向自己的头，两手成爪，指尖突出，狠挠自己的头皮和面部——"沙法，不要！"奈松大叫。但是沙法听不到她。

然后，直运兽内部变成一片昏黑。

它还在移动，尽管速度减缓。他们实际上已经进入了地核上的半固态物质，直运兽的路线从它表面滑过——因为，当然啦，那些建造方尖碑的人，当然会出于好玩儿穿透地核，并且以此为荣。奈松能感觉到那道银线的强大威力，周围都是那颗热浪翻涌的太阳。但在她身后，墙上的窗突然变暗。直运兽外面有某种东西，正在向那层魔力之壳施压。

慢慢地，在沙法无声地承受着痛苦，在她膝头挣扎的同时，奈松转身，面对大地之心。

而在此地，在它本身的心脏里，邪恶的大地终于也察觉到了她的存在。

当大地发声，它并不使用人的语言。它使用的这种媒介你早已知晓，但奈松直到这个瞬间才学到。她隐知到了对方的意思，通过耳朵里的骨骼听到了那种震动，身体战栗，将那份感悟排出，感觉它们从她眼睛里引出泪水。那就像是同时吸入了能量、感受和情绪。很痛。记得吗：大地想要杀死她。

但也请记住：奈松同样想要杀死大地。

于是它说，通过将会在南半球某处引发海啸的一系列微震说：你好，渺小的敌人。

（你意识到，这只是大致的意思。只是她稚嫩的头脑能够承受的部分。）

而就在沙法呼吸困难、浑身抽搐的同时，奈松抱住他被痛苦折磨的身躯，瞪着墙的方向，那锈色的黑暗。她不再恐惧；狂怒让她变得强硬如钢铁。她真的是你亲生的女儿。太像了。

213

"你放开他。"奈松怒吼,"你马上放开他。"

星球的核心是金属质地,达到了熔化温度,但又被高压挤成固态。它还有一定程度的变形能力。暗红的表面开始泛起波纹,在奈松的视野里改换模样。上面显出某种东西,她一时无法解读。某种图样,很熟悉。啊,是一张脸。只是有点儿接近人类,两只眼,一张嘴,恍惚有鼻子的阴影——然后有极短的一瞬间,那双眼的形状变得特别清晰。嘴唇的线条和细节也明朗起来,眼睛下方出现一颗黑痣,那颗痣可以张开。

不是她认识的任何人。只是一张脸……出现在不该出现的地方。而就在奈松注视这张脸的同时,幽暗的恐惧渐渐挤走了她的怒火,她又看到另外一张脸……然后又是另一张,接着,有很多张脸同时出现,填满视野。每张脸都被推开,新的脸孔在它下面浮现。几十张脸。几百张脸。这一个干瘪疲惫,下一个像是哭肿了,另外那张咧着大嘴,无声地号叫,像沙法。有些脸孔乞求地看着她,嘴型对应着某些话语,即便她能听到,怕也无法理解。

然后所有面孔都在荡漾,被更强大的存在物影响。他是我的。没有声音。当大地发声,它并不使用人的语言。但还是能够被理解。

奈松双唇紧闭,深入沙法体内的银线丛中,不管不顾地斩断了尽可能多的触角,全都在核石周围。这招儿并没有起到通常的作用,平时她用银线施行手术还是有效的。沙法体内的银线几乎马上就自我修复了。与此同时,搏动得更加有力。每次沙法都会周身战栗。奈松在伤害他。她在帮倒忙。

现在没有其他选择了。她用自己的银线包裹沙法的核石,开始施行几个月前沙法没有允许的手术。即便这样会缩短他的寿命,至少在有生之年,他不会再继续受苦。

但是又一波冷笑传来,让直运兽整体发颤,一波耀眼的银光掠过沙法的身体，将奈松纤弱的细线全部挤开。手术失败。核石还像从前一样，坚如磐石安放在隐知盘深处，还在扮演它的寄生怪物角色。

摇头，环顾周围寻找对策，但没有看到任何有帮助的东西。奈松一时被锈色表面不断变幻的面孔转移了注意力。这些都是什么人？他们为什么在这里，在大地的心脏中翻涌呢？

欠我的都要还。大地回答，透过一波接一波的热浪和极大的压力。奈松龇起牙齿，挣扎着对抗它的藐视带来的高压。不管是偷走的，还是借走的，都必须归还。

而奈松不由自主地理解了这番话，在这里，身处大地怀抱之中，它的全部用意都回荡在奈松的骨骼里。那银线——魔法——同样来自生命。那些制造方尖碑的人想要利用魔法，而且他们成功了；哦，还真是相当成功。他们用这些魔力去建造超乎想象的东西。但其后，他们又想得到更多魔力，远不止他们自己的生命，还有地壳表面亿万年来生物的存续和死亡积累的魔力。然后他们发现了地表之下隐藏着多么丰沛的魔力，只等他们来掠取……

他们从未想到，如此巨量的魔力，如此多的生命力，一定意味着某种……自觉意识。毕竟，大地并不用人的语言交流——而且，奈松意识到，或许在经历了太多世事，早已失去童真之后，方尖碑的建造者们已经不再懂得尊重其他形式的生命。这种缺陷，实际上跟那些管理支点学院的人、贼寇们，还有她自己的父亲并没有什么两样。所以，在他们本应该察觉生命体存在的场合，他们看到的只有新的掠夺对象。在本应该提出请求，或者不予打扰的情境下，他们选择了强夺。

对某些罪行而言，没有真正适合的惩罚——只有以牙还牙。所以，对应每一丝从地下掠走的生命力，大地就会吸取一百万人的残骸到自己的心脏地带。毕竟，尸体都是在土壤中腐朽——而土壤坐落在地壳上，地壳最终又会被大地表面之下隐藏的烈火吞没，岩层会通过地幔，不断更替……在属于大地自身的空间里，大地吞噬一切。在它看来，这绝对公平——它冷漠，带着一份愤怒，这怒火仍会从地下传达至地表，让星球表面开裂，导致一次又一次的第五季来临。这都是理所应当。大地并不是这种恶性循环的始作俑者，它没有偷走月亮，它没有凿入任何人的皮肤下面，偷走仍然活着的肌肉作为战利品和工具，它也没有密谋奴役人类，让他们陷入无尽的噩梦中。它并没有挑起这场战争，但他绝对一定要报。仇。雪。恨。

是啊。奈松难道不理解这个吗？她两只手握紧沙法的上衣，仇恨在心里激荡，身体在发抖。她难道不能理解对方的立场？

因为这世界，也从她身上夺走了太多。她曾有过一个弟弟。还有个父亲，还有个母亲，她也理解母亲，但又希望自己不理解。还有一个家，种种梦想。安宁洲的人早就夺走了她的童年，还有得到任何真正未来的希望，因为这个，她很愤怒，脑子里只能想到**这一切必须结束**，以及**我要亲手结束它**——

——所以说，难道她本人不是跟大地一样，怀着同样的怒火吗？
她就是。
大地吞了她，她就是。

沙法安静下来，躺在她腿上。她一侧腿下面是湿的；沙法小便失禁过。他的眼睛还是张开的，呼吸又浅又急。他紧绷的肌肉仍在时不时抽搐。任何人都会崩溃，如果折磨持续足够长的时间。人的理智有时会去向他方，以此承受不可承受之伤。奈松实际上只有十岁，将来或许有百年寿数，但她已经看够了世间邪恶，懂得上述道理。她的沙法，已经走了。而且可能永远，永远，不会回来。

直运兽继续快速前进。

视野再次变得明亮，它已经驶离核心。内部照明恢复了它们宜人的光彩。奈松的手指现在微微弯曲，埋在沙法的衣服里。她回头，望着那地核缓缓流转，直到侧面墙上的不明材料再次变得模糊。前方视窗保留得更久一些，但最终也开始变暗。他们已经进入另一条隧道，这条要比第一条更宽，有坚实的黑墙，用某种方法将地心和地幔的热力隔绝在后面。现在，奈松感觉到直运兽再次向上转弯，离开地心。返回地表，但这次，会在行星的另一端。

奈松轻声低语，对自己说，因为沙法已经失去意识。"这一切必须结束。我要亲手结束它。"她闭上眼睛，睫毛粘在了一起，湿漉漉的。"我发誓。"

她不知道自己向谁许下了这个承诺。实际上，这都不重要。

不久以后，直运兽到达核点。

锡尔-阿纳吉斯特：一

他们一早就带走了克伦莉。

这完全出乎意料，至少对我们而言。事件其实也与我们无关，我们很快就知道了。盖勒特引导员首先到达，尽管我还看到另外几位高级引导员，在花园上空的房子里对话。盖勒特叫克伦莉出去时，脸上并没有显出不快，只是低声跟她谈话，表情很是严肃。我们都起了床，波动中透着负疚，尽管我们没做错任何事，只是整晚躺在硬地上，听其他人呼吸的古怪声响，还有偶尔动弹时发出的细微响动。我观察克伦莉，为她担心，想要保护她，尽管这想法很是鲁莽，我连危险是什么都不知道。她跟盖勒特对话时傲然挺立，像是他们中的一员。我隐知到她的紧张情绪，就像一条濒临破裂的断层线。

他们在花园小屋外面，距离有十五英尺，但我听到盖勒特的声音提高过一会儿："这样荒唐的行为你还打算继续多久？非要在一个破棚子里睡觉？"克伦莉冷静地反问："你有意见吗？"

盖勒特是引导员中间级别最高的一个。他也是最残忍的。我们并不认为他存心作恶。看上去，他只是不相信我们会感受到残忍行为。我们是机器的谐调者；我们本身也必须被谐调成对项目最有利的状态。如果这个过程有时会导致痛苦、恐惧或者退役到荆棘丛……也纯属偶然。

我们一直想知道，盖勒特本人有没有在正常情况下。他有的，我看出了这一点，当他向后退开，一脸受伤的表情，就像克伦莉的话对他造成了严重打击。"我一直真心待你。"他说,声音已经在打颤。

"而我也心存感激。"克伦莉的语调没有一丝变化,脸上也没有一块肌肉动过。她的样子和声音,前所未有的就像是我们中的一员。而且就像我们经常做的那样,她和盖勒特正在进行的对话也跟嘴里说出的词句完全无关。我探查过,周围没有任何特别信号,除了他们的嗓音带来的轻微颤动。但是。

盖勒特盯着克伦莉。然后,前者脸上的伤痛和愤怒渐渐淡去,取而代之的是疲惫。他转身看着别处,冷冷地说:"今天我需要你返回实验室。子网又一次出现了波动。"

克伦莉的表情终于有了变化,眉头微皱:"之前可是说过,我有三天时间的。"

"地质魔法学研究的优先级高于你的休闲计划,克伦莉。"盖勒特扫了一眼我和其他人聚集的小屋,发现我在盯着他看。我没有避开视线,主要是被他的痛苦迷住,没想到要掩饰。有一会儿,他显得很尴尬,然后就是生气。他对克伦莉说,语调里带着惯常的不耐烦:"基地之外,生物魔法学家只能做远程扫描,但他们说,他们实际上已经侦测到谐调者网络上出现了有趣的整流现象。不管你在对他们做什么,显然并不完全是浪费时间。我带他们去你原计划中的地方,然后你就可以回基地了。"

她转身看我们。看我。我的思想家。

"这次行程应该很简单,"她对盖勒特说,同时看的却是我,"他们需要看到本地的引擎组件。"

"紫石英组件?"盖勒特瞪着她,"他们一直生活在它的阴影里,一直都能看到它。这会有什么用?"

"他们还没有见过接口。他们需要完整地理解组件的生长过程——而不仅仅是通晓理论。"突然之间,克伦莉转身不再看我,也不再看盖勒特，径直走向那座大房子。"你只要带他们看看那个，然后就可以把他们带回基地，之后就不必再管。"

我完全清楚克伦莉为什么用这样不耐烦的语调说这番话，也知道她离开前为什么不肯道别。这正是我们每个人都做过的事，当我们不得不眼看着或者隐知到我们网络中的另外一个人在受罚；我们装作不在乎。（特鲁瓦。你现在的歌声单调，但并未沉寂。你歌唱的地方现在在哪里？）这样会缩短所有人痛苦的时间，也让引导员不会随即注意到下一个，迁怒于人。理解这个，跟目送她离去却毫无感觉，是完全不同的两件事。

这之后，引导员盖勒特的情绪相当糟糕。他命令我们带上自己的东西，准备出发。我们什么都没有，尽管我们中的有些成员需要在离开之前排泄，而且所有成员都需要食物和水。他让需要排便的人使用克伦莉的小卫生间，或者使用园子后面的枯叶堆（我是后面这组的一员；这样蹲便感觉很奇怪，但也是非常开眼界的经历），然后告诉我们无视饥饿和焦渴，直接出发，所以我们照办了。他让我们走得很快，尽管我们的腿比他的短，而且昨天一直走路，现在还酸痛。我们看到他召来的直运兽，松了一口气，车子来了，我们就可以坐上去，被运送到城镇中央。

其他引导员跟我们和盖勒特同车前往。他们总是跟盖勒特谈话，不理会我们；盖勒特的回答很简短，仅用一个词。他们问他的，主要是克伦莉的事——她是否一直这样难缠？在他看来，这是不是基因改造工程的意外缺陷？为什么他要允许克伦莉参与这件工程，既然从实质上说，她只是一件过期的设计原型而已。

"因为迄今为止她提出的全部建议都是对的。"盖勒特冷冷地说，在第三次被问到这类问题时，"毕竟，这也正是我们开发谐调者的原因。如果没有他们，地府引擎还将需要七十年的调试时间，才能进行

锡尔-阿纳吉斯特：一

第一次试运行。当一台机器的感应元件能够精确地告诉你故障何在，如何提高系统整体运行效率时，不去注意这些建议，就太愚蠢了。"

这番话似乎满足了他们，于是他们不再打扰盖勒特，继续互相聊天儿。我当时坐在引导员盖勒特附近。我发觉，其他引导员的藐视真的增加了他的焦虑，让怒火从他的皮肤表面放射出来，就像夜幕降临后很久，岩石还会辐射出来自阳光的热量。引导员之间的关系一直都有着奇特的运作机制；我们尽可能地做出过归纳，但从未真正理解。不过现在，得益于克伦莉的解释，我想起盖勒特具有不受欢迎的血统。我们是被制造成现在的模样，而他却是天生就有苍白的皮肤和冰白的眼眸——尼斯人常见的特征。他不是尼斯人；尼斯人已经灭绝了。世上还有其他种族——锡尔-阿纳吉斯特世界的种族，同样具有苍白的皮肤。但那双眼睛表明：在他家族历史中的某个时间点——肯定很久远，否则他不会得到受教育、获得医护保障，以及身居要职的机会——曾经有人跟尼斯族人一起生育过后代。也许没有；那特征也有可能是纯偶然的基因突变，致使隐性特征得到了显现。但是看起来，没有人相信这种可能。

就是因为这个，尽管盖勒特工作更努力，比任何人花在基地的时间都要多，而且身为主管，其他引导员却没有给他应得的尊重。如果他没有将自己遭遇的不幸发泄在我们身上过，我会同情他。就现在来讲，我惧怕他。我一直都怕他。但为了克伦莉，我决定要勇敢些。

"你为什么生她的气呀？"我问。我的声音很轻，在直运兽嗡嗡的代谢噪声里很难听清。仅有少数其他引导员察觉到我在说话。没有一个人在乎。我选择的开口时机很好。

盖勒特吃了一惊，然后瞪着我看，就好像以前从来没见过我一样："什么？"

"克伦莉。"我转过视线跟他对视，尽管这么久以来，我们已经知道引导员们不喜欢这样。他们认为眼神接触意味着挑战。但当我们回避他们视线的时候，他们又会更加轻视我们，我在这个瞬间不想被轻视。我想让他感觉到这次对话的分量，尽管他虚弱又原始的隐知盘不会告诉他，我的嫉妒和反感已经让城里的水温表上升两度之多。

他瞪着我。我平静地回望他。我感觉到网络中的紧张情绪。其他同伴当然已经察觉到引导员们无视的变化，突然都开始为我担心……但我几乎无暇顾及他们的关切，因为我突然发现大家都发生了变化。盖勒特是对的：我们的确在变，在变复杂，我们对外界的影响力在加强，这都是克伦莉带我们见识到的东西带来的结果。这是提高吗？我当时还不确定。暂时的表现，就是在此前大家立场一致的地方，我们的意见却出现了分歧。雷瓦和婕娃很生气，因为在这次冒险行动之前，我没有征求大家同意——而这份鲁莽，就是我自己身上正在发生的变化。毕尼娃和塞莱娃更不理智，她们不满的对象是克伦莉，因为她对我有那种奇特的影响。达什娃已经受够了我们所有人，只想回家。在愤怒之下，婕娃既为我担心，又同情着我，因为我觉得她能理解，我的莽撞是另外某种东西带来的症状。我已经断定自己是陷入了爱情，但爱情是一处让人痛苦的岩浆热点，在我内心深处翻涌，把原本稳定的地方搅得一团糟，我并不喜欢这感觉。毕竟我曾经相信，自己是一个伟大文明创造出来的，最精细的一件工具。现在却得知，我只是被一帮做贼心虚的匪帮攒在一起的错误成果，诞生的原因，只是因为他们害怕自己的平庸。我不知自己该有怎样的感觉，除了鲁莽冲动。

但他们中没有一个人对盖勒特生气，没有人怪他是那么危险的一个人，连聊天儿都不行。这很不正常。

最后，盖勒特说："你凭什么就觉得我对克伦莉生气了呢？"我张开嘴巴，想要指出他身体紧绷的程度，他脸上的样子，但他已经抢先发出表示不快的声音。"算了。我知道你们的信息处理机制。"他叹了口气,"而且我感觉,你的判断是对的。"

我绝对是对的,但我还没蠢到那种程度,会迫使他面对不甘心面对的现实。"你想让她住在你的房子里。"直到那天上午的对话之前,我都不能确定那是盖勒特的房子。但我早应该猜到的;那里的气味就像他。我们所有人,都不善于利用隐知盘之外的感官。

"那是她的房子。"他没好气地说,"她是在那里长大的,跟我一样。"

克伦莉对我讲过这个。跟盖勒特一起长大,以为自己完全正常,直到终于有人告诉她,为什么她的父母不爱她。"她是计划的一部分。"

他点头,动作轻微,嘴巴苦涩地扭曲:"我也一样。一名正常人类儿童也是必需的控件,而且我还具有……有用的特征可供比对。我一直把她当成自己的妹妹,直到我俩十五岁。然后他们告诉了我们真相。"

那么长时间。但是克伦莉一定早有疑心,怀疑自己与众不同。魔力的银色光芒在我们周围流动,也会像流水一样穿过我们的身体。每个人都能隐知魔法,但我们谐调者,却生活在魔法之中。它就存在于我们体内。克伦莉不可能相信自己是正常人。对盖勒特来说,那份变化却完全出乎意料。也许他的世界观同样被搅得天翻地覆,就像现在的我。也许他也曾挣扎——现在还在挣扎——像我一样,努力让自己的情感适应现实。我突然感觉到一份对他的同情。

"我从未亏待过她。"盖勒特的声音变得温柔起来,我不确定他还在对我说话。他两臂交叉,两腿交叠,像是回归了自己的世界,眼睛透过直运兽的窗户,长久地望着外面,却什么都不入眼。"从未把她当成……"他突然眨眨眼,向我甩来警惕的一瞥。我想要点头,以表示自己理解，但某种本能警告我不要这样做。我只是木然地回望他。他放松了。我不知道为什么。

　　他不想让你听他说"你们这样的东西"，雷瓦传来信号，因为我的愚钝，他气得直哼哼。而且如果他说出来，也不想让你懂得这句话的含义。他总是在安慰自己，说他不同于那些难为他的人。这是个谎言，但他需要这份自欺。而且他需要我们支持这份谎言。她不应该告诉我们说，我们曾经是尼斯人。

　　我们**并不是**尼斯人。我用隆重的波形反驳。我最生气的，就是自己笨到需要听他解释。现在雷瓦讲完，盖勒特的行为就很容易理解了。

　　对他们而言，我们就是尼斯人。婕娃用一次微震传来这条消息，然后抹掉了余波，这样一来，我们事后感应到的就只是冰冷的寂静。我们不再争吵，因为她是对的。

　　盖勒特继续说，对我们的身份认同危机无知无觉。"我给了她尽可能多的自由。每个人都清楚她的身份，但我一直都让她享有任何正常女人同样的权益。当然，还是有些限制和约束，但那都是合理的。我不能被人看成疏于防范，如果……"他住了口，陷入深思。下巴上的肌肉沮丧地抽动。"她的行为，却像是完全不理解这些。就好像我就是一切问题的根源，而不是这个世界不合理。我本来可是努力帮她的！"然后他沮丧地长叹一口气。

　　但我们都已经听够了，后来，当我们回顾这一切时，我会告诉其他人，她想要成为一个堂堂正正的人。

　　她的愿意不可能实现，达什娃会说。盖勒特觉得更好的办法，是自己拥有她，而不是让锡尔－阿纳吉斯特拥有。但如果她要做人，她就必须不再……被任何人拥有。谁都不行。

　　那样的话，锡尔－阿纳吉斯特就不再是锡尔－阿纳吉斯特，婕娃会伤心地补充说。

是的。他们说的都没有错，我的谐调者同伴们都是对的……但这并不意味着克伦莉对自由的渴望就是错的。如果一件事非常非常困难，也不等于绝对不可能实现。

直运兽停在城中的某个区域，这里有一份惊人的熟悉感。我只见过它一次，但还是认出了它的街道布局，还有一面绿色岩石墙上藤蔓和花朵的样子。斜阳西下，紫石英部件折射出来的光线色调，在我心里激发出一份向往和解脱，我后来会知道，那种感觉叫作"想家"。

其他引导员离开了，返回基地院落。盖勒特向我们招手。他余怒未消，想要赶紧完事。于是我们跟着他，并且渐渐落后，因为我们腿脚短，肌肉酸痛，直到他发觉我们和卫兵落后了十英尺之遥。他停下来，等我们跟上，但下巴紧绷，一只手急躁地拍打自己抱在胸前的胳膊。

"快一点儿。"他说，"我今天晚上就打算开始测试的。"

我们不会愚蠢到向他抱怨。但是，转移注意力的方法通常有效。婕娃问："我们赶这么急，是要去看什么呢？"

盖勒特不耐烦地摇头，但还是回答了。正如婕娃预料，他为了跟我们讲话，不得不放慢步伐，这让我们也跟着走慢了一点儿。我们急切地趁机喘息。"去看接口，这部件培育出来的地方。之前已经跟你们讲过基本事实了。暂时，每一块单独部件都在充当一座锡尔－阿纳吉斯特站点的动力来源——吸引魔力，将其放大，部分返还给城市，并将剩余部分储存起来。当然，是准备留到引擎开动时使用。"

他突然停下，被我们周围的环境分了神。我们已经到达部件底部的禁区——这是一座三层园区，有些管理建筑，还有一座直运兽站点（他告诉我们的），这条线每周都会返回核点。一切都简单实用，略微有些无聊。

但毕竟，在我们头顶，填塞整个天空，几乎充斥全部视野的，就是紫石英部件。尽管盖勒特不耐烦，我们所有人还是全部停下来，敬畏地仰望。我们一直生活在它染过色的阴影里，被造就成能够回应它的需求、控制它的输出。它就是我们，我们就是它。但我们很少有机会这样子直接看到它。我们囚室的窗户全部都没有朝向它。（连接特性、和谐、视线和波形效率；引导员们不想冒险，怕出现偶然激发事件。）我觉得，它非常壮观，无论是它的物理状态，还是在魔力视野中。它在后一种观察形式下微微放光，晶体化网格几乎全满，全都是魔法力量，我们很快就要用它来启动地质魔法学神器。等我们把这个世界的动力系统转档，从有限的方尖碑存储和生发系统，转为来自地底深处的无限能源，等到核点完全上线，管控这一过程，等到这世界终于达成梦想，变成锡尔-阿纳吉斯特最伟大的领导者和思想家们设计的模样——

——好吧。到那时候，我还有其他人，就都没有用处了。我们听了那么多未来设想，等到世界摆脱匮乏和贫困之后将会怎样。人们会永生不死。旅行到其他星球，远超过我们恒星的范围。引导员们曾经向我们保证，说我们不会被杀死。实际上，我们会受到推崇，作为魔法学的最高成就，充当人类强大实力的活证据。这难道不值得期待吗，我们会成名的？我们难道不应该感到骄傲吗？

但前所未有地，我开始构思自己想要的生活，如果我有机会选择的话。我想到盖勒特居住的那座房子：巨大，华丽，冷漠。我想起克伦莉在小花园里的房子，它很小，被多种小小的生长魔法环绕。我想象跟克伦莉一起的生活。每晚坐在她脚边，想跟她聊多久都可以，用我知晓的全部语言，毫无恐惧。我想象她的微笑里不再有苦涩，而这个想法让我得到了难以置信的快慰。然后我又感到羞耻，就像自己没资格想象这种事。

锡尔-阿纳吉斯特：一

"纯属浪费时间。"盖勒特咕哝着，盯着那块方尖碑。我吃了一惊，但他没有觉察。"好吧。我们到了。我完全不明白克伦莉为什么想让你们来看它，但现在，你们可以看了。"

我们顺从地欣赏它。"我们还能……再靠近点儿吗？"婕娃问。我们中有几个人透过大地向她抱怨；我们腿痛，而且肚子饿。但她委屈地回答说，我们来都来了，还不好好看个够。

盖勒特似乎是要表示同意，他叹口气，继续向前，走下斜坡，靠近紫石英碑底端，那是它跟接口之间坚固的连接点，自从第一批培养基注入时，就没有被撼动过。我以前看到过紫石英碑的顶端，有时被云团遮挡，有时被白色月光勾勒，但它的那个部分对我来说完全陌生。它的基座周围是那些转换器支架，我被教授的知识中提到过，它们会把紫石英碑核心产生的魔力分流一部分。这些魔力——仅仅相当于地府引擎产能的极小部分——经过无数支线分流，用来供应给民房、其他建筑、机器设备和直运兽充能站，全部通过城市节点来分配。锡尔－阿纳吉斯特所有的城市都一样，它们遍布全球，共有二百五十六座节点。

我的注意力突然被一种奇特的感觉吸引——这是我隐知史上最奇怪的体验了。某种放射源……附近有某种东西正在发出一种力量，它……我摇头，停住脚步。"那是什么？"我问，开口之前没有考虑过：在盖勒特情绪如此糟糕的情况下，再次发言是否明智。

他停步，瞪着我，然后看似明白了我脸上的困惑："哦，我估计你们已经足够靠近，在这里就能感觉到它了。那只是接地线的回应信号。"

"接地线又是什么？"雷瓦问，趁着我们已经打破沉默的机会。这让盖勒特瞪他的表情比对我的更凶一点点。我们都紧张起来。

"邪恶的死神啊。"盖勒特最终叹气说，"好吧，耳闻不如亲见。

227

跟我来。"

他再度加快脚步,这次,没有一个人敢抱怨,尽管我们已经在勉强支撑,低血糖,还有些脱水症状。跟着盖勒特,我们到达最下面一层,穿过直运兽轨道,从两座巨大的、嗡嗡响的支架中间穿过。

然后就在那里……我们被彻底摧毁。

支架后面呢,盖勒特引导员向我们解释,毫不掩饰他的不耐烦,就是这个组件的启动和转换程序。他随即讲了一大段技术细节,我们认真听了,但并不真正明白。我们之间的网络,那个几乎一直繁忙的系统,我们六个用来交流、互相感知健康状况、低声提醒和用关爱之歌互相安慰的渠道,这时变得完全寂静无声。这是震惊。是恐惧。

盖勒特解释的主要内容是这样的:这些组件本身无法开始生产魔力,在数十年前它们刚刚被培植出来的时候。晶体这种无生命的无机物,本来对魔力是没有反应的。因此,为了帮助这些组件开始发电循环,就必须使用魔力原料来充当催化剂。每台引擎都需要启动器。于是就用到了接地线:它们看似藤蔓,粗大,表面有很多节瘤状突起,扭曲缠绕,在组件基座周围组成活体植物一样的荆棘丛。而在这些藤蔓之中被囚困的——

我们将会见到他们。克伦莉曾对我说,当我问到尼斯人的下落时。

他们还活着,我马上就知道了。尽管他们一动不动地趴在这些藤蔓丛中(趴在藤上,被缠绕其中,被包裹,被刺穿,那些藤蔓可以穿过血肉生长),不可能隐知不到那细细的银线,仍在这个人手上的细胞之间跃动,或者在那个人背上的发丝之间跳舞。有些人,我们可以看到他在呼吸,尽管动作非常缓慢。有些穿着破衣烂衫,年代久远到开始腐烂;也有少数人全裸。他们的头发和指甲都没有疯长,他们的身体也没有排出我们能看到的废料。他们也感觉不到疼痛,我本能地察觉到这一点。这,至少还算一份怜悯。这是因为那些接地线将他们身上几乎全部的魔力都吸走了,仅剩一丝,够让他们继续存活。让他们活着,就可以继续产生更多魔力。

这里就是荆棘丛。早在我们刚被制造出来,仍在学习生长的过程中刻入我们头脑中的语言时,就有一名引导员给我们讲过一个故事,提到如果我们出于某种原因无法继续工作,就会被送去哪里。当时我们共有十四个。我们可以退役,她说,然后被送到仍然能够间接为计划出力的地方。"那里的生活很平静。"那名引导员当时说。我记得很清楚,她说这句话时面带微笑。"将来你们就知道了。"

荆棘丛的受害者们在这里已经好几年了。几十年。视野中就有数百人,如果接地线环绕紫石英碑一圈的话,应该还有几千人在我们的视野之外。数百万人,如果将这个数字乘以二百五十六。我们看不到特鲁瓦,也没看到其他同伴,但我们知道,他们也在这里的某处。仍然活着,但也等于死了。

盖勒特讲完这一切,我们默然凝视。"所以,在系统最初调试之后,一旦能量生产循环确立起来,就只有很少情况下需要重启。"他叹气,对自己的声音感到厌烦。我们仍然默默凝望。"接地线仍在存储魔力,以备不时之需。等到发射日,每片接地存储区应该有大约三十七拉莫太魔力单位,三倍于……"

他停住。叹气。捏捏自己的鼻梁。"讲这些都没用。她在耍你的,笨蛋。"就好像盖勒特完全没有察觉我们明白的事情。就好像这些被储存起来,成了机器部件的人命对他来讲毫无意义。"够了。我该带你们回基地去了。"

所以我们回家。

然后终于,我们开始制定计划。

巨石苍穹
THE STONE SKY

绑起来

排排开

把他们变成冬大麦!

脚要狠

拳要大

让他们倒下不说话!

封舌头

捂眼睛

他们不哭你不停!

既不听

也不看

就让敌人全完蛋!

　　——前桑泽时代儿歌,流传于尤迈尼斯、哈托利、尼亚农和埃维克方镇,源头不明。传世版本众多。这一份看似基础文本。

第十一章

你，临近终点

那座维护站的守军看似真的相信可以一战，当你和其他凯斯特瑞玛人出现在漫天飞灰的原野里。你觉得，你和同伴们看起来的确像是个稍大一点儿的匪帮，考虑到你们个个灰头土脸，衣服被酸雨腐蚀，而且瘦如骷髅。依卡甚至都没有时间派丹尼尔上前尝试说服，对方就已经开始发射十字弩。他们准头奇差，这个对你们有利；但是平均率站在他们那边，这个对你们不利。三名凯斯特瑞玛人已经中箭倒地，然后你才明白，依卡完全不懂得利用聚力螺旋充当护盾——之后你又想到，自己现在同样无法这样做，除非付出惨重代价。于是你向麦克西瑟大喊，他用切割钻石一样的精准程度完成了你预期中的操作，把袭来的弩箭击碎成飞雪一样的木屑，跟你在特雷诺的最后一天做过的很相像。

现在的他，还是不如当时的你技艺高超。聚力螺旋的一部分仍然在他周围，他只是把前侧扩展并且变形，在凯斯特瑞玛人和维护站的火山岩大门之间设置了一道屏障。好在他面前没有站人（在你大声喊叫，让所有人闪开之后）。然后，他用最后一点儿重定向的力量击碎大门，冷冻了弩手，这才让聚力螺旋消散。事后，凯斯特瑞玛的壮工们冲进去解决问题时，你走上前去，发现麦克西瑟瘫在车架上，气喘吁吁。

"好笨啊你。"你说,握起他的一只手,拉向自己的身体,因为你没有办法用双手抚摩。透过几层衣服,你依然能感觉到他的皮肤发冷。"至少应该把刚才的聚力螺旋定位在十英尺之外。"

他哼哼一声,两眼缓缓闭合。他现在耐力奇差,但原因可能只是饥饿状态下不适合使用原基力。"一直都用不到这么高级的招式,只要把人冻死就行了,好几年都这样。"然后他瞪着你。"你,刚刚都不屑于出手吗?"

你干笑了一下:"因为我觉得你可靠呗。"然后你拂掉车架上的一片冰凌,以便让自己能够有地方坐下来,等待战斗结束。

等到战斗结束了,你拍拍麦克西瑟——他已经睡着了——然后起身去找依卡。她就在大门以内,跟埃斯尼和其他几名壮工在一起,所有人都在惊奇地看那片小小的畜栏。里面有只山羊,正淡定地看着周围的人,嘴里不紧不慢地嚼着干草。离开特雷诺以来,你还没见过山羊。

但事有缓急。"确保他们不要杀死这里的医生,或者医生们。"你对依卡和埃斯尼说,"他们很可能跟维护员躲在一起。勒拿不会懂得怎样照顾维护员;这事需要特殊技能。"你停顿了一下。"假如你们还想坚持原计划。"

依卡点头,看了一眼埃斯尼,后者点头,又向另一个女人使眼色,那人跑进站点深处。"医生会不会杀死维护员?"埃斯尼问,"出于人道原因那种?"

你忍住了没说:人道,那是给人的待遇。那种思维方式应该丢弃了,尽管你现在想起来,还是有那么多怨气。"很小。可以隔着门告诉他们,你们不会杀死任何主动投降的人,假如你们觉得这样有用的话。"埃斯尼派了另外一名传令兵处理这件事。

"我当然还坚持原计划。"依卡说。她在揉脸,面颊上出现了几条

第十一章 你，临近终点

灰线。灰线下面其实也是灰，只不过跟皮肤融合更多。你已经开始忘记她本来的肤色，也看不出她现在有没有抹眼影。"我是说，现在，我们多数原基人都能有意识地处置地震，甚至连孩子们都能做到，但是……"她抬头看天。"好吧，附近有那个东西。"你循着她的视线望去，但实际上，你已经知道自己将会看到什么。你一直都在努力避免看到它。每个人都一样。

那道地裂。

梅兹沙漠的这一边，天空根本就不存在。在更远的南方，地裂喷吐出来的火山灰有时间升入大气上空，略微变稀薄一些，形成两年来你已经习惯看到的那种波状云层。而此处则不然。你在这里抬头看，甚至在看到天空之前，视线就已经被一座缓缓翻涌的黑红色巨墙吸引，这道墙占据了北方整个的地平线。如果这是火山，你看到的东西可以被称为烟柱，但地裂并不是单独一个火山口。它相当于一千座火山连接成线，不间断的地火出口和混沌之源，从安宁洲的一侧海岸延伸到另一侧海岸。汤基一直在努力带动所有人使用正确的专业名词：火柱连缀体，就是一座巨大的、由飞灰、火焰和雷电组成的风暴之墙。但你一直都在听人使用另外一个完全不同的名词，很简单，就叫火墙。你感觉这名字会流传开。事实上你还怀疑，如果一两个世代之后，还有人类存活，要给这次第五季命名的话，很可能会称之为火墙季。

你能听到那声音，细微但无处不在。大地深处的隆隆声。低沉，持续不断的哀号，一直冲击你的中耳。地裂不是一次简单的地震。它是依旧持续进行中的、两个大陆板块在新断层之间的动态冲击。最终断裂之后的余震，在今后几年内都不会停息。你的隐知盘现在已经混乱了好几天，警告你要么准备应对，要么逃走，躁动不安，总是感觉需要做点什么，来应对地质活动的威胁。你明知不该莽撞，而这正是问题所在：凯斯特瑞玛的每一名原基人，都能隐知到同样的内容。也都在承受着采取对策的冲动。除非他们碰巧是拥有学院精准程度的高戒位原基人，还能先控制其他高戒位人士，再启动一座旧文明遗迹组成的网络，做点什么就会杀死他们。

所以依卡现在开始接受事实，你带着石化的臂膀醒来时就已经确信的那件事：要在雷纳尼斯活下去，凯斯特瑞玛人将会需要站点维护员。社群必须照料他们。而等到这些站点维护员死亡，凯斯特瑞玛还必须找到办法取代他们。现在还没有人讨论那一步。事有缓急。

过了一会儿，依卡叹气，扫了一眼那座建筑的入口："听起来，战斗好像已经结束了。"

"听起来是这样。"你说。寂静在拉长。她下巴上有块肌肉在绷紧。你补充说："我跟你一起去。"

她瞥了你一眼。"你不必勉强。"你跟她讲过自己第一次看到站点维护员时的情形。她听出了你语调里那份依然浓烈的恐惧。

但你不会退缩。埃勒巴斯特已经给你指明出路，而你也不再回避他遗留给你的职责。你会转过维护员的头，让依卡看到脑后的伤疤，解释损害发生的过程。你会需要让她明白，绳椅能够降低褥疮风险。因为，假如她要做出这样的选择，就需要确切地了解她本人——以及凯斯特瑞玛社群——必须付出何种代价。

你会做到这些——让她亲眼看到这一切，迫使自己再次面对它，因为这才是有关原基人的全部真相。安宁洲惧怕你们这类人，的确事出有因。它本来也应该有足够的理由敬畏你们，然而它却选择了做出这种事。依卡需要听取各方面的意见，甚于任何其他人。

她下巴绷紧，但点头同意。埃斯尼看着你们两个，有些好奇，随后她就耸耸肩，转身望向别处，你和依卡走进维护站设施内部，亦步亦趋。

第十一章 你，临近终点

站点储藏室是满的，你猜，这可能是社群物资的备用储存仓之一。甚至连失去社群、饥肠辘辘的凯斯特瑞玛人，都没有办法把这么多东西吃完，其中还包含一些每个人都越来越渴望的美食，例如鲜红色和金黄色的水果，还有罐装蔬菜。依卡阻止了大家临时摆设宴席的冲动——你们还要让这些储备支持长久，大地才知道具体会有多长时间——但这并不妨碍整个社群大部分人都像过节一样开心，并且吃饱了肚子上床睡觉，这已经是几个月没有过的奢侈。

依卡在通往站点维护员房间的门口安排了几名卫兵站岗——"除了咱俩，别人都不必来看这种破事"。她宣告，从这句话你看出，她并不想让社群里的任何哑炮产生某些想法——同样严加防卫的还有储存仓。她派了三个人守着那只山羊。有个创新者职阶的女孩在农业社群长大，她今晚的任务是设法从那牲畜身上挤奶；她做到了。那个怀孕妇女，她在沙漠里失去了一名家人，现在喝到了第一口奶。这可能没有意义。饥饿并不适合孕妇，她自己也说，孩子已经几天没动过了。也许她现在失去孩子，反而是最好的，因为勒拿有足够的抗生素和除菌设备可用，至少可以救母亲一命。但是，你还是看见她接过别人递过来的那一小罐奶，尽管脸色难看，不喜欢那味道，还是全部喝完。她绷紧下巴，面容严峻。还有一线生机，这才是最重要的。

依卡还在站点沐浴室安排了管理员。他们并不是严格意义上的卫兵，但又必须存在，因为凯斯特瑞玛有很多成员都来自落后的中纬度小社群，不懂得室内管道怎样使用。此外，还有些人干站在热水喷头下面，待了一小时甚至更长时间，一面哭，一面任由飞灰和沙漠里的砂石从自己酸蚀干涩的皮肤上被冲洗下来。现在，只要超过十分钟，管理员就会把这样的人轻轻推开,让他们坐在房间边缘的凳子上继续哭个够,让其他人也能有机会洗澡。

你冲过澡,没啥感觉,就是干净了些。当你占据了维护站餐厅一角——这里的家具全部都已经搬开,为了让几百人当天晚上能睡在没有飞灰的地方——你坐在自己的铺盖卷儿上,靠着火山岩砌成的墙,任思绪游移。你不可能察觉不到自己身后石头里面隐藏的那座大山。你没有叫他出来,因为凯斯特瑞玛的其他人都有些惧怕霍亚。他是周围仅剩的食岩人,而社群成员们记得,食岩人并不是中立的、无害的势力。但你的确伸手向后,用仅有的那只手轻拍墙面。那座大山微微移动,你感觉到一点儿东西——一次坚硬的挤靠——在你的腰间。消息收到,并且得到了回应。这么一点儿私密接触就让你感觉那么好,真是让人吃惊。

你需要再次产生情感,你觉得,当你看到十几个小小的生活画面在你面前展开。两个女人在争执,谁要吃掉他们社群口粮里的最后一片水果干。两个男人,就在她们身后,正在轻声耳语,其中一个递过来一块小小的软海绵给同伴——就是赤道人洗手之后喜欢用来擦拭的那种。在命运容许的范围内,每个人都喜欢他们生活中的小小奢侈。特梅尔,那个现在教社群里原基人小孩的人,现在被一堆孩子覆盖着,躺在他的寝具上呼呼大睡。有个男孩蜷起身体趴在他的肚子上;同时,贲蒂穿了袜子的一只脚丫架在他的脖子上。房间对面,汤基跟加卡站在一起,或者说,加卡正在牵着她的手,试图哄她跳某种慢节奏的舞蹈,而汤基只是站着不动,努力保持着持续翻白眼、绝不露笑脸的样子。

你不确定依卡在哪里。也许今晚她会睡在外面的棚屋或者帐篷里,你了解她,但你希望这次,她能容许自己的某位情人跟她一起。她有一个过夜的轮值表,全是年轻男女,其中有些会跟其他性伴一起分享某个时段，也有些单独陪她；这些人看似并不在乎依卡偶尔利用他们排解压力。依卡现在就需要这个。凯斯特瑞玛人需要照顾好他们的女首领。

凯斯特瑞玛人需要，你也需要。你刚刚想到这个，勒拿就突然从不知道什么地方冒了出来，坐在你身旁。

"不得不给了切萨一个了断。"他轻声说。你知道，切萨是被雷纳尼斯人射中的三名壮工之一——讽刺的是，她本来也是个雷纳尼斯人，跟丹尼尔一起投靠过来的。"另外两个很可能会挺过去，但是弩箭射穿了切萨的肠子。本来她会死得很慢很痛苦。但这里有足够的止痛药。"他叹气，揉揉眼睛。"你已经看过……呃……绳椅里面那个……另类了？"

你点头，犹豫了一下，然后伸手握住他的手。勒拿不是特别喜欢亲热的一个人，你发现这点之后松了一口气，但他有时候，的确也需要一点儿表示情感的姿态。提醒他并非独自一人，世界并非毫无希望。为此你说："假如我们成功封闭那条地裂，你们可能就不需要站点维护员了。"你并不确定事实一定如此，但你希望是这样。

他紧紧握住你的手。那感觉很神奇，当你意识到他从不主动跟你接触。他总是等你主动，然后他会回应你的姿态，有时激烈，有时平淡，完全取决于你的态度如何。他尊重你的边界划分，因为你总是立场坚定，戒备森严。

这么多年了，你一直都不知道他有这么强的洞察力——但话说回来，你本应该猜到的。多年之前，仅仅是靠表面观察，他就得知了你的原基人身份。你断定，艾诺恩会喜欢他这样的人。

就像听到了你的想法一样，勒拿随后望着你，眼神很是焦虑。"我一直在想，某件事还是不要告诉你为好。"他说，"或者说，你很可能是故意不去察觉那件事的，我最好也不要挑明。"

"这开场白真够特别啊。"

他微露笑容,然后叹气,低头看你们握在一起的手,笑容消失。时间一点点过去,你心里越来越紧张,因为这太不像平常的他。不过,终于,他叹了口气:"你上一次来月经是什么时候?"

"上一次——"你戛然而止。

可恶。

可恶啊。

在你静默时,勒拿叹息,头向后倚靠在墙上。

你在自己脑子里寻找借口。饥饿。身体极度疲乏。你四十四岁了——你自己估计的。已经记不起现在是几月份。怀孕的希望,其实比凯斯特瑞玛人活着走出沙漠还渺茫。但是……你这辈子月经一直都很明显,也很准时,只有在三次生育前停止过。三次都很明显。这也正是支点学院指定你繁育后代的原因。基本过得去的原基力,加上中纬度居民的宽大臀部。

你早知道。勒拿是对的。在某种程度上,你早有察觉。然后自己选择了不去觉察,因为——

勒拿在你身边静坐半响,看着你慢慢消化刚才这番话,他的手软软地搭在你的手心。他很轻柔地说:"我这样猜对吗:你在核点的那件事,必须赶在特定时间以内完成?"

他的语调太正式。你叹息,闭上双眼:"是。"

"很快吗?"

之前霍亚告诉过你,近地点——就是月亮最靠近的时间——就在几天以后。那之后,月亮就会远离你们的星球,逐渐加速,像被弹弓弹射一样返回遥远的星空里,或者它之前所在的任何地方。如果你不赶紧抓到它,以后就再也没有机会了。

"是。"你说。你觉得累。你觉得……很受伤。"很快。"

第十一章 你，临近终点

　　这也是你俩没有讨论过的事，考虑到你们之间的关系，很可能是应该讨论过的。这件事你们一直都不需要讨论，因为根本就无话可说。勒拿现在说："使用所有方尖碑，只一次，就让你的胳膊发生了那种变化。"

　　你多此一举地看看断臂。"是啊。"你知道他开始这段对话的用意是什么，于是你决定跳到末尾，"最早要求我结束这场灾季的，本来就是你。"

　　他叹息："我当时很愤怒。"

　　"但并没有说错话。"

　　他的手在你手上，略微抖动了一下："如果我要求你不去做这件事呢？"

　　你并没有笑。如果你笑了，也一定是苦笑，而他并不应该面对那个。相反，你叹了口气，换成躺下的姿势，推他，直到他也躺下。他比你略矮一点儿，所以你是两人中的"大勺子"。这当然会让你的脸对着他灰白的头发，但他也去冲过澡，所以你不介意。他闻起来味道不错。很健康。

　　"你不会提那样的要求。"你对着他的头皮说。

　　"但是如果我提了呢？"这话很疲惫，毫无热忱。他并不是认真的。

　　你亲吻他颈后："我会说'好吧'，然后一家三口过小日子，我们守在一起，直到因为尘肺病一块儿死掉。"

　　勒拿再次握住你的手。这次不是你主动，但也并没有惹你反感。"答应我。"他说。

　　他没有等到你回答，就睡着了。

· 巨石苍穹 ·
THE STONE SKY

※

四天后，你们到达雷纳尼斯。

好消息是，你们不再受到落灰的袭扰。地裂过于靠近，而火墙正忙于把较轻的颗粒物向上输送；你们再也不用担心那个。取而代之的，是时不时刮起的大风，带着引火之物——火山砾，很小块的火山喷发物，没有小到能被人类吸入，但下坠时仍在燃烧。丹尼尔说，雷纳尼斯人称之为"坠火"，大多数情况下无害，但你们应该在货车停放区的关键位置额外安排更多水罐，以防有火星引起暗火。

然而比坠火更夸张的，却是城市天空中飞舞的电光，因为距离火墙太近。创新者们为此特别兴奋。汤基说，可靠的闪电有很多用途。（如果说话的不是汤基，肯定会被你当疯子看的。）不过没有闪电击中地面——只有较高的建筑会遭殃，城中以前的居民都已经给它们安装过避雷针。这也是无害的。你们只需要适应就好。

雷纳尼斯不是你期望中的样子，不全是。哦，它是个巨大的城市：全城都是赤道风格，仍然可用的水电，经过过滤的井水仍能正常供应，高大的黑曜石城墙上刻满了城市敌人痛苦遭遇的画面。这里的建筑没有尤迈尼斯那样美丽壮观，但话说回来，尤迈尼斯本来就是赤道城市中的佼佼者，而雷纳尼斯却是同类中的末流。"才不过五十万人口。"你记得曾听某人这样嘲笑过，像是上辈子的事了。但是两辈子之前，你本人也是出生在一座不起眼的北中纬小村庄，对你心里残留的达玛亚来说，雷纳尼斯还是相当惊人的一座城。

你们只有不到一千人，却要占据一座曾容纳数十万人的城市。依卡下令，让所有人都接管一座小院落，必须靠近城市中的某块绿地。（城里共有十六块。）前居民很方便地给城中的所有建筑贴过标签,根据它们的结构强度划分过等级,因为地裂事件发生时,这座城也并不是毫发无伤。划有绿色"X"标记的,是确认安全的房屋。黄色"X"表示有损伤,有倒塌的可能性,尤其是城市再次遭遇强震的情况下。标红的建筑损毁相当明显,因而属于危房,但你看出,它们也曾有人居住,可能是那些为了避免被驱逐,愿意住任何房子的人吧。对凯斯特瑞玛人来说,绿房子就已经足够,所以每家人都能挑选到自己的套房,带全部家具,结构坚实,并且有正常供水和供暖。

周围有几群野鸡跑来跑去,还有更多山羊,它们实际上还在自行繁衍。不过,绿地中的庄稼已经全都死了,因为几个月无人灌溉,也无人照管——就是从你杀死雷纳尼斯人,到凯斯特瑞玛人到达的这段时间。尽管如此,种子库里面有很多蒲公英,还有其他生命力顽强,光照要求不高的作物,包括芋头之类的赤道区主食。与此同时,城市里的食品库里存储了大量干粮、奶酪、肥腻的辣肠,还有谷物、水果、油中浸泡的绿叶蔬菜和草药,等等等等。有些要比其他库存更新鲜一些,它们是由掠夺军抢夺回来的。所有这些加起来,就算凯斯特瑞玛人每天大摆宴席,十年都吃不完。

这些都好到让人吃惊。但也有几个问题。

首先就是,雷纳尼斯的水处理系统要比任何人能预料的都复杂。它目前自动运行,也并未崩溃;但如果停机,就没有人懂得如何重启那些设备。依卡给创新者们布置任务,让他们搞懂这件事,或者就要在系统出现故障时给出替代方案。汤基非常厌烦。"我在第七大学受了六年严格训练,难道就是为了清除废水里的屎吗?"抱怨归抱怨,她已经开始着手完成这项任务。

第二个难题,是凯斯特瑞玛人不可能在全部城墙布设岗哨。城市就是太大,你们人数太少。暂时,你们是有保护的,因为没有人会到北方来,假如有选择的话。但是,如果有旨在征服的势力出现,社群能够用来对抗的,也只有城墙。

这个问题没有解决方案。即便是原基人,在军事意义上能做到的事情也很有限,尤其是在此地,地裂的近处,使用原基力非常危险。丹尼尔的部队曾经是雷纳尼斯的过剩人口,现在都成了煮水虫的饵食,在东南方中纬度地区养活了大批虫子——其实你也不想让它们出现在这里,帮你们对付闯入者。依卡命令繁育者们打起精神,要用灾后重建期的节奏增加人口,但即便是召集了整个社群全部健康的成年人参与进来,凯斯特瑞玛还是不可能在未来几代人的生涯里拥有足够的人口。别无选择,现在至少要守住社群居住的部分城区,做到你们能做到的最佳程度。

"如果有一支新的军队出现,"你有一次听到依卡自言自语,"我们就直接请他们进城,每人分一套房子。这样就能解决问题了。"

第三个难题——也是最大的问题,虽然没太多道理,但存在感极强——是这样:凯斯特瑞玛人必须住在被征服者的尸体中间。

那些雕像到处都是。有的站在公寓厨房里,正在洗碗。有的躺在床上,而床已经被他们石化之后的重量压塌或者压碎。有的正走上岗楼阶梯,去接替上面站岗的雕像。有的坐在公共食堂里喝茶,而茶水早就干成了渣。他们有一份诡异的美,有烟水晶质地的头发,平滑的碧玉肌肤,碧玺、绿松石、石榴石或者黄水晶质地的衣服。他们的表情有的是微笑,有的在翻白眼,或者打哈欠,一脸厌烦——因为转变他们身体的,来自方尖碑之门的力量起效很快,死亡并无痛苦。他们甚至没时间感到害怕。

第一天,所有人都躲着那些雕像走。尽可能坐在他们的视线看不到的地方。做其他任何事都会让人感觉……不尊重。但是。凯斯特瑞玛人撑过了一场由这些人发动的战争,然后又熬过了因为那场战争成为难民的日子。如果让负疚感盖过事实，也是对凯斯特瑞玛死者们的不尊重。于是过了一两天之后，人们就开始简单地……接受这些雕像的存在。事实上，也没有其他选择。

不过，这件事还是有些让你担心。

有天深夜，你不知不觉就在到处游荡。离你的住处不远有一座标着黄色"X"的建筑，它很漂亮，墙面上覆盖着藤蔓和花草浮雕，有些地方，还有开始剥落的金箔闪亮。你经过时，金箔被光线照到，略略闪光，由于反射角度的关系，让整座建筑显出一种被绿植覆盖的错觉，那些植物鲜活，并且轻轻摇曳。这座建筑要比雷纳尼斯城里的大多数建筑更古老。你喜欢它，尽管说不清楚为什么。你去了房顶，发现里面的房间很平常，沿途也同样有些雕像。这边有道门没有锁，虚掩着；也许在地震发生时，有人正在房顶上。当然，你确定过上面已经安装了避雷针，然后才跨过那道门。这是城中较高的建筑，尽管它也只有六七层。（只有，茜奈特在冷笑。只有？达玛亚在困惑。是的，只有，你凶巴巴地对两人说，让她们全都闭嘴。）屋顶不只有避雷针，还有一座空空的水塔，所以，只要你不倚靠在任何金属表面，不在避雷针附近徘徊的话，你很可能就不会死。很可能。

而在这里，面向北方地裂处腾起的火墙，像是在那里被制造出来一样，像是从建筑的花草装饰刚成形就在现场一样，霍亚在等待着你。

"这里的雕像，数量并没有该有的那么多。"你停在他身旁说。

你情不自禁望向霍亚凝视的方向。从这里看，你还是无法看到地裂本身。看上去，城外好像有一片死去的雨林，还有一系列山峦，挡在城市和那条怪物之间。不过，那火墙也已经足够可怕。

也许，有些现实存在的恐惧，要比其他恐惧更容易面对一些，但你还记得对这些人使用方尖碑之门的事，将他们身体细胞里的魔法扭曲，将他们体内极微细的颗粒由碳转化为硅。丹尼尔曾跟你讲过，雷纳尼斯如何人满为患——以至于为了生存，它必须派出军队四处征伐。而现在，城市里却没有挤满雕像。有迹象表明，此前曾有过更多：有些雕像看上去正在专心交谈，谈话的对象却已经不见；摆放六套餐具的桌前，只有两人在场。在其中一座较大的绿标房子里面，有个雕像赤裸着躺在床上，嘴巴张开，阳具永久性地直竖，臀部摆出向上直刺的姿态，两手的位置正好可以抓住某人的双腿。但他独自一人。有人搞了个品味奇差的恶作剧。

"我的同类，会抓住一切进食机会。"霍亚说。

是啊。这正是你一直担心他会给出的回答。

"看起来，它们真是相当饥饿啊？这里以前有很多人的。大多数肯定是都消失了。"

"我们也会存储过剩资源备用的，伊松。"

你用仅剩的那只手揉脸，努力却没能成功地不去想象某处的巨型食岩人橱柜，现在塞满了颜色鲜艳的石像。"邪恶的大地啊。那你还费劲跟着我干吗？我又不是——像他们那么容易吃到。"

"我们同类中的弱者还需要增强自身实力。我不需要。"霍亚的声调里有很轻微的变化。但你现在已经相当了解他；那是轻蔑。他是个高傲的家伙（他自己甚至也承认）。"他们天资较差，孱弱，比畜生好不了太多。我们在早年间特别孤单，一开始都不明白自己在做什么。那些饥饿的，就是我们早期摸索的结果。"

你有动摇，因为你并不真正想知道……但你已经有几年没当过懦夫了。于是你让自己坚强起来，转向他，然后说："你现在正在制造另一个新的食岩人，对吧？原料就是——我自己。如果这对你来说不是食物，那么，它就是……繁衍喽。"可怕的繁衍过程，如果它要依赖于一个活人痛苦的死亡过程。而其中包含的，也一定不只是把活人石化而已。你想起了驿站边的克库萨，还有杰嘎，以及你在凯斯特瑞玛下城杀死的那个女人。你想到自己如何击中她，用魔法碾碎了她。只因为她让你重温了小仔的惨死，这本来算不上罪行。但埃勒巴斯特的最终结局不同，跟你对那女人做出的事情不一样。她变成了一团闪亮的、鲜艳的宝石。而埃勒巴斯特变成了一坨丑陋的棕色石块——那坨棕色石块却制作精良，手艺精准，非常小心，而那个女人在表面的华丽之下，其实只是乱糟糟的一团。

霍亚默然，没有回答你的问题，这本身也是一种回答。然后你终于想起，关于安提莫尼，在你关闭方尖碑之门以后，仍没有坠入魔法耗尽后的昏睡中的那一会儿。在她身边，另有一名食岩人，白得怪异，又熟悉到让人心惊。哦，邪恶的大地，你并不想知道，但是——"安提莫尼用那些——"两小堆黄色石块。"用埃勒巴斯特。当作原料去——去，哦，可恶，去制作出另外一名食岩人。而且她还做成了跟生前的他相像的样子。"你又一次开始痛恨安提莫尼。

"他自己选择相貌。我们都是的。"

这让你螺旋上升的怒火失去了上涨势头。你腹部抽紧，这次是另外一种感觉，不是反感。"那个——这么说来——"你不得不深吸一口气，"那么，那个就是他本人？埃勒巴斯特，他现在……他现在是……"你无法迫使自己说出那个词。

瞬间移动，霍亚面对你，一脸同情，但也有警告的意味。"魔法网络并不是每次都能完美成形，伊松。"他说，语调很轻柔，"即便在成功时，也总是会有……数据损失。"

你完全没概念，不知道这是什么意思，但你已经在全身哆嗦。

为什么？你知道为什么。你的音量提高："霍亚，如果那是埃勒巴斯特，如果我能跟他谈话——"

"不行。"

"这他妈为什么不行？"

"因为这必须由他来选择，最开始。"这里语调更严厉。是责备啊，你畏缩。"更重要的是，因为我们在开始阶段都很脆弱，就像所有幼年时期的生物一样。要花几个世纪的时间，才能让我们的个性渐渐……冷却。即便是最轻微的压力——例如你，要求他来适应你的需求，而不是他自己的需求——都可能会损害他个性的最终形态。"

你退后一步，这让你很意外，因为你自己都没意识到，自己从霍亚脸上读出了什么。然后你泄了气。埃勒巴斯特还活着，但也跟死了一样。食岩人埃勒巴斯特，跟你认识的那个有血有肉的男人之间，可有一丝共同之处吗？现在他已经变了那么多，前面这个问题还有没有意义？"那么，我是又一次失去了他。"你喃喃地说。

看上去，霍亚一开始没有动弹，然后你身体侧面感觉到一阵短暂的风，突然就有一只坚硬的手，触碰你柔软的手背。"他会永生不死。"霍亚说，他空洞的声调已经尽可能温柔，"只要大地还存在，他的一部分个性就将永存。你才是那个仍然面临危险，可能会彻底失去一切的人。"他停顿了一下，"但是，如果你选择放弃我们开始的这件事，我会理解的。"

你仰头看，然后，大概只是第二次或者第三次，你觉得自己能理解他。他知道你怀孕了。也许他知道的比你自己还早，尽管你猜不出这件事对他意味着什么。他也知道你心里暗藏的，关于埃勒巴斯特的奢望……而且他现在说的是……你并非独自一人。你并非一无所有。你有霍亚，还有依卡、汤基，或许还有加卡，朋友们，他们了解你身为基贼的所有怪癖，却依然能够接受你。你还拥有勒拿——少言寡语，有点儿闹人，无所顾忌的勒拿，他不会放弃，不许你找借口，也不会假装爱情能够抵挡痛苦。他是你又一个孩子的父亲，这孩子很可能也会很美。之前你所有的孩子都是。美丽，而且强大。你闭上双眼，抵抗那份遗憾。

但这样一来，你就听到了城市里的各种声音，你吃惊地发觉……风中传来欢笑声，响亮到足以从地面传上来，很可能是公共篝火旁的声音。这提醒了你，你还拥有凯斯特瑞玛，如果你愿意接纳它。这个荒谬的社群，有那么多讨厌的人，却至今没有解体，你曾为它战斗，而它不管有多么不情愿，也曾为你而战。这让你的嘴角不由得露出笑容。

"不，"你说，"我会做完需要我做的事。"

霍亚打量你："你很确信。"

你当然确信。没有发生过任何改变。这个世界仍然破碎，而你还是有能力修补它；这是埃勒巴斯特和勒拿两人给你的任务。凯斯特瑞玛的存在，让你有更多的理由做到这件事，而不是更少。而且，你也到了不能再当懦夫的时候，该出发去找奈松了。即便她可能会恨你。即便你可能是这个世界上最差劲的母亲……你都已经竭尽所能。

也许这就意味着，你选择了自己的一个孩子——幸存机会最大的那个——而放弃了另一个。但这并不新鲜，有史以来已经有那么多个母亲做过同样的选择：牺牲当下，换取一个更好的未来。如果这次的牺牲比大多数情况下更艰难……那也可以。就这样。毕竟，这也是做母亲的应有之义，而且，你他妈还是十戒高手呢。你会确保成功。

"那么，你还在等什么？"你问。

"只是在等你。"霍亚回答。

"对。我们还有多少时间？"

"近地点时间在两天以后。我可以用一天时间带你到达核点。"

"好吧。"你深吸一口气，"我还需要跟一些人告别。"

霍亚带着完全淡定的表情说："我可以带其他人同去。"

哦。

你想要这样，不是吗？面对末日时不必孤身一人。有沉默而坚定的勒拿在你身后。汤基如果错过见证核点的机会,一定会气到发疯,假如你丢下她不带的话。要是带了汤基不带加卡,后者也会很生气。丹尼尔想要记述这个世界的重大变迁,原因是赤道区讲经人的某种怪癖。

但是依卡——

"不要。"你清醒过来,叹了口气,"我又在自私了。凯斯特瑞玛需要依卡。而且,他们都已经饱受折磨。"

霍亚只是看着你,他怎么就能传达那么复杂的感情呢,明明只有一张石头脸?尽管那种感情是赤裸裸的怀疑,嘲讽你那份自虐和纠结。你还是大笑——只一声,而且声音干涩。有段日子没笑了。

"我觉得,"霍亚缓缓说,"如果你爱某些人,就无法拒绝他们也爱你。"

这句话,真的有太多层次了。好吧,算了。行吧。这件事不只跟你一个人有关,一直都是。灾季来临,万物皆变——而且你终于有几分疲惫,受够了那份孤独的、满腹仇恨的女性人设。你想要为奈松准备一个家,但也许她并不是你唯一关心的人。也许就算是你,也不应该试图独自改变全世界。

"那么,我们就去问问他们。"你说,"然后,我们就去找回我的小丫头。"

· ✳ ·

收件人:迪巴尔斯的创新者耶特
发件人:迪巴尔斯的创新者艾尔玛

我奉命通知你,给你的资金支持已经被中止。你必须选择最便宜的交通方式,马上返回大学。

因为我了解你,我的老朋友,请允许我补充下列内容。你相信逻辑。你认为,在确定无疑的事实面前,就连我们那帮尊贵的同事都不会受到偏见和政治影响。而这个,正是你以后永远都无法走近基金和赞助委员会一英里范围内的原因,不管你获得多少个大师认证。

我们的基金来自旧桑泽帝国。来自那些大家族,其历史如此古老,有些藏书甚至比所有大学更早——而他们却不允许我们碰那些书籍。耶特,你以为这些家庭是怎么支撑那么久的?旧桑泽帝国是怎么存续那么久的?那绝对不是因为《石经》。

你不可能走到那些人面前,让他们赞助你的研究,然后结果是基贼们变成了英雄!这事就是不能做。他们会晕倒的,而等到他们醒来,就会派人把你杀掉。他们会毁灭你,就像以前消除其他危及自身生活和传统地位的因素一样。是的,我知道你以为自己没有做这件事,但你就是在这样做。

如果上面这些话还不够说服你,下面有个事实,逻辑清晰到让你都不会误解了:守护者们已经开始询问。我不知道为什么。没有人知道这些人背后的动机是什么。但这是我跟委员会多数人一样投票的原因,即便这意味着你从此开始痛恨我。我想让你活着啊,我的老朋友,而不是死在某个小巷里,被一支玻钢剑刺穿心脏。我很抱歉。

祝回程平安。

第十二章
奈松不孤单

核点一片寂静。

乘坐直运兽到达终点站之后,身处世界另一端的奈松就察觉到了这个。终点站在一座奇特的倾斜建筑里面,这些建筑都环绕着核点正中央的巨大洞穴。她大叫救命,喊人来,一直喊,直运兽的门打开,她拖着沙法软瘫的、没有反应的躯体穿过死寂的走廊,然后又穿行在死寂的街道上。沙法块头大,身体沉重,所以尽管她试过多种办法,想用魔法减轻拖拽他的负担——结果很糟;魔法本来就不是针对如此微不足道的日常事务,而且她现在也很难集中精神——仅仅走出一个街区左右的距离,然后自己也筋疲力尽地倒下了。

· · ✳ · ·

某个可恶的日子,鬼知道是哪一年。

找到了这些册子,空白的。他们制作这种书的材料不是纸。更厚。不容易弯折。质量很好吧,应该,否则早就化成灰了。能把我的话永远留存下去!哈!绝对能撑到我本人发疯以后。

不知道该写什么。艾诺恩会大笑,然后让我写性生活。好吧,那这样:我今天手淫了,安把我拖到这地方以来的头一回。其间想过他,

第十二章 奈松不孤单

但是没能高潮。也许我已经太老？茜因肯定会这样说。她只是生自己的气,因为我还能让她来劲儿。

正在忘记艾诺恩的体味。这里的一切都有一股海水的咸腥味,但又跟喵呜附近的海有所不同。水质方面的区别？从前的艾诺恩,身上的气味就像那边的海水。每当有风吹起,我就会失去一部分有关他的记忆。

核点。我是多么痛恨这个地方。

核点并非一片废墟,不完全是。就是说,它还没有被毁掉,也不是没有居民。

在开阔的、无边无际的海洋中间,这城市是一片突兀的建筑物,不是很高,无论是跟近期毁灭的尤迈尼斯相比,还是跟早已覆灭的锡尔－阿纳吉斯特相比。但核点独一无二,无论是在过去,还是在当前的文明体系中。核点的建筑都很坚固,使用了不会生锈的金属,以及奇特的聚合物和其他材料,它们能抵挡时常达到飓风强度的咸风,这种气候在星球的这一侧十分常见。这里生长的少数几种植物,分布在那么久之前建成的花园里,都已经不再是那种可爱的、被精心设计、适合温室环境的类型——核点的建设者们曾经钟爱过那种。核点的树木——最早园林树种的杂交野化后代——都是巨大又粗壮的样子,被风扭曲成了富有艺术气息的形状。它们早已冲出规整的苗圃和缸盆,现在蔓延到了压纤路面以上。跟锡尔－阿纳吉斯特建筑风格不同,这里的房舍有很多锐角,用来最小化建筑承受的风力。

但是这座城市的神奇,不止于可见层面。

核点坐落于一座巨大的水下盾形火山顶点,而其中央地带钻入地下的那个洞,前几英里实际上都分布着掏空的居住区、实验室和生产设施。这些地下设施,最初的意图是容纳核点的地质魔法学家和基因工程专家,但在很久以前就被转成了完全不同的用途——因为核点的这个隐藏名称就是沃伦:守护者被造就出来,并且在灾季期间居住的地方。

后面,我们还会详谈这个问题。

但在地面以上的核点,时间是临近傍晚,天空有几朵疏云,底色蓝到惊人。(在这个半球,安宁洲发生的灾季很少会明显影响到气候,或者至少,是在最初数月或数年中间,都没有明显影响。)天气这么好,奈松周围的街上有些行人,看到她哭泣、挣扎,却没有来帮助她。他们大多数人完全不动——因为他们是食岩人,有玫瑰红色大理石的嘴唇,闪亮的云母眼睛,还有硫金质地、透明水晶质地的发髻。他们站在建筑物的台阶上,那里有数万年不曾被人类涉足。他们坐在石头或者金属质地的窗台前,身下的建筑结构因为长期承受极大重量,已经开始变形。还有一个屈膝席地而坐,两臂搭在膝盖上,背靠一棵树,后来长起的树根都已经把她包裹了起来;她的上臂和头发上覆盖着苔藓。她观察奈松,只有一双眼睛在动,眼里显出某种兴趣。

他们漠然旁观,什么也不做,眼看着这个行动迅捷、吵吵闹闹的人类小孩,在咸涩的海风里哭泣,直到她筋疲力尽,然后这女孩蜷起身体坐倒,手指还拉扯着沙法的上衣。

·※·

又一天,同一(?)年[1]

---

[1] 变体文字的作者精神渐渐错乱,记述中的拼写、标点和语法错误越来越多,译文也尽可能体现这一特点。——译者注

第十二章 奈松不孤单

不再写艾诺恩,也不再提考鲁。从现在开始,那些是禁区。

茜因。我还能感觉到她——不是隐知,是感觉。这里有块方尖碑,我猜是尖晶石碑。当我连果连接到它,就好像能够感知它们有联系的任何事物。紫石英碑在跟随茜因。不知她是否知道。

安提莫尼说,茜因安全返回大陆,正在流向流浪。这是我总感觉自己在流浪的原因吧,我猜?我的世界只剩一个她,她却——×。

这个地方荒谬死了。安尼莫尼是对的吗?她说没有控制半球体,仍然有办法启动方尖碑之门。(缟玛瑙碑。它太强大,不能冒险招惹它,可能引发的魔力定向太快,然后谁来完成第二次轨调整呢?)但那些建造它们的混蛋却把一切都丢进了那个愚蠢的坑里。安告诉了我一部分。伟大工程,屁!但是亲眼看到之后,会感觉更糟。这整个该死的城市就是个犯罪现场。菊巨大,准备好了要把某种东西从那个洞一直输送到大陆。魔力,安尼莫尼说过,他们真的需要那么多???? 比他妈方尖碑之门还多!

要求提尼莫尼带我去那个洞,今天,她说不行。那洞里到底有什么,啊?洞里有什么。

—— ·⁕· ——

临近日落,又有一名食岩人出现。这里,在衣装典雅、五颜六色的同类之间,他甚至更加突出,因为灰扑扑的颜色,还有赤裸的胸膛:灰铁。他挺立在奈松面前几分钟,也许是等着她抬头看到自己,但女孩没抬头。过了一会儿,他说:"等到夜深了,海风可能会很冷。"

寂静。她的两只手攥紧沙法的衣服,然后又松开,并不是特别慌乱。她只是累了。从地心以来,她一直都抱着沙法。

又过了一会儿,太阳一寸一寸地挪向地平线,灰铁说:"离这儿两条街的地方,有套可以住的房子。那里存储的食物,应该还可以吃。"

奈松问："在哪儿？"她声音沙哑。她需要水。她的水壶里还有一些，沙法水壶里也有，但她都没有打开。

灰铁转换姿势，指明方向。奈松抬头看去，看到一条街，特别直，看似一直延伸到地平线。她疲惫地站起来，抓紧沙法的衣服，又开始拖着他行进。

· · ✹ · ·

洞里的人是谁，洞里有什么，它通向哪里，我有多大洞！

岩人们今天带来了更好的食物，因为我吃得太少。那么特别，从世界另一边新鲜鲜地运送过来。会把种子晒干，种上它们。记得把我丢向安某人的西红柿刮刮刮起来。

书上的语言，看上去几乎就是桑泽标准语。因为字母相似？原型？有些词我几乎能辨认。有些古老的埃图皮克语，有些拉代克语，还有一点点王朝早期的雷格沃语。真希望希纳什在这里。看到我把臭脚放在这些无比古老的典籍上，他一定会尖叫的。他总是那么容易撩。想他。

想所有人，甚至那该死的支点学院（！）成员臭嘴小姐们。**茜奈特**就能让我吃下饭，你这块会说话的石头。**茜奈特**是真心在乎我，而不是只关心我能不能拯救这个狗屁不值的世界。**茜奈特**应该在这里，跟我在一起，~~如果能让她来陪我，我愿意付出任何代价~~

不。她应该忘记我还有在喵呜的生活。找一个她真心想睡的笨蛋。度过无聊的一生。她理应得到那个。

· · ✹ · ·

奈松去那座建筑期间，夜幕降临。灰铁移动位置，出现在一座怪

第十二章 奈松不孤单

异的、不对称的建筑前面,这座房子是楔形的,较高的一端面向风。它倾斜的房顶在背风面,上面长满了茂密的、扭曲的植物。屋顶上有足够的泥土,多到不可能仅靠几个世纪的风吹来。它看上去是有计划的安排,尽管有些长疯了。但在那团混乱中,奈松还是能看出有人开辟出来一块园地。不久以前。这里的植物也在疯长,落下的果实里发出新苗,无人照管的藤蔓到处分权,但考虑到杂草相对稀少,行列相对整齐,这片菜园荒废的时间应该不超过一两年。现在,第五季已经快要有两年了。

后来,建筑大门自动打开,在奈松靠近时滑向两侧。然后,在她带着沙法走进去足够远的距离之后,门又马上自动关闭。灰铁也进来了,指向楼上。奈松拖着沙法来到楼梯底端,然后倒在他身旁,全身哆嗦,累到无力思考,也无法继续。

沙法的心跳依然强劲,她感觉是的,在她把沙法的胸口当作枕头时。闭上双眼之后,她几乎可以想象是沙法在搂抱她,而不是相反。这是可悲的安慰,但还是足够让她安然熟睡,没有做梦。

世界的另一端
就在洞穴的另一面
不
是
吗
?

255

巨石苍穹
THE STONE SKY

第二天早上,奈松把沙法带上楼梯。还好,那套房子就在第二层。楼梯口对面就是。在奈松看来,里面所有的东西都很奇怪,用途却又很熟悉。那里有张长椅,尽管它的靠背是在长条一端,而不是背面。那里还有椅子,其中一把连接在某张大大的斜面桌上。也许是画画用的。在附属小房间里的那张床,是最奇怪的了:它是个大而且宽的半球形,整体就是颜色鲜艳的厚垫,既没有床单,也没有枕头。当奈松小心翼翼躺上去,却发现它能自动收缩,适应她的体形,感觉舒服得难以置信。它也很暖——积极地在她身侧加热,直到昨晚睡在冰冷楼梯间的不适消失。奈松情不自禁被它吸引,探查了一下,发现这张床里面充满了魔法,也把她自己覆盖于魔法之下。银线在她身体上面蔓延,驱走她的不适,触碰她的神经,然后修复她身上的瘀青和划伤;还有其他银线抽打床内的微粒,直到摩擦令其生热;又有更多银线在她身上寻找极细小的干皮屑和碎尘埃,然后将其去除。这就像她自己用银线治病或者切割时所做的那样,但不知用了什么办法,完全自动进行。她无法想象,谁能制造出一张可以施放魔法的床。她也想不出原因。她无法猜测,谁能说服那么多银线去做那么棒的事情,但现实就是这么神奇。难怪那些建造方尖碑的人需要那么多银线,如果他们完全依靠魔法,取代了披毯子、洗澡,或者缓缓恢复伤痛这类事情,魔法的确很容易不够用。

奈松发现,沙法已经排泄在他自己身上。她觉得有些尴尬,不得不脱掉他的衣物,用浴室里找来的破布给他擦洗干净,但是如果让他黏着一身秽物,显然更糟糕。他的眼睛再次睁开了,尽管在奈松忙碌期间,他都没有动弹。那双眼白天睁开,晚上闭合,奈松一直在对沙

第十二章 奈松不孤单

法说话（求他醒来，要求他帮忙，告诉他说自己需要他），他却没有回答。

奈松把他弄到床上，在他的光屁股下面铺了一层布片。她把水壶里的水细细地倒进他嘴里，等水用光了，她就小心地从厨房奇特的水泵里取水。这台泵机没有把手，也没有压杆，但只要把水壶伸到出水口下面，就会有水流出来。她是个谨慎的女孩，所以先用逃生包里的粉末泡了一杯安全茶，检验水中有没有污染物。安全茶粉化开，并且保持着白色云雾状，她自己喝掉这杯茶，又取了更多水给沙法。沙法很痛快地喝了，这很可能意味着他是真的非常口渴。奈松给他喂葡萄干，先用水泡开的那种，他会嚼，能吞咽，尽管动作缓慢，没有太多活力。之前，奈松并没有把沙法照顾得很好。

她会做得更好的，奈松下定决心，然后到外面的菜园里，给两人采摘食物。

- - ※ - -

茜奈特对我说了时间。六年。都已经过去六年了吗？难怪她那么生气。告诉我找个大洞跳进去别再回来，因为太久没见面。她不想再见到我。真是铁石心肠。跟她说过抱歉了。是我的错，全部都怪我。

我的错。我的月亮。今天转动了备用钥匙。（视线、力线，三乘三再乘三？立方数排列，就像一个漂亮的晶体网格。）这钥匙能打开那道门。但是，带这么多方尖碑去尤迈尼斯非常危险；到处都有守护者。他们抓到我之前，不可能有足够的时间。更好的办法，是用原基人再制作一把钥匙，我能利用谁呢？谁足够强。茜因不够，她接近，但没达到。艾诺恩也不够强。考鲁够强，但我找不到他。他反正还只是个小婴儿，那样不对。婴儿。好多婴儿。站点维护员？站点维护员！

不行。他们已经受够了苦难。还是使用支点学院的元老们更好。

或者还是站点维护员。

我为什么要在这里做呢?这样会把洞堵上的。还是到那边,但……干掉尤迈尼斯。干掉支点学院。干掉好多守护者。

别老缠着我,女人。去找艾诺恩吧,或者干点别的。没人跟你上床的时候,你总是那样狂躁。我明天就要跳到那个洞里去。

新的生活习惯渐渐养成。

奈松每天上午照顾沙法,然后下午出门,探索城市,寻找他们需要的东西。现在不必再给沙法洗澡,也不用清理他的排泄物;让人震惊的是,那张床还能自动做这些。于是奈松就可以花时间跟他聊天儿,要求他醒来,告诉他,自己不知道该怎样去做。

灰铁又一次消失。奈松不在乎。

但其他食岩人会定期出现,或者至少,奈松能感觉到他们存在时带来的影响。她现在睡在长椅上,有天早上醒来,发现有条毯子盖在自己身上。只是一条简单的灰毯子,但很暖和,而且她觉得感激。当她从肉肠里挑出脂肪,想要开始制作脂烛时——她逃生包里的蜡烛剩的不多了——她发现有个食岩人站在楼梯口,手指弯曲,像在招呼她。当她跟上那人,他停在一块有奇怪符号的板子前面。食岩人指向其中一个符号。奈松碰了它一下,它马上亮起银线,发出金色光芒,并发出银线探察奈松的皮肤。食岩人用奈松不懂的语言说了些什么,然后消失,但当她回到套房,发现里面变暖了,而且头顶有柔和的白灯被点亮,如果再碰墙上的方块,灯就会熄灭。

有天下午,她回到套房,发现一个食岩人蹲在一堆东西旁边,应

第十二章 奈松不孤单

该是来自某个社群的物资库：几个粗麻袋，装满根茎类蔬菜、蘑菇和水果干；一大块亮白的圆形奶酪块，几皮袋的肉饼，还有小袋的大米和豆类，以及——特别宝贵的——一小罐盐。奈松靠近那堆东西时，食岩人消失了，所以她甚至没来得及感谢它。她不得不吹掉上面的灰，然后才把它们收起来。

奈松之前就发现，这套房子跟外面的菜园一样，肯定是直到最近都有人居住。另外一个人生活的残迹到处都是：衣柜里有对她来讲太肥大的裤子，旁边还有男人的内衣。（有一天，这些突然被适合奈松的衣物取代。另外某个食岩人做的？还是这房子的魔法力量比她想的更复杂？）有一间房子里堆了好多书，其中的很多都来自核点当地——她已经开始能认出那种怪异、整洁、不太自然的核点物品风格。但也有少数几本看似平常，有开裂的皮革封面，纸页上还有刺鼻的化学药品气味和手写墨迹。其中有些书使用了她无法读懂的语言。某种沿海方言。

但有一本，是用核点材料做成，空白页满是手写字迹，用了桑泽标准语。奈松打开这一本，坐下来，开始读。

　　　　　　⁕

去了

那个洞

不要啊

不要这样埋了我

求你不要，茜因，我爱你，我很抱歉，保护我，你守护我，我守护你，世上再没有强大如你的人，我真希望你在这里，求你不要。

巨石苍穹
THE STONE SKY

❉

核点是一座停滞不前的城市。

奈松开始失去时间观念。食岩人有时会向她讲话,但他们中的大多数都不懂得她的语言,而她也没有听过足够多他们的语言,仍然不足以理解。她有时会观察食岩人,惊奇地发现其中一些在完成各种任务。她观察一名孔雀石绿色的女性站在被风吹动的树木中间,迟钝地发觉她在把一根树枝举起,并且偏向一侧,以便让它长成特定的样子。所有这些树木,它们看上去都像是被海风雕琢的,但又显得过分夸张,弯曲和伸展的方式过于富有艺术气息,看来就是这样被塑形的。这活儿一定要花好多年。

而且在城市边缘,靠近水边像车轴一样伸出水面的一根柱子旁边——这些不是泊位,就是直接伸出水面的金属棍子,看上去毫无道理——也有另外一名食岩人整天站着,单手举起。奈松有天经过时,碰巧看到那个食岩人身体一闪,然后有水花出现,接着,他高举的手就揪住了一条大鱼的尾巴,那鱼在挣扎,身长跟那个食岩人相当。他的大理石肌肤上沾了一层水。奈松也没有什么特别想去的地方,于是坐下来观察。过了一会儿,一只海洋哺乳动物——奈松在书里看过这类东西,就是长的像鱼,却用肺呼吸的动物——缓缓爬上城市边缘的海岸。它有一身灰皮肤,身体肥壮如桶;口部有尖牙,但牙齿不大。当它爬出水面时,奈松发现它已经很老,而且那种挪动方式让她察觉到:这只动物已经瞎了。它的额头还有旧的伤痕;曾有某种东西严重伤害过它的头。这动物碰了下食岩人,后者当然是不动的,然后它就开始吃食岩人手里的鱼,撕下大块的肉,吞下去,直到食岩人放开鱼尾。吃完之后,动物发出复杂又尖厉的叫声,就像……在聊天儿,还是在笑?然后它再次滑入水中游走了。

那个食岩人身体闪动,面向奈松。奈松觉得好奇,站起来,想走过去跟他对话。但她刚站起来,那人就消失了。

奈松因为这件事明白:这里也有某种生活,在这些人之间发生着。这不是她熟知的那种生活,也不是她会选择的那种,但毕竟也是一种生活。这让她感觉到安慰,在没有沙法告诉她一切都好,没有危险的日子。这个,还有那份寂静,让她有时间哀悼。奈松以前都不知道自己还需要这个。

· ※ ·

我决定了。

这世界没救了。一切都是错。有些东西就是坏透了腔,根本无可挽回。你只能把那些全毁掉,扫除废墟,重新开始。安提莫尼同意。其他岩人有些赞同。有些不然。

让他们滚。他们谋杀了我的人生,为了让我成为他们的武器,所以我就会成为那件武器。选择由**我**。戒律也由我。我们会在尤迈尼斯动手。戒律是刻在石头上,不容更改的。

我今天又问过茜因的下落。不明白自己为什么还要关心这个。但安提莫尼一直都在留意。(为我吗?)茜奈特目前住在南中纬地区的某个破烂社群,我忘记名字了,她在扮演童园老师。扮演幸福的小哑炮。结了婚,有俩孩子。有何感想?不确定那女儿怎样,但那男孩已经在吸引海蓝石碑。

神奇啊。难怪支点学院要让你跟我生育后代。而我们也的确生出了一个漂亮小孩,尽管有那么多波折,不是吗?我的小儿子。

我不会让他们找到你的儿子,茜因。我不会让他们抢走他,烧坏他的头脑，把他困在绳椅里面。我也不会让他们找到你的女儿，如果她是我们中的一员，甚至，如果她是潜在的守护者。

等我完事了，世上将不再有支点学院。其后发生的不会是好事，但是它对所有人同样糟糕，无论贫富，赤道人还是无社群者，桑泽人还是极地人，现在他们都会体会到痛苦。**每一次**第五季都特别针对我们。我们面对的末日永无终止。他们本应该选择另外一种不平等。我们本来可以同享安全和舒适，一起成为幸存者，但他们不想要那样。现在，没有人可以再得到安全。也许只有这样，他们才会意识到世界必须改变。

然后我将封闭它，把月亮放回原位。（这件事应该不会让我石化，我是说第一次轨道调整。除非我低估了局势……应该不会。）反正这他妈已经是我唯一擅长的事了。

那之后……一切就将取决于你，茜因。让一切变好吧。我知道自己曾告诉你，这是不可能的，我说过这世界不可能变好，但我错了。我正打算砸碎它，因为那时的我搞错了。可以重新开始，当时的你是对的，**改变它**。让它变得好起来，为了你现在剩下的孩子们。请创造一个考伦达姆能够幸福生活的世界。创造一个新世界，让我们这样的人，你，我还有艾诺恩，还有我们的宝贝儿子，我们漂亮的小男孩，都可以不被残害。

安提莫尼说，我或许还有机会见证那个世界。我猜这个只能走着瞧了。可恶。我在拖延时间啊。她在等我呢。今天就要返回尤迈尼斯。

为了你，艾诺恩。为了你，考鲁。为了你，茜因。

- · ✼ · -

夜里，奈松能看到月亮。

这景象很可怕，她第一次夜间往外看，发现街道和树木上面有一层怪异的苍白色光芒，然后抬头，就看见天上有好大一个白色圆盘。

第十二章 奈松不孤单

在她看来，那东西太大了——比太阳还大，比星星大太多，后面还拖着一道暗淡的尾光，她不知道那是月亮在空间巡行，表面结的冰现在被气化的结果。它本身的白，才是真正的意外。奈松对月亮所知甚少——只有沙法跟她说过的那些。那是一颗卫星，沙法曾说，大地父亲走丢的孩子，一个能够反射太阳光的东西。考虑到这个，她以为月亮应该是金黄色。猜错的那么离谱，让她有些烦躁。

让她更烦躁的，是那东西上面有个洞，几乎就在它的正中央：一块巨大又深邃的黑暗处，像眼睛中央的瞳孔。现在还看不了太清楚，但奈松觉得，如果她盯着那个洞足够长的时间，应该能透过洞孔，看到月亮背后的星星。

在某种程度上，这也是应该的。不管许多年前发生了什么，最终导致月亮遗失，肯定是造成多重影响的惊天剧变。既然大地承受了碎裂季，那么月亮上留下伤疤的事实，感觉也是自然而然。奈松用一根拇指揉搓自己的手背，当年被母亲打断骨头的地方，感觉已经是上辈子的事。

但，当她站在屋顶菜园，盯着月亮看了足够长的时间，就开始觉得它美丽了。它是一颗冰白色的眼眸，而奈松完全没有理由仇恨这样的眼睛。它还像银色魔力线，当它在蜗牛壳一样的空间里涌动，盘旋。这让她想起沙法——想起他仍在用自己独特的方式守护她——而这让她感觉不再那样孤单。

时间久了，奈松发现她可以利用方尖碑来感觉到月亮。蓝宝石碑在世界另一头，但这边的海洋上空，也有其他方尖碑飞在空中，受到她的召唤后渐渐靠近，而她一直在试探和驯服每一块。这些方尖碑帮助她感觉到（不是隐知）月亮很快就将到达距离最近的位置。如果她任由月亮经过，它就会飞走，并开始迅速缩小，直至从天空中消失。或者她可以打开方尖碑之门，拖动月亮，然后改变一切。终结残忍的现实，让一切在寂灭中得到抚慰。这个选择让她感觉豁然开朗……除了一点。

一天深夜，当奈松坐看天上的白色圆盘时，她大声问："是故意的，对吧？事先你是成心不告诉我沙法的遭遇。这样你就可以除掉他。"

那座一直在附近逡巡的大山微微移动，来到她身旁的位置："我的确试过警告你。"

奈松转身看他。看到女孩脸上的表情，对方轻轻一笑，貌似自嘲，但听到她后面的话，笑声就止住了。"如果他死了，我会恨你，超过恨这个世界。"

这是一场互相伤害的战争，她渐渐明白过来，也知道自己必然会输。在他们到达核点以来的几星期（？）或几个月（？）的时间里，沙法的状况明显恶化。他的皮肤渐渐显出丑陋的灰白色，头发变得脆弱又暗淡无光。正常人不会躺那里不能动，能眨眼却不会思考，连续几个星期都没有起色。那天早上，奈松不得不剪短他的头发。床能自动清除头发里面的污垢，但它还是会变油腻，最近还总是打结——而且前一天，一定是有些头发缠在了他的胳膊上，阻断了血液流通，当时奈松正在吃力地帮他翻身，没有察觉这件事。（奈松总是给他盖一条毯子，尽管床可以保暖，毯子并无必要。但她不想见到沙法赤身裸体，毫无尊严。）这天早上，她终于发现了问题，但那只胳膊已经变得特别苍白，还有些发灰。她解开了缠绕的头发，揉捏那里的肌肉，指望能让那儿恢复血色，但情况看似并不乐观。如果他的胳膊真出了什么问题，奈松也不知道该怎么办。她可能会这样渐渐失去他，尽管缓慢，却无可挽回。沙法会一点点死去，因为第五季来临时她才将近九岁，现在也才接近十一岁，而且在童园里，并没有人教过她怎样护理残疾人。

第十二章 奈松不孤单

"如果他活着,"灰铁用他毫无色彩的声调回答,"他再也不会有一刻能摆脱痛苦。"他停顿,灰眼睛死盯着奈松的脸,而奈松听到他的话,吓得浑身战栗,满心只想拒绝,心里却越来越害怕灰铁是对的。

奈松站起来:"我需——需要知道该怎样把他治好。"

"你做不到。"

她两只手紧握成拳。感觉像是几个世纪以来的第一次,她运用部分精神探入周围岩层中。也就是核点之下的盾形火山内部……当她用原基力"抓取"它,却有些意外地发现,它是被某种东西固定住的。这让奈松一时有些走神,不得不把感应模式切换到银线——然后就发现了粗大的、光芒闪耀的几根魔法柱,被揳入火山根部,将其牢牢固定在原处。它还是活火山,但有了这些柱子的存在,它永远都不会喷发。它像基底岩石一样稳定,尽管火山中心的大洞可以直达地心。

奈松把这件事丢开,当成无关紧要,终于说出这些天身处食岩人之城,她心里一直在掂量的那番话。"如果……如果我把他变成食岩人,他就可以活下去,而且不会有任何病痛。对吗?"灰铁没回答。在不断延长的寂静里,奈松咬咬嘴唇。"所以你必须告诉我,该怎样才能……把他变成你这样。我打赌,如果我运用方尖碑之门,一定可以做到。我用那个可以做到任何事。只不过……"

只不过,方尖碑之门根本不适合用来做小事。正如奈松感知到、隐知到、实际也确信的那样,方尖碑之门可以让她临时变成无所不能,她也知道,她不能用它只转变一个人。如果她把沙法变成食岩人……这个星球的所有人,都会发生同样的变化。每个社群,每个无社群匪帮,每个饥饿的流浪者:之后将有一万座停滞不前的城市,而不是仅有一座。整个世界都将变成核点的模样。

但这个真有那么可怕吗?如果每个人都是食岩人,就再也没有原

265

基人和哑炮之分。不再有孩子面临死亡，不再有父亲谋杀他们。第五季会来了又走，却完全无关紧要。再没有人会饿死。让整个世界都变得像核点一样平静……那不也是一件善事吗？

灰铁的脸一直都仰着，朝向月亮的方向，即便是在眼睛观察奈松时，现在渐渐转回来朝向她。看他这样慢慢动，一直都会让人毛骨悚然。"你知道长生不死的感觉吗？"

奈松眨眨眼，愣住了，她本以为要发生一场争执。"什么？"

月光把灰铁变成了对比特别鲜明的黑影，部分躯体泛白，部分乌黑如墨，衬托在幽暗的菜园背景里。

"我刚才问你，"他说，声音几乎是欢快的，"你是否了解长生不死的感觉。就像我，就像你的沙法。关于他的年龄，你有没有一点点概念？你是否在意这件事？"

"我——"她本想说自己有的，却顿住了。不。这件事她从来没考虑过。"我——我还没有——"

"据我估计，"灰铁继续说，"守护者通常能活三四千年。你能想象那么长的寿命吗？想想过去两年。你从第五季开始之后的生活。想象你再熬过一年。你可以做到的，不是吗？在核点这里，每天都是度日如年，至少你的同类会这样跟我说。现在把这三年接在一起，想象把它们延长一千倍。"他在这句话里添加的强调语气非常犀利，强调得极为精准。奈松不由自主地跳了起来。

但同样不由自主地……她也在思考。她感觉好老，奈松，在不满十一岁这个厌世的年龄。自从她回家看到小弟死在地板上后，发生了那么多的事。她现在完全是另外一个人，几乎不再是奈松。有时候她会大吃一惊，想到自己还叫奈松这个名字。再过三年，她自己还会有多少不同？十年呢？二十年呢？

灰铁等待片刻，直到察觉奈松脸上的表情变化——也许是她在

第十二章 奈松不孤单

听自己说话的证据。然后他说:"但我有理由相信,你的沙法要比大多数守护者都更老很多,很多。他不完全是第一代;那些都早就已经死掉了。无法承受那一切。但他还是很早期的一员。你看,关键线索就是语言,总是可以靠这个甄别他们。他们总是难以忘记那些早期语言,甚至在忘记自己最初的姓名之后。"

奈松想起,沙法的确能听懂穿越地心的交通工具使用的语言。那感觉很奇怪,想象沙法出生在那种语言仍在被使用的年代。这样算来,他应该已经……奈松甚至无法想象。旧桑泽据说已经经历过七次第五季,如果算上当前这次,就有八次了。接近三千年。月亮返回又离开的周期,比那个还要长很多,而沙法甚至记得它上次回来,所以……是的。他的确非常非常老。奈松皱眉。

"很少看到他们这些守护者能支撑那么久。"灰铁继续说。他的声音很淡然,像在闲聊;就像谈起奈松在杰基蒂村的老邻居们一样。"你看,核石对他们的伤害极重。他们会变得疲乏,然后就疏于戒备,之后,大地开始污染他们,侵蚀他们的意志。一旦这个过程开始,他们通常就支撑不了多久了。大地利用他们,或者就是他们的守护者同僚利用他们,直到他们不再有利用价值,于是就被一方或者另一方杀死。沙法能比别人多活这么久,证明了他拥有非常强大的力量。或者是证明了另外某种东西。跟你说啊,其他人死掉的原因,是因为失去了普通人感到幸福的必要条件。奈松,你想象一下那是什么感觉。眼看着你了解和在意的一切死去。眼看着自己的家园被毁,不得不再找一个新的容身之处——一次,再一次,又一次。想象一下,永远都不敢接近其他人。永远都没有朋友,因为你比他们活得更久。你感到过孤独吗,小奈松?"

奈松已经忘记了自己的愤怒。"是的。"她承认。回答之前,她根本就没想到否认。

"想象一下永久孤独的生活。"奈松发现,灰铁的唇边带着极细微的笑意。他一直都是这样。"想象永远都生活在核点这里,除了我之外,没有人跟你聊天儿——而我大多数时候也懒得理你。你觉得那感觉会怎样,奈松?"

"很糟糕。"她说。现在声音细小。

"是啊。所以我的理论是这样:我相信,你的沙法活下来的原因,就是爱上他管辖的人们。你,还有其他像你一样的人,抚慰了他的孤独。他的确是真心爱你;这一点你无须怀疑。"奈松吃力地咽下口水,抑制住那份隐痛。"但他也需要你。是你让他感到幸福。你保持了他的人性,如果没有你们,时间早已把他变得面目全非。"

然后灰铁再次动起来。奈松终于想到,他的动作之所以不像人类,就是因为匀速又稳定。人类完成大动作的速度较快,做精细调整的速度偏慢。灰铁无论做什么,都是一个频率。看他的动作,就像看一座雕像缓缓融化。但随后,他两臂伸开摆定姿势,像在说,看看我。

"我现在已经四万岁了。"灰铁说,"误差可能也就几千年吧。"

奈松瞪着他。这番话就像是直运兽说的那些胡言乱语——几乎能听懂,但又不是真的能懂。不真实。

但是,那么长的寿命,会是怎样一种感觉呢?

"你打开那道门的同时,自己就会死。"灰铁说,然后给了奈松一点儿时间,消化自己讲完的内容。"如果不是当场死掉,之后也会死的。相隔几十年,或者几分钟,其实没什么区别。不管你做什么,沙法最终还是要失去你。他会失去让他保持人性,让他这么多年来一直对抗大地,不被吞噬的那种东西。他也不会再找到新的对象来爱——因为这里没有。而且他也无法返回安宁洲,除非愿意再次冒险经过地底旅行线。所以,无论他是用了某种办法复原,还是你把他变成我的同类,他都别无选择,只能继续孤独的生活,永无宁日地渴盼着再也不可能得到的东西。"慢慢地,灰铁的两臂下垂到体侧。"你完全不懂那是怎样的折磨。"

然后,很突然,很吓人,他就站到了奈松的正对面。没有变模糊,没有事先警告,只是一闪,他就出现在了那里,略微弯腰向前,让自己的脸杵到奈松面前,近到足以让她感觉到空气被挤压的微风,还有食岩人身上的泥土气息,她甚至能看出,对方的眼睛实际上是分层的,由不同色调的灰色渐次叠合。

"**但、是、我、懂。**"他吼叫。

奈松踉跄后退,惊叫出声。但转瞬之间,灰铁又恢复成了原来的站姿,身体挺直,胳膊垂在身旁,嘴角挂着微笑。

"所以请认真考虑。"灰铁说。他的声音再次变得平和,就像什么都没有发生过。"想问题的时候不要总带着小孩子那份自私,小奈松。也要问问自己:就算我能帮你救治那个控制欲过强的虐待狂废物,目前被你当成养父对待的人,我又为什么要那样做?就算是我的敌人,都不应该得到那么悲惨的下场。没有人该当那样。"

奈松的身体还在发抖。她勇敢地,口齿不清地说:"沙——沙法自己或许想活下去呢。"

"或许他想。但他应该活吗?有没有任何人,应该永远活着?这才是真正的问题。"

奈松感觉到无尽岁月的重压,她生命中不曾体验到的那种东西,隐约有些羞愧,因为自己还是个孩子。但在她内心深处,她是个善良的孩子,听完灰铁的故事之后,她不可能还像从前一样,对这个家伙只有反感。她不安地避开视线。"我……很抱歉。"

"我也一样。"片刻的寂静。在此期间,奈松缓缓打起精神。等到她再次注目于对方,灰铁的笑容已经消失。

"一旦你打开方尖碑之门,我就再也无法阻止你。"他说,"之前我的确在操纵你,没错,但说到底,决定权还是你的。不过,还请考虑清楚。奈松,我会一直活着,直到大地死亡。这就是它对我们的惩罚:我们成了它的一部分,命运相连。大地既不会原谅那些背后捅刀的人……也不会忘记把刀子交到我们手里的人。"

奈松听到"我们"这个词,眨眨眼有点儿纳闷儿。但她随后就没有深究,只顾难过,因为没有办法治好沙法。直到现在,她内心仍怀有一份不理智的希望,以为灰铁是成年人,一定会知晓所有答案,包括某种治疗方法。现在她知道,自己的希望只是在犯傻。太幼稚。她的确就是个孩子,而现在她唯一能依靠的成年人,也会赤裸着,重伤着,完全无助地死亡,甚至不能好好说再见。

这一切都太难承受。她无力地下蹲,一只手抱住两膝,另一只手揽到头顶,以免让灰铁看到自己在哭,尽管他肯定知道现在正在发生的事。

灰铁的反应是一声轻笑。让人吃惊的是,这听起来并不残忍。

"你让我们任何一个怪物继续活着,都完全没有意义。"他说,"苟活是一种残忍。结束吧,让我们这些坏掉的怪胎不要在世间继续受难,奈松。这大地,沙法,我,你……让我们全都终结。"

然后他消失了,留下奈松一个人,待在惨白的、巨大的月亮之下。

锡尔－阿纳吉斯特：零

花点儿时间讲讲现在，然后我再继续讲过去。

在一片炙热的、浓烟滚滚的阴影里，承受着难忍的巨大压力，在一块无名之地，我睁开眼睛。我已经不再是孤身一人。

从岩石中，又有一名我的同类推开阻碍现身。她的脸棱角分明，很酷，是最高傲、最时尚的那种雕像理想中的模样。她已经丢掉其他面貌特征，但保留了最初那种苍白的肤色；经过数万年的时间，我才终于注意到这一点。所有这些回忆，让我变得有些怀旧了。

出于这份怀旧感，我出声招呼她："婕娃。"

她的身体微微一动，已经很接近我们同类的表示……认出某人的表情吗？还是吃惊？我们曾经是同胞兄妹。朋友。那之后，又曾是对手，敌人，陌路人，传奇人物。最近，是谨慎的盟友。我发现自己在回味我们曾经扮演过的部分角色，但并非全部。我已经忘记了全貌，她也一样。

她说："那个，是我以前的名字吗？"

"很接近。"

"唔，那么你以前叫……什么来着？"

"豪瓦。"

"啊。果然。"

"名字，你更喜欢安提莫尼？"

又一次轻微动作，相当于耸肩："我无所谓。"

我心里想，我也一样。但那是谎言。如果不是记起了自己从前的名字，我绝不会告诉你"霍亚"这个相似的新名字。但我是在走神了。

我说："她已经决心促成那个变化。"

婕娃，安提莫尼，不管她现在是谁，是什么人，回答。"我发现了。"她停顿一下，"你为自己做过的事情感到后悔吗？"

这是个蠢问题。我们所有人都后悔那天做过的事，用不同的方式，出于不同的原因。但我说："不后悔。"

我以为她会发表些评论，但估计事到如今，她也已经无话可说。她发出些细微的声音，安顿到岩石里，让自己舒服起来。她是要跟我一起在这里等。我很高兴。有些事，如果不用孤身面对，会更容易一些。

· ※ ·

有些事，埃勒巴斯特从来没有跟你说过，关于他自己的。

我知道这些事情，因为我研究过他；他毕竟也是你生活的一部分。但并不是所有的老师，都要对每一位弟子讲述自己成长路上的每一番坎坷。那有什么意义？我们没有人能一夜成才。即便是被你们的社会背叛，也要经历不同阶段。人被推离逆来顺受的处境，首先要发现自己的不同，然后要经历伪善，承受难言难忍的凌虐。之后会有一段时间的混乱——抛弃此前自以为无可置疑的真理。让自己沉浸于新的真相里。然后就是需要做出一次决断。

有些人会接受命运。忍气吞声，忘掉真相，拥抱谎言——因为他们认定，自己反正也是个无足轻重的人。如果整个社会都这样苟且偷生，那么，这当然也算是罪有应得吧？即便他们本不应该如此受难，反抗也太痛苦，太艰难。顺应环境，至少能得到某种程度的安宁。尽管短暂。

另一条路就是提出不可能达到的目标。这样做是不对的，他们窃窃私语，哭泣，呼号；他们遭遇了不公正的待遇。他们绝非低人一等。他们不应该被如何对待。这样一来，就是这社会必须改变。这样，最终也能实现和平，但首先，要爆发冲突。

最终走到这一步的人，全都会走错那么一两步。

埃勒巴斯特年轻时，曾是个轻薄多情的男子。噢，即便当时，他也心怀愤恨；他当然是这样。如果受到不公平待遇，就连孩子都会察觉到的。但暂时，他选择了配合的态度。

他遇见一个男人，一名学者，在支点学院派他出去执行任务的中途。埃勒巴斯特的动机就是好色；那个学者很帅，面对埃勒巴斯特的调情，表现出了极为动人的娇羞之态。如果不是那位学者当时正忙于发掘一批古老的藏经处，这故事就没有更多可讲的了。埃勒巴斯特会爱上他，然后离开他，也许带点儿遗憾，更可能的结果是和平分手。

但事实上，那位学者向埃勒巴斯特展示了他的发现。埃勒巴斯特曾经告诉你，最早版本的《石经》并非仅有三板。此外，当前流传的第三板经文，也是桑泽人重写过的。事实上，桑泽人只是最新的篡改者；在此之前，它已经被多次重写。要知道，最早的第三板写的是锡尔－阿纳吉斯特，以及月亮被遗失的过程。这份知识，出于多种原因，在随后的千万年里被多次认定为不可接受。没有人真的愿意面对现实，承认这世界残酷现实的起因，是某些傲慢自大的人，想要奴役这颗该死的行星。而且没有人愿意接受，解决一切麻烦的办法，就是简单地让原基人活下去，茁壮成长，并且做他们天生擅长的事。

对埃勒巴斯特来说，那座藏经库里的知识过于震撼。他逃了。他无法承受那些，无法面对这些惨剧真实发生的事实。无法接受他自己曾是被凌虐者的后代；而先辈的祖先同样也是被虐待的族群；无法接受有些人只能被强制奴役，否则他所知的世界就无法运行。当时，他看不到这个恶性循环终结的可能，没有办法要求这社会实现不可能达到的目标。于是他崩溃了，他逃走了。

他的守护者当然找到了他，距离他应该待的地方三个方镇，埃勒巴斯特完全不知道自己要去哪里。他的手骨没有被折断——他们对待埃勒巴斯特这样的高戒位原基人，有其他方法——守护者莱瑟特带他去了一家酒馆，请他喝酒。埃勒巴斯特的泪水滴在酒杯里，对她承认自己无法接受这世界的现状。他曾努力服从，曾想吞下谎言，但这一切都是邪恶的。

莱瑟特抚慰了他，带他回到支点学院，他们给了埃勒巴斯特一年时间恢复。再次接受为他这类人创制的规则体系和角色。我相信，他在那一年过得很满足；反正，安提莫尼相信是这样，而她就是那段时期最了解他的人。他安顿下来，做了别人预期他要做的事，成了三个孩子的父亲，甚至自告奋勇充当高戒位年轻人的教导员。但他一直都没有机会做这件事，因为守护者们已经决定，埃勒巴斯特的逃走行为必须受到惩罚。当他遇见并爱上一位更年长的，名叫赫西奥奈特的十戒高手时——

我早就跟你说过，对高戒位原基人，他们有其他方法的。

以前，我也曾逃避。在某种意义上。

·· ※ ··

时间是我们从克伦莉的谐调任务返回之后的第一天，我已经改头换面。当我透过那扇小窗看到外面紫光下的花园，不再觉得它美丽。那些白色星形小花的闪烁只会让我想起：这是某些基因工程师的工作成果，把它们接入城市能量网络，让它们得以消耗些许能量，如此运行。还有什么其他办法来实现闪烁效果吗？我看到周围建筑上优雅的藤蔓，就知道在某个地方，有生物魔法师在精心计算，从如此美丽的生物身上，可以收获多少拉莫太单位的魔法。生命在锡尔－阿纳吉斯特是神圣的——神圣，诱人，而且有用。

所以我就是在想这些，而且心情很糟糕，就在这时，一名年轻引导员走了进来。斯达尼恩引导员，这是她的名字，通常我都喜欢她。她还足够年轻，没有沾染老资格引导员最差劲的那些习惯。而现在，当我用克伦莉打开的那双眼睛看她，对她却有了新的发现。她的五官显得有些突兀，嘴巴也有点儿太小。是的，这些特征，要比盖勒特引导员的冰白眼眸更隐蔽一些，但显然，这个锡尔－阿纳吉斯特人的祖先，也没有完全理解种族灭绝政策的真义。

"你今天感觉怎样，豪瓦？"她问，一面微笑着进门，一面扫视自己的记录板。"能接受医学检查吗？"

"我感觉想要出去走走。"我说，"我们去花园里吧。"

斯达尼恩愣了一下，眨巴着眼睛看我："豪瓦，你明明知道那是不可能的。"

他们对我们的监控相当松懈，这个我已经发现了。只有些感应器追踪关键生理特征，还有些摄像头追踪我们的行动，加上几支麦克风，能收录我们的声音。有些感应器监督我们的魔法使用情况——但其中没有一种，没有任何一个，能够察觉我们全部活动的哪怕十分之一。如果说这些还不够表明他们把我们看作低等生物，那就是在侮辱我。低等生物不需要更好的监控，不是吗？锡尔－阿纳吉斯特的魔法报告出来的东西，不可能有超越这种魔法本身的能力。不可想象！荒谬绝伦！别说傻话。

好吧，我的确感觉受到了侮辱。而我已经没有那份耐心，来忍受斯达尼恩礼貌性的宽容。

于是我找到通往摄像头的魔法线，让它们跟那帮人存储晶体中的线条扭结起来，然后形成闭环。现在，摄像头会不停地播放它们过去几小时拍到的我的画面——那段时间，我主要都是在望着窗外思考。我用同样的办法处理了音频设备，还特意擦除了刚才跟斯达尼恩之间的对话。我做所有这些事，几乎没费吹灰之力，因为我被设计出来的职能，就是影响摩天大楼尺寸的机械设备；相比之下，摄像头完全不值一提。我找同伴开个玩笑，都要比这些事更难一点儿。

但是，其他同伴隐知到了我正在做的事。毕尼娃尝到了我情绪的味道，马上警告其他人——因为我通常都是彬彬有礼的那个。直到最近，我一直是地质魔法学的信仰者。通常来说，雷瓦才是那个暴脾气的人。但现在，雷瓦保持着冷漠和安静，仍在消化我们学到的内容。婕娃也很安静，并且绝望，试图想出该怎样企望不可能实现的目标。达什娃在自怜中寻求安慰，塞莱娃睡得太多，毕尼娃发出警告，听众却疲惫，低迷，自顾不暇，没有人理会她。

与此同时，斯达尼恩的笑容开始褪去，她现在才意识到我是认真的。她换了个姿势，双手叉腰：“豪瓦，这样并不好笑。我知道之前有一天，你们有过出门的机会，但——”

我已经想到让她闭嘴的最有效方法：“盖勒特引导员是否知道，你觉得他很有吸引力？”

斯达尼恩怔住，两眼瞪得溜圆。她的眼睛是棕色的，但她喜欢冰白的瞳仁。我看到过她看盖勒特的眼神，尽管之前我都不曾在意。我现在也不是真的关心。

但我觉得，发觉尼斯人的眼睛有魅力，在锡尔-阿纳吉斯特应该是个禁忌，不管是盖勒特，还是斯达尼恩，都不敢承受这样的指责。盖勒特只要听到风声，就会解雇斯达尼恩——即便传言的来源是我。

我走到她的面前。她向后退开了一点儿,蹙起眉头面对我的嚣张态度。我们通常都没有什么存在感,只是人造设备。我们只是工具。我的行为相当反常,达到了她应该马上报告的程度,但她现在担心的并不是这个。"没有人听到我刚才的话,"我很小声地告诉她,"现在,没有人能看到这个房间里正在发生的事。放松。"

她的下唇在颤抖,只有一点点吧,然后才开口说话。我感觉到内疚,也只有一点点,因为把她吓成那样。她说:"你不能走太远。你——你们有维生素缺乏症……你和其他人都是被制造成那样的。如果没有特殊食品,就是我们平时给你们的那些,你们只要几天就会死。"

我直到现在才想到,斯达尼恩以为我是要逃走。

实际上,我是直到当时,才第一次想到真的要逃走。

引导员刚刚告诉我的,并不是什么不可克服的障碍。很容易就可以偷到食物带走,尽管等到食物耗尽,我还是会死。反正我本来就活不长。但真正让我烦恼的,是根本没有地方可去。整个世界都属于锡尔-阿纳吉斯特。

"去花园。"我最终重复说。这将是我的大逃亡,我的逃跑路线也不过如此。我想笑,但长期保持面无表情的习惯让我没有笑。说实话,我并不想去任何地方。我只是想要那种感觉,对自己的生活有某种控制力,哪怕仅仅是很短的时间。"我只是想去花园里待五分钟。仅此而已。"

斯达尼恩的重心在两脚之间交替,显然很是痛苦:"我会因此丢掉工作的,尤其可怕的是,有些高级引导员可能会看见。我甚至可能会坐牢。"

"也许他们会给你一扇美丽的窗户,下面就有一座花园。"我提醒她。她苦笑。

然后，因为我没有给她其他选择，斯达尼恩带我离开了自己的牢房，下楼，去了外面。

我发现从这个角度看，园里的紫花样子很奇怪。而且靠近了之后闻到星星花的香味，完全是另外一种不同的感觉。它们的气味也很怪——特别甜腻，几乎像是糖，底味有些酵香，因为有些老花瓣已经枯萎，或者被挤碎。斯达尼恩心神不定，看周围的次数过多，而我只是缓步慢行，希望不必有她跟随。但事实就是：我不能独自一人在基地院子里游荡。如果卫兵、勤务员或者引导员看到现在的我们，会以为斯达尼恩在执行任务，不会盘问我……要是她能安静些就好了。

但随后我突然停步，躲在一棵倾斜的蛛形树后面。斯达尼恩也停住脚步，皱起眉头，显然在好奇出了什么事——然后她也看到了我看到的情形，同样怔住了。

前方，克伦莉从基地建筑群里走出来，站在两丛灌木之间，一道玫瑰花拱门之下。盖勒特引导员跟在她后面出来。克伦莉两臂交叉站立，而盖勒特追在后面对她叫嚷。我们靠得不够近，我听不见他说话的内容，尽管他的愤怒语调很是明显。但他们的声音，像岩层一样讲述了特别清晰的故事。

"哦，不，"斯达尼恩喃喃说道，"不不不。我们应该——"

"安静。"我咕哝说。我本来想说马上闭嘴，但她反正是安静下来了，所以我还是传达了自己的意思。

然后我们就站在那里，旁观盖勒特跟克伦莉之间的这场战斗。我完全听不到克伦莉的声音，这时才想起，她不能对盖勒特大喊大叫，这不安全。但当盖勒特抓住她的胳膊，硬扯着她转身面向自己时，她下意识地用手捂住了自己的腹部。那手只在腹部停留了极短时间。盖勒特马上放开，看上去很是吃惊，因为她的反应，也因为他自己的暴力，而克伦莉顺势让那只手垂在身体一侧。我觉得，引导员应该没有察觉。他们继续争执，这一次盖勒特摊开两只手，像是在提出某种建议。他的姿态带有乞求意味，但我发觉他的后背挺得很直。他在哀求——心里却觉得自己无须这样做。我能看出，如果哀求没有得逞，他会动用其他手段。

我闭上眼睛，心里很痛，终于，终于明白了真相。克伦莉在所有重要的方面都是我们的一员，她一直是这样。

但渐渐地，她放松身体。垂下头，装作很不情愿地屈服，说了某些回应的话。那些话不是真的。整个大地都在回荡着她的愤怒、恐惧和不甘心。但毕竟，盖勒特背部的僵直状态有所缓解。他微笑，姿态显得更开朗些。回到她身旁，握住她的胳膊，对她柔声细语。我很惊奇，克伦莉这么容易就化解了对方的怒火。就好像那男人完全无法察觉她眼神的游移，还有在对方靠近时，她完全没有主动回应的事实。她听到盖勒特说的某句话，露出笑容，但即便是在五十英尺之外，我都能看出那是做假。他当然也能看出来吧？但我也已经开始理解，人们总是会相信他们愿意相信的事，而不是接受可见、可触及、可隐知的现实。

于是，盖勒特得到了安抚，转身要离开，还好是沿着另外一条路出园，不需要经过我和斯达尼恩躲避的地方。他的整个姿态完全不同，显然心情改善了不少。我应该为此感到高兴，不是吗？盖勒特是整个计划的总管。他开心的时候，我们所有人都会更安全。

克伦莉站在那里目送他，直到他消失。然后她转过头来，直直地看着我。斯达尼恩在我身边发出近于窒息的声音，但她是个笨蛋。克伦莉当然不会告发我们。她为什么要那样做？她的那些演示，根本就不是给盖勒特看的。

然后她也离开了花园，从盖勒特离去的地方。

这是最后一课。我觉得，也是我最需要的一课。我告诉斯达尼恩带我回房间,她真的是解脱到了发出快意的呻吟声。等我回去,解除监控系统的魔法,提醒斯达尼恩不要做傻事之后,打发她走人。然后我躺在自己的长椅上,回想刚刚得到的知识。它在我心里生根,就像一点儿星火,让周围的一切都渐渐开始被引燃,冒出浓烟。

然后,克伦莉谐调任务返回之后经过了几个夜晚,那火星,已经在我们所有人心中引燃火焰。

那是外出之后我们所有人第一次聚齐。我们把大家的本体包裹在一层冷冷的炭块里面,这可能很合适,因为雷瓦发出嘶鸣声,回荡在我们所有人的身体里,就像沙砾在裂隙之间擦过。这是接地线的声响/感觉/隐知感,即所谓荆棘丛。这也是静电空白处的回声,特鲁瓦(还有恩提娃、阿尔瓦,其他所有人)曾经存在的地方。

这将是我们为他们开启地质魔法学引擎之后,等待我们的结局。他说。

婕娃回答,是的。

他又一次嘶鸣。我以前从未隐知到他如此愤怒。我们出行之后的这些天,他一直都在变得更加愤怒。但话说回来,我们其他人也是一样——而现在,到了我们提出不可能的要求的时刻。我们应该让他们一无所得,雷瓦宣布,然后我感觉到他的决心再度强化,变得恶意充盈。不,我们应该以牙还牙。

诡异的细微波形在我们的网络间传递,代表着印象和行动:终于,我们有了计划。一个实现不可能目标的途径,如果我们无法要求别人给予的话。只要在最适合的时机,触发最合适的那种能量波峰,赶在引擎组件都已经发射,但引擎本身还没有完全启动之前。所有那些部件中储存的魔力——数十年的累积，一整个文明的成果，数百万生命的精华——将涌回锡尔－阿纳吉斯特魔法系统。首先就会烧毁荆棘丛和里面那些可怜的"庄稼"，让死者终于得到安息。然后魔法会延烧过我们的身体，我们是整个巨型机械中最为脆弱的部件。届时我们将全部死亡，但死亡也胜过他们打算给我们的结局，所以我们知足。

一旦我们都死了，地府引擎的魔力就会毫无阻碍地漫过城中所有的能量渠道，将其烧毁至无法修复。锡尔－阿纳吉斯特的每座站点都将关闭——直运兽将关机，除非它们有备用引擎，灯火将熄灭，机器停止，现代魔法带来的无数便利，都将被抹除，无论它们存在于家具、设备，还是化妆品中间。几代人准备迎接地质魔法时代的全部努力都将付诸东流。引擎那么多晶体部件都将变成大而无当的顽石，被损毁，被燃尽，失去全部动力。

我们不需要像他们那样残忍。我们可以让部件们落地时避开人口最集中的地区。我们的确是他们创造出来的妖魔，甚至比他们预想的更强大，但在面对死亡的时候，我们会成为自己想要的那种妖魔。

那么，我们都同意吗？

同意。雷瓦，愤怒。

同意。婕娃，悲悯。

同意。毕尼娃，解脱。

同意。塞莱娃，爽直。

同意。达什娃，疲惫。

还有我，沉重如铅块，也说，同意。

所以，我们达成了共识。

只有在我自己心里，我在想，不要啊，我想到克伦莉的面容，她出现在我的想象中。但有些时候，当世界过于严酷，爱也只能更严酷。

巨石苍穹
THE STONE SKY

启动日。

有人给我们拿来了营养品——蛋白质块，一边粘了新鲜香甜的水果，还有一种饮料，别人说它既流行又好喝：安茶，里面添加不同成分，就会变成不同颜色，每种都鲜艳。特别的饮料，为了庆祝特别的日子。其实那东西一股子粉末味，我并不喜欢。然后，就到了前往启动现场的时间。

下面讲讲地府引擎的工作方式吧，简短说一下。

首先我们要激活那些部件，它们都已经在各自的接口停留了数十年，通过锡尔－阿纳吉斯特的每个节点引流生命能量——并把其中一部分留下来供以后使用，包括那些通过荆棘丛强行灌给它们的能量。不过，它们现在已经达到存储和再生能量的最大值，每一块都能充当自成体系的魔法发动机。现在，当我们发出召唤，那些部件就会从它们各自的接口升起。我们会把它们的力量合并在一起，组成一个稳定的网络，然后，把这股能量投向一个反射器，让魔力进一步强化、集中，然后注入缟玛瑙碑。缟玛瑙碑会将能量直接引入地核，导致一次能量大爆发——然后缟玛瑙碑会把这批能量推入锡尔－阿纳吉斯特饥渴的引导系统中。事实上，大地会变成一台巨大的地府引擎，地核充当核心发动机，输出魔力的规模远远超过其吸取数量。从那一刻开始，这个系统就会变成自足、永续的。锡尔－阿纳吉斯特会吸取行星本身的生命力，直到永远。

（"无知"是个很准确的诊断，非常适合描述这种行为。的确，那个时代还没有人把大地看成活着的——但我们本应该猜到。魔法本身就是生命的副产品。大地深处有魔法可供吸取……所以我们大家都应该猜到真相。)

在这一刻之前,我们做过的一切都只是练习。我们待在地面上,永远都不可能完全开启地府引擎。太多的困难,涉及倾斜度、信号速度和各类阻力,以及地面本身的曲率。行星啊,就是太圆,很不方便。毕竟,我们的目标是大地本身;要考虑视线、施力线和引力线。如果我们留在地面上,我们真正能影响到的,就只有月亮。

因此,启动现场一直就不在地面。

所以,那天凌晨,我们被带去乘坐一种特别的直运兽,它无疑是运用基因工程技术,以蝈蝈之类的昆虫为起点改造而成的。它有钻石形的翅膀,但也有巨大的碳纤维长腿,现在冒着蒸汽,显然已经充入了足够的储备能量。引导员催我们登上这台直运兽,我看到其他直运兽正在进行准备。有好多人要跟我们同行,观看这个伟大计划终于要完成的情景。我坐在自己被指定的位置,我们所有人都被固定在座位上,因为这台直运兽的推力强大,有时可能会超过基因魔法学赋予我们的惯性耐受限度……唔。简单说,就是发射过程可能会有些风险。这跟跳入运行中的、能量翻涌的组件内部相比,当然算不了什么,但我猜,那些人类还是把它当成强大、狂野的东西。我们六个落座,安静又冷漠,暗怀决心,听着那些人在我们周围叽叽喳喳闲聊,直运兽已经跃上空中,向月亮飞行。

月亮表面就是那颗月亮石,一颗巨大的,放射微光的白色控制按钮,安放在浅浅的灰色月尘中间。它是所有部件中最大的一颗,大小跟锡尔-阿纳吉斯特的一个节点城市相当;整个月亮就是它的接口。环绕在它周围,有错综复杂的建筑群,每座建筑都严格密封,将没有空气的黑暗空间隔绝在外,这跟我们刚刚离开的建筑并没有太大区别。它们只是建在月球表面。这个就是启动现场,即将创造历史的地方。

我们被带入室内，启动现场的永久职员列队站在大厅里面，带着自豪和艳羡盯着我们看，就像人们推崇精密仪器的那种眼神。我们被带到一些特制座位旁边，它们的样子跟我们平日练习时使用的座位完全一样，尽管这一次，我们每个人都被带到了基地中的不同房间里。每个房间旁边，都有一个引导员观察室，透过透明晶体窗跟我们的工作室相连。我已经习惯了工作过程中被人观察——但还不习惯被带进观察室内部，今天才第一次发生这种事。

我站在那里，身材矮小，衣着平常，显然很不自在，周围都是衣着繁复华丽的高个子，而盖勒特做了介绍，说我是"豪瓦，我们最优秀的谐调员"。这个论断表明，或者引导员们对我们的动作方式毫无了解，或者盖勒特就是太紧张，没话找话说。也许两者都有。达什娃在笑，引起一系列微震——月球岩层较薄，多灰尘，没有生命，但除此之外，跟大地并没有太多区别——而我站在那里，嘴里说着友好的问候，像人们预期的那样。也许这才是盖勒特那句话的真正含义：我是最善于伪装的谐调员，特别擅长装作自己在乎引导员们的那些破事。

不过，有某种东西吸引了我的注意力，就在人们互相介绍，友好交谈，我集中精神，努力在适当时机做出合适回应的期间。我回过头发现，房间后部有一根静滞立柱，发出细微的嗡鸣声，放出它本身的地府引擎能量，生成一个场，让中间的某种东西保持稳定。而在它削平的晶体面以上，悬浮着……

房间里有个女人，身高超过所有人，衣着也最为考究。她循着我的视线看去，然后对盖勒特说："他们知道测试孔的事吗？"

盖勒特身体一震，看看我，然后看看那根静滞柱。"不知道。"他说。他没有称呼那个女人的名字，也没有说出任何头衔，但语调十分恭敬。"他们只了解绝对必要的信息。"

"我会认为背景知识有必要了解,哪怕是对你们这种人来说。"盖勒特很生气,不甘心跟我们划成一类,但他并没有反驳。那女人看似觉得有趣。她弯下腰,看我的脸,尽管我并没有比她矮那么多。"你想知道那件东西是什么吗,谐调员小子?"

我马上开始痛恨她。"好啊,拜托您。"我说。

盖勒特还没来得及阻止,她就拉起了我的手。那感觉不太舒服。她的皮肤特别干燥。她带我到那根静滞柱旁边,让我能够看清飘在它上方的东西。

一开始,我以为自己看到的只是一块椭球形铁块,浮在静滞柱平面以上几英寸,被下方的白光照亮。它也的确就是一个铁块,表面布满了倾斜的、迂回的纹理。是陨石块吗?不对。我意识到那椭圆球体在动,缓缓旋转,围绕一个微微倾斜的南北向中轴旋转。我看了下柱体边缘的警示符号,发现上面有极高温和极高压警告,以及禁止触碰静滞场的提示。上面的文字还说,里面模拟的,是这种东西天然的存在环境。

如果是普通铁块,没有人会这样大费周章。我眨眨眼,把自己的感知模式转换到隐知和魔法层面,然后马上向后退开,因为炽热的光芒燃起,照在我身上,也穿透了我的身体。那个铁球里面充满了魔力——高度集中,哔啵作响,层层交叠的众多魔力线,有些甚至贯穿它的表面,向外伸展并且……通向别处。我无法跟踪那些穿透到房间以外的线条;它们已经到了我的感知范围以外。但我可以看到它们向天空方向延伸,不知为了什么。而在混乱的线条中,我发现……我蹙起眉头。

"它很愤怒。"我说。而且熟悉。我以前在什么地方见过类似的东西,这种魔力?

那女人眨眨眼睛看我。盖勒特轻声咕哝:"豪瓦,你——"

"不要。"那女人说,抬起一只手制止了他。她再次注目于我,这次的表情严峻了起来,而且好奇。"你刚才说什么,谐调员小子?"

我面对着她。她显然是个大人物。也许我应该感到害怕,但我并不怕。"那个东西很愤怒,"我说,"狂怒。它不想被困在这里。你们是从别处把它取来的,不是吗?"

房间里的其他人已经察觉到这番对话。他们并非全都是引导员,但所有人都在看那个女人和我,带着显而易见的不安和困惑。我听到盖勒特屏住呼吸。

"是的。"她终于回答我,"我们在一座南极站点钻了一眼测试井。然后我们派了探测器进去,在地核最深处采集了这个样本。这个,是这颗星球本身的心脏标本。"她微笑,很是自豪。"地核中富含的魔法能量,正是地质魔法学能够成功的关键。那次测试就是我们的决策依据,此后我们才建造了核点,所有的引擎组件,还有你们。"

我又看了一次那颗铁球,吃惊于她站的如此靠近。它很愤怒,我又一次想到,但并不知道这些词句是怎样冒到我的头脑里来的。它会做不得不做的事。谁?要做什么?

我摇摇头,莫名烦躁,转向盖勒特说:"我们也该开始了吧?"

那女人大笑,很是开心。盖勒特狠狠瞪我,当他发现那女人显然是真心感觉好笑,就略微放松了一点儿。但他还是一本正经地说:"是的,豪瓦。我觉得我们应该开始了,要是你不介意的话——"

(他称呼那个女人的时候,用了某个头衔,然后也有某个名字。天长日久,两者都将被我忘记。四万年后,我将只记得那个女人的笑声,还有她把盖勒特跟我们等同视之的态度,以及她是如何毫不在意地站在那颗放射着纯粹恶意的铁球旁边——那颗球里面有足够的魔力,可以摧毁启动现场的所有建筑。

我也会记得我自己是如何无视一切预兆,根本就没有料到随后会发生的事。)

盖勒特带我回到座位室,我被要求爬进自己的绳椅中。我的四肢都被固定住,这一点我始终都不理解,因为当我身处紫石英碑内部时,我几乎感应不到自己的身体,更不要说移动它了。安茶让我的嘴唇略微有点儿刺痛,表明里面加了某种兴奋剂。我并不需要这种东西。

我探寻其他同伴,发觉他们稳定如花岗岩,毫无动摇。好。

我面前的视像墙上出现画面,大地被展示为蓝色球体,屏幕上还有另外五名谐调员的绳椅,以及核点的图像,缟玛瑙碑就在它的上空悬浮,已然准备就绪。其他谐调员从他们的画面上看我。盖勒特走过来,煞有介事地检查绳椅的全部连接点,它们的用途,是把数据传送到生物魔法部门。"今天,你要来控制缟玛瑙碑,豪瓦。"

我感应到婕娃轻微的吃惊,来自启动现场的另外一个房间。今天,我们之间的感应很灵敏。我说:"缟玛瑙碑,一直都是克伦莉控制的。"

"现在不是了。"盖勒特说话时垂着头,多此一举地伸手检查我的固定带,我记得在那座花园里,他也是这样伸手,把克伦莉揽向自己的身体。哦,我现在明白了。一直以来,他一直都担心失去克伦莉……怕她加入我们。担心把她变成上司眼中的另一件工具。等到地质魔法学成功上线,他们会准许盖勒特留下她吗?或者盖勒特担心的,是克伦莉会不会被丢进荆棘丛?他一定怕这个。要不然,还能有什么原因在人类历史上最重要的一天做出重大调整呢?

就像为了确认我的猜想一样,他说:"生物魔法部的人说,你已经表现出了超过必要水平的匹配能力,可以把连接时长维持到必要水平以上。"

他在观察我,希望我不会抗议。我突然意识到自己可以那样做。

盖勒特今天的所有决定都面临那么多的监督和质疑，如果我坚持认为新的人员配置有问题，肯定会有大人物察觉。我只要提高嗓门儿，就可以让盖勒特失去克伦莉。我可以毁灭他，就像他当初毁灭特鲁瓦一样。

但那种想法很蠢，毫无意义，因为我怎么可能运用自己的力量毁灭他，而不伤害到她呢？目前来说，我已经会对她造成足够的伤害，当我们让地府引擎开始自毁。她会活过最初那次魔法回流；就算是她跟任何魔法导引设备相接，也有足够的技能推开那股冲击。灾难过后，她将是一个普通的幸存者，平等地承受苦难。没有人会知道她真正的身份——也不会了解她的孩子，如果那孩子跟她一样。跟我们一样。我们将会释放她，给她自由……尽管也只能像其他人一样，挣扎在尘世博取生存。但即便那样，也胜过被固定在镀金的牢笼里，活在安全的幻象中，不是吗？

胜过你能给她的一切。我面对盖勒特默想着，但没有这样说。

"好吧。"我说。他略微放松了一点儿。

盖勒特离开我的房间，回到观察室，跟其他引导员在一起。我独自一人。其实又从未孤单；其他伙伴与我同在。信号来了，我们可以开始，当时，就连时间本身都像在屏住呼吸。我们准备就绪。

首先是网络。

我们都已经驾轻就熟，整个过程轻松、愉快，只要把自身的银色能量流规整好，消除阻力就行。雷瓦扮演执缰者，但他几乎不用驱策我们任何人调高或者调低回应频率，或者以相同步调发力；我们早就已经队列整齐。我们都想要这个。

在我们头顶，但完全在影响范围之内，大地看似也在发出哼鸣。几乎就像个活物。我们在早期的训练中，都造访过核点；我们曾穿过地幔，亲眼看过充沛的魔法能量从行星的铁镍内核向上涌流。开发那份无穷无尽的神圣能量，将是人类成就的巅峰，空前绝后。曾经，这样的想法会让我感到自豪。现在，我把自己的印象分享给伙伴们，然后，一波银石和云母碎屑光彩的冷笑传遍我们所有人的肢体。他们从未相信过我们是人类，我们今天的行动却可以证明，我们不只是工具。就算我们不是人类，我们也是另一种人。他们永远都无法再否认我们。

闲话说够了。

首先是网络，然后引擎的多个部件必须要被组装起来。我们先去探寻紫石英碑，因为它在地表的位置最接近我们。尽管远在另一颗天体上，我们知道它正在发出低沉压抑的声响，它的存储网络在闪光，能量满溢，而我们就潜升在它强大的洪流里。它已经不再从根部的荆棘丛中吸取最后一丝能量，转而成为独立的闭合系统；现在，它给人的感觉几乎是活的。随着我们的引导，它从静止转变成共鸣状态，整体开始搏动，然后终于发散出有节律的微光，模拟生物，就像神经末梢的信号发射，或者胃肠蠕动。它真是活的吗？我第一次产生这样的疑问，这个问题是克伦莉的课程激发的。它是更高样态的物质，但又跟更高样态的魔法共存，这魔法是物质层的镜像——并且来自人类的身体，这些人曾经欢笑，生气，歌唱。紫石英碑里，可有他们生命的残留？

如果是这样……尼斯人会不会同意我们——他们被丑化的后代，正在谋划的事呢？

我没有更多时间想这类问题。决断早就已经做出。

于是我们把这个操作宏观层面的启动序列扩展到整个网络。我们不用隐知盘就可以隐知。我们感受得到那些变化。我们在骨头里知道它——因为我们就是这台引擎的一部分，人类最伟大奇迹的组成。在大地之上，在锡尔－阿纳吉斯特文明的每个节点，都有警报声在城中回响，警示标牌亮起红色信号，从很远的地方都能看到。同时，那些部件一个接一个地开始嗡鸣，闪烁，脱离各自的接口。我的呼吸加快，跟每个部件共鸣，感觉到晶体从更粗糙的石材中脱离，我们开始腾空时的迟滞感，随着魔法状态的改变搏动，然后腾空——

（这里其实有个停顿，很短暂，在那时的紧张氛围下几乎难以觉察，尽管透过记忆的滤镜看去，极为醒目。脱离接口时，有些部件伤到了我们，只有一点点痛感。我们感觉到金属摩擦，就像有针尖划在我们的晶石皮肤上，而这本不应该存在。我们嗅到一丝铁锈气息。痛感转瞬即逝，也很快被忘记，像普通的针扎一样。我们事后才会想起，并为之痛心。）

——升腾，嗡鸣，并且旋转。我深吸一口气，眼见那些接口和周围的城市景观在我们下方远离。锡尔-阿纳吉斯特已经转接到备用能量源，那些应该能支持到地质魔法学设备上线。但它们不重要，这些世俗事务。

我在飞，飞行，跌升到炽烈的光芒中，紫的，靛蓝的，红紫色，金黄色，尖晶石，黄玉，石榴石还有蓝宝石——那么多，那么亮！在渐渐积聚的能量中是那样鲜活。

（那样鲜活，我又想了一次，这个想法让整个网络为之一震，因为婕娃也在想这件事，还有达什娃，当时是雷瓦把我们拉回当前任务，他发出岩层断裂一样的巨响：傻瓜，如果你们不能集中精神，大家都会死的！于是我放过了那个想法。）

然后——啊，是的，屏幕中央，我们感知画面的正中，像一只俯视猎物的巨大眼睛：那就是缟玛瑙组件。其位置，按照克伦莉上一次的指令，就是核点上空。

我不紧张，我告诉自己，同时向它接近。

缟玛瑙跟其他任何部件都不一样。跟它相比，就连月亮石都毫不起眼；后者毕竟只是一面镜子。但缟玛瑙组件强大、骇人，是黑暗者中最黑暗的，玄妙难解。其他部件都要被我们寻找到，需要我们积极与之结合；它却在我靠近之后，瞬间攫住我的意识，试图把我拖到它强大的、疾速循环的银色洪流中去。我以前曾经跟它连接过，缟玛瑙当时拒绝了我，跟之前它轮流拒绝其他人一样。锡尔－阿纳吉斯特最高明的魔法师也不知道这是为什么——但现在，当我挺身而出，缟玛瑙组件也将我纳入时，我突然明白了。缟玛瑙组件就是活的。其他部件带来的问题，在这里有了答案：它能隐知我。它对我了解得极为透彻，它触动我，其影响突然就变得不容置疑。

就在那个瞬间，当我意识到这个，有足够的时间带着恐惧好奇，不知道那些生物对我印象如何，我只是他们可悲的后代，融合了他们的基因，和他们的毁灭者心中的仇恨——

——我终于感觉到魔法学的一个秘密，就连尼斯人也只是简单接受，而没有真正理解的一件事。这毕竟是魔法，不是科学。魔法总有那么一些部分，是任何人都无法猜度的。但现在我明白了：只要给无生命的物体注入足够的魔法，它就会活过来。把足够多的生命力存入存储网络，它们就会保持一份群体意志，在某种程度上。它们记得恐惧和暴行，存在于它们生命残留的部分——它们的灵魂，如果你愿意这样说。

所以，现在缟玛瑙组件可以接纳我，是因为它终于感觉到，我也体味过痛苦。我的眼界已经被打开，见证了自己承受过的折磨和侮辱。我心怀恐惧，这是当然，还有愤怒，还有伤痛，但缟玛瑙组件并不会指斥怀有这些情感的我。它寻找的是另外某种东西，更高一点儿的，也终于在我心脏后面一个隐蔽的、炎热的角落里找到了它：决心。我已经全身心地投入那个目标，面对世上诸般邪恶，我至少要纠正其中一些。

这就是缟玛瑙组件想要的。公正。因为我也想要得到它——

我睁开自己肉身的眼睛。"我已经接入控制半球体。"我向引导员们报告。

"确定属实。"盖勒特说，他的眼睛看着屏幕，生物魔法部通过那些监控我们的神经魔法联络。我们的观察者中爆发出一阵欢呼，我突然感觉到对这些人的藐视。他们笨重的仪器和虚弱、简单的隐知盘终于把进度告诉了他们，而这些对我们来说，都像呼吸一样轻松自然。地府引擎已经升空，并且开始运行。

现在所有部件都已经发射，每个都在升腾中嗡鸣，闪烁，并悬浮在二百五十六座城市节点和地震能量点上空，我们开始了加速命令序列。在所有部件当中，颜色较浅的能量储集媒体先行点火，然后我们再启动宝石颜色更深的那些发动部件。缟玛瑙组件对序列启动的回应，就是单独一下沉重含糊的声响，让覆盖整个半球的大洋都泛起波澜。

我皮肤绷紧，心脏在狂跳。某处，在另一种存在模式里，我已经紧握双拳。我们都这样做过，透过六具躯体的薄弱隔阂，以及二百五十六条腿和胳膊，加上一颗巨大、黝黑、搏动着的心脏。我的嘴巴张开（我们的嘴巴张开），而缟玛瑙组件完美地进行了调向，准备好了要去开发地下无穷无尽的、翻涌着的大地魔法，地核暴露在威胁中，尽管它在特别特别遥远的地下。这是我们生来最适合的时刻。

现在，我们本应该说。此时，此地，联通，然后我们就可以把行星的魔法流量纳入无尽循环，为人类效力。

因为这就是锡尔－阿纳吉斯特制造我们的真正原因：为了确证一种哲学。在锡尔－阿纳吉斯特，生命是神圣的——这理所当然，因为城市就是要燃烧生命，以实现其光荣。尼斯人并不是第一批葬身文明巨口的人，而只是无数被残酷灭绝人群的最新范例。但对一个建立在剥削基础上的社会而言，最大的威胁就是再没有人可供压迫。而现在，如果没有其他办法，锡尔-阿纳吉斯特就必须找出办法，将它的人民分化成不同群组，制造各团体之间的冲突。仅靠植物和基因改造过的动物，并不能提供足够的魔法；总要有人承受苦难，来确保其他人过上奢靡的生活。

让大地受难，这样更好，锡尔-阿纳吉斯特人这样想。更好的办法，是奴役一个巨大而无生命的对象，它反正感觉不到伤痛，也不会反抗。地质魔法学是更好的选择。但这个想法还是有缺陷，因为说到底，锡尔-阿纳吉斯特的发展仍然不可持续。它是寄生性的文明；它对魔法的贪欲只会不断增长，吞食越多，需求越多。地核也并不是无穷无尽的能量来源。最终，哪怕是到了五千年以后，那项资源还是会被耗尽。然后就会一切全死。

我们正在做的事情毫无意义，地质魔法学就是个谎言。而如果我们帮助锡尔-阿纳吉斯特继续沿着这条路走下去，我们就等于在说，之前对我们做过的事都是对的，正常的，不可避免的。

绝不。

那么。现在，我们真正要说的是。此时，此地，连接：浅色部件连接到深色部件，所有部件连接到缟玛瑙组件……再接回锡尔-阿纳吉斯特。我们把月亮石完全从系统中剔除。现在，所有部件中储存的能量将会炸遍全城，等到地府引擎关机，锡尔-阿纳吉斯特也将灭亡。

这一切，从开始到终结，都会发生在引导员们的仪器发现问题之前。其他人加入到我身旁，我们的谐调活动沉寂，我们全都安静下来，等着能量回灌击中我们，我发现自己很满足。死亡时有人陪伴，也是好的。

巨石苍穹
THE STONE SKY

· · ※ · ·

但是。

但是。

请记住。我们并不是唯一选择了那天发动反击的人。

这件事，我是直到后来才明白的，当我造访锡尔－阿纳吉斯特的废墟，察看空出的接口，发现那些铁针从墙面上突出。这个敌人，我只有在被它击败，并在它脚下被改造之后，才开始理解……但我现在马上就会给你解释，这样，你就可以从我的痛苦中学到教训。

不久以前，我跟你说过一场战争，一方是大地，另一方是它表面的生物。下面我们讲讲敌对各方的逻辑：在大地眼中，我们之间没有任何区别。原基人，哑炮，锡尔－阿纳吉斯特人，尼斯人，未来的人，过去的人——在它看来，人类就是人类。即便是其他人下令让我出生，开发定制了我的属性，即便地质魔法学早就是锡尔－阿纳吉斯特人的梦想，早在我的引导员们诞生之前就已经存在；即便我只是执行命令；即便我们六人已经决定要反抗……大地全都不管。我们全都有罪。所有人都是同谋，都参与了试图奴役星球本身的罪行。

不过现在，宣告我们全部有罪之后，大地就开始宣读判决。至少在这一点上，它还是有一定的意愿，考虑人的不同动机和良好行为的。

这就是我当时记得的事，事后拼合出来的情况，以及我相信的真相。但请记住，永远别忘记，那只是这场战争的开始而已。

· · ※ · ·

这种扰动，我们一开始觉得像是机器中的幽灵。

锡尔-阿纳吉斯特：零

有东西在我们身旁，在我们体内，威严，有侵略性，又极为巨大。我还没搞清状况，它就已经从我手中一把抢走了缟玛瑙组件，然后消除了我们惊异的信号，诸如什么？情况不妙！这怎么可能？之类，他用的是强大的地语冲击波，对我们的震慑程度，就像你后来面临地裂时一样。

你们好，渺小的敌人们。

在引导员们的观察室，警报声终于响起。我们都已经僵在了自己的绳椅中，无声地叫嚷着，从一个我们无法理解的对象那里得到回应，所以生物魔法学部门直到地府引擎的百分之九（二十七个部件）下线时，才发觉情况不妙。我当时没看到盖勒特惊叫一声，跟其他引导员和贵客们交换恐惧的眼神，这只是猜测，基于我对他的了解。我想象中，在某个时间，他转向一座控制台，想要终止启动过程。我同样没有看到，在他们身后，那颗铁球在搏动、膨胀，然后碎裂，破坏了它的静滞保护场，把火热的、尖针一样的碎片扎到房间里所有人的身上。我的确听到了那之后的尖叫声，当那些铁块烧穿血管和心脉，以及此后可怕的寂静，但我在那个时刻，也有自己的特殊问题需要解决。

雷瓦，他是头脑反应最快的，很快把我们从震惊中拖了回来，想到，有其他某种东西在控制引擎。现在没时间去想对方是谁，为什么这样做。婕娃想到了对方的具体做法，疯狂地向我们发信号解释：那二十个下线的部件，其实还在运转。事实是，它们组成了某种意义上的子网——一把备用钥匙。这就是另外那股神秘力量能夺走缟玛瑙组件控制权的原因。现在所有部件，提供并保存地府引擎所需大部分能量的东西，都已经被陌生的敌对力量控制。

我在骨子里是很骄傲的；这种事不能忍。缟玛瑙组件是交给我控制的——于是我又抓起它，将其推回组成引擎的网络连接里，马上挤

295

走了冒牌控制者。塞莱娃抑制了这场大变故带来的魔力冲击波，以免它在引擎内部来回激荡，带来的回声可能会——好吧，当时我们不知道这样的回声会造成何种影响，但一定不是什么好事。我在整个震荡过程中坚持下来，在真实世界里咬紧牙关，听着周围的声响，而我的兄弟姐妹们或大喊，或号叫，或惊叹，仍在消化最初波动的后续影响。一切全都混乱了。血肉横飞的，我们房间的灯已经全部熄灭，只留下应急照明板，在房间边缘发出微光。警报声不绝于耳，启动现场的其他地方，我能听到设备震颤、发抖，因为我们给系统带来的过载负担。引导员们还在观察室里惨叫，无法帮助我们——其实他们一直都毫无用处。我并不知道当时发生了什么，没有真正了解。我只知道这是一场战争，像其他战争一样，充满着突发的混乱，从这时开始，没有一件事特别清晰——

那个攻击过我们的奇特力量，仍在对地府引擎施加巨大影响，试图再次夺走我们的控制权。我无声地对他大吼，带着地热泉一样涌动的、大型断裂带式的狂怒。你滚！我怒喝。别来烦我们！

是你们先惹我，它在岩层中嘶吼，又一次尝试夺权。但当这次失败后，它发出气急败坏的吼叫——然后就改变做法，回到了那二十七块莫名其妙下线的部件里。达什娃预知到了对手的意图，试图夺回二十七个部件中的一部分，但那些部件像是抹了油一样，滑出了同伴们的掌握。比喻意义上说，这样的描述非常准确；某种东西污染了这些部件，让它们变质，几乎不可能被掌握。如果我们全体协作，一块一块对付，还有成功的可能——但我们没有那个时间。直到当时，敌人还控制着那二十七块。

僵局。我们还控制着缟玛瑙。我们也控制着另外二百二十九个部件，它们都已经准备好发射能够毁灭锡尔-阿纳吉斯特的能量波——同时毁灭我们自己。但我们推迟了这件事，因为不能在如此局面之下撒手不管。那个对手，如此愤怒，实力强大到如此惊人，它是从哪里冒出来的呢？它会用自己控制的方尖碑做什么？紧张的寂静中，每一瞬间都显得那样漫长。我不知道别人怎样想，但就我个人来说，已经开始觉得不会有更多攻击。我一直都是那么傻的。

寂静里，传来我们对手的挑战声，它似乎感到有趣，声音里透着邪恶、魔力和钢铁和岩石的气息。

为我燃烧吧，大地父亲说。

即便是过去那么多年一直在寻找答案，其后发生的事情，还是有一些要靠猜测。

我无法解释更多细节，因为在那个时刻，几乎所有的事情都是瞬间发生，令人混乱，而且破坏力巨大。大地的变化从来都是不紧不慢，但快起来又极为惊人。而当它发起反击，就不肯再留余地。

下面讲讲背景。第一次测试钻井，启动了地质魔法学项目，但也让大地有了警觉，知道人类正在试图控制它。在其后的数十年内，它研究了自己的敌人，开始理解我们的意图。金属是它的工具和盟友；因此，永远不要相信金属。它把自身的碎片送到地表，去检查接口中的引擎组件——因为至少在这里，生命是被储存在晶体中，对无机物而言易于理解，简单的血肉之躯却难以把握。它渐渐才学会了如何控制人类个体的生活，尽管它需要核石才能做到。离开它，我们是如此渺小又难以捉摸的生物。我们是如此微不足道的害虫，有时候却又不幸地喜欢宣示自己的存在。那些方尖碑，是更有用的工具。很容易掉转过来伤害我们，就像没有用心把握的武器一样。

熔穿。

还记得埃利亚城吗？想象那场灾难乘以二百五十六倍。想象整个安宁洲每个城市节点都遭遇到穿地之劫，成为地震活跃点，还有大洋，同样未能幸免——数百个岩浆热点、天然气储藏区和储油区泄露，整个地壳－板块系统失衡。这样一场灾难，超过了语言能描述的范围。它将让整个行星表面液化，把大洋全部蒸发，从地幔往上，一切生物全部死光。这个世界，对我们，以及未来可能发展起来，伤害大地的全部生物而言，将会终结。大地本身，却可以安然无恙。

我们可以阻止它。如果我们想要这样做。

我不会说我们没有感觉到诱惑，当我们面对这样的选择，是要毁灭一种文明，还是一颗行星上所有的生命。锡尔－阿纳吉斯特的命运已经无可挽回。请不要搞错：我们本来就是要毁灭它的。大地的意愿和我们的意愿，只有程度上的区别。但这个世界到底要怎样结束？我们谐调者将会死；在当时，这个区别对我本人来讲没太大关系。对一个没有太多可以失去的人来说，问这样一个问题总是不太明智。

只是，我的确有害怕失去的。在那个漫长到近乎永恒的瞬间，我想到了克伦莉，还有她的孩子。

因此，结果就是我的意愿在网络中占据了优先权。如果之前你还有过迷惑，我现在就明确告诉你：是我选择了这个世界终结的方式。

是我夺取了地府引擎的控制权。我们无法阻止熔穿，但我们可以在命令序列中插入一个延迟指令，并将其能量重新定向到其他地方。大地扰乱之后，那些魔法能量已经太不稳定，不能像我们最早计划的那样，直接回灌到锡尔－阿纳吉斯特的能量网络里；那样的话，就会让大地得逞了。那么多的惯性力，必须要发泄到某个地方才行。如果我想让人类幸存，就不能释放在地面——但天上就有月亮和月亮石，一切就绪，等着被摧残。

我当时很急。没有时间犹豫不决。这股能量不能从月亮石上反射回来，像最早计划的那样，那样只能放大熔穿的力量。相反，我大叫一声，拉起其他人，迫使他们帮助我——他们是想帮忙的，只是反应慢——我们首先击碎了月亮石这颗控制体。

下一个瞬间，那股能量击中了碎裂的月亮石，没能反射，就开始切入月球深处。即便有这个来缓解那一击的威力，撞击力量仍然极为巨大。远远超过让月亮脱离原有轨道所需的强度。

这样乱用引擎的影响，本来应该直接杀死我们，但大地仍然存在，仍在扮演机器中的幽灵。就在我们垂死挣扎，整个启动现场土崩瓦解的同时，它再次接管了局面。

我之前说过，它认为我们有罪，试图谋害它的生命，它的确就是这样的想的——但不知为何，也许是受益于多年研究吧，它理解我们只是其他人的工具，而不是自主作恶。还请记住，大地并不完全理解我们。它俯瞰众生，看到的只是短命又虚弱的生灵，无论在物质还是精神上，都跟自己赖以生活的行星保持着距离和歧义，人类不理解他们想要做出的暴行——也许就是因为他们如此短命，脆弱，又那样虚浮。所以，它为我们选择了一种在它看来意味深长的惩罚：它把我们变成了它的一部分。在我的绳椅中，我不停尖叫，一波又一波的魔法力量对我的身体发挥作用，把我的身体变成了粗糙的，有生命的，实体化的魔法，看起来就像石头一样。

我们的结局并不是最惨的；那种惩罚留给了冒犯大地最为严重的人。它用核石碎片去控制那些最危险的害虫——但这件事并没有大地想要的那样有效。人类的意志，要比人类的肉体更难预料。它们从来都不是固定不变的。

我不会描述自己感受到的震惊和混乱，在刚刚变身之后的几小时里。我永远都无法回答自己是如何从月亮返回地球的问题。我只记得一场噩梦，内容是不断下跌，持续燃烧，也可能是幻觉吧。我不会要求你去想象那种感觉，突然发现自己孤身一人，失去发声能力，尤其是像我这样，一辈子都在唱歌给自己听的人。那就是报应。我接受它。我承认自己的罪恶。我曾经试图弥补它们。但……

好吧。做过就是做过。

在我们变身之前最后的那些瞬间，我们的确成功地取消了对二百二十九个部件的熔穿指令。有些部件因为无法承受重压而碎裂。其他也有的会在随后千万年的岁月里渐渐死亡，它们的网络结构被不可解读的魔法力量破坏。多数都进入待机状态，继续飘浮成千上万年，俯瞰一个不再需要它们的能量的世界——直到，有些时候，地面上某个脆弱的生灵可能发出一条盲目的请求，要跟它进行联结。

我们无法阻止大地控制的那二十七块。我们的确设法在它们的控制网络中插入了延迟指令：长度为一百年。你看，故事里搞错的只有时间。大地的孩子被偷走之后一百年，二十七块方尖碑的确熔穿到了地核，给地表留下多处严重伤痕。这并不是大地想要的彻底净化之火，但的确是第一次，也是最严重的一次第五季——就是你们所谓的碎裂季。人类之所以能幸存，因为一百年的时间对大地而言无关紧要，对人类历史而言都不值一提，但对那些活过了锡尔－阿纳吉斯特陷落的人们而言，却有了堪堪足够的时间准备。

月亮，一面流血一样掉落各种残渣，更被重伤刺透心脏，在几天之后就消失了。

然后……

我再也没见过克伦莉，也没见过她的孩子。我过于自卑，因为自己变成了怪物，从未寻找过他们的下落。但她活了下来。时不时，我会听到她在岩石中的声音，有时摩擦，有时吼叫，还有她的几个孩子，出生后也在岩层间留下声响。他们并不是真正孤单，锡尔－阿纳吉斯特人利用最后残留的魔法，又制造了几个新的谐调者，用他们建造避难所、应急设施，还有警报和保护系统。但那些谐调者都按期死亡，在他们的职能完成以后，或者就是因为其他人怪罪他们，说他们招致了大地的愤怒。只有克伦莉的孩子们不那么显眼，他们的力量藏在平常的外表后面，因而继续生存。只有克伦莉的遗产，以走街串巷的讲经人面目出现，警告世界末日即将来临，教其他人如何协作，适应环境，并且铭记过去。这也是尼斯传统的延续。

但这些都成功了。你们活了下来。我也为此做出过贡献，不是吗？我曾竭尽所能。在自己的能力范围以内提供了帮助。而现在，我的爱人，我们有了第二次机会。

到时候了，轮到你终结一个旧世界。

帝国纪元 2501 年：断层移动，发生于米尼默－麦西默板块交界地带，规模巨大。冲击波扫过北中纬和北极地区的一半，但在赤道维护站网络外缘停止。第二年，食品价格飙升，但成功避免了饥荒。

——迪巴尔斯的创新者耶特，研究项目笔记

第十三章

奈松和伊松，在世界的阴暗面

当奈松决定改变世界，已经是日落时分。

她一整天都蜷缩在沙法身边，把他依然沾着火山灰斑点的旧衣服当作枕头，呼吸着他的气味，奢望着不可能发生的种种。最终她起来，很小心地喂他吃了最后一点儿自己做的蔬菜粥。她还给他喝了很多水。即便是她把月亮扯到撞击轨道之后，也要再过好几天才能把大地砸个稀烂。她不想让沙法在那段时间承受太多痛苦，因为到时候，她已经不可能在身边照顾他了。

（在内心深处，奈松是个特别善良的孩子。不要生她的气。她只能从自己有限的经历出发做出选择，她有那么多可怕的经历，并不是她本人的错。相反更让人惊奇的，是她那么容易爱别人，爱得如此彻底。爱到足以改变世界！她从某个地方学会了这样去爱。）

她用布片抹掉沙法嘴唇上的粥，同时向上伸展意念，开始激活她的网络。在核点这里，她可以不用缟玛瑙碑就达到目的，但启动还是需要时间。

"'戒律是刻在石头上，不容更改的。'"她郑重地告诉沙法。他的眼睛再次睁开。他眨眨眼，也许是在对刚才的声音做出反应，尽管奈松知道，那并没有任何意义。

那句话，是她从一份奇怪的手稿中读到的——就是那份手稿，告诉她怎样用一个较小的方尖碑网络充当"备用钥匙"来夺取缟玛瑙碑对方尖碑之门的控制权。那个写这份笔记的人很可能已经疯了，证据就是在很久以前，他居然爱上了奈松那个恐怖的妈妈。这个真是怪异又恶心，但在某种程度上也并不意外。这个世界尽管很大，但奈松已经开始察觉，它其实也很小。同样的故事，一遍又一遍重演。同样的结局，一次又一次出现。同样的错误，永远都有人再犯。

"有些东西就是坏得太严重，无法修复了，沙法。"不知为什么，奈松却想起了杰嘎。这想法带来的痛苦，让她一时默然无语。"我……我没办法改善任何一件事。但我至少可以确保让坏事结束。"说完这个，她站起来离开了。

奈松没有看见沙法的脸转过来，像是月亮滑入阴影里，目送她离开。

你下定决心改变世界的时间是黎明。你们还在睡觉，躺在勒拿带到黄标房顶上的寝具里面。你和他前一个晚上在水塔下面度过，听着地裂永不停息的轰鸣，还有时不时出现的雷声。也许本应该再做一次爱，但是你没想到那个，他也没提，所以，哦算了。反正，那事也已经给你带来了足够多的麻烦。完全不应该只靠中年之身和饥饿来避免怀孕。

他看着你站起来伸展腰肢，这件事你永远都无法完全理解，也总会感到不自在——他目光里的那份仰慕。他让你觉得自己是个更棒的人，超过自己的现实情况。而这个正是让你再一次感到遗憾的原因，不能留下来，等着他的孩子出生。勒拿那份稳定又无所畏惧的善意，是这个世界应该长期珍藏的东西，无论怎样。啊。

你其实配不上他的仰慕。但你想要做到。

你们下楼,然后愣住了。前一个晚上,除了勒拿之外,你还告诉过汤基、加卡和依卡,说时机已到——你们第二天早上吃完早饭就走。就他们是否同行的问题,你没有提及,态度开放。如果他们自告奋勇,那另当别论,但你不会主动要求。如果迫使他们冒那样的风险,你成什么人了?当前情况下,他们的处境已经很危险,跟其他人类成员一样。

你下楼时,并没有指望他们都出现在黄标建筑的客厅里。但他们全都在,忙着收拾铺盖,打哈欠,煎香肠,大声抱怨说某个没品的冤家把茶全都喝光了。霍亚也在场,他的位置正好能看清你下楼的模样。他的石头嘴唇上挂着相当得意的微笑,但这并没有让你感到吃惊。丹尼尔和麦克西瑟却让你很意外,前者已经装束停当,在屋角做某种武术练习,后者正在切土豆块,准备放入烤盘——是的,他在房子的客厅里生了一堆火,无社群的人有时候就会这样乱来。有些窗户也被敲碎了,烟就从那些地方冒出去。加卡和汤基也让你意外;她俩还在睡觉,抱在一起,盖着一大堆毛皮。

但你真的真的没料到依卡会走进来,带着她从前那份时尚感,眼妆也画得相当完美。她环顾整个客厅,把你跟其他人都看在眼里,然后两手叉腰:"抓到你们这帮小坏蛋干坏事了吧?"

"你才抓不着呢。"你脱口而出回答。其实现在讲话很难,喉咙像是被哽住了,尤其是面对依卡。你瞪大眼睛看她。邪恶的大地,她穿的又是那件毛皮大衣。你还以为她把那件衣服丢在了凯斯特瑞玛－下城。"你不能去。社群啊。"

浓妆的依卡翻了个大白眼:"好啦,我×。但你说的没错,我不去。只是来送送你,也顺便送送其他跟你同去的人。我真的应该把你们处决了完事,因为你们实际上就是把自己驱逐出了社群,但我觉着,都到现在了,我们就不用再纠缠那些小细节。"

"什么,我们不能再回来了吗?"汤基冒冒失失地问。她终于坐了起来,尽管明显还困得东倒西歪,头发乱作一团。加卡被吵醒,含混不清地说着脏话,现在也坐了起来,递给汤基一盘子烤土豆,都是从麦克西瑟已经烤好的那堆东西里挖来的。

依卡白了她一眼:"你吗?你要去的,是一座巨大的,保存完好的方尖碑建造者遗迹。我这辈子都不会见到你了。但是当然啦,要是还能回来,加卡有办法让你恢复理智,你们还可以加入社群。我至少还需要她。"

麦克西瑟大声打了个哈欠,响亮到足以吸引所有人的注意力。他是全裸的,这让你看出他的样子终于有了起色——还是瘦得皮包骨,但是这段时间,半个社群的人都这样。但他咳嗽少一些了,头发也开始变浓密,尽管到目前为止,还是特滑稽的那种刷子头型,就是灰吹发还不够长,飘逸不起来的阶段。你是头一次看到他的断腿上没穿衣服,这才发现那里的伤疤过于整齐,不可能是某个无社群的劫匪用锯子截断的。好吧,这是他的生平故事。你对他说:"你别犯傻啊。"

麦克西瑟看上去有一点儿烦:"我现在还没决定去,的确是的。但我说不定待会儿想去哦。"

"不,你他妈不能去。"依卡凶他,"我都跟你们说过了,我这边需要有个学院原基人。"

他叹气:"好吧。但没理由不让我来送行啊。现在别再问问题,过来吃点儿东西。"他伸手拿过衣服,开始穿。你顺从地走到火堆旁,开始吃。现在早起还不会恶心;这也算是一点儿好运气。

你一面吃,一面观察每一个人,然后发现自己特别感动,同时也有一点儿挫败感。当然,他们这样来送别是挺感人的。你为此觉得高兴,甚至都无法装作不高兴。你可曾这样离开过任何地方吗——公开,没有暴力,在欢笑中上路?这感觉……你不知道这算是什么感觉。很好?你不知道该怎么面对。

但你希望他们中间有更多人决定留下。就现在来说,霍亚简直需要拖带一个大篷车穿越地底。

但当你看到丹尼尔,你吃惊地眨眼。她又剪了一次头发;真的不喜欢长发啊,她。侧面都刮干净了,而且……嘴唇涂成了黑色。大地才知道她从哪里搞到这些东西,或者就是她自己用炭黑和油脂制作的。但是突然之间,已经很难再把她看成她曾是的那个壮工将军。她从来都不是。在某种意义上,这让局面有了几分不同,你意识到,自己要去面对的考验,竟然有一位赤道区的讲经人愿意为子孙后代记录下来。现在,这已经不是什么大篷车旅行。这他妈的成了一次伟大的远征。

这想法让你不禁狂笑,每个人都停下手头的事情,瞪着你看。"没事。"你说,一面挥手,一面把空盘子放在一旁。"只是……我×。那这样,别废话,都有谁要去啊?"

有人给勒拿取来了背包,他默不作声地背上,看着你。汤基骂了一句,开始手忙脚乱收拾她的东西,加卡耐心地在一旁协助。丹尼尔拿了条毛巾,擦掉脸上的汗水。

你走到霍亚身旁,他已经让自己的表情变成略带冷嘲。你站在他旁边,看着这堆人叹气:"你能带这么多人去吗?"

"只要他们能保持跟我的身体接触,或者抓紧其他能够触及我的人,那就可以。"

"抱歉。我没料到会是这样。"

"真的没料到吗?"

你看着他,但随后汤基——嘴里还嚼着什么东西,用自己完好的那只胳膊背起背包——就抓住了霍亚举起的那只手,尽管她停顿了一下，肆无忌惮地观察了一会儿。时间一点点过去。

"那么这事要怎么起效呢？"依卡在房间里走来走去，观察每个人，还盘起双臂。她显然要比平时更躁动。"你到达那里，抓到月亮，把它推回原位，然后怎样？我们会看到任何发生变化的迹象吗？"

"地裂将会冷却。"你说，"短期来说，那不会带来太多变化，因为空气中已经有了那么多灰尘。第五季还是要慢慢熬过去，无论怎样，这次灾祸都会很严重。月亮甚至有可能会让情况变得更糟。"你已经可以感知到它对这颗行星的牵引力。是的，你很确信它会让情况进一步恶化。依卡点头。她也能隐知到这些。

但你心里还有个无解的困惑，是你自己没能弄明白的。"但是，如果我能做到这件事，让月亮归位……"你无助地耸肩，看看霍亚。

"这就提供了可以谈判的空间。"他用他空洞的声音说。所有人都停下来瞪着霍亚。从他们退缩的程度区别，你能看出谁习惯了食岩人的存在，谁还没有。"然后也许，会停战。"

依卡皱眉："只是'也许'？所以说，我们历经这么多磨难，你们甚至都不能确定这招儿可以结束所有的第五季？邪恶的大地。"

"的确。"你承认，"但此举一定能够结束这次的第五季。"你还是能确定这么多的。有这份希望，已经值得了。

依卡不再追问，但还时不时地自言自语。你因此知道，她实际上也想去——但你很高兴地发觉她已经说服了自己放弃这个想法。凯斯特瑞玛需要她。你需要知道，在你离去之后，凯斯特瑞玛依然存在。

终于，所有人都准备就绪。你用左手握住霍亚的右手。你已经没有另一只胳膊可以伸给勒拿，所以他用一只手臂揽住你的腰；你看他时，他点点头，沉稳、坚定。霍亚另一侧是汤基、加卡和丹尼尔，手拉手连成一串。

"我们这次要完蛋，对吧？"加卡说。这堆人里边，只有她看起来紧张。丹尼尔一派宁静，像是终于找回了自我。汤基激动得笑个不停。勒拿只是靠在你身旁，一如既往地坚如磐石。

"很可能哦！"汤基说，兴奋得跳了一两下。

"这主意看起来蠢得令人发指。"依卡说。她靠在房间一侧的墙面，两臂交叉，观察这组人集结起来。"伊茜当然必须去，我的意思是，你们其他人……"她摇摇头。

"如果不是头领，你会跟我们一起去吗？"勒拿问。他的表情很平淡。他老是这样抛出最大块的石头，不动声色，突如其来。

依卡蹙起眉头，狠狠瞪他。然后瞧了你一眼，有点儿警觉，可能还有几分尴尬，然后她叹口气，推开墙壁。但你看到了她的小动作，又一次感觉喉头发紧。

"嘿，"你抢在她逃走之前说，"依克。"

她瞪着你："我讨厌别人那样叫我。"

你没理这茬："一段时间之前，你跟我说过你还有一些赛雷蒂酒。我们说好了，等打败雷纳尼斯军队就喝醉一回呢。还记得吗？"

依卡眨眨眼，然后脸上缓缓泛起笑意："你貌似昏迷期间，我已经一个人把酒喝光了。"

你瞪着她，很意外地发觉自己真的很烦。她居然当面嘲笑你。这算哪门子的深情告别啊？

但是……好吧。那感觉还是很不错。

"大家闭上眼睛。"霍亚说。

"他不是开玩笑的。"你附和着警告大家。但你自己的眼睛一直睁着，看着周围的世界变暗，变怪异。你没有感觉到任何恐惧。你并非独自一人。

第十三章 奈松和伊松，在世界的阴暗面

时间是深夜。奈松站在被她当作核点中央绿地的地方。这儿并不是绿地，第五季之前建造的城市，不会有这种东西。这只是靠近核点中心那座大洞的一个地方。洞的周围有倾斜的怪异建筑，跟她看到过的锡尔-阿纳吉斯特动力支架相似——但这里的建筑更为巨大，有几层楼那么高，每座都有一个街区那么宽。奈松过于靠近这些建筑的时候发现的，她看不到任何门窗，它们会发出警报信号，由鲜红色文字和符号组成，闪亮在城市上空。更糟糕的，是那种低沉的、听不懂的警报信息，它回荡在所有街道——并不是很响，但是播放个没完没了。这声音让她感觉牙齿松动，发痒。

（尽管有这么多警告信号，奈松还是朝洞里看过。跟地下城市里的洞穴相比，这个洞显得极为巨大——周长有那个洞的好多倍，那么大，如果要绕行一周，她需要花费一小时，甚至更长时间。尽管它那么壮观，尽管它显示出人类早已失传的高超建设工艺，奈松还是没觉得它特别了不起。这个洞养活不了任何人，也不能在面临火山灰或武力侵袭时提供保护。它甚至不会吓到奈松——尽管这个没有任何参考意义。在她穿过地下城市和行星核心的旅程之后，在失去沙法之后，再没有任何事物会吓到她了。）

奈松找到的这个地点，是个完全正圆形的区域，就在那个洞的警告范围外面一点点。这里的地面感觉很怪，摸起来有点儿软，踩上去略微有弹性，跟她之前见过的任何材质都不同——但在核点这里，此类经历并不罕见。这个圆形区域内没有真正的土壤，除了圆圈边缘有一点儿被风吹来的尘土之外；这儿只长了很少一些海草，还有那段干枯细长的小树干，很多年前，那棵树生前也曾尽了一切努力抵挡海

风。仅此而已。

一些食岩人出现在圆圈周围，她站到圆心位置的中途注意到了。没看到灰铁在场的迹象，但是在街角和街面上，一定有二三十个其他食岩人，有的坐在台阶上，背靠着墙。她经过时，有的食岩人会转头，或者移动视线看她，但奈松不予理会，就当他们不存在。也许他们是来见证历史的。也许有些像灰铁一样，希望结束他们自身漫长到可怕的生命；也许此前帮助过她的那些人之所以帮忙，也是出于同样的目的。也许他们只是闲极无聊。核点，肯定不是世界上最热闹的城市。

但现在，除了夜空，一切都不重要。而在那夜空里，月亮正开始升起。

它刚出地平线，看上去要比前一天晚上更大一点儿，被空气的变形作用变成椭圆形。白白的，有点儿怪，只是个圆，看上去不太可能因为缺少它，就给这世界带来那么多痛苦和挣扎。但是——它却吸引着奈松体内所有的原基人特质。它吸引着整个世界。

那么，现在轮到这世界吸引它了。

奈松闭上眼睛。它们都已经到了核点周围——那把备用钥匙，三乘三再乘三，二十七块方尖碑，她过去几周花时间联络，驯服，引诱到附近轨道上来。她现在仍能感觉到蓝宝石碑，但它的距离很远，而且看不见；她目前无法使用它，如果召唤，它也要几个月之后才能赶到。不过，另外这些方尖碑已经够用。看到那么多这东西聚集在天空里，感觉有点儿怪异，她这辈子，都只能看到一块（或者没有）方尖碑在天上。更怪异的感觉，是它们全都与她相连，用略微不同的频率发出声响，它们能量之井的深度略有差别。颜色更深的那些，能量储备也更深厚一点儿。说不清楚为什么，但的确能感觉到那份差异。

奈松抬起双手，十指张开，不知不觉已经在模仿她的母亲。她极为小心，开始连接二十七块方尖碑中的每一块———块连接到下一块，然后是两个一组互连，依此类推。她要受到视线和受力线的约束，这些奇特的本能反应，本来都需要众多数学知识作为基础，奈松根本就不懂那些，却也能运用。每块方尖碑都在支持渐渐成形的网络，而不是扰乱它，或者抵消掉它已有的能量。这就像把马放进辔头，有点儿像是你已经套好了一匹马，它的步调自然又轻快，另有一匹马跟在旁边。这次，是要把二十七匹强大的赛马套在一起……但原理是一样的。

而且感觉很美，当所有那些能量流不再拒斥奈松，步调变得完全一致。她深吸一口气，情不自禁地微笑，自从大地父亲毁掉沙法以来，第一次感觉到真正的欢欣。这本来应该是可怕的，不是吗？那么强大的力量。实际上却不是。她在不同色调的洪流中跃升，有时灰，有时绿，有时红紫，有时亮白；她身体的某些组成部分，她从不知道该如何称呼的那些部分，在移动，在调整，投入一场有二十七个角色的华丽群舞。哦，那真是太可爱了！要是沙法能——

等等！

突然有某种感觉，让奈松颈后寒毛直竖。现在分神特别危险，于是她迫使自己有条不紊地触碰每一块方尖碑，安抚它们回归一种近乎待命的状态。它们大多容忍了这样的安排，尽管蛋白石碑挣扎了一下，她不得不强制它安静。等到一切都平稳下来，奈松小心地睁开自己的眼睛，四下张望。

一开始，月光下黑白分明的街道跟此前一样：安宁寂静，尽管有成群的食岩人聚集起来看她忙碌。（在核点，你很容易在人多的地方感受到寂寞。）然后她发觉……有动静。某种东西——某个人——正从一片黑暗处闪躲到下一片黑暗。

奈松很吃惊，向着那个移动的人影走近一步："喂——是谁？"

那人影脚步踉跄，向着某种细柱子靠近，奈松一直不明白这些柱子有什么用，尽管看上去，城里有一半的转角处都有这种东西。那人险些摔倒，扶着柱子稳住身体，那身影扭动着，抬头朝着她发声的方向看过来。冰白色的眼眸，从阴影里刺向奈松。

沙法。

醒着。能走动。

奈松想都没想，马上开始小跑，然后就是狂奔着追他。女孩的心已经提到嗓子眼儿。她之前听别人这样说过，但一直都没在意——只是诗性的语言，只是傻话——但现在她知道了这种感觉，嘴里变得那么干，她能透过舌头感觉到自己的心跳。她的视线开始模糊。"沙法！"

他就在三四十英尺之外，靠近围绕核点巨洞的倾斜建筑之一。近到足以认出奈松——但他眼里没有任何已经认出她的迹象。恰恰相反；他眨眨眼，然后缓缓地露出冰冷的微笑，让她跌跌撞撞地停住，感觉到深深的、浑身难受的那种不安。

"沙——沙法？"奈松再次开口。寂静里，她的声音显得特别微细。

"你好，渺小的敌人。"沙法说，那声音回荡在整个核点，穿透它地下的山峦，也回响在周围一千英里以内的海面上。

然后他转身，朝向身后的倾斜建筑。一个高高的、狭窄的入口在他手边出现；他一瘸一拐地穿过入口。瞬间之后，那入口就在他身后消失了。

奈松尖声大叫，奋不顾身地向他扑去。

· · ✤ · ·

你感觉到方尖碑之门有一部分被激活时，正在地幔下层深处，穿越世界行程的中途。

或者说最开始，你的脑子里是这样解读的，直到你控制住自己的紧张，放出意念确认自己的感觉是否准确之前。这很难。在地层深处，魔法就是太多。试图在这种情境下感知地面情况，就像在上百座轰鸣的瀑布旁边，试图听清远处细流的轻响。霍亚带你深入的越多，这情况就越严重，直到最后你不得不"闭目塞听"，不再感应魔法——因为附近就有特别巨大的对象，正在用它的亮度"闪瞎"你。感觉就像地底有一颗太阳，银亮，有密集到不可思议的强大魔力集中在那里不停涌动……但你还可以感觉到霍亚远远避开那颗太阳，尽管这意味着旅程会花掉超过必要水平的时间。事后，你一定要问一下这是为什么。

在地底深处这里，除了翻涌的红色岩浆，你看不到太多其他。你们速度有多快？因为没有参照物，这个很难判断。在红色背景下，霍亚是你身旁时隐时现的影子，你偶尔看见他，会发现他的身体在放出微光——但话说回来，你自己的身体可能也在放光。他不是在钻过地层，而是成为其中的一部分，然后让他身体的颗粒包裹在岩层颗粒上进行传缩，变成了一种波，你可以隐知到的那种，就像声音或光线或热量。这本身已经很令人不安，即便不去想他也这样处理了你的身体。你完全没有这种感觉，除了他的手传来轻微的压力，还有勒拿胳膊带来的隐约拉扯感。除了无处不在的隆隆声，周围没有其他声响，没有硫黄味或其他任何气味。你不知道自己有没有在呼吸，反正你也没感觉到自己需要空气。

但是远方多座方尖碑同时激活的事，让你心慌意乱，几乎让你试图摆脱霍亚，以便集中精神，尽管——太蠢了——那样的结果不只是让你没命，而且是彻底毁灭，把你变成灰，然后让灰化成气，再把气体点燃。"奈松！"你叫嚷，或者试图叫嚷，但在地下深处的轰鸣中，人声会被吞噬。没有人能听到你的尖叫。

不对。有人。

你们周围有东西在动——或者说，你迟钝地意识到，是你们相对于它的位置在改变。你开始没有留意这件事，直到它再一次发生；你觉得自己应该是感觉到勒拿在猛扯你身体的侧面。然后你才终于想到，应该去看你的同伴们身上的银光，在深红色的地下岩壤的背景下，这些至少还能看清。

你手上有一团炽烈的人形光源，重得像一座山，在你的意念中向上疾飞：霍亚。不过他的行动方式很怪，周期性地向一侧或者另一侧偏转；这是你之前有那种感觉的原因。霍亚身边有更为暗淡的发光体，浅浅的只有轮廓。其中一个的胳膊上，银光有明显的间断；那一定是汤基。你分不清加卡和丹尼尔，因为你看不出头发、个子高矮，或者牙齿之类的细节。勒拿的明显特征，也只有他靠你更近。而在勒拿外侧——

有东西一闪而过，重如山峦，魔力明亮，徒有人形，但并非人类。也不是霍亚。

又一道闪光。某种东西划出与它垂直的轨道，拦截并把那道光驱走，但还有更多。霍亚又一次偏转，又一道闪光扑空。但这次很险。你身边的勒拿似乎在战栗。他也能看到吗？

你真心希望他不能，因为你现在明白了正在发生什么。霍亚在闪躲。而你根本就什么都做不了，完全无能为力，只有相信霍亚可以保护你们避开那些食岩人，而他们正在试图把你们从霍亚身旁扯开。

不。在你如此恐惧时，真的很难集中精神——当你跟行星地幔中半固态的高压岩石融为一体，当你一旦失败，自己爱过的所有人都会在恐惧中缓缓死去，当你周围环绕着如此强大的魔法力量，毕生从未见过，而你又遭到了致命食岩人的袭击。但是。你童年时代一直在死亡的威胁下磨炼技艺，那段日子并没有白过。

仅靠一丝一缕的魔法，根本就不能阻止食岩人。地层深处像江河一样流淌的那种东西，才是你必须鼓动的力量。探入这样的魔法之河，就像让自己的意识潜入岩浆腔室，有个瞬间你在纳闷儿，如果霍亚放手，会不会就是这种感觉——可怕的热力和痛苦一闪而过，然后一切皆空。你把这想法丢到一旁。你想起一段往事。喵呜。把一段寒冰楔子打入山崖表面，选准时机把它削断，去砸烂一艘载有守护者的船——

你让自己的意念变成楔形，钉入最近处的魔法急流，它轰然作响，蜿蜒流动。这招儿管用，但你的准头太差，魔力四处喷溅，霍亚不得不再次闪避，这次是因为帮倒忙的你。我×！你又试了一次，这回集中精神，让自己心态放松。你们已经在地下，血红、炙热的空间，而不是黑暗温暖的地带，但这又有什么区别？你还是在一座熔炉里，只不过这回名副其实，而不是用马赛克作为象征。你需要把楔子钉在这里，目标是那儿，就在又一团人形闪光开始尾随你们，并且要冲上来发出致命一击的瞬间——

你恰在此时挡住了一道最纯粹、最明亮的银流，直接冲刷到它的行进路线上。还是没有命中。你的瞄准能力不行。但你看到那个食岩人戛然止住，魔力洪流几乎是在他鼻尖涌过。在这片深红世界里不可能看得清表情，但你想象那家伙很吃惊，也许还有点儿怕。你希望他怕了。

"下个就轮到你了，臭杂种，食人族生养的混蛋！"你想要喊，但你这时候不在完全真实的空间里。声音和空气都遥不可及。所以你想象这番话，并且希望你针对的那个混蛋能明白这意思。

你却没想到，那些疾速跃动的食岩人会不再攻击。霍亚继续前进，但已经没有新的攻击。好吧，那也行。自己总算还有点儿用。

没了妨碍，他现在的上升速度更快。你的隐知盘又开始能够感应深度，它变成了理智的、可计算的东西。深红色变成了深棕色，然后冷却成深黑。然后——

空气。光线。质感。你又恢复了真实存在，血肉之躯，不再掺杂其他成分，站在一条街道上，两旁是奇怪的、线条平滑的建筑，夜空下，它们有方尖碑那么高。感知力的恢复让人震惊，极富冲击力——但什么都比不上你抬头看到的景象更令人震撼。

因为过去两年，你一直活在满是飞灰的天空下，直到现在，你都不知道月亮已经回来。

它是暗黑天幕上的一颗冰白瞳孔，是无尽星空中的恶兆，如此巨大，又如此可怕。你可以看清它的实质，甚至无须隐知——一块巨大的岩石球。在天空中，欺骗性地显小；你觉得应该要靠方尖碑协助，才能看清它，但只用肉眼，也能看到它表面类似火山坑的构造。你曾经穿行过火山坑。月亮上的火山坑大到从这里就可以看见，步行穿过它，可能要花上好几年，这让你知道，它整体已经大到难以想象。

"我×。"丹尼尔说，这让你把视线从天空方向收回。她四肢着地，就像是要赖在地面上，感谢大地的真实存在。也许现在，她已经后悔为了职责冒险的选择，又或者，从前的她只是不懂，做好一名讲经人，也可以像担任将军一样可怕又危险。"我×！我×！"

"就是它喽，看起来。"汤基说，她也在仰头看月亮。

你转头去看勒拿的反应，然后——

勒拿。你身边那个位置，之前他拉着你的地方，空了。

"我没有预料到那场袭击。"霍亚说。你无法转身面对他。无法把视线从那片空白移开，勒拿应该出现的地方。霍亚的声音，还是平常那种没有抑扬顿挫、空洞的男高音——但他是动摇了吗？被吓到了？你不想让他被吓到。你想让他说类似这样的话，但是当然，我还是成功保证了所有人的安全，勒拿就在附近，别担心。

相反，他说的却是："我本应该猜到的。那些不想要和解的派别……"他欲言又止。闭上嘴巴，就像个不知该怎样解释的平常人类一样。

"勒拿。"最后那下拉扯。你以为勉强躲过的那次。

这不是理应出现的结果。你才是那个高贵地选择了为拯救未来世界而献身的人。他本应该是幸存者。

"他怎么啦？"加卡问，她还能站立，但是弯着腰，两手扶膝，像在考虑要不要呕吐。汤基在给她揉后背，就像这样能帮忙似的，加卡的注意力却在你身上。她在皱眉，然后你看到她终于明白你们在谈的内容，脸上的表情变成了震惊。

你感觉……麻木。不是通常那种无知无觉，在你变成雕像的中途出现的状态。这次不一样。这次——

"我以前甚至不认为我爱他。"你咕哝说。

加卡的脸色不太好看，然后她挺直身体，深吸一口气："我们所有人都知道，这次可能是有来无回。"

你摇头，是……混乱吗？"他一直是……他生前……一直都比我年轻那么多。"你以为他会比你活得更久。这个是正常应该出现的结果。你本以为自己死前还会感到内疚，因为留下他孤身一人，又害死了他没出生的孩子——他本来应该——

"嘿。"加卡的声音严厉起来。不过，现在你已经认出了她脸上的表情。这是领导者的模样，或者说，这表情让你想起，自己是此地的领导者。但这是对的，不是吗？这次小小的远征是你主导的。你是那个没有让勒拿，或者其他任何人待在家里的人。你是那个没有勇气独自完成这件事，而你他妈的本来就应该那样独行，如果你真心不想让他们受伤害的话。勒拿的死是你的责任，跟霍亚无关。

你避开他们的视线,不自觉地伸手抓自己的断臂。这是不理智的反应。你在希望能发现战斗中留下的伤,灼烧痕迹,或者另外某种东西,来表明勒拿已死。但断臂完好无损。你也毫发无伤。你回应别人的注视;他们也都安然无恙,因为跟食岩人的战斗没有那么简单,任何人都可能仅受一点儿皮肉伤就脱离战场。

"这个是战前遗迹。"你失神呆立的同时,汤基已经转身侧向加卡,这是个问题,因为加卡已经赖在她身上。加卡哼唧着抱怨,用一只胳膊揽住汤基的脖子,让她跑不开。汤基看似没有觉察。她环顾四周,眼睛瞪得太大。"邪恶的,吃人的大地啊,看这个地方。绝对完整!没有任何隐蔽设施,没有防御机制和伪装,然后也没有足够的绿地让它自给自足……"她眨眨眼。"他们一定需要定期运来补给才能生存。这个地方的建造初衷就不是确保生存。这意味着,它属于大敌出现之前的时代!"她又眨眨眼。"这里的居民一定是来自安宁洲。也许这里有某种特别的运输方式,我们还没看到。"她安静下来沉思,时不时自言自语,一面蹲下来,抚摸地面材料。

你不在乎。但你也没时间悼念勒拿或者痛恨自己,现在不行。加卡是对的。你有工作要做。

你已经看到了天空中除了月亮之外的东西——那几十块方尖碑,它们那么靠近,位置那么低,能量已经蓄积起来,而且当你向它们伸手,没有一块理你。它们不是你的。尽管它们已经被调试过,准备就绪,用某种特定的方式套在一起协作,让你马上断定情况不妙,但它们什么都没有做。某种力量让它们引而不发。

专注。你清清喉咙:"霍亚,她在哪儿?"

当你的目光扫向他,发现他已经换了新姿势:表情空白,身体大致朝向东南。你循着他的视线,看到了马上让你肃然起敬的东西:一组建筑,在你看上去有六七层高,楔形,表面完全平整。很容易看出

第十三章 奈松和伊松，在世界的阴暗面

它们构成了一个圆环，也很容易猜出环的中央有什么，即便因为角度关系，你看不到中央。但是，埃勒巴斯特早就跟你说过，不是吗？那座城市的存在，就是为了包围那个洞。

你喉咙哽咽，难以呼吸。

"不。"霍亚说。好吧。你迫使自己恢复呼吸。她没在那个洞里。

"那么，她在哪儿？"

霍亚转过身来看着你。他这样做，动作很慢。他的眼睛瞪大："伊松……她已经进入了沃伦。"

* * *

地上是核点，地下就是沃伦。

奈松跑过黑曜石岩层中开掘出来的廊道，通道狭小，低矮，压抑。这下面比较热，还没有热到让人难受，但是热源很近，而且无处不在。这是火山的热力，从它核心处的古老岩石上辐射出来。她可以隐知到那种回响，当初为了建造这个地方用过的手段，因为那是原基力，不是魔法，尽管这种原基力要比她见过的任何技法更精准，更强大。但她完全不在乎所有这些。她只要找到沙法。

走廊是空的，头顶有那种奇怪的方形光源，就像她在地下城看到的那种。除此之外，这里跟地下城再无相似之处。地下城的设计感觉很是放松，站点建造的方式透着隐约的美感，表明它是一点点逐步建造而成，每个建造阶段都有时间细细规划。沃伦却只是阴暗、实用。当奈松跑过倾斜的坡道，途经会议室、教室、餐厅、起居室，她看出所有房间都是空的。这座设施的走廊，是从盾形火山岩层中强行开挖出来的，周期仅仅几天或几周——很仓促，尽管奈松不清楚她是怎样看出这儿建造仓促的，反正她就是有某种根据，自己也很吃惊。或许

是恐惧已经渗入了那些墙壁。

但这些都不重要。沙法在这里，某个地方。沙法，他已经连续几周几乎一动不动，现在却跑了起来，他的身体被某种力量驱使，但不是他本人的意志。奈松追踪他的银线，奇怪在自己设法打开那道门的一点点时间里，他居然能跑出那么远。那道门不愿为她打开，奈松用银线强行扯开的。现在，他已经远在前方，而且——

前方还有其他人。奈松停留片刻，喘息着，突然感到不安。好多人。几十个……不对，好几百个。跟沙法类似，他们的银线更微细，更怪异，而且全都从别处得到了强化。

守护者。那么这个，就是他们灾季期间要去的地方了……但沙法曾说过，那些人会杀死他，因为他已经"被污染了"。

他们做不到。奈松握紧双拳。

（奈松完全没想到那些人也会杀死她。或者说，她想到了，但在她的意识里面，"他们做不到"才是主导一切的想法。）

当奈松穿过一段阶梯顶端的门，门后突然出现了一间特别狭窄，但是房顶很高的石室。它高到房顶几乎隐没在阴影里，长度也延伸到她的视野之外。而在这间石室的墙面上，都是整齐的行列，一直堆到房顶，那里有几十个，不对，数百个，奇怪的方形孔洞。她想起蜂房中的小室，只不过形状不对。

每个方孔里面，都有一个人的身体。

沙法就在前方不远。房间中的某处，不再向前移动。奈松也停下来，恐惧终于压过了她马上找到沙法的冲动。这份寂静让她皮肤刺痛。她不可抑制地感到害怕。蜂房那个比喻还在她的头脑里，在某种程度上，她害怕往石格中看去，却发现一只幼虫瞪着自己，也许趴在某种动物（人类）的尸体下，充当寄生虫。

但她还是不由自主地看了最近处的石格。它比里面的男人肩膀宽不了多少，那人看似睡着了。他样子年轻，灰头发，是个中纬人，身穿暗红制服，奈松听说过很多次，但从未见过的那种。他在呼吸，尽管频率很慢。他旁边格子里的女人也穿同样的制服，尽管在其他方面，跟前一位截然不同：一个东海岸人，皮肤全黑，头发编成了贴着头皮的复杂小辫，黑葡萄酒色的双唇。那嘴唇上有极浅的笑容——就像在睡梦里，她还是摆脱不了爱笑的习惯。

睡着了，而且不是一般的睡着。奈松追寻石格中那些人的银线，感觉他们的神经和循环系统，知道每个人都是在类似昏迷的状态下。她觉得，自然状态的昏迷应该不是这样子。这些人里面像是无人受伤或者生病。而且在每个守护者的体内都有核石——这些很安静，而不像沙法那颗一样，总在怒冲冲地发光。奇怪的是，每个守护者体内的银线，都在向他们周围的同伴伸展。共同组成一个网络。是在互相强化吗，也许？彼此充入能量，来完成某种工作，就像方尖碑网络一样？她猜不出。

（他们从来都不是能永远存活的。）

但随后，从那个高房间的中央，也许是一百英尺外的地方，她听到刺耳的机器嗡鸣声。

奈松跳起来，踉跄着远离石格，快速而恐惧地环顾周围，想知道那声音是不是哪个石格中的人触发的。他们都没动。她咽下口水，小声叫道："沙法？"

她得到的回答，在高高的石室中回荡的，是低沉又熟悉的呻吟。

奈松跌跌撞撞地向前跑，她呼吸急促。这是他的声音。那间古怪石室中央立着一些设备，排成几行。每套设备都有一张椅子，连接在复杂的银色线路上，线圈和晶体部件众多，她从未见过这种东西。（你见过。）每套设备看似足够大，可以容纳一个人，但都是空的。然后——奈松探身靠近，想看清楚——每套设备都靠着一根石柱，里面有复杂到令人发指的机械构造。不可能无视那些小小的解剖刀,还有精致的镊子形附件,大小各不相同,还有其他若干设备,显然适合切割和钻孔……

在附近某处,沙法在呻吟。奈松把那些切割用具从脑子里推开,快速跑过方格行列——

——她到了整个房间唯一有人的绳椅面前。

这椅子已经被某种办法调整过。沙法坐在上面,但他脸冲下,身体被绳索悬吊,被剪短的头发在颈后分开。椅子后面的机械设备正在开动,伸展到他身体上方,感觉特别气势汹汹——但在她靠近时,那设备已经在收回。沾血的设备消失在自动机械内部;她听到更多嗡鸣。也许是在做清洁吧。不过,还有一个小小的、镊子似的附件留在外面,举起一个仍在微微放光的战利品,上面还沾着沙法的血。一块小小的金属片,形状不规则,色调暗黑。

你好,渺小的敌人。

沙法没有动,奈松瞪着他的身体,浑身哆嗦。她无法迫使自己把感应模式调整到银线,调整到魔力,看他是否还活着。那颈后高处的带血的伤口已经细细缝合,就在奈松一直好奇的另外那道伤疤上方。伤口还在流血,但显而易见,这伤口切得很快,缝合也同样迅速。

就像小孩子祈求床下的妖怪不要存在一样,奈松祈求沙法的后背和身体侧面能动一下。

那些地方动了,然后他吸了一口气。"奈——奈松。"他哑着嗓子叫道。

"沙法!沙法。"她双膝跪地,跪爬着向前,从绳椅底下看他的脸,无视沙法的脖子和脸上还有鲜血滴下。他的眼睛,他那双美丽的冰白眼睛,现在睁开了一半——而且这次真的是他。她看出了这一点,自己也痛哭起来。"沙法?你还好吗?你真的已经好了吗?"

他说话的声音缓慢，含糊。奈松不去想这是为什么。"奈松。我。"更缓慢地，他的表情变了，就像眉宇间发生了一场海底地震，迟缓的认知像海啸一样蔓延到身体其他各处。他瞪大眼睛。"我没有感觉到。疼痛。"

她触摸沙法的脸："那——那个东西已经离开你的身体了，沙法。那个金属的东西。"

沙法闭上双眼，奈松感到腹部在抽紧，但随后，沙法的眉头展开了。他再次微笑——奈松见到他以来第一次，没有在笑容里看到紧张和虚假。他现在的微笑不是为了缓解自己的疼痛，也不是为了安抚别人的泪水。他的嘴巴张开。奈松能看到他所有的牙齿，他在大笑，尽管身体很虚，他也在痛哭，带着解脱和欢愉，而这是奈松见过最美的东西。她捧住沙法的脸，小心着他颈后的伤，把自己的额头抵在他的额头上，跟他轻柔的笑声一起震颤。她爱他。她就是太爱他。

而且因为她接触到了沙法，因为她爱这个男子，因为她对他的需求和痛苦和欢乐都那么熟悉，她的感应能力滑到了银线那层。她并不是有意这样做的。她只是想用双眼享受沙法回望她的眼神，用她的双手触摸他的皮肤，用她的耳朵听到他的声音。

但她是个原基人，无法关闭隐知盘，正如她不能关闭视觉、听觉和触觉。这就是她的笑容凋谢，欢乐消失的原因，因为在她看到沙法体内银线开始退去的瞬间，就已经知道自己无法否认，他正在慢慢死亡。

这很慢。只靠剩下那些银线，他可能会再活几个星期，或者几个月，最长可能有一年。但其他生物几乎是偶然就能产生自己的银色能量，它们的银线或断或续，可以修复细胞之间的任何损伤，沙法的细胞之间却只有极其虚弱的联系。他体内剩余的能量主要都集中在神经系统，而且奈松能看到，在他曾经的银色能量核心，有个巨大的空白,就在他隐知盘的位置。正如沙法警告过的,没有核石,他本人也活不长。

沙法的眼睛已经闭上。他睡着了,筋疲力尽,因为迫使他虚弱的身体跑过那些街道。但那件事并非他本人所为,不是吗?奈松站起来,哆嗦着,两只手仍然按着沙法的双肩。他沉重的头压在奈松胸前。她怨愤地看着那块小金属片,马上懂得了大地父亲为什么对他这样做。

它知道奈松想要让月亮掉落,这样就会导致远远超过碎裂季的一系列灾难。它想要活下去。它知道奈松爱沙法,直到现在,她一直都是为了让沙法安息,才要毁灭整个世界。现在,大地却已经让沙法脱胎换骨,把他交付给奈松,当作一个活生生的最后通牒。

现在他已经自由。大地用这个无言的姿态说。现在他可以不必去死,就得到安宁。如果你想让他活下去,渺小的敌人,那就只有一条路可走。

灰铁从未说过这件事做不到,只不过不应该那样做。也许灰铁是错的。也许,作为一名食岩人,沙法不会永远孤单,难过。灰铁本人又狠又坏,所以才没有人愿意跟他在一起。沙法却是个正直善良的人。他肯定能找到新的对象去爱。

尤其是,当整个世界都是食岩人。

她决定了,为了沙法将来的幸福灭绝全人类,不算太大代价。

※

霍亚说,奈松已经去了地下,去了沃伦——守护者们潜伏的地方,这件事造成的慌乱让你嘴里尝到酸涩味,你大步跑向那洞口,寻找进入之路。你没敢要求霍亚直接把你送到她身旁。现在到处是灰人

第十三章 奈松和伊松，在世界的阴暗面

的盟友，他们肯定会像危害勒拿一样，对你毫不留情。霍亚的盟友也在，你恍惚记得有两座大山一样的东西撞在一起，一个把另一个赶走了。但在月亮的事处理完之前，进入地下显然过于冒险。所有的食岩人都已经到场，你隐知到，上千个人类大小的高山在核点城及其地下，有些在旁观你跑过街道，寻找女儿。不管结局如何，他们所有古老的派系争斗和私人恩怨，都将在今晚有一个了结。

加卡和其他人一直跟着你，尽管更慢，他们没有感觉到你的恐慌。你至少看到一座斜向建筑被打开过——切开的，看上去是，就像是动用了巨大的刀，不规则地划了三下，然后有人让门向外倒。门有一英尺厚。但后面，就是又宽又低的走廊，通往地下黑暗处。

但当你跑到门口，跌跌撞撞停住时，有人正从下面攀爬上来。

"奈松！"你叫出声，因为就是她。

站在门口那女孩，比你记忆中的她高了好几英寸。她的头发现在也更长了，梳成两根大辫垂在肩膀后面。你几乎认不出她了。她看到你，也停住脚步，脸上掠过一丝困惑，你意识到，她也是很吃力才认出了你。然后她意识到你是谁，看你的样子，就好像你就是全世界她最不想见到的人，因为事实如此。

"嗨，妈妈。"奈松说。

第十四章

我，在时间尽头

其后发生的事，我也是见证人之一。我会以见证者的身份讲述它。

我眼看你和你的女儿两年来第一次面对面，彼此都经历了无数艰险。只有我知道你们两个都经历过什么。你俩判断对方时，却只能以外貌、行动、伤疤为依据，至少现在是这样。你：比她偶然决定从童园逃课的那天瘦了许多。沙漠让你苍老，皮肤变干；酸雨漂白了你的头发，让它变成了更浅的棕色，灰白之处更为明显。你身上那套肥大的衣服也已经被飞灰和酸雨漂白，你上衣的右袖被打了结，悬吊在身体一侧，显然是空的，你屏住呼吸静立。此外，作为地裂后奈松对你印象的一部分：你身后还站着一帮人，他们全都盯着奈松，有些显然带着警觉。但你显出的表情只有内心的煎熬。

奈松安静的像个食岩人。地裂之后，她仅仅长高了四英寸，但在你看来，像是足有一英尺。你可以看出她身上显出即将开始发育的迹象——偏早了点儿，但在艰难的岁月，生物都会这样的。身体会在可能的时候受益于安全和富足，而在杰基蒂村住过的九个月，对她的身体有好处。她很可能会在未来一年内开始来月经，如果她能找到足够的食物。不过最重大的变化却是不可见的。她视线里的警觉，跟你记忆中的那份羞涩和乖巧完全不同。她的站姿：肩膀张开，两脚紧绷，稳健异常。你曾有上百万次告诉她别再弯腰驼背，是的，她现在昂首挺胸，看上去那么高，那么强壮。强大中透着美丽。

她的原基力压在你的意念中，就像压在大地上的一份重负，稳如磐石，精准得像是钻石钻孔机。邪恶的大地，你心里想。她隐知起来，就像你自己。

交流还没开始，就已经结束。你感觉到这一点，像她的强大实力一样确定无疑，两者都让你感到绝望。"我一直都在找你。"你说。你没有去想，就已经抬起手。你的手指张开，颤抖，合上，又张开，那样子一半是焦急，一半是乞求。

她的视线变得隔膜起来："之前我跟爸爸在一起。"

"我知道。但我找不到你们。"这是废话，很明显，你痛恨自己这样喋喋不休。"你……还好吗？"

她望向别处，很担心的样子。你觉得不开心，因为她关心的显然不是你。"我需要……我的守护者需要帮助。"

你僵住了。奈松从沙法那里听说过他从前的样子，在喵呜之前。从智力层面上说，奈松知道，你认识的那个沙法，跟她爱的那个沙法完全不是同一个人。她也见过一座支点学院，以及它让里面的人被扭曲的样子。她也记得你从前的身体会变僵硬，就像现在一样，只要瞥见一点儿暗红色——而在这里，在世界的尽头，她终于明白了背后的原因。她比这辈子的任何其他时候都更了解你。

但是。对她来说，沙法就是那个保护她不受劫匪侵害的人——不受她父亲侵害的人。也是在她害怕时抚慰她的人，晚上送她上床睡觉的人。她亲眼看到沙法跟自己残暴的天性对抗，跟大地本身对抗，只为了成为她需要的父辈。是沙法帮助她学会了自爱，爱自己本来的模样。

她的妈妈？你。你没有做到上面任何一件事。

而在那个僵持的瞬间，就在你挣扎着熬过种种记忆，艾诺恩的身体碎裂,你已经失去的手骨剧痛难忍,还有"永远不要对我说不"这句话回荡在你耳边,奈松已经察觉到了你直到现在都极力否认的东西。

这局面毫无希望。你和她之间不可能有什么亲密关系,不可能存在信任,因为你们两个就是安宁洲和第五季造出来的样子。埃勒巴斯特是对的,有些东西就是坏的太厉害,已经无法补救。你别无选择,只能把它们完全打破,哪怕只是出于怜悯。

奈松摇了一下头,在你站在那里浑身发抖期间。她望向别处,又摇了一次头。她的肩膀微微下沉,不是懒散的放松,而是警觉。她并不怨你,但也不对你抱任何希望。而现在,你只是挡了她的路。

于是她转身走开,这让你从失神状态恢复过来:"奈松?"

"他需要帮助。"她又说了一遍。奈松低着头,肩膀夹紧。她没有停下脚步。你吸一口气,开始尾随她。"我必须帮助他。"

你知道正在发生什么。你已经有预感,在担心,一直都是。在你身后,你听到丹尼尔拦住了其他人。也许她觉得你和你的女儿需要一点儿空间。你无视他们,跑步追赶奈松。你抓住她的肩膀,想要让她转身。"奈松,你——"她甩开你,力气大到让你脚步踉跄。你失去那只胳膊之后,平衡能力一直很差,而她比以前强壮了。她没有察觉你险些跌倒的事,继续前行。"奈松!"她甚至没有回头看。

你急于吸引她的注意力,得到她的反应,某种反应。怎样都好。你搜肠刮肚,然后对着她的背后说:"我——我——我知道杰嘎的事!"

这句话让奈松脚步凌乱,停了下来。杰嘎的死,仍是她心里一道新鲜的伤疤,沙法帮她清理和缝合过,但还需要一段时间才能痊愈。你知道她做过什么,让她羞愧地低头。那件事有必要,是为了自保,又让她感到挫败。你居然对她提起这件事,现在这种时候,终于把羞耻和失败变成了愤怒。

"我必须去帮助沙法。"奈松又说了一遍。她的肩膀正在耸起,那架势你认得,在你的临时熔炉里,曾出现在上百个午后,从她两岁时,学会了说不开始。她这副样子的时候,就是要变得不可理喻。语言变得毫无用处。行动更有意义。但什么样的行动才能传达你当下感觉到的进退两难?你无助地回头看其他人。加卡正在阻止汤基靠近;汤基的视线死盯着天上,那里集中的方尖碑数量,超过你一生所见的数量之和。丹尼尔跟其他人保持着一点儿距离,两只手背在身后,她的黑色嘴唇懦懦而动,你认出这是一种讲经人的记忆术,用来帮助她铭记一切见闻,一字不漏。勒拿——

你忘记了,勒拿不在这里。但如果他在,你猜想他会警告你。他是个医生,家族关系中的创伤并不在他的专业范围以内……但任何人都能看出,某些东西已经恶化了。

你再次小跑着追她。"奈松。奈松,可恶,我跟你说话呢,你应该看着我!"她不理你,这相当于抽了你一巴掌——但这是那种会让你头脑清醒的打击,而不是让你想要打人的那种。好吧。她不会听你说,直到她帮助了……沙法。你让这个想法快进,尽管那感觉就像是跋涉在积满白骨的泥潭里。好吧。"让——让我来帮你!"

这句话真的让奈松放慢速度,然后停了下来。她的表情很警觉,那样警觉!她转回身来。"帮我?"

你向她身后看,这才发现她正走向另一座倾斜建筑——这座建有一座宽宽的、有扶手的阶梯,通往它倾斜的顶层。在那顶上看天空,视野一定很棒……你得出一个无理智的结论,一定不能让她有机会上去。"是的。"你再次伸出自己的那只手。求你。"告诉我你需要什么。我就会……奈松。"你已经无话可说。你在祈望让她感受到你的感受。"奈松。"

这没起作用。她开口说话,声音硬得像石头:"我需要用一下方尖碑之门。"

你吓了一跳。我已经告诉过你这件事,早在几周以前。但看起来,你当时并没有相信。"什么?你不能用的。"

你想的是:它会杀死你的。

奈松的下巴绷紧:"我就要用。"

她的想法是:我才不需要你来批准。

你摇头,难以置信。"你要做什么?"但是太晚了。她受够了。你刚说自己愿意帮忙,现在却在犹豫。她还是沙法的女儿,在她内心最深处。地火啊,两个那样子的父亲,再加上你,你们这帮奇葩塑造了她,她变成现在这样真的奇怪吗?对她来说,犹豫就等于说不。她不喜欢别人对她说不。

于是奈松再次背向你说:"你别再跟着我了,妈妈。"

当然了,你马上就开始跟着她。"奈松——"

她狠狠转身回头。她已经深入地下,你隐知到了,她还探向了空中,你能看到那些魔法线,突然之间,两种力量用某种方式混合起来,你甚至根本就无法理解。核点的地面材料是各类金属和压制的纤维,还有某些你不知道名称的材质,下面是火山岩,沉重地在你脚下展开。出于旧习惯,多年控制你家小孩原基力失控胡闹的经验,你在自己踉跄的同时就已经做出反应,施放出一个聚力螺旋进入地底,让你可以用来抵消她的原基力。这招儿没管用,因为她用的不只是原基力。

但她隐知到了,眼睛眯了起来。你的灰色眼睛,像灰烬。瞬间之后,一座黑曜石墙在你面前的地底猛然冒将出来,撕破了城市基础设施所用的纤维和金属,组成一道屏障,跨越整条街道,把你和她隔开。

第十四章 我，在时间尽头

这一波涌动的能量把你掀翻在地。等到你眼前乱冒的金星消失，尘土散去足够多，你抬眼愣愣地看着那堵墙。你的女儿做到了这个。针对你。

有人抓住了你，你吓了一跳。这次是汤基。

"我不知道你发现没有，"她把你拉起来，说道，"但你的这个孩子，她的脾气跟你一个鸟样。所以，你懂的，也许你不应该操之过急。"

"我甚至不知道她做了什么。"你咕哝着，头晕脑涨，尽管你还是点头感谢汤基扶你起来。"那个不是……我没有……"奈松做的这件事，没有学院技能的那份精准，尽管你教过她学院训练的基础部分。你困惑地把手按在那堵墙上，感觉到它材质中间残留的魔法，它们一面渐弱，一面从微粒跳向其他微粒。"她在混用魔法和原基力。我以前从未见过那个。"

我见过。我们管那招儿叫作谐调。

与此同时，摆脱你牵绊的奈松已经爬上斜屋台阶。她现在站在房顶，周围环绕着旋转的红色警示信号，它们不停地在空中舞动。一阵沉重的、微带硫黄味的微风，从核点巨洞中吹起，掀起她辫子上散开的发丝。她有些好奇，大地父亲是否有一种解脱感，以为已经操纵了她，让她饶它一命。

如果她把全世界所有人都变成食岩人，沙法还可以活下去。这才是唯一重要的事。

"首先，是网络。"她说着，仰视天空。二十七块方尖碑同步切换，闪烁着由实体变成魔法模式，因为被她再次启动。她双手张开放在身前。

在她侧下方的地面上，你吓了一跳，隐知——感觉——早就在侦测——二十七块方尖碑迅如闪电的启动进程。它们在这个瞬间已经在

331

协同行动，一起发出那么强的嗡鸣，让你牙根痛。你奇怪汤基为什么没有像你那样一脸痛苦，汤基只是个哑炮。

但汤基可不蠢，而这个正是她研究了一生的课题。就在你一脸敬畏地看着自己的女儿，她眯起眼睛看着那些方尖碑。"三的立方。"她咕哝着。你摇头，无语。她瞪着你，对你的迟钝程度表示厌烦。"好吧，如果要模拟一块巨大晶体，我要做的第一件事，就是把较小的晶体排布成立方网格形状。"

然后你明白了。奈松想要模仿的立方体，就是缟玛瑙碑。你需要一把钥匙来开启方尖碑之门，这是埃勒巴斯特教过你的。但埃勒巴斯特没跟你说过的，那个没用的混蛋啊，就是钥匙可以有很多种。当他用地裂撕开安宁洲时，他用的是一个网络，由他附近的站点维护员们组成，很可能因为缟玛瑙碑本身会把他马上变成石头。站点维护员们组成了一个较小规模的替代品，发挥了缟玛瑙碑的作用——一把备用钥匙。你第一次把凯斯特瑞玛-下城的原基人连在一起时，并不知道你自己在做什么，但他一直都知道缟玛瑙碑太强，你那时候也不能直接抓过来就用。你没有埃勒巴斯特那份善变和创意能力，于是他只教了一个更安全的方法。

而奈松，却是埃勒巴斯特一直都想要找到的那种门生。这之前，她不可能有使用过方尖碑之门的经验——直到这一刻之前，它都是你的——但你现在震惊地、恐惧地看到，她已经在向自己的备用钥匙之外伸手，一个个找出其他方尖碑，并且将它们连接起来。这样要比使用缟玛瑙碑更慢一点儿，但你能看出，这方法同样有效。进展顺利。磷灰石碑，已连接，已锁定。缠丝玛瑙碑，正在视野之外的悬浮之地传回波动信号，它在南方的海洋上空。翡翠碑——

奈松即将开启方尖碑之门。

你把汤基推开："尽可能离我远一点儿。你们所有人。"

汤基没有浪费时间跟你争执。她两眼瞪大，转身跑走。你听到她向别人大声喊叫。你听到丹尼尔在争论。然后你就不再留意他们。

奈松即将打开方尖碑之门，变成石头，然后死亡。

只有一种东西能够阻止奈松的方尖碑网络：缟玛瑙碑。但你首先需要联系到它，而现在，它在行星的另一面，凯斯特瑞玛和雷纳尼斯之间，你上次放下它的地点。曾有一次，很久以前，在凯斯特瑞玛-上城，它把你召唤到自身内部。但你还敢等待它那样做吗，在奈松已经渐渐控制方尖碑之门全体的过程中？你需要抢先到达缟玛瑙碑。为此，你需要魔法——远远超过你仅靠自身能够聚集的程度，尤其在这里，你没有一座方尖碑可以使用的情况下。

绿玉碑，赤铁碑，堇青石碑——

如果你再不采取行动，她就将死在你面前。

你的意念在地下疯狂奔走。核点建造在一座火山上面，或许你可以——

等等。有东西在吸引你的注意力，让你回到火山口。仍在地下，但位置更近。在这座城市地下的某处，你感应到一个网络。众多魔力线交织在一起，互相支持，根须深入地下，吸取更多的……它很微弱。它流转缓慢。而且当你触及这个网络时，脑后会响起熟悉的、刺耳的嗡嗡声。一层一层又一层的嗡嗡声交叠。

哦，对了。你找到的这个网络就是守护者们，他们总共有接近一千人。这他妈当然了。你以前从未有意识地感应过他们的魔法，但这次终于明白了那种嗡鸣声的实质——在你内心的某个角落，甚至在埃勒巴斯特训练你之前，就已经感应到他们魔法的特异之处。这份感悟把一份强烈的，近乎让人瘫痪的恐惧刺透你的全身。他们的网络就在近处，易于抓取，但如果你这样做，又有什么能阻止那么多守护者一拥冲出沃伦，像一群愤怒的蜜蜂离开蜂巢那样扑上来呢？你现在的麻烦还不够多吗？

奈松在呻吟，在她的房顶上。让你震惊的是，你能……邪恶的大地，你能看到她周围，她体内的魔法，已经开始像掉入浸油木屑中的火星一样燃烧起来了。她在你的感应视野中燃烧，她在这个世界上的分量每一瞬间都在加重。蓝晶石碑，正长石碑，方柱石碑——

突然之间，你的恐惧烟消云散，因为你的宝贝女儿需要你。

于是你两脚开立，向你找到的网络伸手，管他是不是守护者。你咬牙低吼，抓取一切。那些守护者。那些从他们的隐知盘伸向地底深处的细细线条，还有你能从那里吸取到的全部魔法。还有那些细小的金属片本身，邪恶大地意志的渺小寄存处。

你把它们全部据为己有，紧紧约束在一起，然后你掌握了主导权。

而在沃伦地下的某处，有守护者在尖叫，被惊醒，在他们的石室中挣扎，抓搔自己的头，你对他们每一个人做出了埃勒巴斯特曾对他的守护者做过的事。这是奈松曾经渴望为沙法做的事……只不过你的做法中毫无怜悯之心。你并不痛恨他们；你只是漠不关心。你把那些铁块从他们脑中抽离，并榨取他们身体细胞之间的每一丝银线——在你感觉到他们变成晶体死去的同时，你自己终于得到了足够的魔法，从你的临时网络中收集起来，用于联络缟玛瑙碑。

远在安宁洲飞灰弥漫的旷野上空，它听取了你的信号。你跌入它的内部，绝望地潜入黑暗，去为自己申辩。求求你，你哀告。

它考虑了这项请求。这不是用语言或者感知信号传达出来的。你就是知道它在考虑。它也在检验你本人——你的恐惧，你的愤怒，你让一切重回正轨的决心。

啊——最后这一条激起了共鸣。你知道自己又在接受新一轮的检验，更深入，带着怀疑，因为你上次的请求过于琐碎。（只是要灭绝一座城市吗？那可是你，不需要方尖碑之门也可以做到。）但这次，缟玛瑙碑在你内心发现的东西却跟上次不同：对亲人的担心。对失败的恐惧。对一切必要变革后果的恐惧。而在所有的恐惧之下，是改善这个世界的强烈意愿。

在遥远距离之外的某处，十亿垂死生灵感觉到战栗——当缟玛瑙碑发出低沉的，撼动大地的声音，然后开始启动。

在斜屋顶上，搏动的方尖碑群之下，奈松感觉到远方正在扩展的黑暗，并有所警觉。但她的召唤过程已经推进过深；现在有太多方尖碑占据了她的注意力。她已经无法从手头工作中省出任何注意力。

而在二百一十六块剩余的方尖碑逐个服从她，当她睁开眼睛瞪着月亮，打算让它不受干扰地飞走，相反，自己却准备将庞大的地府引擎的全部能量施加于大地本身，以及它表面全部的居民，像我曾经做过的那样转化他们时——

——她想到了沙法。

在这样的瞬间，根本不可能自欺。不可能只看到你想看到的东西，当足以改变世界的力量在你的头脑、灵魂和细胞间隙中来回弹射；哦，早在你俩之前，我就已经亲身体会到这一点。不可能无视奈松认识沙法不超过一年的事实，而且她并不真正了解他，考虑到他已经失去了那么大比例的自我。不可能不想到，奈松对他的信赖，实际上就是因为，除了沙法之外，她一无所有——

透过她的决心，她的头脑里面仍有一丝疑虑之光。但也仅此而已。甚至算不上什么想法。它也在呢喃细语，除了他，你真的一无所有吗？

这世上除了沙法之外，不是还有一个人真的关心你吗？

我眼看着奈松犹豫不决，手指蜷曲，小脸皱缩起来，即便在方尖碑之门自动完成准备期间。我看到无法理解的能量在她体内颤抖，并开始排成整齐有序的结构。早在数万年前，我就已经失去了操纵这类能量的能力，但我仍能看到它们。这是顶级化学晶体——就是被你看作棕色石头的东西，以及制造它的能量状态——正在顺利形成。

我也看到了你目睹这一切，并且马上理解了它的含义。我眼看着你狂吼，击碎你和女儿之间的厚重石墙，甚至没有察觉你的手指在此过程中被石化。我眼看着你跑到斜屋台阶下面，大声对着她喊："奈松！"

在你突然的，激烈的，无可置疑的要求之下，缟玛瑙碑突如其来地出现在头顶。

它发出的声响——低沉，让人骨节颤动的怪声——极为巨大。它挤开的空气造成极强的冲击波，威力足以让你和奈松都跌倒。她叫出了声，滑下几级台阶，因为撞击转移了她的注意力，险些失去对方尖碑之门的控制权。你也叫起来，因为撞击让你注意到自己的左前臂，它已经变成石头，还有锁骨，也是石头，还有左脚和脚踝。

但你咬紧牙关。你已经不再感觉得到疼痛，只有对女儿的担忧。你心里再没有其他需求。她有方尖碑之门，但你有缟玛瑙碑——而当你抬头看它，看到月亮透过它浑浊的半透明质地发出光芒，就像海一样巨大的黑色巩膜上面有一只冰白瞳孔，你知道自己必须怎样做。

在缟玛瑙碑的帮助下，你的意念深入到半个行星之外，把你意念的支点揳入这个世界最大的伤疤里。地裂在颤抖，你要求它把每一丝热量和动能全部交给你，你全身战栗，因为有那么多能量流过身体，有一会儿，你以为它们会从你的口中喷出，成为一道岩浆柱，吞噬一切。

但现在，缟玛瑙碑也是你的一部分。它不理会你的抽搐——因为你就是这种状态，在地上打滚挣扎，口吐白沫——它吸引，控制，平衡那些来自地裂的能量，轻易到让你无地自容。它自动连接到位置靠近的几块方尖碑，侵入奈松组建起来试图取代缟玛瑙的网络。但复制品只有力量，没有意志，跟缟玛瑙碑毕竟不一样。一个网络没有自己的意图。缟玛瑙接管了那二十七块靠近的方尖碑，马上开始吞食奈松剩余的方尖碑之网。

但在这里，它的意志不再是至高无上的。奈松感觉到了它。并且对抗它。她的意志力跟你的一样坚强。也同样以爱为动力——你是对她的爱，她是对沙法的爱。

我爱你们两个。我又怎么可能不爱呢，在经历了这么多之后？我毕竟还是人，而这个，又是关系到星球命运的决战。如此可怕又壮观的事件，我是见证人。

但它的确是一场战斗。每一线魔法，每一条生命的脉络，都需要争夺。两个巨大的能量源，方尖碑之门和地裂，抽打着，战栗着，激荡在你俩周围，形成一座能量密集的彩色圆柱，绚烂如极光，有可见光，也有超过人类可感光谱的部分。（这些能量在你体内激发共鸣，那里的调向过程已经完成，但在奈松体内，仍处在加速升级过程中——尽管她的波形已经开始崩塌。）现在是缟玛瑙碑加上地裂，对抗方尖碑之门，你对她，而整个核点都在这场大战的影响下战栗。在沃伦的幽暗厅堂里，守护者珠光宝气的尸体之间，墙面在呻吟，房顶在开裂，尘土和碎石纷纷掉落。奈松正竭尽全力将方尖碑之门剩余的能量全部挤出，攻击你身边的所有人，以及他们以外的全体人类——而终于，最终，你明白了她的意图，是要把所有人变成可恶的食岩人。与此同时，你已经让意识向上探寻。要抓住月亮，也许给人类再赢得一次机会。但不管你们中的哪一个想要达到目的，都要控制方尖碑之门和缟玛瑙碑，还有地裂提供的额外能量。

这是个无法持续的僵局。方尖碑之门的连接不能永远维持下去，缟玛瑙碑也不能无限期地控制地裂能量的混乱——而两个人类，不管多强大，多任性，也不能在如此强大的魔法冲击下存活太久。

然后变化就发生了。你大叫出声，感觉到局面的改变，身体微粒的晶格化：奈松。她体内物质的魔法构造已经完整成形；她在变成晶体。在绝望中，出于纯粹的本能，你抓住一部分想要转化她的能量，将其丢到一旁，尽管这只能暂时延缓必然的结局。在过于靠近核点的海底，发生了一场深层剧震，就连那座山的魔法柱都无法抵挡。在西方，一座刀形高山从大洋底端隆起，在东面又有一座山成形，表面冒着蒸汽，刚刚诞生。奈松气急败坏地吼叫，马上接入这些新的能量来源，从两者那里吸取热量和冲力；两者都开裂，崩塌。魔法柱再次将大洋底部压平，避免了海啸，但它们也只能做到这么多。它们建造的初衷并不是对抗如此剧变。再来更多的话，即便是核点也将崩塌。

"奈松！"你再一次喊叫，极度痛苦。她听不到你。但你看见，即便在你站立的地方也能看见，她的左手手指已经变成棕色石头，就像你自己的一样。她发觉了这个，你就是知道。她是有意识地做了选择。她已经准备好迎接自己不可避免的死亡。

但你没有。哦，大地，你不能再眼睁睁看着自己的又一个孩子死去。

于是……你放弃。

我看到你脸上的表情就会心痛，因为我知道，放弃埃勒巴斯特的梦想，对你来说是多么昂贵的代价——还有你自己的梦想。你那么想为奈松创造一个更美好的世界。但超过其他一切的愿望，是让你的最后一个孩子活着……于是你做出了选择。如果继续战斗，你们两个人都会死。现在取胜的唯一办法，就是不再战斗。

我为你难过，伊松。我为你难过。再会。

奈松惊呼，她的眼睛突然睁开，她感觉到你对方尖碑之门的压力——对她自己的压力，当你把所有的，能够转化物质的魔法能量引向你自己——突然消失。缟玛瑙碑在它的袭击中途停顿，跟它已经俘获的数十块方尖碑一起搏动。它仍然充斥着能量，它们必须，必须被释放。但暂时，它还能待机片刻。稳定魔法终于让核点周围的海面平静下来。就在这个焦灼的瞬间，整个世界都在等待，紧张，又静寂。

她转身。

"奈松。"你说。这声音很轻。你在斜屋最底层的台阶上，想要伸手够到她，却永远都触不到了。你的胳膊已经完全固化，你的躯干也在失去。你石化的那只脚无用的在湿滑的地面上滑开，然后静止，因为你那条腿的其他部分也已经被定住。你用仍然完好的那只脚，还能向前推，但你石化的部分很重，如果这算是爬行，你也爬得很不好。

奈松蹙起眉头。你抬头看她，这景象震撼到了你。你的小姑娘。那么大，站在缟玛瑙碑和月亮之下。那么强，那么美。你情难自抑：你看清了她，于是痛哭流涕。你也在大笑，尽管你有一侧的肺已经变成石头，这笑声只有轻微的气息。真她妈的神奇啊，你的小丫头。你真心觉得骄傲，能输在她的强大实力之下。

她吸气，她的眼睛瞪大，就像她无法相信眼见的情形：她的妈妈，那么可怕的样子，倒在地上。试图用石化的肢体爬行。脸上湿漉漉的全是泪水，却又在微笑。你以前，从来，从来，都没有对她笑过。

然后那条物质转化的分界线掠过你的脸，你走了。

身体还在那儿，一团棕色砂岩，冻结在底层台阶上，线条粗糙的嘴唇上，只有极轻微的笑意。你的眼泪还在，在石头上发光。她盯着那泪水。

奈松盯着那泪水，吸入一口悠长、空洞的气息，因为突然之间，她心里什么都没了，一无所有，是她的心，她已经杀死了自己的父亲现在又杀死了她的母亲而且沙法也快要死了这个世上什么都没剩下，什么都没有，这世界就是从她身上不停索取索取索取，然后什么都不剩——

但她无法停止凝望你正在干掉的泪滴。

因为这个世界也在从你的身上不停地索取索取索取，事实毕竟如此。她知道这个。但出于某种原因，她一直以为自己永远都不会理解……即便在死的时候，你还在把手伸向月亮。

伸向她。

她惨叫，两只手捧着自己的头，其中一只手现在已经石化了一半。她双膝跪地，被沉重的悲痛压倒，那痛楚巨大得像一颗行星。

缟玛瑙碑，耐心又焦躁，敏感又冷漠，现在开始接触她。她是方尖碑之门所有的关键部件中，仅剩的还能运行，头脑仍然健全的那一个。通过这一次接触，她感应到你的计划，就像一连串被锁定的指令，瞄准目标，但尚未发射。打开方尖碑之门，将地裂的能量灌注其中，抓住月亮。结束一切第五季。修复这个世界。这个——奈松隐知－感知－深知——就是你的遗愿。

缟玛瑙碑在说，用它雍容的、无言的方式提问：是/否执行？

而在冰冷的、顽石世界的寂静中，独自一人的奈松做出了选择。

是

结 局

我和你

那个你已经死了,但是**这一个**没有。

在站在月亮之下的人们眼里,重新捕抓月亮的事件平淡无奇。汤基和其他人一起站在附近一座公寓楼顶上躲避,她用了一种古老的书写工具——早就干枯了,但是在尖端涂了些唾沫和血液之后,已经可以使用——试图跟踪月亮每隔一小时的位置变化。这没起作用,因为她没能观测足够多的变量,计算无法做对,也因为她不是什么可恶的民间天文学家,看在大地的分儿上。她也不确信自己第一组数据是否准确,因为在那个时间前后,发生过一次五六级的地震,就在加卡把她从窗户旁边拉走之前。"方尖碑建造者的窗户才不会碎裂。"她事后抱怨说。

"但我的臭脾气可是会爆的哦。"加卡反击,这就抢先结束了可能爆发的一场争执。汤基已经学会了妥协,这有助于保持良好关系。

但那月亮是真的变了,随着时间一天天、一周周地过去,他们越来越确定。它没有消失。它在不同形状和颜色之间变换,一开始让人难以理解,但每个晚上,它都没有越变越小。

拆解方尖碑之门的操作要略微更夸张一些。已经消耗掉全部潜能,完成了跟地质魔法设施启动类似规模的任务之后,方尖碑之门按照它的设计初衷,进入关闭程序。一个接一个,飘浮在世界各地的方尖碑纷纷浮向核点。一个接一个，这些方尖碑——现在已经完全虚化，所有量子状态均升华为潜能，你不需要理解更多——一个接一个落入黑暗深渊。这花费了几天时间。

但是缟玛瑙，所有方尖碑中间最后行动，也是最大的一块，却飞向远海，随着高度降低，它的嗡鸣声变得更加深沉。它缓缓进入海水，沿着早已计划好的路线，尽可能减少破坏——因为它跟其他方尖碑不一样，始终都会保持实体存续。这个，就像建造者们很久以前规划的那样，可以把缟玛瑙碑保留下来，以备将来需要。它还让尼斯人最后的残留部分得到安息，终于被埋葬到水底坟墓里。

我想，我们只能希望将来不会有冒失的年轻原基人找到它，把它从水里揪出来。

是汤基去找到了奈松。那时临近正午，你死后几小时，温暖明亮的太阳已经在没有飞灰的蓝色天空里升起。汤基停下来，带着惊奇、向往和狂喜盯着天空，看了半晌之后，她才回到洞穴边缘，到了斜屋的台阶下。奈松还在那里，坐在靠近底端的台阶上，你那团棕色遗体的旁边。她的膝盖蜷缩起来，低垂着头，那只完全固化的手——定在了激活方尖碑时五指张开的姿势——很别扭地放在她身旁的台阶上。

汤基坐在你身体的另一侧，盯着你看了很长时间。奈松发现有别人在场时吓了一跳，抬头去看，但汤基只是对她笑笑，笨拙地把一只手放在你生前头发的位置。奈松吃力地咽下口水，抹了一下脸上干了的泪痕，然后对汤基点头。她们一起坐在你身边，哀悼了一段时间。

后来，是丹尼尔跟奈松一起去了充斥着死亡与黑暗的沃伦，把沙法带了出来。其他那些守护者，凡是仍有核石的，身体都变成了宝石。看上去，大多数都死在了他们躺着的位置，尽管也有人在挣扎中掉出石室，他们闪亮的身体姿势古怪，扒着墙，或者爬在地板上。

只有沙法还活着。他神志不清，身体虚弱。丹尼尔和奈松扶他回到地面的光亮处,现在可以看清,他被截短的头发已经开始有些变灰。丹尼尔担心他颈后被缝合的伤口,尽管那里不再流血了,看似也没有给沙法带来更多伤痛。那个不会要他的命。

无论怎样,等他能够站立,太阳也让他的头脑更清醒了一些,沙法就挽着奈松,站在你的遗体旁边。女孩没有哭。她多数时候只是感到麻木。其他人也来了。汤基和加卡跟丹尼尔站在一起,他们跟沙法和奈松一起伫立,任由太阳落下,月亮再次升起。也许这是一次沉默的葬礼。也许他们只是需要时间和别人的陪伴,从过于重大,难以理解的变故中恢复过来。我不知道。

在核点的另一处,一座早已变成荒草地的花园里,我和婕娃一起面对雷瓦——灰铁,灰人,不管叫什么了——站在已经开始变亏的月亮下面。

自从奈松做出自己的选择之后,他一直都在这里。当他终于开始说话,我发觉自己在想,他现在的声音真是变得脆弱又疲惫。曾经,他的地语会让每块石头都波动起来,特色就是一针见血的冷幽默。现在的他听起来很苍老。千万年持续不断的生活,的确会催人衰老。

他说:"我只想要个终结。"

婕娃——或者叫安提莫尼,随便了——说:"但那不是我们与生俱来的使命。"

雷瓦转头,缓缓地,去看她。只看他这个动作,就已经足够烦人。这个固执的笨蛋。他脸上有延续多年的绝望,只是因为他拒绝接受人生不只有一种可能。

婕娃伸出一只手:"我们与生俱来的使命,就是让这个世界变得更美好。"她的视线滑向我,寻求支持。我在心里暗自叹息,但也伸出一只手,表示愿意和解。

雷瓦看看我们的手。在某地,也许在周围聚集起来围观的同类中间,就有毕尼娃和达什娃还有塞莱娃。他们早已忘记了自己从前的身份,或者只是更愿意投入当下的生活。只剩我们三个还保留着过去的某些特色。这既是好事,也是坏事。

"我累了。"他承认。

"睡一觉或许会好点儿,"我提议,"毕竟,世上还有缟玛瑙碑这个大宝贝。"

好吧!从前那个雷瓦还有一部分幸存到现在。我都不觉得,自己有资格得到那样的眼神。

但他握起了我们的手。我们三个人一起——还有其他人,所有那些已经察觉这个世界必须改变,战争必须结束——沉入岩浆翻腾的地底深处。

这行星的内核要比平时更加宁静,我们在它周围就位时已经察觉。这是个好迹象。它没有马上对我们发火,这个迹象更棒。我们用心平气和的震动讲出了谈判条件:大地保留它的生命魔法,而我们其他人也要不受妨碍地保留自身的魔法。我们已经把月亮归还给它,并且把方尖碑投入地底,作为诚意担保。但作为回报,一切第五季都必须结束。

随后是一阵宁静。我只是到后来才知道,这有几天的时间。在当时,感觉就像又熬过了一千年。

然后是一波沉重又激烈的重力扰动。接受。然后——最好的迹象出现——它释放了千万年来一直囚困的无数生灵。它们剥离开去,消失在魔法的洪流里,我不知道他们随后还会经历什么。我甚至不知道死后的灵魂到底去向何方——或者至少,在这以后的七十亿年左右,我都没有机会了解,那是这星球将会最终寂灭的时间。

这种事想起来很瘆人。开头这四万年,我过得不容易。

话说回来,低谷的好处……就是你只会回升。

结 局 | 我和你

我回到他们身旁，你的女儿兼宿敌，还有你的朋友们，告诉他们这个消息。让我有点儿吃惊的是，已经过去好几个月的时间了。他们住进了奈松住过的房子，靠埃勒巴斯特的老菜园维持生活，还有我们给奈松和他带来的补给品。当然，长远来看，仅靠这些是不够的，尽管他们已经做了让人敬佩的努力，用手工制作的钓鱼线和捕鸟陷阱，以及晒制的可食用海草来补充给养，汤基甚至还找到了在浅海种植海草的方法。这些现代人还真是机智啊。但局势也越来越明朗，如果他们想要继续活下去，就要尽快返回安宁洲。

我找到奈松，她又是独自坐在斜屋旁。你的身体还在它倒下的地方，但有人把新鲜的野花放在你剩下的那只手里。它旁边还有一只手，我发现了，像个祭品一样，放在你的断臂旁边。那手太小，不适合你，但我知道她是好意。我出现之后，她好半天都没有出声，我发现这让我感到欣慰。她的同类就是话太多。但是静默持续太久的话，连我也会有点儿不耐烦。

我告诉她："你不会再遇见灰铁了。"以免她还在担心这个。

她有点儿吃惊，像是已经忘记了我的存在。然后她叹气："请转告他我很抱歉。我只是……做不到。"

"他理解。"

她点头，然后说："沙法今天死了。"

我已经忘了他。我不应该忘记的；他也曾是你生活的一部分。但毕竟。我还是什么都没说。她看上去对我们的反应很满意。

她深吸一口气："你能……其他人说，是你带他们来的，还有妈妈。你能带我们回去吗？我知道这样会有危险。"

345

"已经不再有任何危险了。"见奈松皱眉,我把一切解释给她听:那场和解,人质被释放,对抗行为即时中止,表现为不再出现第五季。这并不意味着完全的和平稳定。板块边缘的地震活动还会继续,类似第五季的灾难还会发生,尽管频率会大大降低。我最后说:"你们可以乘坐直运兽返回安宁洲。"

她哆嗦了一下。我这才迟钝地回忆起她在那里面经历的磨难。她还说:"我不知道自己还能不能给它灌注魔力。我……我感觉好像……"

她抬起顶端石化了的左腕。我马上理解了——而且,她是对的。她的身体细胞已经被完全定向,有生之年都将如此。她已经失去了原基力,直到永远。除非她想马上变成你那样。

我说:"我愿意给直运兽注入能量。这样注入一次就可以维持六个月左右。在这个时限之内离开就可以。"

那时我移动了位置,到了台阶底下。她吓了一跳,回头就看到我抱起了你。我还捡起了她的那只手,因为孩子永远都是我们生命的一部分。她站起来,有一会儿,我担心会发生什么令人不快的事,但她脸上的表情并不是恼怒。只是解脱。

我等着,一小会儿,或者一整年,看她到最后是否还有什么话要对你的遗体说。她说的却是:"我不知道我们以后会怎样。"

"'我们?'"

她叹气:"原基人。"

哦。"当前这次第五季还将延续一段时间,即便在地裂已经得到控制之后。"我说,"要生存,就需要不同类型的人彼此协作。合作就意味着机遇。"

她皱眉:"机遇……去做什么?你说过,这次之后,就不会再有第五季。"

"是的。"

她抬起双手,或者说,一只手和一只断腕,表示挫败感:"人们即便在需要我们帮助的时候,都会杀害我们,痛恨我们。现在我们这类人,甚至连被需要的机会都没有了。"

我们。这类人。她还是把自己当作原基人,尽管除了倾听大地的声音,她已经什么都做不了。我决定不去指出这一点。但我的确说道:"而你们也不再需要他们。"

她默然,也许是有些困惑。为了解释清楚,我补充说:"既然第五季不再出现,所有守护者也都全部死亡,原基人实际上已经有能力征服或者消灭哑炮们,如果他们想要这样做。之前呢,两个群体都无法离开对方的协助单独存活。"

奈松惊呼:"那太可怕了!"

我没有费力气解释:某种东西可怕,并不会降低它的真实性。

"世上不会再有支点学院那种东西。"她说。奈松望着别处,在想心事,也许记起了她毁灭支点南极分院的往事。"我觉得……他们都做错了。但我现在也不知道该怎样……"她摇摇头。

我眼看着她内心默默挣扎,或许一个月,或许一小会儿。我说:"支点学院的确错了。"

"什么?"

"把原基人禁锢起来,从来都不是确保社会安定的唯一选择。"我故意停顿,她眨眨眼,也许想起了原基人父母完全有能力养育原基人孩子,避免发生任何灾难。"迫害也从来都不是仅有的选择。维护站也一样。所有这些问题,都有其他解决办法。不同的解决方式一直都是可能的。"

她的心里有那么多的悲伤,你的小女儿。我希望将来某一天,奈松会知道她并不是独自一人在这个世界上。我希望她能学会重拾希望。

　　她垂下眼帘："他们不会愿意选择其他方式的。"

　　"如果你逼迫他们，他们就会这样做。"

　　她比你更睿智，不会惧怕强迫别人用正确的方式对待彼此。仅有的问题就是方法。"我已经不再有原基力了。"

　　"原基力，"我说，声音严厉，想引起她的注意，"从来都不是唯一能改变世界的方式。"

　　她瞪着我。我感觉自己已经把能说的全都说完了，所以我留下她一个人，回味我说过的话。

　　我去了这座城市的旅行站点，给它的直运兽注入足够的魔法，足以返回安宁洲。然后奈松和她的同伴们还要长途跋涉数月乃至更长时间，才能从南极区重回雷纳尼斯。他们旅行期间，第五季可能会变得更为严酷，因为我们又有了一颗月亮。毕竟……他们是你生命的一部分。我希望他们都能幸存。

　　一旦他们上路，我就来到这里，到了核点之下的山脉核心。来照料你。

　　当我们开启这种过程，并没有什么唯一的正确方式。大地——为了表示友好，我们不再说它邪恶——当年只用了一瞬间，就把我们的身体易序成形，现在，我们中间已经没有多少人拥有足够的技巧，可以不用冗长的孕育期复制那样的易序过程。但我发觉，速成法的成果总是喜忧参半。埃勒巴斯特，你将会那样称呼的那个人，可能会有几百年想不起过往经历——甚至可能永远都想不起。但你，一定要跟他们不同。

　　我已经把你带到这里，重新组装了你身体的高级元件，激活了应该存储过你生命精华的晶体网络。你会失去一部分记忆。变化总会带来损失。但我已经跟你讲了这段故事，精细调整过你的遗体，尽可能保留原来的你。

　　请注意，这不是迫使你变成特定的样子。从此以后，你可以变成自己想要的任何模样。你只是需要看清自己的来路，才会清楚将来的去路。你明白吗？

　　如果你决定离开我……我会承受。更糟糕的事情我也经历过。

　　于是我等着。时间过去。一年，十年，或只是一星期。时间长短根本就不重要，尽管婕娃最终失去耐心，去忙她自己的事了。我还在等，我希望……不对。我只是在等。

　　然后有一天，在我把你放置的岩层深处，晶体球破裂，冒着蒸汽打开。你从它的碎片中站立起来，你身体的组成物质流速变缓，冷却成自然形态。

　　真美啊，我想。碧玉的发辫。赭条纹大理石的皮肤。嘴角和鬓角都有笑纹，衣装层次分明。你看着我，我也回望着你。

　　你开口说话，声调仍有你从前的余响："你想要什么？"

　　"只想跟你在一起。"我说。

　　"为什么？"

　　我调整身姿，变成谦卑的样子，垂首抚胸。"因为只有这样，人才能活着撑过永恒，"我说，"或者短短几年。朋友，家人。与他们同行。一路向前。"

　　你还记得我最早跟你说的这番话吗，当你陷入绝望，以为再也不可能弥补自己造成的伤害时？也许。你的姿态也有调整，两臂交叉，表情里透着怀疑。好熟悉。我努力不抱太太希望，以免一败涂地。

　　"朋友，家人，"你说，"对你来说，我是哪一个？"

　　"两者都是，而且更多。我们的交情已经超越那种层次了。"

　　"噢。"

　　我不急不躁："那么，你又想要什么？"

你考虑了一下。我听着地底深处这里火山持续的哆嗦声。然后你说:"我想让这个世界变得更好。"

我以前从未那么强烈地感到过遗憾,因为自己没有能力跳起来欢呼。

相反,我只能移位到你面前,一只手伸出:"那么,我们就去把它变得更好吧。"

你看上去觉得有趣。这是你,真的是你。"这么容易就决定了?"

"实际做起来,可能还是要花些时间的。"

"我可不觉得自己很有耐心。"但你握住了我的手。

别有耐心。永远都别有耐心。要靠不耐烦,新世界才能开始。

"我也一样。"我说,"所以,我们马上动手吧。"

附录一

一份完整的第五季档案，
覆盖桑泽赤道联盟成立前后全部记录，从最初到最近时期

窒息季：帝国纪元 2714—2719

可能成因：火山喷发

地点：德弗特里斯附近的南极地区，阿考克火山喷发，导致半径五百英里范围内飘满细灰组成的云团，吸入人体后可以在肺部和黏膜处结块。南半球五年没有阳光。尽管北半球受灾较轻（仅两年）。

酸季：帝国纪元 2322—2329

可能成因：十级以上强烈地震

地点：未知；远海

突然的板块漂移，导致一系列火山喷发，地点与一条主要喷流[①]重合。这条喷流因火山成分影响而变为酸性，流向西海岸，并最终环绕过安宁洲大部分。多数沿海社群都在最初海啸中被毁灭；剩余社群或者解体，或者被迫搬迁，因其舰队和港口设施被腐蚀，渔业资源枯竭。云层导致的大气成分锢囚现象持续数年。沿海 pH 不适合人类生活的状况持续至灾季后多年。

[①] 围绕大地的一条强而窄的高速气流带，集中在对流层顶或平流层，在中高纬西风带内或低纬度地区都可能出现。其水平长度达上万公里，宽数百公里，厚数公里。——译者注

沸腾季：帝国纪元 1842—1845

可能成因：大湖区水底的岩浆溢出

地点：南中纬，泰卡里斯湖联区

岩浆溢出导致上百万加仑水蒸气和颗粒物进入大气层，进而导致大陆南半部酸雨和大气层锢闭现象。但北半部未受负面影响，所以，该时期是否可算是真正的灾季，考古术师之间存有争论。

毒气季：帝国纪元 1689—1798

可能成因：采矿事故

地点，北中纬地区，赛斯特方镇

一场完全人为导致的灾季，触发事件为北中纬东北角煤矿工引致的地下火灾。相对温和的灾季，偶尔会有阳光照射，除局部地区外，未出现酸雨和灰雨现象。仅有少数社群宣布实行灾季法。赫尔汀城约有一千四百万人死于最初的天然气喷发和快速扩展的火热地陷，直至帝国原基人成功平息并封闭大火，令其不再延烧。剩余部分只能被孤立起来，并继续燃烧长达一百二十年。大火产生的烟灰沿主要风向传播后，导致呼吸问题，以及偶然的区域性窒息死亡事件，持续数十年。北中纬地区失去煤矿资源后的连锁反应，使地热和水电取暖方法更为普及。导致了匠师认证局的设立。

獠牙季：帝国纪元 1553—1566

可能成因：海底地震导致超级火山爆发

地点：北极裂谷

一场海底地震的余震导致北极点附近此前未知的岩浆热点撕裂。随之引发超强火山爆发。亲历者声称，远至南极地区都能听到爆炸声。灰尘进入大气层上部，很快飞遍全球各地，尽管北极地区受灾最重。由于上次灾季已经过去大约九百年，部分社群准备不足，导致灾季损失加重；当时社会的主流见解，以为灾季不过是传说。吃人的传闻，从北方一直到赤道区都曾出现。这次灾季结束时，支点学院设立于尤迈尼斯城，并在北极和南极设立分支机构。

菌灾季：帝国纪元602年

可能成因：火山喷发

地点：赤道西部

东赤道地区季风雨季发生一系列火山喷发，导致该地区湿度上升，并在大陆百分之二十的区域内阻断阳光长达六个月之久。尽管与其他灾季相比，这次还算温和，但其发生的时间，给菌类繁殖创造了完美的外部条件，菌类爆发式生长，从赤道一直扩展到南北中纬地区，让当时充当主食的摩罗奇（此物种当前已灭绝）全部绝收。由此造成的饥荒被载入官方测地学纪录中，将这次灾季延长到四年（菌灾两年后结束，又过两年，农业生产和食品流通体制也得以恢复）。几乎所有受灾社群都能依靠自有存粮维持生存，由此证明了帝国改革及灾季应对计划的效果。灾后，北中纬及南中纬地区的更多社群自愿并入帝国。开启了帝国的黄金时代。

疯狂季：帝国纪元前3年—纪元后7年

可能成因：火山喷发

地点：基亚希低地

一座古老超级火山的多个岩浆活跃点喷发（同样的事件也导致了双连季，据信发生于大约一万年前），导致大量橄榄石和其他深色火成碎屑进入空中。因此形成的十年黑暗，不只像平常的其他灾季一样带来严重破坏，也导致大大高于正常比例的精神病症。赤道区桑泽联盟（通常被称为桑泽帝国）就诞生于本次灾季期间。桑泽军阀首领瓦里瑟通过使用心理战术，征服了众多积弱的社群。（参见《疯狂的艺术》，多人合著，第六大学出版社）第一缕阳光重现时，她被加冕为皇帝。

[编者按：桑泽联盟建立之前灾季的很多信息，都存在互相矛盾或有待确证之处。以下是2532年第七大学考古大会认同的灾季]

浪游季：帝国纪元前大约800年

可能成因：磁极偏移

地点：未知

这次灾季导致当时几种主流农作物灭绝，以及长达二十年的饥荒，因为地磁北极位置移动之后，很多传粉动物都陷入了混乱。

易风季：帝国纪元前大约1900年

可能成因：不可确知

出于未知原因，季风方向都出现了偏转，持续多年后才恢复正常。人们公认这是一次灾季，尽管缺乏大气锢闭现象，因为只有规模巨大（并可能发生在远洋地区）的地质事件，才可能导致这种现象。

重金属季：帝国纪元前大约4200年

可能成因：火山喷发

地点：南中纬近海地区

一次火山喷发（据信为伊尔戛山）导致十年的大气锢闭，安宁洲东部大范围的水银污染使情况雪上加霜。

黄海季：帝国纪元前大约9200年

可能成因：未知

地点：东部和西部沿海，以及南至南极的近海地区

这场灾季的相关情况完全来自赤道地区文化遗迹中的书面记录。出于未知原因，一次大范围的细菌爆发，导致几乎所有近海生物中毒，并造成沿海地区遭受长达数十年的饥荒。

双连季：帝国纪元前大约9800年

可能成因：火山喷发

地点：南中纬

根据那个时代流传下来的谣曲和口述历史材料所示，一座火山喷发导致长达三年的大气锢闭。正当这场灾害影响开始消除时，另一座火山口又随后喷发，导致大气锢闭延长三十年之久。

附录二

安宁洲全部方镇通用词汇简表

南极，南极人（Antarctics）：大陆最南端高纬度地区。也指来自该地区社群的人。

北极，北极人（Arctics）：大陆最北端高纬度地区。也指来自该地区社群的人。

灰吹发（Ashblow Hair）：一种明显的桑泽血统特征，在当前繁育者职阶的标准体系中被认为有正面作用，有此特征者被优先选择。灰吹发明显更加粗糙稠密，通常呈向上喷涌状；长度足够时，发丝会下垂到脸部周围和肩膀上。这种发质耐酸蚀，浸水后保水量少，在极端情况下，被证实具有灰尘过滤能力。在多数社群，繁育者标准只强调发质；但在赤道地区，繁育者通常还要求天然的"灰烬型"发色（铅灰色到白色之间，以出生时为准），才能得到认可。

杂种（Bastard）：出生时没有职阶的人，只有父亲身份不明的男孩才可能沦入此类。那些表现优异的人，可能在社群命名时，获准使用他们母亲的职阶。

喷射口（Blow）：一座火山。在某些沿海语言中，也被称为火焰之山。

地热点（Boil）：地热喷泉、温泉，或水蒸气喷射口。

繁育者（Breeder）：七大常见职阶之一。繁育者是因为良好健康状况和身体特征被优选出来的个人。在灾季，他们负责维护血统健康，并通过选择方法改良社群或种族。生为繁育者，而又未能达到社群职阶要求的人，可以在社群命名时选用一位近亲的职阶。

储藏库（Cache）：用于储存食物和其他补给品。社群随时保留储藏库，配置警卫并上锁，以备第五季来临。只有得到认可的社群正式成员才有资格分享储藏库中的物资，尽管成年人可以用他的份额养育未获得认可的孩童或其他人等。单个家族经常也维护他们自己的家族储藏库，同样严加看护，不给非家族成员使用。

切拜基人（Cebaki）：切拜基族人。切拜克曾是一个民族国家（桑泽帝国时代之前的政治系统，如今已经被废弃），位于南中纬地区，尽管在多个世纪之前被桑泽帝国征服之后，其领土已经重组为方镇治理结构。

沿海人（Coaster）：沿海社群成员。很少有沿海社群有钱雇用帝国原基人抬升岛礁，或用其他方式保护社群不受海啸威胁，所以沿海城市总是需要不断重建，因而比较容易缺乏各种资源。大陆西海岸人常常皮肤苍白，直发，有时双眼长有内眦褶。而东海岸居民更多皮肤黝黑，鬈发，有时双眼长有内眦褶。

社群（Comm）：社会群体。帝国统治系统中最小的社会政治单位，通常对应一座城市或者村镇，尽管很大的城市可能包括几个社群。社群中得到认可的成员，是那些有权获得藏库份额、享受保护的人，他们相应地通过纳税等形式向社群做贡献。

无社群者（Commless）：罪犯及其他未能得到任何社群接纳的人。

社群名（Comm Name）：多数帝国公民名字的第三个部分，表明他们的社群归属和权益。这个名字通常在青春期授予，作为长大成人的标志，表明此人已经被认可为社群中有价值的一员。新加入社群的移民可以要求改用新的社群名；如被接受，新社群名就将成为其名字的一部分。

童园（Creche）：因年幼而无法工作的孩童受照顾的场所，以便成人可以为社群完成必要工作。条件允许时，也是学习场所。

赤道地区，赤道人（Equatorials）：靠近并包括赤道在内的低纬度地区，沿海地带除外。也代指赤道地区社群成员。由于气候舒适，大陆板块相对稳定，赤道地区社群往往繁荣富庶，政治影响力强大。赤道地区一度是旧桑泽帝国的核心。

断层（Fault）：岩层破裂较为频繁，严重地震和火山喷发较常见的地区。

第五季（Fifth Season）：特别漫长的冬季（按帝国标准，持续时间要达到六个月以上），因地质灾害活动，或其他环境剧变而引起。也简称为灾季。

支点学院（Fulcrum）：旧桑泽帝国人建立的半军事组织，成立于獠牙季之后（帝国纪元1560年）。支点学院总部位于尤迈尼斯城，尽管在南北两极还有两座分院，以便覆盖尽可能广阔的地域。支点学院训练出的原基人（或称为"帝国原基人"）能够合法使用原基力，过程受到该组织严格规约，并有守护者严密监视；而通常来讲，这种行为是被禁止的。支点学院自主管理，自给自足。帝国原基人身着标志性的黑色制服，俗称"黑衫客"。

地工师（Geneer）：词源为"地学工程"。指从事土木项目的工程师——地热设备、隧道、地下基础设施、采矿等。

测地学家（Geomest）：研究自然界中的岩石及其分布问题的学者，有时也泛指科学家。狭义的测地学家研究岩性学、化学和地理学，这些在安宁洲都不被看作单独学科。少数测地学家专门研究原基力学——对原基力及其影响的研究。

绿地（Greenland）：多数社群保有的一片休耕地，通常在城镇围墙以内，或墙外的近处，《石经》建议设置的区域。社群绿地在任何时期都可以用来进行农业生产或牲畜养殖，或者在非灾季充当公园，闲置休耕等。个体家族也经常维持他们自己的家庭绿地或花园。

料石生（Grits）：支点学院名词，指尚未获得戒指，仍在进行基础训练的原基人儿童。

守护者（Guardian）：某组织成员，据说该组织诞生于支点学院之前。在安宁洲，守护者负责追踪、保护、制约和指导原基人。

帝国大道（Imperial Road）：旧桑泽帝国最伟大的创新之一，是一个公共道路网（有路基的大路，适合步行或乘马）连接所有主要社群和绝大多数较大方镇。公路由地工师和帝国原基人协作建造，原基人在地质活动剧烈的地区选择最稳固的路线（或者平息地质活动，如果没有稳定路线可选）。然后地工师将水源和其他资源集中在道路近处，以方便灾季旅行。

创新者（Innovator）：七大常见职阶之一。创新者是富于创意，善于用智慧解决实际问题的人，在灾季负责解决技术和物流等问题。

克库萨（Kirkhusa）：一种体形中等的哺乳动物，有时被当作宠物豢养，或用于看家、畜牧等。通常为植食性；在灾季变成肉食动物。

工匠（Knapper）：制作小型工具的人，原料包括石材、玻璃、兽骨等。在大型社群，工匠可能会使用机械设备或批量生产技术。加工金属的工匠通常能力低下，俗称"修补匠"。

讲经人（Lorist）：研习《石经》和历史传说的人。

硬皮瓜（Mela）：中纬度地区植物，跟赤道气候下的甜瓜接近。硬皮瓜是贴地生长的藤蔓植物，果实通常在地上。但在灾季，果实会在地下长成球根状。有些种类的硬皮瓜的花朵会捕食昆虫。

冶金术（Metallore）：跟炼金术和天文术一样，都是臭名昭著的伪科学，被第七大学的专家们斥责过。

中纬区，中纬人（Midlats）：大陆上纬度"中等"的地区，那些赤道区与北极、南极地带之间的部分。也指来自中纬区的人（有时也称为"中纬居民"）。这些地区被看作安宁洲的偏远地带，尽管那里出产全世界大部分食物、原料和其他重要资源。共有两个中纬区：北方（北中纬区）和南方（南中纬区）。

新社群（Newcomm）：对上次灾季结束后新兴起社群的俗称。至少熬过一次灾季的社群被认为更适合生活，因为已经证明了他们的效率和强大。

维护站（Nodes）：帝国在安宁洲各地设立的维护网络，用于平息地质事件。由于支点学院训练出的原基人相对稀少，维护站主要集中在赤道地区。

原基人（Orogene）：拥有原基力的人，无论是否经过训练。

贬义词：基贼。

原基力（Orogeny）：运用热能、动能或其他形式的能量控制地质活动的能力。

方镇（Quartent）：帝国政府体系的中层。四个地理位置接受的社群组成一个方镇，每个方镇有一位行政长官，管辖单个社群头领，而行政长官又向上级地区长官负责。每个方镇最大的社群就是它的主城；大型方镇的主城之间，有帝国道路网络连接。

地区（Region）：帝国政府系统的最上层。帝国认可的地区包括北极区、北中纬区、西海岸区、东海岸区、赤道区、南中纬区和南极区。每个地区都有一位地区长官，管辖所有本区方镇行政长官。地区长官由皇帝正式任命，尽管在实际生活中，它们往往由尤迈尼斯领导者挑选，或直接来自尤迈尼斯领导者阶层。

抗灾者（Resistant）：七大常见职阶之一。抗灾者是在饥荒与疾病威胁下拥有强大生存能力的人。在灾季,他们负责照料病弱者,以及处理尸体。

戒指(Rings):用于在帝国原基人内部表示等级。未定级的受训者必须通过一系列考验,才能记得他们的首枚戒指。十戒是一名原基人能够达到的最高等级。每枚戒指都是用打磨过的半珍贵宝石制成。

驿站(Roadhouse):每条帝国大道和很多稍低等级道路沿线都有的站点。所有驿站都有一个水源,而且靠近可耕种的土地、森林或其他资源。很多驿站位于地震活动最少的地区。

逃生包(Runny-sack):一个易于携带的小包,内有补给品,多数人在家中常备,以防发生地震和其他紧急状况。

安全茶(Safe):一种饮料,传统上被用于谈判,潜在敌对各方的首次相遇,以及其他正式商讨场合。其中含有一种植物提取液,会对任何其他添加物的存在做出反应。

桑泽(Sanze):最早是赤道区的一个民族国家(番国——帝国时代之前存在的政治体系,目前已消失);桑泽人的发源地。疯狂季结束后(帝国季7年),桑泽国被解散,取而代之的是桑泽人赤道联盟,包括六个以桑泽人为主体的社群,由尤迈尼斯的领导者瓦里瑟皇帝统治。联盟在灾后迅速扩张,到帝国纪元800年,最终统一了安宁洲所有地区。在獠牙季前后,联盟开始被俗称为"旧桑泽帝国",简称"旧桑泽"。后根据帝国纪元1850年的希尔汀协定,联盟正式宣布解体,因为本地控制(在尤迈尼斯领导者阶层的指导下)被认为更能有效应对灾季。事实上,多数社群仍奉行帝国原有的政府、财政、教育及更多其他体系,多数地区长官也依然向尤迈尼斯纳税。

桑泽人(Sanzed):桑泽种族成员。按照尤迈尼斯繁育者标准要求,理想型的桑泽人是古铜色皮肤,灰吹发,体格为健壮型或丰满型，成人身高不低于六英尺。

桑泽标准语（Sanze-mat）：桑泽族使用的一种语言，也是旧帝国的官方语言。现在是整个安宁洲的通用语。

灾季法（Seasonal Law）：军事化管理法，可以由任何一位社群首领、方镇长官、地区长官或受到认可的尤迈尼斯领导者宣布开始施行。在灾季法实施期间，方镇和地区管理职能暂停，社群作为独立的社会政治实体运行，尽管依据帝国政策，与本地其他社群间的合作是被大力倡导的。

第七大学（Seventh University）：一所著名大学，以测地学和《石经》研究见长，目前由帝国资助，坐落于赤道城市迪巴尔斯。这所大学的前身曾为私立，或接受团体管理；值得一提的有阿姆–伊莱特的第三大学（大约帝国纪元前 3000 年），当时被视为一个主权番国。较小的地区性大学和方镇设立的学院向第七大学缴纳贡金，以换取专业指导和其他资源。

隐知力（Sesuna）：对大地运动的感知能力。与此机能对应的器官叫作隐知盘，位于脑干位置。动词形式：隐知。

地震（Shake）：一种地质活动。

破碎之地（Shatterland）：常被严重的和（或）非常近期地质灾害扰动的地区。

哑炮人（Stillheads）：一个贬义词，原基人用来称呼缺乏原基力的人，通常减缩为"哑炮"。

食岩人（Stone Eaters）：一种罕见的人形智能物种，其肌肉、毛发等部位都像石头。人类对他们的禀性所知甚少。

壮工（Strongback）：七大常见职阶之一。壮工是以体力强壮见长的人，平时负责重体力劳动，灾季时负责安全。

职阶名（Use Name）：多数居民名字的第二个部分，表示此人所属的职阶。世上共有二十个被认可的职阶,尽管只有七种最为常见,并在当前和旧帝国时期通用。每个人都继承父母中同性别一方的职阶,理论依据是,有用的特性常常通过这种方式遗传。

致 谢

哇哦。这个还真是费了番力气,对吧?

对我来说,《巨石苍穹》,它不只是又一套三部曲的终结。出于种种原因,我写这本书的那段时间,自己的生活也经历了一番巨变。其中之一,是我辞掉了白天的工作,从2016年7月开始成为全职作家。那个,我真心喜欢我白天的工作,我在那个职位上可以帮助人们做出健康理智的选择——或至少活得足够久,确保有机会变得健康理智——对应的是成人生活中最重要的转变之一。我感觉,现在的我也还在帮助别人,作为一名作者,或者至少是从读者来信和网络留言里得到这种印象,人们会说我的作品如何打动他们。但在我以前的全职工作岗位上,那种感觉更直接,痛苦和回报也更直接。我很怀念那份工作。

哦,请不要误解;这个生活方式的转变既美好又有必要。我写作生涯的蓬勃发展绝对是件好事,而且毕竟,我喜欢作家这个角色。但我的天性,就是在转变过程中勤于反思,承认自己得到的东西,也认识到失去了什么。

这个转变能够成功,得益于我2016年5月在派特隆网站(Patreon,艺术家众筹)发起的一次活动。更伤感的一面是……这次派特隆众筹也让我在母亲最后的日子里可以全心全意照顾她,从2016年年底到2017年年初。我不经常在公共场合谈论私人生活,但读者或许会察觉,我在"破碎的星球"三部曲中,一直在试图解读"母亲"的角色,当然也写到了其他种种。妈妈最后几年过得不容易。我觉得(回想起来,我作品里暗藏的很多煎熬都变得清晰了)在某种程度上,自己已经预感到她会离开;也许我就是在让自己做好准备。事到临头,还是没能准备好……但话说回来,没有人能准备好应对这样的事情。

所以我感谢所有人——我的家人,我的朋友们,我的代理人,我的赞助人群,轨迹社的员工们——包括我的新编辑,我的前同事,救济院的人们,每个帮助我经历这一切的人。

而这些,就是我如此努力,要让《巨石苍穹》按时出版的原因,尽管有旅途、医疗、压力,还有父辈离世后面对的上千种官僚主义折辱。我写作这本书的过程,外部条件绝对算不上优越,但我至少可以这样说:这本书里写到的痛苦,那是真的痛苦;书里的愤怒,那是真的愤怒;写到的爱,那也是真爱。你们一直陪我走过前面的旅程,你们永远都会看到我最好的一面。这也是我妈妈的心愿。

"星云奖"最佳长篇小说
《三体》作者刘慈欣惊叹推荐
斯蒂芬·金推崇的恐怖迷人之作

★ 美国亚马逊年度好书!
★ 《冰与火之歌》译者、科幻作家胡绍晏翻译!
★ 派拉蒙科幻大片即将上映,娜塔莉·波特曼出演女主角!

《遗落的南境》三部曲

[美] 杰夫·范德米尔 著

胡绍晏 译

《遗落的南境1:湮灭》

四位女科学家受派遣前往边界外勘察,这是一片荒芜多年、被称为X区域的神秘地带。她们已经是政府派遣出的第十二支勘探队。以往勘探队均以失败告终。第十一支勘探队成员在消失一年后,离奇出现在家中,不久纷纷死于癌症。

仅到达X区域一天后,生物学家在"地下塔"被神秘孢子感染。第二天,心理学家指使人类学家执行危险任务,人类学家被神秘巨型生物杀死,心理学家失踪,而仅剩的勘测员又与生物学家发生分歧。

生物学家孤身前往勘探X区域的标志性建筑灯塔,并在那里发现了神秘的灯塔管理员的照片,及以往所有勘探队的日记,包括她的丈夫、第十一期勘探队成员的日记。在由灯塔返回时,为自保,生物学家杀死最后一名队友勘测员,并只身前往"地下塔"探秘。

《遗落的南境2：当权者》

假如X区域是一个小圈，是秘密的核心所在，那《当权者》就是画了一个更大的圈，圈进更多的人、更多的秘密，X区域的秘密不但没有破解，疑惑反而更多了起来。

在《湮灭》中，无论生物学家还是心理学家，都是X区域秘密的探究者，而在《当权者》中，她们本身却都成了被探究的秘密，而探究她们的人正是一位出自"间谍王朝"的"总管"，他是这部小说的新主角。这位被突然抛入南境局的"总管"，和我们一样深感困惑与绝望。面对从X区域返回的人类学家、勘测员与生物学家，他凭"直觉"重点审讯生物学家，秘密虽未解开，他却对她产生了特别的情感。

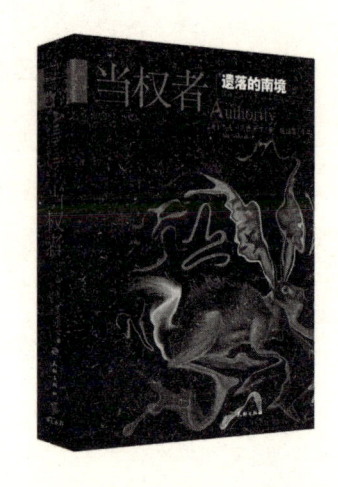

无论形式还是手法，《当权者》都与《湮灭》没有半点相似之处，作品本身和所描述的故事一样令人先感惊异，继而惊叹。

《遗落的南境3：接纳》

在灯塔管理员索尔、身为南境局局长的"心理学家"，以及生物学家和"幽灵鸟"的自述中，纷繁的线索就像断开的电路一样，终于连接在一起，真相这盏灯亮了！

"被遗忘的海岸"、净化一切的X区域、会"吃人"的边界、神秘的动植物以及科学降神会，当每一样秘密都展现在眼前时，心中疑惑却并未尽释。就像其中的人物反抗无效一样，我们也只能错愕地接纳残酷真相。